Verfolgt, bedroht, entwürdigt

NORA LYCKA

Verfolgt, bedroht, entwürdigt

Wie ich aus der Hölle des Stalkings herausfand

Bibliografische Information der Deutschen Nationalbibliothek:
Die Deutsche Nationalbibliothek verzeichnet diese Publikation
in der Deutschen Nationalbibliografie; detaillierte bibliografische
Daten sind im Internet über http://dnb.dnb.de abrufbar.

© 2019 Nora Lycka
Satz, Umschlaggestaltung, Herstellung und Verlag:
BoD – Books on Demand, Norderstedt

ISBN: 978-3-7481-0506-0

Inhalt

November

Eugen Krätzner fühlte sich völlig am Boden zerstört, als er die 600 Kilometer von der onkologischen Klinik nach Hause fuhr. Hätte ihn später jemand nach Verkehrsaufkommen, bestimmten Ortschaften oder dem Wetter gefragt, er hätte sich am Ende der Fahrt an nichts erinnern können. Seine Gedanken waren beherrscht von Trauer, Verzweiflung und Angst vor der Einsamkeit.

Er stellte den Wagen in einer Seitenstraße ab. Dann versteckte er sich hinter einer Hecke der gegenüberliegenden Straßenseite und beobachtete sein Haus. Er war seit vier Monaten nicht mehr zuhause gewesen und alles kam ihm fremd und unwirklich vor. Ihm war übel, und in seinem Kopf wiederholten sich ständig die immer gleichen Fragen, die ihn bereits auf der Fahrt verfolgt hatten: Wer wird sich jetzt um mich kümmern? Mir sagen, was ich tun soll, wenn ich durcheinander bin? Wer wird mich jetzt beruhigen, wenn ich aufgeregt bin, wer wird für mich da sein? Wo ist die Stimme, die mein Leben geleitet hat? Gerade jetzt brauche ich sie so sehr.

Das Haus schien ihn düster anzustarren und jedes dunkle Fenster erinnerte ihn erbarmungslos daran: Sabine ist nicht mehr da, sie wird nie mehr zurückkehren.

Nur im Parterre waren erleuchtete Fenster.

Bei dieser schrecklichen Mieterin mit ihren zwei frechen Gören war also jemand zuhause. Die ließen es sich gut gehen, wie immer. Sabines Tod und er waren denen völlig egal. Die dachten nur an sich und ihren Spaß. Alles brachten sie durcheinander, überall Dreck, Lärm und Unordnung!

Plötzlich fuhr der alte Volvo der Mieterin vor und parkte am Vorgartentor. Im Küchenfenster tauchten zwei Köpfe auf. Kurz darauf wurden alle Türen sperrangelweit aufgerissen. Die Kinder rannten, von dem aufgeregt bellenden Hund begleitet, über den Vorgartenweg zum Auto und begrüßten ihre Mutter. Alle zusammen begannen, Kisten mit Einkäufen ins Haus zu schleppen. Der Hund flitzte dabei hin und her, drehte plötzlich ab und kam plötzlich bedrohlich knurrend auf ihn zugestürmt.

Angstvoll wich er zurück und dachte: Ich hasse dich du blöder, kleiner Kläffer. Ich dulde dich hier nur, weil Sabine so verliebt in Hunde ist.

Er bemerkte seinen Fehler.

Sabine war nicht mehr da. Sein Hass auf das Tier steigerte sich hemmungslos. Er wollte schon zutreten, da wurde der Hund zurückgerufen und gehorchte sofort. Seine Mieter starrten zu ihm herüber, dann rief die Mutter etwas. Ein Gruß wohl. Er konnte vor Zorn nicht antworten. Lieber wäre er auf sie losgegangen und hätte sie angebrüllt.

Ihm war kalt vor Wut und er fühlte sich unendlich leer und allein.

Als sie endlich fertig und alle im Haus verschwunden waren, schlich er über die Straße, durch den Vorgarten, blieb unter dem hell erleuchteten Küchenfenster stehen und lauschte.

»Was hat der Alte bloß?«, hörte er die Tochter fragen.

Die gemurmelte Antwort der Mutter konnte er nicht verstehen.

»Er ist nicht mehr zu sehen«, meldete der Sohn nun laut.

Eine Weile hörte er nur leises Gemurmel und Getuschel. Bald darauf hörte er die Tochter laut lachen. Es ging ihm durch Mark und Bein.

Die lachen mich auch noch aus, dachte er.

Mit vor Wut zitternden Händen begann er die Schlüssel in die Haustür zu fummeln. Je weiter sich die Haustür durch seinen Druck öffnete, desto mehr zögerte er. Die dunkle Leere in dem eben noch von fröhlichen Menschen belebten Flur schien ihn jetzt traurig und einsam anzugähnen.

Vom dritten Stock aus, unter dem Dach, wurde plötzlich das Treppenhauslicht eingeschaltet. Seine Tochter war wohl da. Aber auch heute kamen von ihr kein Gruß und kein Zeichen von Anteilnahme.

Angst, wie immer, dachte er.

Dieses verwöhnte Weib hat sich doch sowieso nur für ihre Mutter interessiert.

Etwas entschlossener als vorher betrat er den jetzt hellen Flur und stieg langsam zum zweiten Stock hinauf, zu seiner und Sabines Wohnung.

Als er die Tür öffnete, schlug ihm von der Garderobe der vertraute Geruch aus ihrer Kleidung entgegen. Vor dem Spiegel lag ihre Haarbürste. Es waren noch ihre Haare darin. Ein Lippenstift rollte zu Boden, als er den Ärmel eines ihrer Mäntel an sich zog, um daran zu riechen. Er vergrub seine Nase in ihrem Kleidungsstück und sog ihren Geruch ein, bis ihm die Tränen kamen.

Sabine, bitte sag etwas zu mir, flehte er innerlich, aber nichts geschah.

Ihm war schwindelig. Er setzte sich in einen Sessel und wartete lange in der Dunkelheit.

»Komm herein, Eugen, und erzähle, was hast du draußen gemacht?«, sagte plötzlich eine Stimme.

»Sabine?«, fragte er hoffnungsvoll und horchte in die dunkle Diele. Es kam keine Antwort. Schließlich klagte er in die Stille hinein: »Ich komme aus der Krankenhaushölle und musste dich dort lassen. Plötzlich hast du nicht mehr mit mir geredet. Nur noch die Wand angestarrt, einfach an mir vorbei. Dann haben sie dich weggebracht. Sie sagten, du bist tot. Aber jetzt hast du wieder mit mir gesprochen. Bitte lass mich nicht allein!«

Wieder saß er lange in dem dunklen Flur und wartete auf Antwort. Plötzlich fuhr er zusammen weil eine dröhnend laute Stimme in seinem Kopf sagte:»Du bist allein, niemand wird dir helfen. Sie sind alle gegen dich, wie immer! Sie haben sie dir weggenommen und jetzt hast du nur noch mich!«

Der Angstschweiß brach ihm aus.

»Nein, lass mich in Ruhe!« stöhnte er.»Sabine und Dr. Kroll haben dich doch vertrieben. Du darfst nicht wieder kommen!«

»Schwere Schicksalsschläge holen alte Freunde zurück«, erwiderte die Stimme jetzt etwas sanfter.»Ich bin dein einziger Freund. Willst du mich jetzt auch noch vertreiben?«

»Nein, du darfst nicht mehr mit mir sprechen«, protestierte er,»ich hab es Sabine versprochen!«

»Ich weiß, du hast die Therapien nur für sie gemacht. Aber jetzt hat sie dich trotzdem im Stich gelassen … Warum soll ich also nicht zurückkommen? Ich war immer auf deiner Seite und werde es auch bleiben. Ich bin der Einzige, der dir jetzt noch helfen kann.«

Er antwortete eine Weile nichts. Angstvoll knetete er seine schweißnassen Hände und klammerte sich an seine gewohnten Gedanken.

Sabine wird etwas zu mir sagen und mir helfen. Sie hat mich doch immer aus meiner Verwirrung zurückgeholt. –

Er wartete auf Sabines Antwort, aber er war allein, unumstößlich allein! Nach einer Weile sagte er laut vor sich hin:

»Dann ist es eben so! Was kann ich schon ohne sie gegen dich tun!«

»Du wirst vernünftig. Keine Frau, die dich herumkommandiert! Hast du dir das nicht manchmal gewünscht?«, erwiderte die Stimme zufrieden.»Die unverschämten Mieter werden verschwinden. Sie sind auch Schuld an Sabines Tod, nicht nur der Krebs. Immer dieser Lärm, Gestank und Ärger! Wir werden sie vertreiben und alle traurigen Erinnerungen ebenfalls. Das Haus gehört dir ganz allein. Du hast es gebaut und kannst damit machen was du willst!«

»Aber ich will … ich bin …,« protestierte er in die Dunkelheit hinein, in einem letzten Versuch, sich gegen die Stimme zu verteidigen.

»Nein, bist du nicht – nicht mehr. Werde doch vernünftig!«, dröhnte es. »Ich bin jetzt für dich da. Ohne mich kannst du nicht sein. Es hilft dir sonst niemand!«

Die Wände, Möbel und Haushaltsgegenstände schienen immer näher zu rücken und sich um den Stuhl, auf dem er zusammengesunken saß, zu versammeln.

Die Stimme befahl: »Wirf die Erinnerungen hinaus. Nur du und ich bestimmen, was hier noch her gehört.«

Er sprang wütend und trotzig auf, riss ein Familienfoto von Sabine und der Tochter vom Nagel und schleuderte es gegen die Wand. Glasscherben und Holzstücke knallten vor seine Füße.

»Ihr habt mich im Stich gelassen«, schimpfte er. Auch du, Sabine!« Knirschend zertrat er die Scherben am Boden.

»Gut so!«, lobte der Dämon. »Du und ich werden hier aufräumen, du wirst sehen!«

Er wankte in das verlassene Schlafzimmer, fiel vollkommen erschöpft samt Kleidung und Schuhen auf das kalte Bett und versank in einen tiefen Schlaf. Dass seine Tochter ängstlich durch die Zimmertür spähte und sich dann wieder vorsichtig zurückzog, bekam er nicht mehr mit.

*

Endlich wieder Wochenende! Das war eine anstrengende Arbeitswoche …
Hoffentlich sind die Kinder da und helfen mir beim Tragen und Einräu-
men, dachte Roxane, während sie mit ihrem vollbeladenen Auto in die Leningasse einbog und nach einem Parkplatz Ausschau hielt, möglichst dicht vor dem Gartentor des Wohnhauses. Sie schätzte die Ruhe und Normalität dieser kleinbürgerlichen Gasse, mit netten Ein- bis Drei-Familien-Villen, ordentlichen Vorgärten und kaum Parkplatzproblemen. Die Normalität und nachbarschaftliche Freundlichkeit reichte hier zwar meistens nur bis zu den Gartenzäunen, aber so war es nun mal, in Deutschland. Sie war froh, hier vor drei Jahren eine günstig gelegene Wohnung gefunden zu haben, wo auch der Hund mit einziehen durfte. Ja, Sally war anscheinend sogar der Hauptgrund, dass sie hier wohnen

durften. Die Vermieterin hatte sofort einen Narren an ihr gefressen und wollte unbedingt, dass Sally in die Parterrewohnung einzog. Ihre jugendlichen Kinder störten da anscheinend auch nicht. Die Beiden hatten es nicht weit zu dem kleinen Bahnhof und konnten sich regional frei, ohne mütterlichen Fahrdienst, überall hinbewegen, auch zu ihrem Vater im Nachbarort.

Als sie zusah, wie ihr Tom und Bianca, begleitet von der fröhlich umherflitzenden Sally, durch den Vorgarten entgegenkamen, spürte sie plötzlich diese Anspannung zwischen den Schulterblättern. *Warum hab ich das jetzt, dieses Kribbeln im Nacken? Das kenne ich eigentlich nur von meinen Dienstreisen in Armutsländer, als Warnsignal vor Überfällen oder Dieben ... Ich werde beobachtet. Unsinn, hier zuhause passt das doch gar nicht hin.*

Ihre Kinder begrüßten sie mit lautem Hallo und Sally sprang fröhlich an ihr hoch.

»Hallo, schön euch zu sehen! Ja, du auch, Sally, alles gut, bist eine Liebe!«, begrüßte sie ihre Kinder und knuddelte den freudig aufgeregten Hund.

Das Gefühl beobachtet zu werden, blieb trotzdem hartnäckig. Beim Öffnen der Heckklappe des Kombis suchte sie aus den Augenwinkeln die Umgebung ab.

Tom nahm ihr die erste schwere Kiste aus den Händen: »Das sollst du doch nicht!«

Roxane schaute ihrem Großen nach, der mit schlaksigen Schritten mühelos den schweren Karton ins Haus schleppte.

»Männer sind so stark!«, lobte sie und legte kurz den Arm um Bianca: »Alles gut bei dir?«

»Geht so, wie immer halt ... Schule war wieder mal echt ätzend!«

Bianca drückte ihr einen Kuss auf die Wange und holte dann auch einen schweren Korb aus dem Auto.

Plötzlich rannte Sally aufgeregt bellend auf die gegenüberliegende Straßenseite und offenbarte Roxane den Ausgangspunkt ihres Unwohlseins. Halb verdeckt und geduckt hinter einer hohen Hecke des Nachbarhauses starrte ein Mann mit stechenden, graublauen Augen aus einem seltsam böse verzerrten Gesicht auf sie, den Hund und die Kinder. Offensichtlich nahm er die Vorgänge rund um das Haus genau in Augenschein. Dabei verbreitete er eine schweigende Atmosphäre von angespannter Wut. Ihre normale, fröhliche Alltagsbeschäftigung erschien plötzlich falsch und verwerflich.

Der verwuselte, grauhaarige Kopf kam Roxane bekannt vor. »Sally zurück, hierher!«, kommandierte sie mit scharfer Stimme. Die Hündin stoppte sofort ihren wilden Lauf und kehrte um. Sie zog nun, leise knurrend, kleine Kreise um ihre Familie, ganz wie ein Hütehund, der seine Herde bewacht.

Leise fragte Bianca: »Mama, ist das nicht unser Vermieter?«

»Anscheinend …« Roxane runzelte die Stirn. Gleich darauf bemühte sie sich um ein Lächeln, das den Kindern die Unsicherheit nehmen sollte. Aber es erfüllte seine Wirkung nicht, die Anspannung blieb, auch bei ihr. *Wir wohnen hier, was soll das eigentlich?*

Sie grüßte hinüber, laut und vernehmlich: »Hallo Herr Krätzner, schön, dass Sie wieder zuhause sind!«

Er antwortete nichts und starrte weiterhin mit böser Miene auf sie und die Kinder und die weit offen stehenden Türen seines Hauses.

Irgendwie wirkt er völlig abwesend, so, als wäre er gar nicht richtig angekommen. Als ob er etwas Wahnsinniges und Verwirrtes im Gepäck hat. Etwas seltsam ist er ja schon immer gewesen, aber so habe ich ihn noch nie gesehen …

Während sie die letzten Soft-Drinks und Milchflaschen aus dem Auto ins Haus schleppten, schauten sie alle immer wieder in seine Richtung und zogen unwillkürlich die Köpfe zwischen die Schultern. Erst als die Wohnungstür hinter ihnen zufiel, löste sich endlich die Anspannung.

Tom eilte in sein Zimmer, inspizierte den Vorgarten und die Straße und kehrte zurück in die Küche.

»Er ist nicht mehr zu sehen!«, meldete er und grinste: »Der sah aus wie ein fußkranker Mops im Stachelhalsband.«

Bianca lachte laut auf. »Da haste voll Recht! Was macht er hier eigentlich? Sollte er nicht bei seiner kranken Frau in der Klinik sein?«, wunderte sie sich, während sie in einer Kiste nach den Schokoladenriegeln suchte.

»Vielleicht sieht er nur mal nach dem Haus«, meinte Tom. »Er könnte als Vermieter ruhig mal die Heizung in Ordnung bringen. Es wird langsam ganz schön kalt in meinem Zimmer.« Jetzt riss er auch einen Schokoriegel auf.

»Könnt ihr zuerst mal einräumen helfen? Es gibt auch gleich was Warmes zu essen«, murrte Roxane. In Gedanken gab sie Tom Recht.

Er könnte sich ruhig mal wieder um das Haus kümmern! Obwohl die letzten drei Monate ohne Vermieter eine entspannte Zeit waren ... Er ist ja normalerweise ganz schön pingelig ...

»Er hat sich seit Juli nicht mehr um das Haus gekümmert. Seine Tochter bemerkt man nur an ein paar leeren Pizzakartons in der Mülltonne.« Tom nahm von Bianca die Einkäufe entgegen und packte sie in den Kühlschrank. »Meistens ist sie nicht zuhause. Ich fände es schön, wenn mal jemand anderes außer mir den Müll an die Straße stellt, die Treppen und Wege fegt und die Kübelpflanzen gießt.«

Bianca grinste ihren Bruder an: »Du Armer, musst wirklich immer alles allein machen! Ich habe dir natürlich nie geholfen ...«

»War nicht gegen dich gemeint«, lenkte Tom ein.

Auch Roxane beschwichtige Toms Klagen.

»Das habt ihr doch früher auch gemacht, als wir noch in unserem Haus für uns allein wohnten. Es tut doch nicht weh, etwas für die Gemeinschaft zu tun, damit wir es schön haben.«

Sie schob Tom einen Beutel Kartoffeln und ein Schälmesser zu und verordnete: »Bitte schälen!« Dann überreichte sie Bianca einen Topf und Tiefkühlspinat: »Bitte auftauen ...« Während sie Rühreier vorbereitete, fuhr sie fort: »Vieles haben wir in der letzten Zeit selber erledigt und ich fand es angenehm ohne den pingeligen Krätzner, der überall rumwuselt. Aber manche Dinge, wie Heizöl bestellen, Heizung anstellen und warten und so, muss halt der Vermieter erledigen. Ich habe ihn Mitte Oktober per Brief darum gebeten. Es kam keine Antwort bis heute ... Die Töchter haben die Heizung zwar angestellt, aber es wird trotzdem nicht warm.«

»Hoffentlich ist nichts Schlimmes passiert«, sorgte sich Bianca plötzlich mit nachdenklichem Gesicht, während sie an ihrer Schokolade knabberte und langsam den Spinat im Topf umrührte. »Warum ist eigentlich Sabine nicht mitgekommen?«

Sie traf damit genau die ungute Ahnung, die Roxane auch befallen hatte, als sie draußen in das hasserfüllte Gesicht von Krätzner gesehen hatte.

Da kommt etwas Schlimmes auf uns zu, dachte sie.

*

Am Sonntagnachmittag, als Roxane von einem Spaziergang mit Sally zurückkehrte, traf sie Krätzners Tochter Silvana an den Mülltonnen, mit zwei leeren Pizzakartons in den Händen.

»Hallo Silvana, wie geht es denn Sabine?«, fragte sie vorsichtig.

Die junge Frau zuckte zusammen und stellte mit zitternden Händen die Kartons ab. Sie hatte verschleierte Augen und schien die Tränen zu unterdrücken.

»Mutter ist vor vier Tagen gestorben …«

So war es tatsächlich, wie sie gedacht hatte. Roxane zögerte kurz, dann nahm sie die junge Frau in den Arm und diese fing an heftig zu schluchzen.

»Das tut mir leid.«, sagte sie leise und wiederholte hilflos und traurig: »Das tut mir so leid!«

Die Tränen nahmen nun auch bei Roxane ihren Lauf. Den wirklichen Grund für den Aufenthalt in der Klinik hatte Sabine ihr verschwiegen. Aber sie wusste, dass es ihr vor der Abreise nicht gut gegangen war und dass sie wiederholt bei den verschiedensten Ärzten gewesen war.

»Es war Knochenkrebs. Sie hatte zuletzt starke Schmerzen und musste viel Morphium nehmen«, beschrieb Silvana nun mit etwas gefassterer Stimme. Es tat ihr anscheinend gut, ein paar Worte mit Roxane reden zu können.

»Die Ärzte konnten nichts mehr für sie tun … Mein Vater ist völlig neben sich«, ergänzte sie. Jetzt klang sie wieder verzweifelt.

Roxane fragte nicht nach, was sie mit dem letzten Satz genau meinte. *Ich will sie jetzt nicht mit Neugierde quälen.* Es folgte eine kleine Gesprächspause und sie hoffte, Silvana würde von selbst mehr zu ihrem Vater sagen. Das tat sie aber nicht, sondern sie sagte nur:

»Morgen ist die Beerdigung.«

Sie nahm die Pizzakartons auf und stopfte sie mit energischem Nachdruck in die Mülltonne, als wären sie schuld an ihrer ganzen Traurigkeit.

»Wir werden zum Begräbnis kommen«, sagte Roxane.

»Besser nicht, mein Vater…«, stammelte Silvana und war plötzlich wieder verlegen und zurückhaltend. Sie drehte sich um, ging zurück ins Haus und ließ Roxane mit dem unvollendeten Satz zurück.

Roxane fühlte sich seltsam. *Ich verstehe überhaupt nicht, was diese Ausladung zu bedeuten hat. Da war auch etwas Warnendes in ihrer Stimme und vorher dieser Hass in Krätzners Augen. Was haben wir denn falsch gemacht? Wir wohnen hier nun mal und haben ordentlich gezahlt und das Haus rund um auch ohne sie in Schuss gehalten. Was also ist falsch an uns?*

Wenig später erzählte sie die traurige Nachricht Tom und Bianca. Ihrem Bericht folgte zunächst betroffenes Schweigen.

»Deswegen ist Krätzner so komisch gewesen«, meinte Tom schließlich.

»Ich war noch nie bei einer Beerdigung, aber ich finde wir sollten da hingehen«, sagte Bianca bestimmt. »Sabine hat mir oft in Latein geholfen. Ich mochte sie gut leiden.«

Roxane erwiderte: »Silvana meint, wir sollen nicht zur Beerdigung kommen.«

»Wieso das denn? Sie war doch so oft hier,« wunderte sich Tom »und sie hat sich ständig Sally ausgeborgt!«

»Keine Ahnung, Silvana hat es nicht weiter erklärt. Aber es liegt wohl an ihrem Vater. Er scheint sehr durcheinander zu sein. Vielleicht möchten sie in ihrer Trauer nur im engsten Kreis sein.«

Aber seltsam ist es schon. Er verhält sich sehr komisch, so als gäbe er uns für irgendetwas die Schuld. Aber ich wüsste wirklich nicht, was wir uns vorzuwerfen haben...

Die folgende Arbeitswoche gestaltete sich wie gewohnt. Roxane und Bianca suchten am Montag ein Grabgesteck samt Kondolenzkarte aus und Tom stellte das Ganze vor Krätzners Wohnungstür auf. Sie waren mit Sabine befreundet gewesen und wollten ihrer Trauer und ihrem Beileid für die Familie wenigstens auf diese Weise einen Ausdruck geben.

*

Am Morgen nach Sabines Beerdigung stand Roxane dann wie gewöhnlich unter der Dusche. Bianca und Tom waren zur Schule aufgebrochen. Das warme Wasser und der Massageschwamm entspannten ihre Muskeln und sie genoss den erfrischenden Zitronenduft des Duschgels. *Herrlich, noch kurz durchatmen vor der Arbeit. War ja mal wieder ein hektischer Morgen. Tom hat Panik vor der Biologieprüfung und Bianca extrem schlechte Laune. Sie frisst die Gründe wie immer in sich hinein. Irgendetwas ist mit ihren Klassenkameradinnen passiert ... Ich muss versuchen, sie zum Sprechen zu bringen, sonst wird das wieder eine heftige Krise bei ihr.*

Plötzlich schreckte sie ein Schlurfen von schweren Schritten vor dem Badezimmerfenster aus ihren Gedanken auf. *Bin ich etwa nicht alleine hier?* Jetzt war ein Keuchen zu hören und wieder schlurfende Geräusche.

Kein Irrtum! Wer ist da so dicht neben mir? Ich bin nackt ... Es kann mich doch wohl niemand sehen? Nein, die Scheiben sind ja geriffelt, man sieht nur Schatten. Aber es ist unangenehm, so nahe.

Roxane drehte den Hahn zu und trocknete sich mit fahrigen, immer schneller werden Händen ab, während sie angespannt lauschte. Noch immer war zu spüren, dass jemand dort unter dem Vordach des Hauseingangs, direkt unter ihrem Fenster, stand. Während sie sich ankleidete hörte sie deutlich ein Stöhnen und über ihren Rücken lief ein unangenehmer Schauer.

Wenige Augenblicke später klingelte es lange und eindrücklich an der Wohnungstüre. Sie schrak zusammen und versuchte sich sofort wieder zu beruhigen. *Vielleicht hat nur eines der Kinder etwas vergessen ...*

Während sie in ihre Schuhe schlüpfte, bellte Sally in der Küche los. *Anscheinend doch ein Fremder?* Sie ließ den aufgeregten Hund in den Flur und öffnete entschlossen die Wohnungstür.

Verblüfft sah sie sich ihrem Vermieter gegenüber. Verfilzte, graue Haare hingen in sein schwer gealtertes, blasses Gesicht. Er trug zerschlissene Filzlatschen, eine zerbeulte Cordhose mit offenem Hosenstall und ein kariertes Baumwollhemd, das halb aus der Hose hing. Ein ekliger Schweißgestank und viele Flecke auf der Kleidung ließen vermuten, dass er sich tagelang weder gewaschen noch frische Kleidung angezogen hatte.

Au weia, dachte sie nur und der Hund hinter ihr fing leise und böse an zu knurren. Er starrte sie mit dem gleichen, hasserfüllten Blick an wie am letzten Freitag.

Nachdem sie sich etwas von ihrem Scheck erholt hatte sagte sie bemüht freundlich:»Guten Morgen, was verschafft mir die Ehre?«, *Mein Gott, der ist ja völlig aus der Spur!*

Ohne den Gruß zu erwidern begann der Schmuddel vor ihr zu lamentieren:»So geht das nicht weiter! Das ist mein Haus! Hier können Sie nicht machen, was Sie wollen! Sie wissen doch, dass die Eingangstüren nicht offen stehen bleiben dürfen! Ihre Kinder lassen ständig alles offen! Ich hab's ja schon immer gesagt, Sie können die beiden nicht anständig erziehen! Erlebe ich das noch einmal, bekommen Sie eine Abmahnung!«

»Okay ...«, antwortete sie langsam und ziemlich verblüfft. *Das ist zwar gleich eine heftige Drohung, aber für den lieben Frieden:* »Ich werde meine Kinder deswegen ermahnen.« *Wie kann der alte Bock nur so widerlich hinter mir her schnüffeln. Seine Frau ist doch gerade erst begraben worden!*

Ohne auf Roxanes Antwort einzugehen, nörgelte er mit erhobener Stimme weiter:»Die Jalousien müssen entweder ganz runter gelassen werden oder ganz hoch gezogen werden. Das sieht hier sonst aus wie bei Zigeunern.«

Sie spürte wie sie automatisch die Stirn runzelte und ihre Augen einen scharfen Blick bekamen: *Geht's noch? Er spielt sich auf als wären wir seine Dienstboten. Was soll der Quatsch?* Trotzdem antwortete sie gefasst und ruhig:»Ich werde sehen was sich machen lässt. Aber jetzt muss ich zur Arbeit. Bitte gehen Sie und besprechen Sie in Zukunft solche Probleme mit mir nicht kurz bevor ich weg muss, sondern wenn ich von der Arbeit nach hause komme. Auf Wiedersehen!«

Sie schob die Tür zu. Er wollte noch etwas loswerden und wich nur widerwillig zurück. Als die Tür ins Schloss fiel, war sein böses Gemurmel im Treppenhaus zu hören. Sie lauschte besorgt, während sie hastig ihre Sachen zusammen suchte. *Was soll ich tun, wenn er da immer noch steht und mit neuen Beschuldigungen anfängt? Egal, ich muss jetzt los, sonst komme ich zu spät.*

Als sie mit der Laptoptasche in der Hand die Wohnung verließ, stand er auf dem nächsten Treppenabsatz und starrte böse auf sie hinunter. Gespielt gelassen sagte sie:»Auf Wiedersehen, und einen guten Tag, wünsche ich!«

Im Auto spürte sie ein unangenehmes Gefühl in der Magengegend. *Ich sollte mich beruhigen. Wahrscheinlich ist er in seiner Trauer nicht ganz bei sich. Das wird sich mit der Zeit wieder normalisieren.* Dann fiel ihr wieder der Anblick seiner offenen, schmuddeligen Hose ein und Ekel überkam sie. *Irre ich mich und ist er nur nachlässig gewesen? Falls nicht, kann er gern zu spüren bekommen, dass ich mir nichts gefallen lasse. Aber jetzt habe ich wirklich Wichtigeres zu tun.*

Aber die Gedanken ließen sie nicht richtig los. Auf der Landstraße erinnerte sie sich plötzlich an die Nachbarin, die sie beim Einzug gewarnt hatte. Sie hatte nur den Schlüssel bei ihr abholen wollen, der Mietvertrag war längst unterschrieben.»Der Alte ist verrückt«, hatte die Nachbarin gesagt,»das weiß ganz Lautertal. Er hat die Schulleiterin geohrfeigt und er hat die halbe Stadt verklagt.« Als sie Genaueres wissen wollte, wiegelte sie ab.»Reden Sie mit Sabine. Seine Frau passt auf ihn auf!« Das hatte sie dann auch getan, beim Kaffeetrinken in ihrer Küche. Jedoch war nicht viel aus Sabine heraus zu bekommen.

»Ich habe das voll unter Kontrolle. Er hatte keine so schöne Kindheit, weißt du ... Aber er ist hochbegabt ...«

Sie hatte ihr sehr direkt in die Augen gesehen und erklärt:»Du musst verstehen, Sabine, als Mutter von zwei Kindern möchte ich über die Verhältnisse in meinem Wohnumfeld Bescheid wissen.«

»Ja, ja, das verstehe ich, ich bin ja auch Mutter! Mach dir mal keine Sorgen!« Und dann, wieder in dieser scharfe, abwehrende Ton:»Ich habe das hier alles voll unter Kontrolle.«

Aber wer hat heute die Kontrolle, wo sie tot ist? – Genug gegrübelt ...
Roxane parkte das Auto vor dem Bürogebäude der Entwicklungsorganisation, wo sie arbeitete.

*

Am nächsten Tag, unter der Dusche, hörte sie wieder das Schlurfen, Keuchen und Stöhnen vor ihrem Fenster. Sie schrak zusammen.

Geht das schon wieder los? Nein, ich lass mich jetzt nicht ängstigen und stressen.

Sie ließ das Wasser weiter laufen, während sie sich abtrocknete und anzog, um mehr Zeit zu haben. Die Geräusche hörten nicht auf und ihr lief ein ausgiebiger Schauer des Ekels über den Rücken. Diesmal klingelte es jedoch nicht, nachdem sie das Bad verlassen hatte.

Anscheinend ist er nun irgendwo in seinen Garten gegangen.

Sie packte ihre Arbeitstasche und verließ die Wohnung, nachdem sie in den noch immer kalten Jugendzimmern das Licht und die Jalousien kontrolliert hatte. Doch dann kam die Überraschung. Er wartete auf dem Treppenabsatz auf sie. Völlig verwuselt, unverändert in derselben Kleidung, die immer mehr mit seinem Körpergeruch und seinem verwirrten Geisteszustand eine Einheit der Verwahrlosung bildete.

»Guten Morgen«, grüßte sie knapp und wollte schnell weitergehen.

Bitte nicht wieder so eine aufdringliche Vorstellung, wie gestern...

Er stellte sich ihr in den Weg und eröffnete seine Rede mit wichtig erhobenem Zeigefinger:»Wir müssen in der Wohnung arbeiten. Es dauert zwei Tage. Die Abluftkanäle im Bad müssen überprüft und in Stand gesetzt werden.«

Als Mieterin muss ich wohl solche Arbeiten dulden, auch wenn's mir gar nicht passt.»Also gut, wer wird die Reparaturen durchführen?«

»Ich habe eine Firma beauftragt«, kündigte er gewichtig an und fing an nervös an seinem obersten Hemdknopf zu drehen.

»Wann ist der Termin?«

»Ich weiß noch nicht genau.«

Der Hemdknopf löste sich, kollerte auf den Boden und drehte kleine Kreise. Sie bückte sich, las den Knopf vom Boden auf und dachte: *Und warum muss ich das dann ausgerechnet jetzt wissen?* Sie hielt ihm den Knopf hin und sagte: »Dann geben Sie doch bitte schriftlich Bescheid. Ich nehme mir dann an der Arbeit frei.«

Zerstreut starrte er auf den Knopf und nahm ihn nicht an. »Es reicht wenn eines Ihrer Kinder da ist …«

Du glaubst doch nicht ich lasse die Kinder mit dir allein in der Wohnung.

Ihr reichte sein Gestank und sie drückte sich wortlos an der Wand an ihm vorbei und verließ eilig das Treppenhaus. Der Ekel plagte sie, während sie in Richtung Auto einige Bögen um den überall herumstehenden Plunder schlug, den er begonnen hatte vor die Tür zu stellen. Auf einem Stapel staubiger Pelzmänteln entdeckte sie dabei das Beerdigungsgesteck, das sie mit den Kindern für Sabine gekauft hatte.

Schade, verwelkt, zerknickt und achtlos beiseite geworfen … fuhr es ihr durch den Kopf. *Da legt ja jemand keinerlei Wert auf freundliche Gesten! Schon seltsam wie er drauf ist. Von Trauer merkt man nicht viel, dafür heftigster Aktionismus...*

Als Roxane gegen 17:00 Uhr von der Arbeit kam, lag im Briefkasten der Brief ihres Vermieters, in dem er mitteilte, dass er die Instandsetzungsarbeiten beim Abluftkanal vornehmem wollte. Ein genauer Termin wurde nicht angegeben. Man solle sich auf kurzfristige Angaben einstellen. Sie legte den Brief beiseite und ging zu Tom und Bianca, die in Toms Zimmer am Computer spielten und erzählte von den morgendlichen Vorfällen. Das gruselige Vorspiel unter dem Badezimmerfenster verschwieg sie, weil sie die beiden nicht ängstigen wollte.

»Ich finde das total widersprüchlich!«, schimpfte Tom. »Wir werden ermahnt aber er lässt beim Ausräumen von seinem Müll ständig alles offen.«

Du hast ja Recht Tom, aber ich glaube, er ist gerade richtig gaga! Logik geht bei ihm gerade gar nicht. Egal, was er macht, bitte achtet einfach darauf, dass die Haustür zu ist. Und vor allem passt auf, dass unsere Wohnungstür immer geschlossen ist, versprecht ihr mir das?«

»Hast du bemerkt wie er stinkt?«, warf Bianca dazwischen »Seit Sabine nicht mehr da ist sagt ihm wohl niemand mehr, dass er sich waschen muss.«

»Ich glaube das Beste ist, ihm so weit wie möglich aus dem Weg zu gehen«, beschloss Tom.

»Ja, das ist mit Sicherheit das Beste. Und macht die Wohnungstür zu, bitte!« sagte Roxane.

*

Kaum noch überrascht, hörte sie am nächsten Morgen zum dritten Mal seine schlurfenden Füße in Filzpantoffeln und sein Keuchen unter dem Badezimmerfenster. Verdammt, *wird das hier jetzt ein Dauerzustand? Kann ich in meiner eigenen Wohnung nicht mehr in Ruhe duschen. Sein Stöhnen* hört sich an als wichst *er sich einen dabei...*

Weil sie die Dusche nicht abrupt abbrechen wollte, stellte sie laut das Radio an und übertönte die Geräusche. Trotzdem wurden ihre Handgriffe und Bewegungen immer schneller und fahriger, als sie sich abtrocknete und anzog. *Es ist so ekelig!* Sie nahm ein Kleenex-Tuch in die Hand. Kaum hatte sie das Radio abgestellt und die Badezimmertür hinter sich geschlossen, schrillte wieder eindringlich und lange die Türklingel. Sally fing an zu knurren und zu bellen.

So schnell macht man mir keine Angst!

Ruckartig und entschlossen riss sie die Wohnungstür auf und hielt ihm demonstrativ das Kleenex hin. »Guten Morgen, womit kann ich heute dienen?«

Er schien die Anspielung gar nicht zu begreifen oder das Tuch nicht wahrzunehmen. Grußlos fing er wieder an mit seiner nörgeligen Fistelstimme zu lamentieren:

»Ihr Büffetschrank im Keller steht da jetzt, seit Sie eingezogen sind. Sie sagten doch, Sie wollten ihn verkaufen, weil er nicht in Ihre Wohnung passt. Nichts ist passiert, ihr seid ein faules Pack! Wenn das Ding nicht in drei Tagen verschwunden ist hacke ich es zu Brennholz.«

Sie musste sich wieder einen Augenblick sammeln um freundlich zu bleiben.

Natürlich, das Buffet sollte schon lange weg, da hat er ja nicht Unrecht. Aber was soll dieser unverschämte Ton?

So ruhig wie möglich sagte sie: »Mal langsam, Sie haben ja Recht, aber deswegen müssen Sie uns nicht als faules Pack bezeichnen. Und Sie werden den wertvollen Schrank nicht kaputt schlagen. Ich kümmere mich darum, dass er aus dem Keller kommt.«

Jetzt kippte seine Fistelstimme und er fing an zu kreischen:»Wenn der Schrank nicht in drei Tagen verschwunden ist, mache ich ihn zu Kleinholz! Dann könnt ihr mit damit eure Wohnung heizen. Meine Heizung genügt euch ja nicht. Ewig wird hier gemeckert! Seit ihr hier wohnt hat man keinen Frieden mehr im Haus, aber das ist mein Haus, ich bin der Besitzer hier und ich bestimme was hier läuft!«

Du ekliges, nerviges Rumpelstilzchen.»Jetzt sag ich Ihnen mal was! Ich muss gleich zur Arbeit. Wenn Sie mit mir sprechen wollen, dann heute Nachmittag. Ich wünsche hier morgens nicht gestört zu werden. Lassen sie mich jetzt in Ruhe!«

Darauf trat er einen Schritt vor und stellte dabei einen Fuß in den Türrahmen. Er zischte:»Ich werde das Haus umbauen und ihr habt dann keinen Platz mehr hier!«

Ihr gefiel der Fuß im Türrahmen gar nicht, auch wenn sie nicht wusste, ob er dort bewusst hingeraten war. Mit scharfer Stimme antwortete sie:»Herr Krätzner, Sie gehen jetzt sofort! Wir reden heute Nachmittag weiter!« Sally knurrte hinter ihr und näherte sich dabei der Tür. Er zuckte zusammen und trat zurück. Sobald Roxane nicht mehr Gefahr lief seinen Fuß einzuklemmen, schloss sie mit einem Knall die Wohnungstür. Sie hörte ihn wütend vor sich hin schimpfen und im Treppenhaus nach oben steigen.»Dreckspack! Mein Haus! Euch zeig ich's!«

*

Noch vor der Arbeit fuhr Roxane beim Trödler im Nachbarort vorbei, mit dem sie schon einmal wegen dem antiken Schrank gesprochen hatte. *Hoffentlich ist er schon da. O ja, ich habe anscheinend Glück.*

Vor einigen Monaten hatte sich der Trödler das antike Nussbaumbuffet bei ihr angesehen und war interessiert. Jedoch wollte er das riesige Möbelstück nur im Tausch gegen einige andere Stücke aus seinem Lager aufkaufen. Roxane hatte gezögert. Es war die letzte Erinnerung an ihre ostpreußischen Großeltern und sie hätte das gute Stück gern in guten Händen gewusst. Außerdem wäre ihr Bargeld lieber gewesen, als noch mehr schwere alte Möbel in ihrer Wohnung. Nun erklärte sie sich mit dem Vorschlag des Händlers einverstanden. Sie einigten sich auf den

Tausch gegen einen massiven Kleiderschrank und einen runden Ausziehtisch, die gut in Roxanes Wohnung passten. Der Händler versprach am Freitagabend mit einem starken Gehilfen die Möbel zu bringen und das Buffet abzuholen. Somit würde die Forderung von Krätzner innerhalb der drei Tage Frist erfüllt sein.

Roxane bedankte sich und fuhr erleichtert los.

Gott sei Dank, dass der Händler so nett ist. Er kann mir einfach nichts abschlagen … Sie schmunzelte und legte einen höheren Gang ein und gab Gas. *Ich habe lange gezögert mich von dieser Erinnerung zu trennen. Aber wer loslässt hat beide* Hände frei. – *Hoffentlich gibt der idiotische Vermieter jetzt endlich Ruhe.*

*

Es war der späte Freitagnachmittag vom letzten Novemberwochenende. Wolken aus Nieselregen hingen schwer über der Kleinstadt und erste Adventssterne beleuchteten einige Fenster. Tom und Bianca brachten sie zum Bahnhof. Sally flitzte auf den leeren Bürgersteigen voraus.

»Kann ich euch wirklich allein lassen?«

»Klar Mama, wir machen das hier schon. Bleib mal ganz locker!« Toms Stimme klang cool und zuversichtlich.

»Ich lasse die Handwerker morgen früh um 8:00 Uhr rein, damit die restliche Arbeit erledigt wird, Bianca und ich frühstücken solange, danach fahren wir zu Papa und Sally nehmen wir mit. Was ist da bitte Schwieriges dran? Nix!« Er grinste sie an.

Bianca zog ein langes Gesicht. »Du musst mich aber nicht schon gleich um 8:00 wecken, schließlich ist Samstag und wann haben wir schon mal sturmfrei …«

»Ach willst du mal wieder warten, bis man dir alles fertig vor die Nase setzt?« Tom sah seine Schwester warnend an, während er seiner Mutter half den Koffer auf den Bahnsteig zu ziehen.

Roxane versuchte vorzubeugen. »Bitte kein Streit! Sturmfrei heißt auch, dass ihr etwas von meinen Aufgaben übernehmen müsst. Bianca du kannst ja mit Sally morgens Gassi gehen und ihr habt ja bestimmt auch beide noch was für Montag in der Schule vorzubereiten. Wäre doch nicht schlecht, wenn ihr alles erledigt habt und dann am Abend auf dem Konzert keinen Gedanken mehr dran verschwenden müsst.«

»Aber morgen ist Samstag!«, beharrte Bianca.

Tom war jetzt ganz großer Bruder:»Na und, man kann eben nicht alles haben! Willst du morgen Abend mit oder nicht?«

»Schon gut«, brummte Bianca,»aber es kommt der Tag, da kann ich auch allein auf sowas gehen und selber entscheiden, wie das läuft!«

»Also, kann ich euch jetzt beruhigt allein lassen, oder nicht?« Roxane wünschte sich ein Versprechen, dass alles friedlich verlaufen würde.

Bianca nahm ihre Mutter in die Arme, als der Zug einfuhr.»Klar Mama, besuch du nur deinen Oliver. Du sollst auch mal wieder glücklich sein! Ich werde mich mit Tom vertragen und alles erledigen, wie du es willst.«

»Danke mein Schatz, du kannst so lieb sein!« Roxane drückte ihre Tochter an sich. Dann umarmte sie auch Tom.

»Danke, dass du das mit den Handwerkern erledigst. Bitte gib Acht, dass Krätzner nicht mit reinschleicht. Ich habe ihm ausdrücklich gesagt, dass ein Vermieter sich vorher anmelden muss.« Sie küsste ihren Sohn auf die Wange.

Tom schob den Koffer in den Zug.»Alles klar, Mama. Jetzt steig mal besser ein, sonst fährt dein Zug noch ohne dich nach Berlin.«

Kurze Zeit später winkte Roxane den Beiden zu, als der Regionalexpress aus dem Bahnhof rollte. *Sie sind 15 und 17, alt genug ... Es ist besser, wenn ich nicht ständig versuche alles zu kontrollieren. Es wird schon alles gut gehen. Schließlich hat ihr Vater ja auch noch ein Auge auf die beiden und gerade darum sollte ich mich besser raushalten.*

*

Krätzner zupfte am Samstagmorgen in seinen akkurat gesäuberten Blumenbeeten winzige Keimlinge aus und beobachtete dabei, wie die Handwerker von Tom eingelassen wurden. Er erinnerte sich an die Worte seiner toten Frau.»Du kannst deinen Mietern nicht vorschreiben wie und was sie kochen.«

»Aber ...«, hatte er zu widersprechen versucht.

»Keine Widerrede, ich will nichts mehr hören! Bei unserem Hausbau wusstest du immer alles besser als der Architekt und die Handwerker. Außerdem wolltest du schnell vermieten, wegen dem Geld. Jetzt haben die Mieter eben das Recht ihre Wohnung zu nutzen, wie sie wollen. Du wirst ihnen keine Vorschriften machen, die rechtlich nicht gesichert sind.«

So war sie immer, konsequent und gerade heraus. Aber dieser verdammte Knoblauchgestank von da unten ist davon nicht besser geworden. Sie braten, brutzeln und verpesten sie die Luft. Wie bei den Muftis. Es ist zum Kotzen! Ich muss endlich herausfinden warum das zu mir in die Wohnung zieht. Dieser Abluftkanal … Warum hat diese unverschämte Person mir nur verboten in die Wohnung zu gehen?

Der Dämon in seinem Kopf erwachte. »Willst du dir schon wieder alles vorschreiben lassen? Und noch dazu von dieser Schlampe? Es ist doch dein Haus und auch deine Wohnung!«

»Nein, du hast Recht!«

Entschlossen wendete er sich seinem Gartenschuppen zu und begann mit sturem Blick eine Handwerkskiste zusammenzupacken. Ich kann in meinem Haus machen was ich will!

*

Tom hatte um 8:00 Uhr einen Trainingsanzug über seinen Schlafanzug gezogen und dachte: Es soll ja nur eine halbe Stunde dauern, das fehlende Teil einzubauen … Als es kurz darauf klingelte, ließ er, noch reichlich verschlafen, die zwei Handwerker in die Wohnung. Die machten sich sofort im Bad an die Arbeit. Während sie hämmerten und klopften, bereitete Tom in der Küche das Frühstück vor. Kaffeearoma erfüllte die Küche, und Tom wurde langsam wacher. Er machte es sich mit leiser Musik aus dem Küchenradio gemütlich.

»Bring doch schon mal das Werkzeug in den Wagen«, wies der Chef seinen Kollegen an, »ich räum noch schnell auf.«

Dann klopfte er an die Küchentür und hielt Tom seinen Auftragszettel hin. »Würdest du das bitte abzeichnen.«

»Klaro!« Tom nahm den Kugelschreiber vom Einkaufsblock und kritzelte seine Unterschrift auf das Papier. »Ein schönes Wochenende noch«, sagte er, als auch der Chef die Wohnung verließ und kam sich einen Moment sehr erwachsen vor.

Dann weckte er Bianca, die bald darauf gähnend, im Schlafanzug, am Küchentisch Platz nahm.

»Frühstück machen kannst du gut alleine, viel besser als ich … Nachher hau ich mich aber nochmal aufs Ohr«, foppte sie ihren Bruder, während sie sich Kaffee einschenkte.

»Genau, ich vergesse nicht immer die Hälfte wie du, wenn man mich in Ruhe lässt.« Tom fischte sich eine warme Brotscheibe aus dem Toaster. »Du wirst schon sehen, der Kaffee macht … He, Sally, was ist?« Der Hund stand knurrend an der Küchentür, die sich langsam öffnete. Eine Stehleiter schob sich herein, gefolgt von Krätzner, der außerdem mit einer großen Handwerkskiste beladen war. Tom fiel die Kinnlade nach unten. Er sah Bianca an, die auch sprachlos mit offenem Mund zusah.

»Könnt ihr nicht mal anfassen!«, war seine ganze, ärgerliche Begrüßung. Die beiden sahen sich in die Augen und konnten gegenseitig ihren Ärger wachsen sehen. Tom fand seine Sprache zuerst wieder.

»Was machen Sie hier? Meine Mutter hat Ihnen doch ausdrücklich verboten einfach die Wohnung zu betreten. Vor allem wenn sie nicht da ist!«

Sein entrüsteter Tonfall schien den Alten zu reizen.

»Maul halten! Ich habe hier zu arbeiten. Das ist mein Haus. Macht gefälligst Platz hier!«

Er stieß grob gegen Biancas Stuhl, der ihm im Weg stand. Bianca sprang erschrocken auf und Sally fing wütend an zu bellen. Er trat heftig nach der Hündin, die erschrocken den Schwanz zwischen die Beine klemmte und in den Flur flüchtete.

»Ihr seid ja noch im Schlafanzug, zieht euch gefälligst was an!« schimpfte er weiter.

Jetzt wurde Tom richtig sauer: »Was fällt Ihnen ein! Sie verlassen jetzt sofort die Wohnung, oder ich hole die Polizei! Bianca, gib mir mal das Telefon vom Flur.«

Seine Schwester tat wie ihr geheißen. »Hier«, flüsterte sie und Tom spürte, wie ihre Hände zitterten, als sie es ihm reichte.

Blitzschnell griff Krätzner dazwischen und schnappte sich das Telefon. Er warf es in seine Handwerkskiste und brüllte: »Wenn du nicht sofort verschwindest gibt's richtig Senge, du verlauster Bengel.«

Erschrocken folgte Toms Blick dem Gerät. Auf ein Handgemenge mit dem Alten wollte er es lieber nicht ankommen lassen. Er überlegte: Wer von uns beiden ist hier der Stärkere? Was passiert, wenn ich den alten Knacker verletze? Oder er mich? Eigentlich ist Prügeln auch gar nicht mein Ding …

Vor der Türe hörte man das Knurren der verunsicherten Sally.

Jetzt stellte Krätzner knallend die Blechleiter vor den Küchenschrank, holte Hammer und Meißel aus seiner Kiste und bestieg mit lautem Klappern die Leiter.

Tom nahm seinen ganzen Mut zusammen und versuchte es nochmal mit Vernunft: »Sie dürfen hier nicht ohne Anmeldung rein. Das wissen sie ganz genau! Und geben sie sofort das Telefon her!«

Völlig unbeeindruckt von seinen Worten schlug der Alte auf die Zimmerdecke ein. Mörtel staubte den Frühstückstisch mit samt den Lebensmitteln ein. Dabei schimpfte er:

»Was kann ich denn dafür, dass eure verdammte Mutter in Berlin rumhuren muss!«

»Hören Sie sofort mit dem Scheiß auf! Was fällt Ihnen ein!«

Tom wollte entschlossen wirken, aber er spürte, wie dünn und verzweifelt seine Stimme klang und wie heiß sein Gesicht vor Wut geworden war. Hilflos sah er zu, wie Krätzner rückwärts von den Sprossen kletterte und mit drohend erhobenem Vorschlaghammer auf ihn zukam.

«Tom, pass auf!« Bianca hatte angefangen zu weinen. «Der hat sie nicht mehr alle! Ich will nicht, dass dir was passiert!«

Tom wich zurück und Bianca zog ihn an seinem Trainingsanzug zur Küchentür. Er schnappte sich aber blitzschnell das Telefon aus der Werkzeugkiste. Dann flüchteten sie durch den Flur in Biancas Zimmer und schlossen die Tür ab. Er folgte ihnen Gott sei Dank nicht, sondern begann weiter das Loch in der Küchendecke zu bearbeiten.

»Ich hab so Angst!« Bianca drückte gedankenverloren Sally so heftig an sich, dass diese versuchte, sich aus der schmerzhaften Umarmung heraus zu drängeln. »Entschuldige, armer Hund, du bist ja nicht aus Stoff!«

»Vorläufig sind wir in Sicherheit«, beruhigte Tom sie »Ich rufe Papa an.«

»Hoffentlich ist der schon wach«, meinte Bianca und lauschte den heftigen Hammerschlägen und dem Knallen von Mörtelbrocken aus der Küche.

»Wie ist der hier bloß reingekommen«, rätselte Tom, während er wählte.

»Vielleicht hat er sich an den Handwerkern vorbei gedrängelt, als die gingen?«

»Aber ich habe doch gesehen wie sie die Wohnungstür zugezogen haben!«

»Keine Ahnung, woher weiß er überhaupt wohin Mama gefahren ist?« wunderte sich Bianca. Ratlos lauschten sie dem Rufton des Telefons.

»Ah endlich! Hallo Papa? Du musst sofort kommen! Der Vermieter reißt wie ein Irrer bei uns die Küchendecke auf und Mama ist doch in Berlin!« –

»Nein, hat sie nicht erlaubt.« –

»Keine Ahnung wie, aber der Typ hat uns mit 'nem Hammer bedroht, als ich ihm gesagt habe was Sache ist.« –

»Nein, ich bin doch nicht blöd! Wir haben uns in Biancas Zimmer eingeschlossen.« –

»Ja gut, wir warten. Aber beeil dich, Bianca macht sich aus Angst fast in die Hose.«

Tom entging nicht, dass Bianca jetzt beleidigt aussah.

»Ich wollte doch nur, dass Papa Gas gibt. Und wir können ja wirklich noch nicht mal aufs Klo, oder traust du dich hier raus?«

»Nein, nicht so richtig …« Die beiden lauschten wieder dem Baulärm aus der Küche. »Mann, was ein Arschloch!« Genervt stellte Tom sich ans Fenster und schaute wartend auf die Straße. Als eine halbe Stunde später sein Vater die Wohnung betrat, war Krätzner nicht mehr zu sehen. Allerdings entging niemand die Spur der Verwüstung in der Küche.

*

Am gleichen Samstagmorgen, um ca. 10 Uhr, streckte Roxane sich noch einmal in Olivers weichen Kissen und setzte sich dann langsam auf. Sie war allein.

Was für eine Nacht und was für ein Mann!

Sonnenstrahlen fielen durch die durchsichtigen, weißen Stores und verträumt betrachtete sie das geometrische Triptychon an der gegenüber liegenden Seite des breiten Bettes.

Diese Hände, dieser wendige, muskulöse Körper, die Raffiniertheit mit der er immer wieder neue Spiele erfindet … Als er meine Hände am Bett gefesselt hat war es unglaublich erregend. Einmal so gar nichts aktiv tun zu dürfen… Und es hat ihm mindestens so viel Lust bereitet wie mir, da bin ich mir sicher.

Ihre Gedanken wurden von Geräuschen des Wohnungsschlüssels und von Olivers festen Schritten abgelenkt, die sich näherten. Dann stand er grinsend mit seiner »Berliner-Schrippen-Tüte« in der Tür.

»Na, ausgeschlafen? – Frühstück?«

»Gern, aber was meinst du mit Schlafen?«

Langsam schob sie sich nach vorn ans Fußende des Bettes und nahm eine Hand von ihm.

»Dafür war es viel zu aufregend mit dir. Wenn ich dich sehe, bekomme ich schon wieder die schönsten Ideen.« Als sie ihre langen Beine auf den Teppich setzte und lächelnd Anstalten machte, ihn noch mal ins Bett zu ziehen, entzog er sich mühelos. Widerstand war bei seiner Kraft zwecklos.

»Ich liebe deine Leidenschaft, aber hol dir erstmal wieder ein bisschen neue Energie. Dann können wir gerne über den erotischen Nachschlag reden, oder eine neue ausgiebige Hauptmahlzeit ….«

Er wendete sich der Küche zu.

»Kaffee oder Tee?«

»Tee, bitte« Roxane stand langsam auf und ging zum Bad. *Komisch, bei solch alltäglichen Dingen wie Toilette und Duschen fühle ich mich noch fremd und verlegen aber in seinem Bett habe ich solche Gefühle total vergessen. Ziehe ich mich jetzt an oder bleibe ich so, wie ich bin, einfach nackt?*

Als hätte er ihre Gedanken gelesen, lugte sein Kopf durch die Badezimmertüre:

»Bleib so wie du bist, du bist unglaublich schön!«

Als sie sein gemütliches Wohnzimmer betrat, hatte er einen Tisch mit Eiern, Butter, Marmelade, Käse und Lachs gedeckt und zwei große Handtücher fürsorglich auf dem Ledersofa ausgebreitet. Roxane ging auf ihn zu und zog ihm das T Shirt aus.

»Ich möchte auch was zum Bewundern haben, während ich frühstücke.«

Als sie ihn weiter ausziehen wollte, rückte er weg und lächelte freundlich. »Erst essen!«

Dann schenkte er den duftenden, frisch gebrühten Tee in zwei Tassen. Ihr Blick konnte sich kaum von seinen starken Händen lösen, die so zärtlich und manchmal auch richtig hart zu ihr gewesen waren.

Ich war noch nie so verliebt in Hände. Ach was, nicht nur in die Hände …

Endlich nahm Roxane sich ein halbes Brötchen und begann Butter darauf zu streichen.

»Was machen wir heute?«

»Es haben uns Freunde im Yachtklub eingeladen. Es gibt heute Hirschgulasch. Dann wollen wir zusammen Fußball gucken. Falls nichts dazwischen kommt, meine ich.«

Oliver streichelte ihre Schenkel und lächelte mit seinen schmalen, fast harten Lippen wie ein verschmitzter Lausebengel.

»Okay, dann lern ich mal Freunde von dir kennen. Das interessiert mich sehr und am Yachthafen ist es bestimmt gemütlich.«

Als sie sich gerade etwas mehr auf ihren Hunger auf Nahrung konzentrierten, klingelte Roxanes Handy. Roxane schaute auf die Nummer. *Oh nein, nicht jetzt!* »Mein Exmann!«

»Muss das jetzt sein?« Olivers Gesicht verdunkelte sich leicht.

Roxane warf ihm einen besorgten und entschuldigenden Blick zu. »Normal würde er mich hier nie anrufen. Das muss ein Notfall sein.«

»Okay, dann geh mal besser dran.«

Sofort meldete sich die sehr aufgebrachte und laute Stimme von Lenhardt: »Bist du von allen guten Geistern verlassen, den Kindern sowas anzutun!«

Roxane war blass geworden und ihr wurde kalt vor Angst. »Was ist denn passiert?« *Wieso habe ich denn den Kindern was angetan?*

»Tom ist völlig fertig mit den Nerven und Bianca ist total verängstigt! Dein bekloppter Vermieter hat die Kinder bedroht! Ich gebe dir mal Tom. Soll er doch selber erzählen!«

Das Handy wurde weiter gereicht und Toms klagende Stimme übernahm:

»Mama, Krätzner hat die Küchendecke aufgebrochen und rumgebrüllt wie ein Idiot. Als ich ihm gesagt habe, er darf gar nicht einfach in die Wohnung und er soll abhauen, hat er mich und Bianca mit 'nem Vorschlaghammer bedroht.«

Roxane wurde blass. »Verdammt, wie ist er denn reingekommen? Ich habe doch ausdrücklich gesagt, nur die Handwerker haben Zutritt!«

»Keine Ahnung, die Handwerker waren gegangen, die Wohnungstüre war zu, da bin ich sicher und plötzlich stand er einfach in der Küche. Es tut mir leid. Die Küche sieht fürchterlich aus.«

Roxane stellte ihr Essen zur Seite und setzte sich kerzengerade auf. *Was ist denn das jetzt für eine neue Dimension an Wahnsinn? Und immer diese Schuldzuweisungen von Lenhardt, als ob es nichts Wichtigeres geben würde!*

»Tom, du hast auf keinen Fall Schuld. Bitte mach dir keine Vorwürfe! Wir müssen aber unbedingt herausfinden, wie er da reingekommen ist. Ihr seid so nicht mehr sicher in der Wohnung!«

»Wir haben uns in meinem Zimmer eingeschlossen und Papa angerufen.«

»Seid ihr jetzt bei eurem Vater?«

»Ja, aber Sally durfte nicht mit. Du weißt doch … Wir waren noch kurz mit ihr draußen, aber jetzt ist sie ganz allein in der Wohnung. Wir trauen uns nicht nachhause und sie muss doch heute Abend noch mal raus.«

»Ihr bleibt bei Papa, bis ich nachhause komme, egal was passiert! Und er soll Sally auch holen, sag ihm das! Ich komme so schnell es geht nachhause! Hab keine Angst, alles wird gut!«

»Ich hab keine Angst vor dem alten Knacker, ich bin wütend! Ich reich dich nochmal an Papa zurück, der will noch was sagen …«

Lenhardts Stimme klang immer noch aufgebracht: »Das ist das letzte Mal, dass ich mich um den Hund kümmere! Nur weil du mit deinem Macker in Berlin rumhängst, verderbe ich es mir nicht auch noch mit meiner Vermieterin.«

Verdammt, was willst du eigentlich von mir? Du hast nach der Trennung ein Jahr später neu geheiratet und mir gönnst du nicht mal eine Fernbeziehung? So ruhig wie möglich sagte sie: »Sally gehört zur Familie, vor allem zu Bianca. Wir haben sie vor Jahren gemeinsam den Kindern geschenkt. Wieso bin ich jetzt allein für das Tier verantwortlich?« *Wenn ich das Thema jetzt weiter diskutiere, kommen wir von einem Vorwurf zum nächsten und ich will vor Oliver keine Schmutzwäsche waschen.* Sie versuchte zu schlichten.

»Ich komme auf dem schnellsten Weg nachhause und sorge für Ordnung. Ich melde mich später noch mal, wann genau ein Zug geht. Aber bitte kümmere dich jetzt erstmal auch um den Hund!«

Lenhardts Stimme wurde etwas gnädiger: »Ich gehe einmal mit ihr raus und dann muss sie warten bis du wieder da bist. Ist mir egal, ob sie später in die Wohnung scheißt.« Dann beendete er das Gespräch.

Oliver machte ein nachdenkliches Gesicht: »Ganz schön sauer, dein Mann!«

»Wir sind geschieden, schon vergessen?«

Oliver nickte zufrieden und schenkte Tee nach.

»So aufbrausend war er schon immer. Glaub mir, das legt sich auch wieder.«

»Ist anscheinend noch ganz schön eifersüchtig!«

»Tut mir leid, wegen dem Macker! Männlicher Stolz, dauergekränkt weil ich ihn verlassen habe … Er ist doch wieder verheiratet, wie kann er da noch eifersüchtig sein?«

»Mir würde es auch schwer fallen dich herzugeben!«

Sie lächelte ihn an. *Ich wusste es, männlicher Stolz, überall das Gleiche …* und sagte:»Lieb, dass du das sagst...« Innerlich fühlte sie jedoch leichten Ärger aufsteigen.

Was ist hier eigentlich gerade das Problem, mein Exmann oder Krätzner? Entschlossen stellte sie klar:»Ich mache mir Sorgen wegen der Kinder und auch Vorwürfe, weil ich sie allein gelassen habe. Was soll ich wegen diesem bekloppten Vermieter nur machen? Ich kann doch nicht völlig auf mein eigenes Leben verzichten und mich ganz für die Familie aufopfern. Tom und Bianca werden langsam flügge und ich werde alt und kriege derweil alleine weiße Haare?«

Oliver begann den Frühstückstisch abzuräumen.»Es ist schön, dass du lieber mit mir zusammen alt und grau werden willst.«

Jetzt freute sich Roxanne. *Das könne jetzt fast eine Art vorsichtige Liebeserklärung sein …*

Er sah sie bedauernd an.»Musst du denn noch heute abreisen?«

»Ich weiß nicht recht …« *Soll ich gleich …, ach was …*

»Wenn ich jetzt mittags heimfahre, komme ich abends im Dunkeln an. Was kann ich denn heute noch ausrichten? Ich denke es reicht, wenn ich morgen ganz früh fahre. Die Kinder sind bei ihrem Vater und schlafen bestimmt aus. Die Bescherung in der Wohnung wird sich bis Sonntagmittag ohne mich sowieso nicht beseitigen. Was die Kinder anbelangt, kann ich mich letztlich auf Lenhardt verlassen. Er liebt seine Kinder! Ich wette, Bianca überredet ihren Papa, den Hund heimlich in seine Wohnung zu holen.«

»Okay, wie du meinst. Dann buchen wir den Zug auf morgen früh um.« Oliver lächelte zufrieden.

Aber die erotische Stimmung war verflogen. Roxanes Gedanken schweiften immer wieder ab, als schließlich im Segelklub das Fußballspiel lief.

Wie geht es wohl Bianca? Mit diesem Irren im Haus kann ich das Mädchen doch nicht mehr eine Stunde lang alleine lassen. Tom ist von der Situation auch überfordert. Er will an Stelle seines Vaters so viel Verantwortung für die Familie übernehmen und wird völlig verunsichert. Ich weiß ja selbst nicht wie ich reagieren soll...

Nach dem zweiten Rotwein, als die erste Kennenlernphase mit Olivers

Freunden abebbte und alle anderen gespannt dem Spiel folgten, offenbarte sie schließlich ein paar ihrer Gedanken an Oliver:»Wie ist er nur in die Wohnung gekommen und was wollte er in der Küche? Es war bei den Reparaturarbeiten doch nur vom Badezimmer die Rede. Ich habe das Gefühl, der Alte schnappt langsam über! Sowas kann ich mir doch nicht einfach so gefallen lassen.«

Oliver zeigte Verständnis.»Ich denke, wir machen erstmal einen Bummel an der frischen Luft und unterhalten uns mal gründlich. Wir sind beide keine Teenager mehr und haben Verpflichtungen und entsprechend Probleme in unserem Leben. Da muss man nach Lösungen suchen.«

»Ich danke dir. Weißt du, ich habe ein schlechtes Gewissen, obwohl ich sehr gut weiß, dass Tom und Bianca alt genug sind, um mal allein klar zukommen. Sie machen ja auch schon immer öfter ihr eigenes Ding mit Freunden und auf Partys und lassen mich allein. Ihr Vater ist ja auch noch für sie da. Aber als liebende Mutter kann man einfach nicht so leicht loslassen.«

»Ich hoffe du liebst mich auch …«In Olivers Stimme schwang Unsicherheit mit.

Roxane seufzte. *Wieso geht es schon wieder zuerst um dich?* Sie nahm einen Schritt Abstand und sah ihm fest in die Augen.

»Ja, ich liebe dich, sogar sehr! Meine Liebe wird nicht leer wie ein Bankkonto, weil ich Mutter bin. Betrachte mich einfach als sehr liebesfähige Frau! Meine Kinder liebe ich doch ganz anders als dich. Du kannst ja zum Beispiel schon selbst auf dich aufpassen, oder?«

Oliver sah sie leicht überrascht an, dann lächelte er.»Ja, und auf dich und deine Kinder noch dazu!« Er legte den Arm um ihre Schulter und drückte sie an sich.

Sie gingen eine Weile schweigend weiter, bis Oliver fort fuhr:»Erstmal baust du ein neues Wohnungsschloss ein, wenn Montag die Geschäfte wieder offen sind. Ich glaube, der Kerl hat einen Schlüssel!«

»Verdammt wieso bin ich darauf bis jetzt nicht selbst gekommen? Du hast Recht, Sabine hatte einen Schlüssel, weil sie oft mit Sally spazieren gegangen ist. Woher weiß ich überhaupt wieviel Schlüssel es überhaupt zu dieser Wohnung gibt.«

»Du wirst sehen, danach ist Ruhe!«

»Dein Wort in Gottes Ohr, aber du kennst ihn nicht. Ich fühle es geht erst richtig los. Aber für mich ist jetzt die rote Linie überschritten.

Meine Kinder zu bedrohen... Der soll mich mal kennen lernen, wenn ich richtig böse werde!«

Oliver behielt den Arm fest um ihre Schulter gelegt und schwieg. Sie dachte: *Diese Roxane gefällt ihm scheinbar nicht so sehr ... Er kann nicht nachfühlen, was da in mir vorgeht und kennt die Vorgeschichte bisher nicht ... Von Berlin aus kann er die Lage auch nicht richtig einschätzen.*

*

Lautertal schlief den einsamen Schlaf aller Kleinstädte, in nassem Nebel und Novemberkälte, als Roxane am Sonntag gegen 10:00 Uhr vom Bahnhof nachhause eilte. In einigen Häusern verriet der Sonntagsbratenduft, dass eine brave Mutter schon das Mittagessen vorbereitete. Ihre Wohnung dagegen, wirkte verlassen, finster, ja fast bedrohlich.

Als sie die Wohnungstür aufschloss, sprang ihr sofort, wild fiepend Sally entgegen und pinkelte vor Freude ein bisschen vor ihre Füße. »Komm schnell raus, Sally, du armes Tier! Haben sie dich doch nicht abgeholt! Musstest du die ganze Zeit warten?«

Während Roxane mit dem Hund die Häuser umrundete, hüllten Nebelschleier und Gardinen die Mittagszeit in ein schläfriges Einerlei. Aber sie machte sich nichts vor.

Hier entgeht in Wahrheit niemand nichts. Er beobachtet mich ... Du widerlicher alter Knacker, du wirst schon sehen, ich habe keine Angst vor dir! Ich werde dir zeigen was meine Rechte sind. Du bist hier zwar der Eigentümer, aber ich habe das Besitzrecht, für das ich schließlich bezahle. Und meine Kinder weiß ich auch zu schützen. Du Idiot machst mir mein Leben nicht kaputt.

Sie betrat die Wohnung und besichtigte den Schaden. Die Küche war eine Wüstenei, wie erwartet. In der Decke klaffte ein notdürftig mit Brettern zugenageltes Loch, alles lag unter einer dicken Decke Mörtelstaub, der sich bis in den Flur schleppte. Zum Wohnzimmer und den Zimmern von ihr und ihren Kindern führten weißliche Fußspuren. An ihrer Ordnung auf dem Schreibtisch erkannte sie, hier hatte sich eindeutig jemand zu schaffen gemacht. Kalte Wut überkam sie.

Das ist Einbruch! Verdammt, du Arschloch, was fällt dir ein! Hast du die Gelegenheit voll ausgenutzt und hier alles durchgeschnüffelt. Ich werde das zur Anzeige bringen.

Sie begann mit den Aufräumarbeiten. Während sie den Staubsauger anwarf, dachte sie: *Ich müsste zuerst die Polizei holen, wegen der Spuren. Aber was sage ich? Es fehlt ja nichts. Er wird alles abstreiten. Er kann sagen, er hat nur die Fenster zugemacht oder nach der kaputten Heizung gesehen oder die Handwerker wären es gewesen oder die Kinder selbst. Scheißegal, ich beseitige das jetzt und fertig. Morgen tausche ich das Wohnungsschloss aus und freue mich auf das dumme Gesicht, wenn sein Schlüssel nicht mehr passt.*

*

Als drei Stunden später Lenhardts Auto vorfuhr und Tom und Bianca nachhause kamen, erinnerte nur noch das notdürftig gestopfte Loch in der Küchendecke an das Desaster. Müde und erschöpft begrüßte Roxane ihre Kinder. Sie setzten sich in der Küche zusammen und besprachen ihre Erlebnisse bei Kaffee und Kuchen. Tom versprach ihr sofort, beim Wechsel des Türschlosses zu helfen. Es tat ihm sichtlich gut, etwas gegen das Problem unternehmen zu können. Bianca hatte ein schlechtes Gewissen wegen Sally.

»Papas Vermieterin hat das ganze Wochenende neugierig rumgeschnüffelt. Sogar mit Kuchen kam sie an! Wir konnten Sally einfach nicht reinschmuggeln.«

Roxane schenkte Kaffee nach. »Diese Kleinstadtvermieter benehmen sich wie früher bei Gutsherren und Gesinde. Naja, Sally hat es ja überlebt ..., viel schlimmer finde ich, dass Krätzner ...« Eindringliches Geklingel unterbrach sie. Tom war sofort in Alarmbereitschaft:

»Wer ist das denn jetzt? Wir erwarten niemand!«

Roxane ging zur Wohnungstür, legte die Sperrkette vor und öffnete die Tür einen Spalt.

Krätzner fing sofort an zu schreien: »Sie machen jetzt den Keller sauber! Überall steht noch euer Dreck von dem Schrank! Sofort wird das beseitigt!«

Roxane war erschrocken zurückgeprallt. »Sind Sie völlig verrückt geworden? Verschwinden Sie, oder ich hole die Polizei!«

Er trat gegen die Tür, dass diese in den Angeln wackelte.

»Ihr Saupack, ich dreh euch den Hals um, wenn ihr nicht sofort im Keller saubermacht.«

Roxane drückte gegen die Tür, aber sein Fuß steckte im Spalt und er drückte kräftig zurück. »Verschwinden Sie, wir machen sauber, wann es uns passt und Sie unterlassen gefälligst die Schnüffelei in meiner Wohnung!«

»Das ist mein Haus, ich habe euch Dreckspack hier lange genug geduldet.« Der Druck gegen die Tür wurde immer heftiger und nun halfen Tom und Bianca dagegenzuhalten. Krätzners Filzpantoffel klemmte in der Tür und Sally konnte nicht widerstehen. Sie schnappte in den Pantoffel. Er heulte erschrocken auf und riss den Pantoffel vom Fuß.

»Du Mistvieh, dich bring ich als erstes um!« Die Tür knallte zu, dass die kleine Glasscheibe im oberen Türbogen heftig schepperte. Bianca musste als erste lachen, vielleicht, um ihrer Angst Luft zu machen. Aber es war ansteckend und Tom und Roxane fielen ein.

Nun begann der Alte gegen die Tür zu treten und zu schreien.

»Ihr Dreckspack, euch werde ich's zeigen, euch mach ich fertig, du Nutte, du Rabenmutter, verdammte Saublagen, keine Erziehung ...«

Dabei trat er gegen die Wohnungstür, dass alles schepperte und knackte. Roxane bekam Angst, dass die Tür das nicht mehr lange aushalten würde. Sie griff zum Telefon, wählte die 110 und bat die Polizei um Hilfe.

Sie sind gleich da, beruhigte sie Tom und Bianca, die nun auch ängstlich auf die Tür starrten, die unter den heftigen Tritten einer harten Bewährungsprobe ausgesetzt war. Krätzner fluchte, schimpfte und beleidigte und trat dabei immer wieder gegen die Türe. Er ließ seinen ganzen Frust ab, während die drei auf der anderen Seite entsetzt und kopfschüttelnd warteten.

»Ein Glück, dass er jetzt nicht den Vorschlaghammer nimmt!« meinte Tom.

»Halt bloß den Mund! Bring ihn nicht auf so eine Idee«, flüsterte Bianca.

Roxane entspannte sich, als sie aus dem Fenster sah. »Aaah, da kommt die Polizei, das ging ja schnell!«

Man hörte eiliges Schlurfen und Keuchen, dann wurde es schlagartig still im Treppenhaus. Ganz oben im Haus fiel eine Tür ins Schloss.

Es klingelte und Roxane öffnete die Tür. Zwei Polizisten in Uniform, ein Junger und ein Alter, standen ihr gegenüber.

»Guten Tag, um was geht es denn?« fragte der ältere Beamte, anscheinend der Vorgesetzte, betont ruhig und mit einem Unterton, der zeigte, dass auch er sich an einem Sonntag nicht gern stören ließ.

Roxane berichtete, Tom und Bianca unterstützten sie dabei.

Der junge Polizist grinste:»Wir kennen den Alten! Der hat schon so manche Anzeige von der Nachbarschaft kassiert. Er steht bei uns auf der Liste für eine Freifahrt ins Irrenhaus. Nur solange kein Blut fließt können wir leider nichts machen.«

Sein Vorgesetzter warf ihm einen warnenden Blick zu.

»Für eine Anzeige wird es wohl nicht reichen. Er wird alles abstreiten und Ihnen fehlen Zeugen. Wir werden jetzt mit Herrn Krätzner ein ernstes Wort reden und versuchen, ihn zu beruhigen. Ich rate Ihnen, suchen Sie sich auf Dauer eine andere Wohnung!«

Das habe ich mir nicht anders gedacht ... Roxane sah dem Beamten fest in die Augen:»Ja, auf Dauer werde ich vielleicht eine andere Wohnung brauchen. Aber ich bin eine berufstätige, alleinstehende Mutter mit zwei Jugendlichen und Hund. Finden Sie da mal von heute auf morgen etwas Neues. In diesem Kaff leben doch fast nur Leute mit Vorurteilen!«

Der alte Beamte wirkte weiterhin unbeteiligt.

»Das wird wahrscheinlich das kleinere Problem werden ... Aber vorläufig können Sie uns jederzeit anrufen. Wir sind sofort zur Stelle, wenn er wieder durchdreht.«

Die Polizisten verabschiedeten sich und stiegen die Treppe hoch zu Krätzners Wohnungstür. Oben knackte wieder eine Tür.

Er hat gelauscht, stelle Roxane fest.

Die Beamten klingelten. Roxane lauschte nun ebenfalls, konnte aber nur Gemurmel verstehen. Sie schloss ihre Tür und dachte: *So nicht! Ich werde mir nichts gefallen lassen. So einfach vertreibt der uns nicht aus der Wohnung! Da kann ja jeder Vermieter, der keinen Bock mehr hat, daher kommen und die Leute rausekeln. Die Polizei sucht auch nur nach der für sie einfachsten Lösung!* Sie ging in die Küche zurück.

»Kommt, lasst uns noch ein Stück Kuchen essen. Die werden ihn schon beruhigen. Sally, du bist eine Heldin!« Sie streichelte den Hund. »Und ihr seid richtig mutige Kids, ihr beide!«

Dezember

Die Mülltonnen wurden wie besessen vollgestopft und vor dem Hauseingang entlang des Gartenwegs häuften sich hüfthoch Haufen aus Möbeln, Lampen, Kleidung, Schachteln mit Krimskrams, Nippes, Porzellan, alte Medikamente, Bücher und Kosmetik. Alles war vollgestellt mit Utensilien von Krätzners toter Frau und das feuchte Wetter sorgte dafür, dass ein gammeliger Geruch in der Luft lag, der an Moder und Tod erinnerte. Tom hatte erste Ratten entdeckt, die sich von den offenen Mülltonnendeckeln angezogen fühlten. Der Hauseingang stand ständig offen und das Licht brannte, solange es Krätzner gefiel. Der schlimmste Lärm fing immer erst in den Abendstunden an. Bis in die späten Nächte hinein donnerten schwere Hammerschläge vor die Wände. Dann wurde es plötzlich von einem Tag auf den anderen leise im Haus.

Krätzner saß vor seinem Computer und unterhielt sich mit seinem inneren Dämon:»Sie müssen weg, du brauchst die Wohnung da unten auch. Du musst das gesamte Haus renovieren.«

»Ja, aber ich habe vergessen, eine Inventarliste zu erstellen, als ich ihnen die Wohnung vermietet habe.«

»Dann hole das jetzt nach, ist doch egal, wann sie die bekommen!«

Er versuchte sich zu erinnern, was alles in der Wohnung gewesen war, damals als er sie vor drei Jahren vermietet hatte und schrieb: Inventarliste: 2 Waschbecken mit Armaturen in Schlafzimmer und Bad, 2 Waschbeckenstöpsel, 1 Duschbecken mit Armaturen, 1 Toilettenrollenhalter, 4 Kellerregale, 3 elektrische Jalousien und Schalter, 6 Heizungsventile, Fußleisten, 5 Glühbirnen mit 5 Fassungen, 3 Handtuchhalter. Nach langem Nachdenken und Auflisten warf er am nächsten Tag eine lange Inventarliste in Roxanes Briefkasten. Mittags nahm Bianca die Liste mit der Post heraus und legte alles auf den Küchentisch. Als Roxane von der Arbeit nachhause kam, sah sie einen weiteren weißen Brief im Kasten und nahm die zweite Version der Liste entgegen, in der er 5 Lüsterklemmen von den Glühbirnen ergänzt hatte. Als Tom abends vom Sport kam, übergab er seiner Mutter die dritte Version, in der nun auch die Kellerregale mit aufgeführt waren.

»Deswegen war es gestern Abend so ruhig. Von mir aus kann er ruhig noch die Schrauben durchrechnen, die in den Türrahmen stecken«, meinte Tom beim Abendessen. »Ist doch Wahnsinn, dieser ständige Lärm!«

»Alles logo, aber was kommt als nächstes, wenn er heute Abend nicht auf die Wände einschlägt?«, rätselte Bianca, während sie an ihrem Brötchen knabberte.

Roxane rieb sich nachdenklich die Schläfen.

»Das ist doch leicht zu erraten. Mit der Inventarliste will er klarstellen, was wir alles ersetzen müssen, wenn wir ausziehen und was als Nächstes kommt, ist dann die Kündigung.«

So waren Roxane, Tom und Bianca dann auch nicht allzu überrascht, als sie nach einer weiteren ruhigen Nacht am nächsten Tag die Kündigung in den Händen hielten. Roxane beruhigte die Kinder.

»Okay, es geht los, auf in den Kampf. Wofür habe ich eine Rechtsschutzversicherung! Am besten gehe ich zur gleichen Kanzlei, wo ich auch die Scheidung mit Lenhardt durchgezogen habe. Das hier werde ich jedenfalls nicht einfach hinnehmen. Noch bestimme ich, wann ich meine Wohnverhältnisse verändern möchte. Nicht ein herrschsüchtiger, bekloppter Vermieter.«

Sie legte das formell gehaltene Schreiben von ihm in einen leeren Aktenordner, griff zum Telefon und vereinbarte einen Termin für den nächsten Tag.

*

Die edle weiße Stuckvilla mit ihren Türmchen und Säulen war einer alteingesessenen Kanzlei in Lautertal würdig. Roxane kam sich mit ihrem Anliegen im Vergleich zu den sonstigen Geschäften, die hier vertreten wurden, etwas armselig vor. Aber schließlich war sie hier bereits bei ihrer Scheidung Klientin gewesen und hatte einiges Geld dagelassen. Sie musste nicht lange warten, dann wurde sie zu dem Anwalt für Immobilienangelegenheiten vorgelassen. Rechtsanwalt Mathias Wolfert, ein relativ kleiner Mann mit wachsamen, stahlblauen Augen, bot ihr freundlich einen bequemen Sessel an. Als sie sich setzte dachte sie: *Er erinnert mich an einen Terrier, mit diesem sportlichen Kurzhaarschnitt.*

Bevor sie irgendetwas sagen konnte, ergriff er ohne Umschweife das Wort: »Ich will gar nicht drum herum reden. Normalerweise vertreten wir hier die Gegenseite zu ihrem Fall. Vermieter, deren Mieter monatelang nichts zahlen und die Wohnung verkommen lassen.« Er musterte

Roxane genau und sah ihr eindringlich in die Augen als er fort fuhr: »Aber ihr Fall ist eine Ausnahme, weil es sich um Eugen Krätzner handelt ...«

Roxane lehnte sich zurück, schlug die langen Beine übereinander und lächelte: »Mir scheint Sie kennen den Herren auch?«

»Nicht nur ich. Unsere gesamte Kanzlei hatte bereits in den unterschiedlichsten Fällen das Vergnügen. Wir haben mehrfach die Stadt Lautertal gegen ihn vertreten, die Schulleiterin des Aue-Gymnasiums und einige Nachbarn. Dieser Mensch ist ein Querulant, ein verwirrter, besessener, zu Gewalt neigender Spinner. Ich verstehe gar nicht, wieso Sie da überhaupt eingezogen sind!«

Roxane schwieg einen Moment lang und fühlte sich kurze Zeit schuldig. Aber dann wurde sie ärgerlich. *Hält der mich für völlig naiv? Woher sollte ich das denn vor drei Jahren wissen?* Ihre Stimme wurde resolut und bestimmt.

»Ich bin Zugezogene. Der teure Makler hat es mir jedenfalls nicht erzählt! Da wurde eine Wohnung angeboten und ich habe sie mir gründlich angesehen. Der Vermieter wirkte zunächst freundlich, vielleicht etwas verschusselt. Seine Frau war aber nett und hat sehr tolerant dahergeredet. Sie war sofort in unseren Hund vernarrt und mit jugendlichen Kindern hatte sie angeblich auch gar keine Probleme ...«

»Ja, sie ...«, unterbrach Wolfert, »sie hatte den Alten ganz gut unter Kontrolle, soweit es eben ging ... Aber letztlich hat sie ihn auch nicht von allem Unfug abbringen können. Sie konnte nicht verhindern, dass er die Rektorin geohrfeigt hat und die Nachbarin mit einem Spaten angegriffen hat. Sie hat sich sogar noch hinter ihn gestellt, sonst wäre er vielleicht schon längst entmündigt.«

Roxane wurde blass: »Das klingt, als wäre er wirklich gefährlich ...«

»Ja, das ist er auch! Vielleicht sollten Sie nicht an der Kündigung rütteln und besser so schnell es geht ausziehen.«

Roxanne überlegte wieder einen Moment. *Wenn das so einfach wäre, säße ich doch nicht hier. Immer diese weisen Ratschläge, von Leuten die sich Null in die Lage von alleinstehenden Müttern versetzen können. Noch dazu mit zwei Teenies und Hund! Als ob es überhaupt keine Vorurteile in dieser Scheißkleinstadt gibt!* Dann legte Sie los:

»Wissen Sie, es ist kurz vor Weihnachten. Ich sehe jetzt keine Möglichkeit, hier von einem Tag auf den anderen in eine andere Wohnung zu ziehen. Selbst die 3 Monate Kündigungsfrist, die er uns eingeräumt hat, sind zu kurz, um schnell für uns drei und den Hund eine neue Wohnung zu finden. Zudem möchte ich langfristig eventuell ganz weg ziehen. Ich kann mir nicht zwei Umzüge kurz hintereinander leisten weil es Herrn Krätzner grad so gefällt.«

Jetzt lächelte der Rechtsanwalt allwissend:»Und Sie sehen nicht ein, warum sie einfach so grundlos weichen sollen, nicht wahr?«

»Richtig, ich habe mir nichts zu Schulden kommen lassen und meine Kinder auch nicht. Im Gegenteil, wir haben versucht uns auf seine Quengelei einzustellen, weil wir keinen Ärger wollten. Dennoch dringt er in meiner Abwesenheit einfach in unsere Wohnung ein und bedroht die Kinder.«

Nun schilderte sie dem sehr konzentriert zuhörenden Anwalt ausführlich die Vorfälle während ihrer Berlinreise und scheute sich dabei nicht ihr Temperament und ihren Ärger zu zeigen. Die leicht arrogante Art von Herrn Wolfert wandelte sich zu echter Anteilnahme:

»Verstehe, ich bin ganz auf Ihrer Seite. Das geht entschieden zu weit! Ich habe auch Familie und Gnade dem, der meinen Kindern gefährlich wird. Ich kann mir diesen Irren regelrecht vorstellen ...«

Roxane war erleichtert. *Schön dass ich nicht weiter um Verständnis für mich werben muss.*

»Also, ich möchte die Kündigung offiziell abweisen lassen, ich möchte ein Betretungsverbot für ihn in meiner Wohnung und ich möchte, dass er aufgefordert wird, die Heizung in Ordnung zu bringen. Es ist bitter kalt bei uns.«

»Letzteres erreichen wir besser mit einer angemessenen Mietminderung.«

»Ganz wie Sie meinen, Sie sind der Experte.« *Ich habe nichts dagegen, eine Zeit lang weniger Miete zu zahlen.* Sie sah auf die Uhr, es war schon fast eine ganze Stunde vergangen. »Bitte reichen Sie sämtliche Kosten für Ihre Arbeit bei meiner Rechtsschutzversicherung ein.«

Der Anwalt nickte zufrieden und kritzelte einige Notizen auf ein Papier. »Gut, dass Sie diese Versicherung haben. Wir müssen davon ausgehen, dass er es nicht bei dieser Abweisung bewenden lässt. Ich kenne meine Pappenheimer!« Während sie sich erhoben, kamen Roxane letzte Bedenken. *Will er wirklich so tief in so einen Kleinkram verwickelt werden?* Sie vergewisserte sich:»Es tut mir leid, wenn ich Ihnen jetzt so viel Arbeit mache ...«

»Das muss Ihnen überhaupt nicht leidtun, Frau Teichert. Ich habe mit diesem Spinner noch ein ganz persönliches Hühnchen zu rupfen. Ich kann und darf Ihnen das jetzt leider nicht lang und breit erklären, aber glauben Sie mir, es wird mir ein Vergnügen sein, Ihnen zu helfen.«

Er geleitete sie freundlich zur Tür und verabschiedete sich mit einem festen Händedruck, der mehr als nur eine Vereinbarung zu sein schien.

*

Eine weitere Woche mit lautem Baulärm verging.

»Gestern Abend hat er bis 24 Uhr die Wände bearbeitet. Du kannst dir das nicht vorstellen, es ist die reinste Schikane!«, klagte Roxane, als sie mit Oliver telefonierte und ihm von der Kündigung berichtete. »Tagsüber macht er gar nichts und dann abends legt er richtig los.«

»Hast du dich denn beschwert?«

»Seit der letzten Eskalation habe ich mich nicht da hoch getraut. Es ist doch eindeutig, dass er das mit Vorsatz macht. Er will einfach Ärger provozieren.«

»Heirate mich und ziehe nach Berlin!«

»Oliver, das ist sehr lieb von dir. Aber ist das nicht ein bisschen sehr spontan? Wir kennen uns noch gar nicht richtig. Du weißt doch, eigentlich wollte ich nicht gleich wieder heiraten. Eigentlich nie wieder!«

»Wieso denn nicht? Wir lieben uns doch. Ist das nicht das Wichtigste? Ich will nicht alleine leben. Ich bin in allem was du brauchst für dich da. Bei mir wirst du es viel leichter haben, als es jetzt in deinem Leben ist!«

»Das klingt sehr, sehr lieb von dir, aber ich habe hier eine feste Stelle für die ich richtig gerne arbeite und ich habe zwei Kinder ...«

»Wenn du mich heiratest, trägst du meinen Namen. Ich habe gute Beziehungen. Sicherlich findest du schnell eine neue gute Stelle. Ich werde dich dabei unterstützen!«

Roxane betrachtet nachdenklich die Zimmerdecke. *Und du bist sehr ungern allein ...* »Mir wären kleine Schritte lieber. Erst eine Stelle in Berlin. Dann vielleicht erstmal für mich und die Kinder eine Wohnung. Wenn du uns drei dann richtig gut kennen, entscheiden wir ob und wie wir in einer Wohnung zusammen leben können.«

»Ja von mir aus, aber heiraten kannst du mich doch schon vorher, oder?«

»Warum willst du mich denn so unbedingt und dringend heiraten?«

»Weil ich gern mit der Frau die ich liebe verheiratet bin. Ich liebe heiraten!«

Roxane musste lachen. *Das ist ja wahrlich bei dir nicht das erste Mal ...*

»Sei nicht böse, aber ich bin nach der Trennung einfach noch sehr vorsichtig. Es ist schon ein tolles Gefühl so begehrt zu werden. Aber lass mich mal drüber schlafen.«

»Wir sehen Weihnachten weiter, wenn ich dich besuchen komme. Okay?«

»Ja das ist okay, weißt du ich brauche sehr viel Mut für ein Ja.«

»Du hast den Mut, das weiß ich, schlaf schön!«

Nach dem Gespräch zog sie sich ein Kissen über den Kopf und versuchte das laute Wummern in der Zimmerdecke zu ignorieren. *Ja, es gibt nichts, wonach ich mich im Moment mehr sehne als nach einem starken Mann an meiner Seite. Einer, der mich vor den Gemeinheiten dieser Welt beschützt. Jemand zum Anlehnen, Geborgenheit, einmal nicht selbst stark sein müssen ...*

*

In der nächsten Woche wurde der Sperrmüll beseitigt. Roxane war sehr erleichtert als sie von der Arbeit kam. *Endlich, ich bin froh, dass mich das Zeug nicht mehr ständig an Sabine und das Drama hier erinnert.*

Dann, einige Tage vor Weihnachten, kam Oliver zu Besuch. Hand in Hand schlenderten sie am späten Abend seiner Ankunft die vorweihnachtlich geschmückten Gassen von Lautertal entlang. Alles war ordentlich und wirkte feierlich in Vorfreude. Die dunkle Nacht roch nach Frost und dem erstem Schnee. Nur ab und zu unterbrach das eilige Getrippel von kleinen Pfoten die Stille, wenn Sally von einem Abstecher in die Umgebung wieder zu ihnen aufschloss. *Wie hübsch das aussieht.* Sie betrachtete die zierlichen Pfotenabdrücke auf der zarten, ersten Schneedecke des Bürgersteigs. Die vornehmen Kleinstadtvillen säumten das Kopfsteinpflaster der breiten Gasse in vorweihnachtlichen Schmuck.

So muss es sein, endlich wandelt sich das Grau in Grau in Leuchten und Freude. Oliver genießt es auch spürbar. Wie schön so zusammen zu sein ... Dann fiel Ihr besonders eine Fensterfront aus drei großzügigen, hell beleuchteten Fensterbögen auf. Ihre Helligkeit bildete einen leuchtenden Kontrast zu dem Dunkel der zugehörigen, sehr alten Villa im römischen Baustil. Das anthrazitfarbene Granitgebäude mitsamt seinem schwarzen Schieferdach war umstanden von alten, efeubewachsenen Eichen. Im Gegensatz zu den hellen Sandsteinvillen mit verschnörkeltem Stuck, wirkte das Gebäude in der Kleinstadtgasse wie ein düsterer, geheimnisvoller Eindringling.

Das muss ich mir genauer ansehen. Sie zog Oliver mit leichtem Händedruck mit sich bis zur anderen Straßenseite und trat zurück, um das Bild wie in einer Ausstellung in seiner Gesamtheit auf sich wirken zu lassen.

Welch ein Anblick! Vor dem Hintergrund zarter, himmelblauer Vorhänge sanken dicke, aufgefädelte Watteschneebälle hernieder. Sie setzten das Szenario des lautlos fallenden Schnees draußen in einem grandiosen Bühnenbild fort. In der Mitte der Fenster schwebten jeweils ein Paar riesige Engelsflügel aus weißen Federn. Die indirekte, bläuliche Beleuchtung gab den Fenstern die Atmosphäre eines unbekannten Universums.

Die Größe der Flügel ist ausreichend, um den Erzengel Gabriel persönlich zu tragen. Ich kann die frohe Botschaft regelrecht hören. »Fürchtet Euch nicht.« Und ich höre in der Ferne die Weihnachtsglocken die Menschen zusammenrufen.

In andächtiger Stille und mit strahlendem Lächeln betrachtete Roxane die Fenster. »Wow, wie findest du das?« fragte sie schließlich mit gedämpfter Stimme.

Oliver ließ eine kleine Pause entstehen und meinte dann trocken: »Gänsefedern gehören in Kissen und Gänsebraten in den Backofen.«

Roxane fühlte, wie ihre Stimmung langsam abkühlte. *War das jetzt ein Witz oder war da noch mehr? Wie verändern sich gerade meine Gedanken?*

Mit zusammengezogenen Brauen trat sie näher heran und musterte die Fenster nochmal. Gänsefedern, plötzlich sah sie in ihrer Phantasie Blutstropfen an den Engelsflügeln, die in den Schnee tropften. Sie konnte beinahe das ohrenbetäubende Geschrei von tausenden Gänsen hören, die in Todesängsten versuchten, ihrem blutigen Ende zu entgehen.

Unter den heilig geschmückten Fenstern entstanden jetzt hässliche Gedanken: *O du falsche, heilige Andacht. Es ist wie ein gut getarnter Dämon. Gequälte Tiere, Fleisch fressende, fette Menschen; aufdringliche Werbung, käufliches Glück, Langeweile vor Fernsehern, geheuchelte Dankbarkeit und Familienzank. Auch das ist Weihnachten!*

»Du hast Recht, auf den zweiten Blick wirkt es kitschig und diese Gänsefederflügel haben etwas Hässliches an sich. Komm lass uns weiter gehen«, wandte sie sich an Oliver.«

Er nahm sie wieder an seine warme Hand: »Ich bin schon gespannt auf den Weihnachtsbesuch bei deiner Mutter. Das Wichtigste ist doch, die Zeit mit lieben Menschen zu verbringen. Werden deine Kinder da sein?«

»Lenhardt und ich wechseln uns ab. Heiligabend findet für die Kinder diesmal bei mir statt. Am ersten Feiertag sind sie bei ihm, aber am zweiten besuchen wir dann zusammen die Oma.«

»Ihr habt euch gut arrangiert, wie ich sehe.«

»Bist du auch zufrieden damit?«

»Ja, das ist für mich in Ordnung so. Den ersten Feiertag haben wir ja dann ganz für uns allein.«

Als zu wieder zuhause ankamen, dachte sie: *Wie angenehm ruhig es ist, seit Krätzner gemerkt hat, dass ich jetzt einen Mann im Hause habe. Das scheint ihm Respekt einzuflößen. Da sieht man's mal wieder ...*

*

Tatsächlich verlief die Weihnachtszeit friedlich. Krätzners Anwesenheit merkte man nur daran, dass die Heizung funktionierte und der Mülleimer an die Straße gestellt wurde. Alle waren erleichtert und hofften auf eine Besserung der Situation. *Vielleicht hat der Brief vom Anwalt auch etwas bewirkt.*

Beim Festessen am Heiligabend stand Oliver plötzlich auf, hob sein Glas und sagte: »Tom, Bianca, habt ihr etwas dagegen, dass ich eure Mutter heirate?«

Roxane war perplex. *Wollte er mich nicht erstmal darüber schlafen lassen? Was ist das denn für eine Art Heiratsantrag? Er scheint sich ja sehr sicher zu sein, mit mir. Soll das jetzt besonders romantisch sein?*

Tom und Bianca waren ebenfalls nicht wenig überrascht. Sie fühlten sich aber auch geehrt, so eingebunden zu werden. Tom meinte: »Naja, Papa ist ja auch wieder unter der Haube, warum also nicht. Aber wo wollt ihr denn dann zusammenziehen?«

Sie wurde verlegen. »Eigentlich haben wir darüber noch nichts Verbindliches besprochen. Noch habe ich hier meine Arbeitsstelle und ihr wollt bestimmt auch nicht mitten aus der Schule gerissen werden.«

Bianca reagierte begeistert:»Oh, ich würde sofort wechseln! Diese scheiß Mädchenschule nervt schon lange total und Berlin finde ich geil.« Roxane war verwirrt: *Es scheint ja ohne jede Diskussion klar zu sein, dass ich meinen Job wechsle, nicht Oliver … Okay, er hat auch die besser bezahlte und höher angesiedelte Stelle. Seine Kariere ist ihm überaus wichtig. Er identifiziert sich total damit. Dennoch, irgendwie kann ich hier doch nicht so einfach alles aufgeben ….*

Tom runzelte auch die Stirn:»Ich habe übernächsten Sommer Abi Prüfung. Ich bleibe auf jeden Fall hier!«

Oliver besänftigte die allgemeine Stimmung. Die sich nun etwas anders entwickelte als er es im Sinn gehabt hatte.

»Erstmal wollen wir nur heiraten. Für einen Ortswechsel will Roxane zuerst eine feste Stelle in Berlin suchen, das kann noch längere Zeit dauern. Sie hat mir auch gesagt, dass sie erstmal in getrennten Wohnungen eine Gewöhnungszeit haben möchte. Wir werden also nichts übers Knie brechen.«

Die Gläser klirrten und klingelten aneinander und Tom beruhigte sich.

»Ich habe Papa damals bei der Trennung versprochen, dass ich eine Weile mit ihm zusammen leben möchte. Wenn es so weit ist, löse ich eben mein Versprechen ein …«

Roxane erschrak. *Kommt dann der Punkt, wo ich mich von meinem ersten Kind trennen muss? Das ist schon heftig! Irgendwie ist das jetzt nicht das, was ich an einem Heiligabend bedenken wollte.*

Spät am Abend, als Roxane und Oliver allein waren, meinte sie mit leichtem Sarkasmus in der Stimme:»Das war klug gemacht, mein Liebster. Aber ich möchte bitte nochmal richtig gefragt werden!«

Oliver zog einen wunderschönen Ring aus der Tasche.»Hiermit frage ich dich, möchtest du meine Frau werden?«

Staunend betrachtete sie das kostbare Stück. *Er meint es echt ernst …* Sie gab sich einen Ruck.»Ja, ich nehme deinen Antrag an, Oliver, und ich freue mich.«

Bald trug sie nur noch den Ring am Finger und beide lagen auf dem Bett …

Diese innige Beschäftigung ging fast nahtlos in den Weihnachtsfeiertag über. Nachdem die Kinder zu ihrem Vater gefahren waren und Roxane den Frühstückstisch abgeräumt hatte, fing Oliver an, sie in der Küche auszuziehen. Er setzte sie auf den Küchentisch. Roxane war erregt und verlegen zugleich. »Was wird das jetzt?«

»Du wirst schon sehen!«

Er nahm aus dem Kühlschrank eine Möhre und eine Gurke und holte einen Schäler aus der Schublade.

»Du bist jetzt meine kleine Sklavin und machst genau, was dein Meister dir befiehlt.«

»Okay«, sagte sie langsam mit leicht belegter Stimme. Sie fühlte Hitze in ihren Schenkeln nach oben steigen.

»Du schälst die beiden Dinger jetzt«, sagte Oliver und verfolgte ernsthaft jede ihrer zögerlichen Bewegungen. Nach dem sie fertig war, reichte sie ihm wortlos das Gemüse.

»Dreh dich um«, sagte er und sie folgte.

Er drückte ihren Körper auf den Tisch, sodass sie auf dem Bauch lag. Dann streichelte er ihren Po, schob ihre Beine hoch und begann die dicke Möhre in ihren Anus zu schieben.

»Tut das weh?«

»Ein bisschen, es ist sehr hart.«

»Es ist aber auch schön, es macht dich auch an, oder?«

»Ja, schon …«

Langsam schob er seinen harten Penis in ihre Vagina und begann zu stoßen. Bald darauf explodierte er in einen ekstatischen Orgasmus. Sie war so konzentriert auf den seltsamen Druck in ihrem Unterleib, dass sie seiner Geschwindigkeit nicht voll gefolgt war. Als er seinen Penis herausgezogen hatte, schob er langsam die Gurke in ihre Vagina. Es fühlte sich kühl an und sehr nass. Sie stöhnte vor wohligem Verlangen. Er rieb mit dem Daumen über ihren Kitzler und sie kam mit einem Stöhnen, das sie so selbst von sich noch nicht kannte. *Es ist wie ein Flug zu den Sternen,* dachte sie, als sie in voller Ekstase davonschwebte.

Der Tag verging mit ähnlichen Spielen und zwischendurch schliefen sie ein bisschen oder genossen die Leckereien, die Roxane für das Fest besorgt hatte. Als abends Tom und Bianca nachhause kamen, saßen sie händchenhaltend vor dem Fernseher. Alles sah ganz harmlos aus und Roxane fühlte sich entspannt wie selten.

*

Olivers Abreise rückte heran und Roxane und die Kinder verabschiedeten sich schweren Herzens. »Ich will nicht, dass du gehst …« Er löste sich aus ihrem Abschiedskuss und sie spürte, dass er aufbrechen wollte. »Bald gibt es keine langen Durststrecken mehr«, tröstete er. »Wir telefonieren noch heute Abend, tschüss meine Liebste …«
Sie sah dem Auto nach. *Ich bin so richtig verknallt, bis über beide Ohren. Das waren die fünf anderen Frauen vor mir bestimmt auch! Das kann doch kein Fehler sein, oder? Ach, meine Angst ist dusselig. Bestimmt wird alles gut. Positiv denken!*
Roxane ging ins Haus. Es wirkte düster und in der Wohnung war seine fehlende Wärme und Geborgenheit fast körperlich zu spüren. *Aber in mir ist neue Freude und Hoffnung und alles wird gut …*

*

Tagelang hatte Krätzner gierig den Geräuschen, die die beiden Verliebten von sich gaben, gelauscht. Er hatte im Treppenhaus, hinter der Wohnungstür und unter den Fenstern gestanden und alle Aktivitäten zu den Weihnachtsfeierlichkeiten bis ins Detail verfolgt. Besonders unter Roxanes Schlafzimmerfenster, hatte er versucht, einen Blick auf den Sex der beiden zu bekommen, aber das Fenster lag zu hoch und wurde immer rechtzeitig verdunkelt. Für ihn gab es ohne Sabine kein Fest. Den Christbaumschmuck hatte er versehentlich mit ihrem anderen Krempel entsorgt und eine Gans konnte er auch nicht braten.

Dann, zwischen den Feiertagen, bekam er die Post von Roxanes Anwalt. Er saß an seinem Küchentisch, hielt das Schreiben in den Händen und las einem Wesen vor, das es nur in seiner Einbildung gab.

»So eine Frechheit! Das muss man sich mal anhören: Ihre im Betreff bezeichnete Kündigung des Mietverhältnisses haben wir geprüft und sind zu dem Ergebnis gekommen, dass diese unwirksam ist. Das Sonderkündigungsrecht nach §573 a ABS.1 BGB steht Ihnen nicht zu, da das Haus über drei abgeschlossene Wohnungen verfügt. Der aufgeführte Grund »Unfrieden im Haus« kann die Kündigung ebenfalls nicht begründen, da es ausschließlich Ihr Verhalten war, das den Unfrieden im Haus verursacht hat. Unsere Mandantin wird die Wohnung nicht verlassen. Wenn Sie wollen, können Sie Räumungsklage erheben. Da die unbegründete Kündigung für unsere Mandantin eine Inanspruchnahme unserer Kanzlei notwendig machte, stellen

wir Ihnen die entstandenen Anwaltsgebühren in Höhe von 588,70 €
in Rechnung.«

»Wie geschwollen das klingt. Dabei ist es ganz einfach. Sie werden also
nicht ausziehen! War ja nicht anders zu erwarten«, stellte der Dämon
fest. Seine Stimme klang nüchtern und drohend.

»Nein, wird sie verdammt noch mal nicht! Und das Pack verlangt auch
noch Geld und will die Miete mindern. Die behaupten, die Heizung sei
kaputt.«

»Alles Lüge, die lügen doch nur! Man muss nur den Kessel einstellen,
dann funktioniert es. Aber solange der Scheiß-Anwalt dir verbietet, die
Wohnung zu betreten, sollen sie ruhig frieren! Von wegen einfach das
Schloss austauschen!«

»Wenn sie jetzt die Miete mindert, werde ich denen das Leben hier
zur Hölle machen. Die werden froh sein, wenn sie hier wegziehen dürfen!« Wütend schlug der Alte mit der Faust auf den Tisch. In seinen
Mundwinkeln hatte sich Speichel gesammelt und er begann vor Wut
zu schäumen.

»Es ist und bleibt dein Haus. Du kannst es betreten wie du willst.
Lass dir von nichts und niemand etwas verbieten. Du solltest dir etwas
einfallen lassen, was dieser Schlampe so richtig Angst macht. Sie soll
nur noch weg wollen, ganz schnell!«

»Wie stellst du dir das vor? Wenn sie sofort wegen jedem Mist zum
Anwalt rennt, wird das schwierig.«

»Wir müssen sie hier bei den Leuten schlecht machen. Richtig unmöglich müssen wir sie aussehen lassen. Erinnere dich doch mal, was
sie so mit Sabine geredet hat.«

»Was meinst du? Ich habe bei der ganzen langweiligen Klatscherei
meistens nicht viel mitbekommen.«

»Denk nach! War da nicht was mit Missbrauch?«

»Aber das ist doch mir passiert!«

»Ist doch egal. Die Teichert wurde auch sexuell missbraucht, da wette
ich drauf! Würde sie sonst so hemmungslos rummachen?«

»Sabine hat nur was von einem gewalttätigen, nervenkranken Vater
erzählt … Aber vielleicht steckt da mehr dahinter.«

»Sehr gut. Es geht hier gar nicht um die Wahrheit. Es zählt nur, was
die Leute glauben. Du kennst dich doch aus, du weißt doch, wie sowas
hängenbleibt. Wie entwürdigend und peinlich das ist, wenn es an die
Öffentlichkeit kommt. Wahrscheinlich wissen auch ihre Kinder nichts

davon … Sie wird Angst bekommen, dass alle es erfahren, ihre Freunde und Kollegen, die Leute in der Straße, alle Nachbarn, ihr Anwalt. Und du wirst sagen, dass sie eine kranke Persönlichkeitsstruktur hat und deswegen Unfrieden im Haus stiftet. So ähnlich wie es bei deiner Schwester war …«

Er sah sich plötzlich in die kleine, schmuddelige Küche seiner Mutter zurück versetzt. Seine Schwester hatte das Messer in der Hand und schrie:

»Es ist mein Kind!«

Seine Mutter war sehr blass. Blut sickerte aus ihrer vergilbten Schürze, in Höhe ihres dicken Busens.

»Die Teichert hat nicht, wie meine Schwester …«

»Halt! Warum verteidigst du die Teichert? Willst du sie loswerden oder nicht? Das hat jetzt mit deiner Vergangenheit nichts zu tun. Die Wahrheit lässt sich biegen, wie man sie braucht. Du wirst sehen, sogar ihr Anwalt und der Richter werden sie schräg ansehen.«

»Aber wie soll ich das beweisen?«

»Hast du nicht genug gehört? Du brauchst keine Beweise, nur Gerüchte. Soll sie doch abstreiten was sie will. Wichtig ist, keiner wird ihr mehr so richtig glauben. Alle denken, sie tut es, weil sie sich schämt. Du weißt doch selbst, wie das ist. Wenn sowas Schändliches und Perverses erstmal im Umlauf ist, weckt das die Neugier und die dreckige Phantasie der Leute.«

»Und wie soll ich das jetzt bewerkstelligen?«

»Du schreibst ihr einen Brief. Du musst doch sowieso die Bauarbeiten in ihrer Wohnung ankündigen. Ich sag dir, was du schreiben sollst.«

Er schlurfte in sein verstaubtes Wohnzimmer und setzte sich an seinen Computer. Der einzige Platz, der nicht mit Schmutzwäsche, Zeitschriften, schmutzigem Geschirr und Müll überhäuft war. Er starrte aus dem Fenster und überlegte. Die Hassstimme in seinem Kopf kam ihm zur Hilfe.

»Schreib jetzt erstmal, dass du es nicht akzeptierst, von ihr nicht mehr gegrüßt zu werden.«

»Dann wird sie sagen, dass sie noch grüßt, aber ich nicht mehr!«

»Papperlapapp, macht sie eben nicht mehr! Danach schreibst du Folgendes: Nur weil ihr Vater sie jahrelang sexuell missbraucht hat und dann Selbstmord begangen hat, verbittest du dir, dass sie ihre pathologischen Züge jetzt an dir auslässt. Sie sei ein ichbezogener, narzisstischer Mensch, der brutal und rücksichtslos die Interessen anderer Leute mit Füßen tritt. Ihre sichtbare Persönlichkeitsstörung terrorisiert die Hausgemeinschaft unerträglich. Es erscheint auch unverständlich, dass sie für ihre Kinder das Sorgerecht erhalten hat, wo sie doch vollkommen unfähig ist, ordentlich zu erziehen. Seit ihr Mann sie verlassen hat, werden die psychischen Belastungen in ihrem Verhalten täglich schlimmer …«

»Ja, das ist gut. Das wird sie unsicherer machen!« Er rieb sich die Hände und grinste den Bildschirm an.»Sie wird wissen wollen, woher ich das mit ihrem Vater überhaupt wissen kann und sie wird Angst haben, dass ich mehr weiß.«

»Als Nächstes kündigst du die neuen Bauarbeiten an. Sie wird sich nicht freuen, wenn sie wieder Dreck und Arbeit damit bekommt. Zudem soll sie es unterlassen mit den Handwerkern zu reden. Ihr Genörgel an der Wohnung ist geschäftsschädigend. Dann bekommt sie nochmal eine Abmahnung wegen dem Gestank aus ihrer Küche, wegen dem unsortierten Müll, wegen der Haustüre, die immer offen bleibt und weil sie die Treppenhausbeleuchtung immer brennen lässt. Ihr narzisstisches und egoistisches Verhalten sei unerträglich geworden und ihre Kinder sind auch nicht besser als sie. «

»Nicht so schnell, ich muss das alles noch ausformulieren …«

Nachdem er auf vier Seiten ausgiebig die Vorschläge seines Beraters ausgearbeitet hatte, schloss er die Beschwerden mit den Worten:

»Sollten Sie wieder gegen die Abmahnungen verstoßen, wird die Kündigung, die ich auf alle Fälle vor Gericht durchsetzen werde, in eine fristlose, sofortige Räumung umgewandelt.«

»Das ist gut! Soll sie doch mit ihrem Ramsch in ner Plastiktüte unter die nächste Brücke ziehen!«, stimmte der Dämon zu.

»Damit muss sie wieder zu ihrem Anwalt, weil sie Angst bekommt, dass sie ganz schnell rausfliegt. Das wird schön peinlich werden, wenn er das von dem Missbrauch liest.« Er rieb sich grinsend die Hände.

»Genau! Sie wird sich rechtfertigen und er wird misstrauisch werden. So wie wir das wollen! Zum Schluss schreibst du noch Folgendes:

Sie wollen in Wirklichkeit doch sowieso nicht mehr lange in der Wohnung wohnen. Das haben Sie auch der Polizei erzählt, als diese Sie zur Rede stellte. Wie Sie meiner Frau, Gott hab sie selig, erzählt haben, zieht Ihr Sohn, sobald er 18 Jahre ist, zu seinem Vater. Für Ihre Tochter wollen Sie bis zu ihrem 17ten Geburtstag einen Freund gefunden haben, zu dem sie dann ziehen soll. Somit wären Sie die Sorge um ihre Kinder los und Sie können zu ihrem Stecher nach Berlin ziehen.

Wie Sie sehen, die ordentliche Kündigung bietet Ihnen die Chance, Ihre Familie neu zu ordnen, damit Ihr Lover Oliver in Berlin Sie endlich sexuell verwöhnen kann, wie Sie es sich seit langem wünschen. In Ihrer Vergangenheit war es ja nicht so schön ... Nutzen Sie die Chance!«

»Sie wird begreifen müssen, dass ich alles, aber auch alles über sie herausfinde. Nur wie ich das mache wird ein Rätsel bleiben!«

Er unterschrieb am Ende der sechs Seiten, faltete sie zusammen und nestelte das Papier in einen Umschlag. »Was meinst du, wird sie darauf hin ausziehen?«

»Geduld, wir müssen sie allmählich manipulieren. Sie wird sich erstmal den Kopf zermartern. Nach und nach wird sie mürbe und wird machen was wir wollen. Bring den Brief gleich nach unten und werfe ihn in ihren Kasten. Dann bekommt sie ihn sofort, wenn sie von der Arbeit nachhause kommt.«

*

Kalter Nebel hinterließ auf den Hausdächern von Lautertal eine Reifschicht. Die Straßen waren glatt und es wurde dunkel, als Roxane vorsichtig mit ihrem Auto in die Leninstraße einbog und kurz darauf vor dem Haus parkte. Das warme Licht der verbliebenen Weihnachtsbeleuchtung im Küchenfenster funkelte ihr entgegen, als sie am Hauseingang den Briefkasten leerte. *Ich lass es noch ein bisschen dran. In den dunklen Winternächten ist Licht gut für die Seele.*

Sally hatte sie in der Wohnung schon sehnsüchtig erwartet. Sie hockte sich in den Flur und kraulte den Hund liebevoll. Sie hörte am Sound, dass Tom und Bianca am Computer spielten. *Sie haben noch Ferien, sollen sie machen.* Ohne die Kids zu begrüßen setzte sie sich mit der Post in ihr Zimmer. Neugierig, nichts Gutes ahnend, holte sie Krätzners Brief aus dem Umschlag und fing an zu lesen.

Was ist das denn jetzt? Ja spinnt der denn völlig? Wie kommt der denn da drauf? Fassungslos starrte sie auf den Brief in ihrer Hand und spürte kalte Angst in sich aufsteigen. *Dieses perverse Geschreibsel ist ja grauenhaft. Ich habe doch niemals mit diesem komischen Typen irgendwelche privaten Worte gewechselt. Schon gar nicht über meine Vergangenheit oder über meine Familie.*

Sie stand auf und wanderte mit dem Brief in der Hand im Zimmer auf und ab. *Woher weiß er ... Ich dachte, Sabine war eine Freundin! Sie kam doch ständig zum Teetrinken und Quatschen in meine Küche. Wir haben über alles Mögliche geredet. Ja, manchmal auch ziemlich vertraulich ... Sie tat immer so verständnisvoll. War ihre Anteilnahme nur gespielt? War ich mal wieder zu gutgläubig? Habe ich zu viel von mir preisgegeben? Eigentlich nicht ... Ich wusste doch, dass sie sich gern und intensiv am Nachbarschaftstratsch beteiligt. Eigentlich war ich eher vorsichtig. Besonders als ich auf ihre Empfehlung ihre Kosmetikerin besucht habe. Diese Klatschbase von den Zeugen Jehovas übertraf ja alles!*

Ihre Kehle fühlte sich plötzlich sehr trocken an. Sie holte sich ein Glas Wasser aus der Küche und trank es in einem Zug aus.

Überhaupt, es war doch genau anders herum! Sie hat doch mir von dem Missbrauch in ihrer Kindheit erzählt und gemeint, dies sei die Ursache für ihre Krankheit. Ich *war sehr vorsichtig, weil ich die gefährlichen Wirkungen von solchen Lebensbeichten kenne. Auf der Suche nach Anerkennung und Verständnis trifft man oft auf schlimme Vorurteile, den Opfern gegenüber. Ich habe ihr gesagt, dass viele Frauen ein Problem in ihrer Kindheit hatten und dass auch ich einen sehr gewalttätigen Vater hatte. Ich habe aber niemals Worte wie sexuell und schon gar nicht sexueller Missbrauch in den Mund genommen! Vielmehr habe ich sie gewarnt, dass diese Suche nach Mitgefühl und Anerkennung als Opfer ganz schön nach hinten losgehen kann. Viele Leute sind nur sensationsgeil und unterstellen missbrauchten Frauen genau das, was ihr Arschloch von Mann jetzt bei mir versucht, nämlich eine krankhafte Persönlichkeitsstörung. Sie hat mich damals ganz verwundert angeguckt. Dann hat sie es aber eingesehen und nicht mehr drüber geredet. Aber scheinbar hat sie später mit ihm über mich getratscht. Genau wie ich sie gewarnt habe ...*

Sie legte den Brief aus der Hand und holte sich aus der Küche ein zweites Glas Wasser. Als sie etwas erfrischt den Brief zu Ende gelesen hatte, musste sie lachen. *Diese Persönlichkeitsstörung hat doch eigentlich er selbst. Es ist so deutlich, er reimt sich etwas zusammen. Außerdem muss er irgendwie an meine Post und Mails gekommen sein. Er war immer wieder heimlich in der Wohnung, zuletzt auch an meinem Schreibtisch. Das ist doch nur seine dreckige Phantasie und seine Langeweile und Einsamkeit!*

Später, nach dem Abendessen holten sie die Gedanken an den Brief wieder ein. Sie lag im Bett und konnte lange nicht einschlafen, obwohl nun endlich Ruhe im Haus war. *Ist es mehr als nur Phantasie, ist er selbst Betroffener? Egal, diese Unverfrorenheiten werde ich ihm durch meinen Anwalt austreiben lassen. Ich bin doch keine Zuhälterin für meine Tochter! Ich verlange eine ausführliche Entschuldigung oder ich verklage ihn wegen Verleumdung und Rufschädigung. Außerdem soll er damit aufhören hinter uns her zu spionieren, hinter Ecken und Fenstern auf der Lauer zu liegen und uns zu beobachten. Diese psychischen Spannungen bei ihm sind echt gefährlich. Wenn er meinen Kindern was antut ... Ich werde Wolfert gleich morgen bitten, richtig massiv zu werden. Er muss damit aufhören, unbedingt! Und ich werde Wolfert sagen, dass alles absolut erstunken und erlogen ist.*

Mitten in der Nacht wurde sie plötzlich wach. *Ist da ein Geräusch unter meinem Fenster? Steht da jemand?* Ihr fiel der Fetzen des letzten Traums wieder ein. Krätzner kam plötzlich ins Bad. Dann war es aber nicht Krätzner, sondern ihr Vater.

»Du musst mir den Rücken waschen. Zieh dich aus, damit du nicht nass. wirst. Du musst das lernen, wenn du später mal einen Mann hast ...«

Sie war wie gelähmt vor Angst. Als sie sich endlich wieder bewegen konnte stand sie erschöpft auf und schaute vorsichtig durch die Vorhänge aus dem Fenster. Der Vollmond schien in den winterkahlen Garten. Fröstelnd legte sie sich wieder ins Bett. Lange konnte sie nicht wieder einschlafen.

Was hat Sabine da nur erzählt? Vielleicht hat ihr meine Mutter auch was erzählt als sie herkam und die Kids gehütet hat. Damals, als ich die zwei Wochen in Mexiko auf Dienstreise war. Die beiden Klatschbasen waren ja gleich wie beste Freundinnen.

Sabine ..., ja neugierig, richtig gierig war sie, alle Leute hat sie ausgehorcht. Dabei wirkte sie immer so teilnahmsvoll und verständig. Ist ihr meine Mutter genauso auf den Leim gegangen wie ich .... Verflixt, ich muss endlich schlafen. Morgen muss ich fit sein. Die dicke Laura wartet nur darauf, dass ich einen Fehler mache, damit sie mich beim Chef anschwärzen kann. Die ist so eifersüchtig. Immer gibt er mir die spannenden Projekte. Aber ich habe nun mal die Erfahrung und den Erfolg, sorry! Man braucht auch ein natürliches Talent für diese Arbeit, aber trotzdem muss ich jetzt schlafen ...

Gegen Morgen fielen ihr endlich die Augen zu und der Wecker klingelte viel zu früh.

*

Ein paar Tage später hielt Krätzner einen zweiten Brief der Kanzlei, von Anwalt Wolfert, in den Händen:
»Sehr geehrter Herr Krätzner, Ihr Schreiben vom 30. Dezember kann nicht ohne Folgen bleiben. Sie sind mit dem Inhalt Ihres Pamphlets weit über das hinausgegangen, was Ihnen als Vermieter zusteht. Mit der Zustellung dieses Briefes haben Sie in kaum zu überbietender Weise eine Straftat der Beleidigung zu Lasten unserer Mandantin begangen. Wir haben ihr geraten, dieses Schreiben der Staatsanwaltschaft zum Zwecke der Aufnahme von Ermittlungen gegen Sie zu übergeben.

Wir fordern Sie hiermit auf, sich umgehend, bis spätestens 5 Januar für ihre Entgleisungen zu entschuldigen. Unsere Mandantin muss es sich sicherlich nicht gefallen lassen, von Ihnen als jahrelang sexuell missbraucht bezichtigt zu werden oder sie habe pathologische Züge und sichtbare Persönlichkeitsstörungen. Weiterhin hat meine Mandantin nicht vor, sich ihrer Kinder zu entledigen oder sie zu verkuppeln. Sie haben keinerlei Recht, über das Privatleben meiner Mandantin zu mutmaßen und unerwünschte, unverfrorene Ratschläge zu erteilen. Sollten Sie die Frist für die Entschuldigung ungenutzt verstreichen lassen, werden wir Unterlassungsklage einreichen. Darüber hinaus werden Sie aufgefordert, sich von unserer Mandantin und ihren Kindern fern zu halten und diese nicht anzusprechen. Geben Sie zukünftig jegliche Erklärungen zum Mietverhältnis direkt an unsere Kanzlei ab. Ihre Abmahnungen in dem benannten Schreiben sind unberechtigt. Ihre Vorgehensweise disqualifiziert Ihre Forderungen von selbst.«

Er zischte: »Nichts werde ich zurück nehmen, für gar nichts werde ich mich entschuldigen! Sollen die doch klagen!«

Sein Dämon stimmte zu: »Du hast völlig recht und kannst daran doch gut erkennen, wir sind auf dem richtigen Weg. Es ist doch immer das Gleiche, mit diesem schmuddeligen Thema. Etwas Wahres ist an der Sache mit Sicherheit dran, sonst würden sie sich nicht so aufregen. Sie hat richtig Angst, sonst wäre sie nicht sofort zu ihrem Anwalt gerannt.«

»Meinst du sie werden klagen?«

»Kann sein, kann aber auch nicht sein. Aber wir bleiben jetzt bei unserer Behauptung. Am Ende wird ihr niemand mehr glauben und man wird sie für genau so verrückt halten, wie wir es wollen. Sie wird vor Scham in Grund und Boden versinken und hier abhauen. Das ist es doch, was du willst, oder?«

»Ja, genau. Und sicherlich ist da auch was Wahres dran. Da kenne ich mich selber zu gut aus ...«

»Wir werden jetzt antworten. Aber nicht nur an ihren Anwalt, sondern der Brief geht auch an seinen Chef, Notar Bahr. Wir wollen doch, dass es seine Kreise zieht oder nicht!«

»Ja, das machen wir.« Er setzte sich wieder händereibend an seinen Computer.

*

Noch bevor das neue Jahr begann, lag eine Kopie von Krätzners Brief an ihre Anwaltspraxis in Roxanes Briefkasten und sie rieb sich angesichts der vielen Unverschämtheiten ungläubig die Augen.

Sehr geehrter Herr Notar Bahr,
hiermit möchte ich sie bitten, als Seniorpartner und Chef der von Ihnen geführten Kanzlei, Ihren Juniorpartner Herrn Wolfert zu mehr Sachlichkeit und Emotionslosigkeit zu ermahnen oder ihn zu entlassen.

Wir kennen und schätzen uns seit Jahren und haben früher rege Geschäftsbeziehungen unterhalten, zudem sind wir ja fast Nachbarn in diesem Bezirk in Lautertal. Bitte hindern Sie Herrn Wolfert, dieses jahrzehntealte, freundschaftliche Miteinander durch unwahre Interpretation meiner Schreiben und Lügen Ihrer Mandantin zu zerstören. Denn der Mieter geht, wir Hausbesitzer aber bleiben!

Herr Wolfert behauptet, ich hätte gedroht, das Buffet von Frau Teichert zum Sperrmüll geben zu wollen. Ihr Anwalt ist scheinbar nicht in der Lage semantische Beziehungen eines einfach gehaltenen Satzinhaltes zu verstehen, was auf einen erheblichen intellektuellen Mangel schließen lässt. Im Rechnen kann ich Ihrem Juniorpartner ebenfalls nur schwache Leistungen attestieren. So hat er die Kaltmiete bei einer völlig unberechtigten Mietminderung falsch berechnet. Dieses betrügerische Vorgehen zu meinem Schaden weise ich nachdrücklich zurück.

Bevor Sie und Ihre Kanzlei Frau Teichert rechtsanwaltlich beraten, sollten Sie die Frau aufklären, dass keinerlei Möglichkeit zu staatsanwaltlicher Strafanzeige besteht, und sie darum sämtliche Privatklagen vorfinanzieren muss. Da sie nach der Scheidung etwas klamm ist, wie Sie ja am besten wissen, sollten Sie sehr vorsichtig mit dieser Mandantin sein.

Woher Herr Wolfert zu wissen glaubt, dass ich geschrieben hätte, Frau Teichert sei jahrelang sexuell missbraucht worden, ist mir ein Rätsel, das sich in seinen kranken Gehirnwindungen selbstständig gemacht hat. Es ist Frau Teichert selbst gewesen, die bewusst kokettierend damit um sich warf, dass sie von Ihrem Vater jahrelang sexuell missbraucht wurde. Das führt noch heute zu schweren psychischen Problemen, wegen denen sie bei einer Psychiatrieärztin, Frau Dr. Sauer, Hauptstraße 8, in Lautertal in Behandlung ist. Alle Nachbarn wissen Bescheid. Auch hat diesen Sachverhalt ihre Mutter bei einem ihrer Besuche uns gegenüber bestätigt. Somit stellt dieser Fakt keine Beleidigung dar, sondern ist der Schlüssel für die erhebliche Störung bei Frau Teichert, weil sie die erlittene Schmach heute auf andere Männer überträgt und sich mit Ihnen anlegt, um sich an der Gattung Mann zu rächen.

Als Folge ihrer Psychosen hat Frau Teichert ihren Mann Lenhardt rausgeschmissen und abrupt die Ehe beendet. Das hat sie voller Stolz überall herumerzählt und auch, dass sie nun sexuelle Befriedigung bei ihrem neuen Geliebten findet.

Warum hat Ihr Juniorpartner nicht mal mit Ihrer Anwältin für Scheidungsrecht gesprochen, die doch Ihre Tochter ist. Frau Bahr hätte ihm erklärt, dass er durch das eitle Geschwätz von Frau Teichert nur aufs Glatteis geführt wurde und Ihrer Kanzlei Schaden zufügen wird.

Es tut mir außerordentlich leid, Ihnen mitteilen zu müssen, dass ich den erpresserischen Drohungen Ihres Juniorpartners nicht Folge leisten kann. Ich habe keinen Anlass mich zu entschuldigen. Bitte besprechen Sie nochmals die Angelegenheit der Frau Teichert mit Frau Bahr und Herrn Wolfert und fordern Sie zu mehr Zurückhaltung und Fingerspitzengefühl mit Ihrem freundschaftlich verbundenen alten Nachbarn auf. Ich danke für Ihre Bemühungen und wünsche Ihrer Frau, Ihrem Sohn Klaus und seiner Frau Gertrud, sowie ihrem Enkel Lukas ein gutes neues Jahr.

Es grüßt Sie in aller Freundschaft Ihr Nachbar
Eugen Krätzner

*

Roxane setzte sich in einen Sessel ans Fenster und schaute in die stetig fallenden, dicken Schneeflocken, die Straße und Garten unter einer nassen Schicht begruben.

Oh Gott, dachte ich's mir doch, meine Mutter, die alte Klatschbase! Da haben sich die richtigen Weiber getroffen. Meine Mutter wird natürlich alles abstreiten und kann sich dann an nichts mehr erinnern. Überhaupt, hier wird alles am Zaun ausgetauscht, was irgendwie die Langeweile vertreibt. Was stimmt oder nicht spielt keine Rolle! Es ist so peinlich, was haben die wohl noch alles über mich getratscht? Was soll das eigentlich? Ich wäre klamm bei Kasse? Glaubst aber auch nur du! Von meiner Erbschaft weißt du anscheinend nichts und eine Rechtsschutzversicherung habe ich auch. Aber das werde ich dir nicht auf die Nase binden.

Ihr wurde kalt und sie zog sich eine Decke heran und wickelte sie um die Schultern.

Die Heizung hat er auch wieder runter geschaltet, seit Oliver weg ist ….

Woher weiß er die Adresse von meiner Psychologin? Von wegen Frau Doktor und Psychiaterin, ich mache doch bloß eine einfache Gesprächstherapie und sie ist einfach nur Psychologin. Sowas macht heute doch jeder zweite oder dritte gestresste Manager! Wahrscheinlich verwechselt er da was mit seinem eigenen Arzt. Aber er schreibt schon sehr eloquent, im Gegensatz zu dem Mist in seinem ersten Brief. Dumm ist er also nicht. Hat Sabine nicht erzählt, dass er sogar hochbegabt ist. Er hat Physik studiert und konnte dann aber seine Professur aus irgendwelchen Gründen nicht abschließen. Ich muss vorsichtig sein. Wahnsinn und Genie gehen Hand in Hand, wie man so sagt …

Sie ging jetzt unruhig auf und ab.

Jetzt schaue ich mir mal den Briefkasten genau an.

Sie nahm den Wohnungsschlüssel und ging in den Flur. Bei genauer Untersuchung entdeckte sie, dass der Riegel im Schloss verbogen war. Es genügte ein leichter Ruck und der Briefkasten öffnete sich auch ohne Schlüssel. *So, so, das ist ja sehr interessant! Verletzt du also das Postgeheimnis. Habe ich mir ja schon länger gedacht.*

Sie ging zurück in Ihre Wohnung und nahm das Telefon zur Hand.

»Ich würde gern mit Herrn Wolfert verbunden werden. Ach so, in Urlaub, wie schade für mich. Kann ich denn kurz Herrn Bahr sprechen. Ja danke.«

Ungeduldig trommelten ihre Finger auf die Sessellehne, während sie wartete.

»Einen schönen guten Tag Herr Bahr, mein Name ist Frau Teichert. Ach, Sie haben es also schon gelesen ... - Ja, ich verstehe, also keinerlei freundschaftliches Verhältnis zu Herrn Krätzner, eher im Gegenteil. Sonst wäre Ihre Kanzlei auch nicht die richtige für mich. Ich möchte Ihnen meinerseits versichern, dass seine Behauptungen über mich ebenfalls durch und durch erfunden sind.

Belanglos? Für mich haben diese Unverschämtheiten schon Belang! Er zerstört meinen Ruf, beleidigt mich in würdelosester Weise!

Ja, Herrn Wolferts Fähigkeiten vertraue ich voll und meine finanziellen Mittel können eine Privatklage jederzeit abdecken ...

Ach so, Sie haben schon die Einwilligung meiner Rechtsschutz ...

Vielen Dank, das wünsche ich Ihnen auch. Ein gutes neues Jahr.«

Sie legte den Hörer auf, ging zum Fenster und begann, in ihre Gedanken vertieft, von ihren Zimmerpflanzen trockene Blätter abzuzupfen.

Der Alte blufft also nur. Dennoch, er hat eine ganz, ganz fiese Taktik, mich überall mit dieser Missbrauchsgeschichte anzuschwärzen. Das Eine ist, was die Leute sagen, das Andere, was sie denken ... Jetzt zermartere ich mir ständig den Kopf wegen diesem bekloppten Vermieter. Er holt alles was ich bearbeitet und weggepackt habe wieder hoch. Immer wieder diese Albträume, und in den Morgenstunden liege ich wach und grübele. Fast vergessene Kindheiterinnerungen kommen plötzlich wieder hoch und in meinem Bauch ist so viel Groll und Wut ... Von meiner Mutter und meinen Geschwistern höre ich immer, ich soll endlich alles vergessen und vergeben. Aber das sagt sich so einfach und ist wunderbar bequem für sie. Wenn einen im Leben solche Situationen packen, ist das verdammt schwer!

Sie höre Tom und Bianca im Zimmer nebenan herzlich lachen. Irgendetwas war gerade ungemein lustig. Sogar Sally bellte ganz aufgeregt. Die Tage zwischen den Jahren waren für die Kinder Ferientage, aber sie hatte beruflich einiges zu erledigen und fühlte sich müde und erschöpft.

In der letzten Zeit kann ich mich gar nicht mehr richtig freuen! Hoffentlich nerve ich die Kinder damit nicht. Ich muss mich endlich wieder zusammenraufen. Oliver muss zwar über Silvester arbeiten, aber ich habe doch eine nette Einladung bei Elli. Die Kinder feiern auch Silvester mit

ihren Freunden. Alles ist gut. Ich schalte einfach diesen blöden alten Kna-
cker in meinem Kopf ab und amüsiere mich mal wieder.
Und wenn ich mir dafür einen antrinken muss!

*

An Silvester geht es um das Austreiben alter Dämonen aus dem ver-
gangenem Jahr. Seiner aber sollte unbedingt bleiben und ihn bei seinen
Racheplänen beraten.

»Die Wohnung ist leer, die sind alle auf einer Silvesterfeier. Den Köter
haben sie auch mitgenommen. Du könntest mal nachsehen, ob du noch
was Verwertbares findest.«

»Ja gut, ich nehme aber besser die Taschenlampe mit. Nicht, dass
die Nachbarn was merken weil plötzlich das Licht eingeschaltet ist.«

Er schlich nervös und aus alter Gewohnheit so leise er konnte die
Treppe hinunter. Immer wieder hörte er die Böller der Nachbarskin-
der auf der Straße, die draußen kräftig den Jahreswechsel vorfeierten.
Als er dann versuchte, einen Schlüssel in Roxanes Wohnungstüre zu
stecken, kam die Überraschung: »Verdammt, wieso passt der nicht
mehr?«

»Versuchs nochmal, ohne zu zittern! Diese nachgemachten Dinger
klemmen manchmal.«

»Er passt aber nicht mehr! Ich bin doch nicht doof!«

»Die verfluchte Saubande hat das Schloss ausgetauscht!«

»Verdammt, es reicht. Immer was Neues! Ich will sie endlich weg
haben. Die machen hier was sie wollen, mit mir. Ich will dass die raus-
fliegen, hochkant!«

Er stampfte mit dem rechten Pantoffel auf und der Schuh flutschte
dabei vom Fuß. Unruhig versuchte er den Schuh wieder auf den Fuß
zu wurschteln. Ein Knaller versetzte ihn in Schrecken, Schweiß brach
auf seiner Stirn aus.

Wie im Krieg, dachte er und flüchtete zurück in seine Wohnung.

Sein Dämon beruhigte ihn: »Komm, nimm deinen Kopf zusammen.
Du schreibst jetzt noch eine Abmahnung, damit die Räumungsklage
dann auch richtig fundiert ist.«

Er schlich zurück in seine Wohnung. Während ihn das Zischen,
Knattern, Pfeifen und dumpfe Donnerschläge immer wieder zusammenzucken ließen, fuhr er den Computer hoch und holte sich ein Bier

an den Schreibtisch. Er spülte damit zwei Beruhigungspillen hinunter und als sie wirkten, kam die Trauer in ihm hoch. »Letztes Jahr war sie noch bei mir. Da hat sie mich immer so freundlich beruhigt und ich brauchte die Pillen gar nicht. Sie wusste, dass ich den Krach nicht vertrage.« Der Dämon griff ein: »Hör auf mit deinen Sentimentalitäten! Du schreibst jetzt einfach los:«

Abmahnung:

Sehr geehrte Frau Teichert,

Kochen: Hiermit mahne ich Sie ab, Ihr Kochen so zu gestalten, dass keine Geruchsbelästigungen mehr entstehen. Besonders ihre scharf angebratenen Knoblauch- und Zwiebelgerichte führen zu erheblichen, stunden- bis tagelangen Belästigungen in meiner Wohnung und in meinem Treppenhaus. Die scharfen Gerüche führen bei mir zu Kopfschmerzen, Atemnot und Erbrechen. Intensives Lüften, Versprühen von Geruchskillern, Aufstellen von Duftlampen in Bad, Arbeitsraum, Flur, Küche und Schlafzimmer helfen nur wenig gegen diese ekelerregenden Gerüche. Sie bedienen die Abzugseinrichtung am Herd absichtlich nicht, um mich, ihren Vermieter und Hausbesitzer, zu schädigen. Ich habe jetzt die Steigleitung verschließen lassen, damit ihre Gerüche nicht mehr unsere Wohnung belästigen. Aber es nützt nichts. Also kochen Sie gefälligst ohne Gestank. Im Wiederholungsfall werde ich die ordentliche Kündigung in eine fristlose umwandeln. »Du weißt, Essensgeruch ist kein ausreichender Kündigungsgrund? Das hat schon deine Frau gesagt«, kritisierte die Stimme in seinem Kopf. »Egal, ich muss das jetzt loswerden. Und die hat ja keine Ahnung vom Kündigungsrecht. Die wird Angst haben zu kochen und das ist gut so!« Dann fuhr er fort:
Offen stehen lassen der Haustüre: Seit Ihrem Einzug gab es Probleme mit dem Offenlassen der Haustüre. Wir leben hier nicht in einer afrikanischen Hütte, wo es keine Türen gibt oder in einer Berliner WG, wo alles egal ist, sondern in einem Stadtteil, der häufig von Straftaten wie Diebstahl und Einbruch heimgesucht wird. Meine Frau hat Sie mehrfach darauf angesprochen, leider bei Ihrer destruktiven Einstellung zu Vermietern ohne Erfolg. Zudem vergeuden Sie im Winter Wärme und erhöhen den Ölverbrauch, wo Sie mir doch dauernd vorjammern, wie

hoch die Nebenkosten sind. Das Gleiche gilt auch für das stundenlange Brennen lassen der Treppenhausbeleuchtung. Jede Bitte meiner Frau, sorgsamer damit umzugehen, prallte an Ihrem pathologisch kranken Hirn ab und zeigt Ihre Lust, mich, den Vermieter, zu schädigen wo es nur geht. Hiermit fordere ich Sie auf, die Entriegelung der Türe nicht mehr zu bedienen, da die Schlampigkeit und Vergesslichkeit von Ihnen und Ihren Kindern bekannt ist. Im Wiederholungsfall werde ich die ordentliche Kündigung in eine fristlose umwandeln.

Verhältnis zu Ihren Kindern: Der Mietvertrag ist mit Ihnen abgeschlossen, nicht mit Ihren Kindern. Sie haben die Haftung nach §13 Absatz 4 und mit § 19, der Hausordnung, diese anerkannt. Dort steht der Mieter hat seine Kinder ausreichend zu beaufsichtigen.

Wenn Sie wissen, dass Sie Ihre Kinder mit Aufgaben betrauen, denen sie nicht gewachsen sind, brauchen Sie nicht nach Berlin zu Ihrem Geliebten fahren, um sich sexuell auszutoben. Kümmern Sie sich um Ihre Pflichten, die aus dem Mietverhältnis bestehen. Sie sind mit Ihrem Verhalten, dem Vermieter gegenüber die Sau rauszulassen, Ihren Kindern ein schlechtes Vorbild. Ich schreibe das Ihrer erheblichen Persönlichkeitsstörung zu. Ihre krankhafte Persönlichkeit ist so schwer zu ertragen, dass ein weiteres Zusammenleben in meinem Haus nicht mehr möglich ist … Sorgen Sie bis zu Ihrem Auszug dafür, dass Ihre Kinder sich wie normale, anständig erzogene Kinder benehmen oder lassen Sie ihre Gören nicht mehr allein. Im Wiederholungsfall werde ich die ordentliche Kündigung in eine fristlose umwandeln.

»Du bist gut, richtig genial! Wenn sie Ihren Lover nicht mehr besuchen kann, wird sie bestimmt richtig schlecht drauf kommen. Du wirst immer besser mit deiner Taktik, Kompliment.«

Zufrieden mit dem Lob seiner inneren Stimme fuhr er fort:

Außerordentliche Reinigungspflicht: Nach dem Wegräumen des Buffets im Vorraum des Kellers sind noch immer Verunreinigungen zu finden. Vielleicht brauchen Sie eine Brille? Ich fordere Sie unverzüglich auf, den Raum in einen gereinigten Zustand zu versetzen und den Boden zu wischen.

Kontakt mit den Handwerkern: Ich fordere Sie auf, den Kontakt mit meinen Handwerkern im Haus zu unterlassen. Ihr pathologischer Umgang mit diesen Leuten ist geschäftsschädigend. Im Wiederholungsfall werde ich die ordentliche Kündigung in eine fristlose umwandeln.

Gez. Eugen Krätzner,

Lange nach Mitternacht steckte er den Brief in den Hausbriefkasten. Draußen hörte man nur noch vereinzelte Donnerschläge und Knaller, die verhinderten, dass das alkoholisierte Lautertal seinen Rausch ununterbrochen ausschlafen konnte. Zurück in der Wohnung und zufrieden mit seinem Werk schaltete er den Fernseher ein und döste davor ein. Seine letzten Gedanken waren zuversichtlich.

Ich werde diese Nervensägen schon los. Das ist jetzt mein Haus, Sabine hat es mir vererbt. Jetzt werde ich alle Arbeit, die ich hier hatte, für mich in Geld umsetzen. Nächstes Jahr um diese Zeit habe ich nach dem Umbau neue Mieter und endlich Ruhe und Ordnung.

Januar

Roxane schaute ungeduldig auf ihre Uhr.

»Bianca, beeile dich doch bitte mal, ich komme zu spät zur Arbeit!«

»Bleib locker, Mama, du hast doch Gleitzeit, da machen die paar Minuten doch nichts.«

Bianca dokterte mit viel Makeup an einem Pickel herum und konnte sich nicht vom Spiegel trennen.

»Du hast in der Schule aber keine Gleitzeit und ich muss noch den Schnee von Auto räumen. Überhaupt nutzt das, was du da machst, gar nichts! Ich habe dir doch schon hundertmal gesagt, einfach in Ruhe lassen und nicht dran denken.«

»Ach lass mich, alles weißt du besser! Du musst dir ja nicht die fiesen Sprüche der Anderen anhören.«

Bianca griff endlich zu ihrer Tasche und folgte Roxane zur Tür.

Lautertal war über Nacht wieder von einer dicken Schneedecke eingehüllt worden. Krätzner stand am Fenster im dritten Stock, schaute über die weißen Dächer und wartete.

»Wann kommen die endlich raus? Der Junge ist schon lange weg zum Bahnhof. Muss die Schlampe denn gar nicht arbeiten?«

Er fröstelte am offenen Fenster, aber sein Dämon beharrte darauf, weiter zu warten.

»Es ist gleich so weit. Siehst du da kommen sie schon!«

Sofort holte Krätzner tief Luft und schrie aus dem Fenster: »Mietschuldnerin, Mietschuldnerin, zahlt endlich eure verdammte Miete!«

Nach kurzer Pause und erneutem Luftholen schrie er nochmal.

»Dir werde ich's jetzt zeigen, verdammte Mietschuldnerin!«

Roxane schaute nach oben zu dem offenen Fenster, wo nur kurz seine Gestalt erkennbar war. Dann wurde das Fenster zugeknallt. Nebenan gewahrte sie irgendwelche Nachbarn, die hinter der wackelnden Gardine standen.

»Komm, Bianca, hilf mir den Schnee vom Auto räumen, wir müssen hier schnell weg.«

Bianca schien zu ahnen, was ihre Mutter meinte. Dicker Schnee fiel ihr auf die Stiefel, als sie die Beifahrertür aufriss, um mit kalten, spitzen Fingern einen Handfeger aus dem Fußraum zu holen.

»Zieh doch endlich deine Handschuhe an!«, ärgerte sich Roxane und schob schon mit einem Abzieher die ersten Schneelagen von der Frontscheibe. Sie sah, dass Bianca ausnahmsweise mal das machte, was sie ihr sagte und beruhigte sich etwas. Doch plötzlich tauchte Krätzner wie aus dem Nichts hinter der Hecke auf und kam auf den Gehweg. Er hatte einen Schneeschieber über die Schulter gelegt und fixiert Bianca, die näher an ihm stand und das Auto mit dem Handfeger bearbeitete, mit bösem Blick.

»Du ruinierst deine Mutter!« zischte er.

Bianca schaute ihn erschrocken an und Roxane sah fragend zu ihrer Tochter hinüber. *Was ist denn das für eine neue Variante? Wieso ruiniert Bianca mich? Was bildet er sich denn jetzt schon wieder ein?*

»Kein Wunder, dass sie ihre Miete nicht zahlen kann, wenn sie deine Rechnungen bezahlen muss, für deinen elenden Luxus.«

Mit der linken Hand wedelte er vor Bianca Gesicht mit einem Brief herum. Bianca wich schnell zurück und brachte sich auf der anderen Autoseite vor ihm in Sicherheit. Sie machte dabei ein verlegenes, ängstliches Gesicht.

Roxane erkannte das Blatt und verstand. »Ach, diese alberne Inkassorechnung meint er! Bianca, was hast du damit gemacht, nachdem ich die bezahlt habe?«

»In den Müll geworfen«, erwiderte sie, das waren doch bloß ein paar Euro...«

»Zahl endlich deine Miete, du Puffmutter!« schrie Krätzner lauthals, sodass es die ganze Straße herunter schallte.

Roxane zuckte peinlich berührt zusammen und sagte laut und wütend, für alle eventuellen Zuhörer hörbar:

«13.98 € machen mich nicht arm, Herr Krätzner. Die Miete zahle ich wieder vollständig, wenn die Heizung ordentlich angestellt wird, wie es sich gehört. Jetzt lassen Sie uns in Ruhe und hören Sie auf in unserer Post zu schnüffeln!«

Aufgebracht packte Krätzner den Schneeschieber fester und kam mit erhobener Schaufel drohend auf Roxane zu. »Mietschuldnerin«, schrie er und eine dicke Atmenwolke entwich seinem rot erhitzten Gesicht.

Sie brachte sich bei Bianca in Sicherheit und schaute sie sich unruhig um. *Gott sei Dank kommt hier nicht so schnell ein anderes Auto, wo es heute so glatt ist ...*

»Mietschuldnerin, verzogene Plage, Nutten!«, schimpfte Krätzner laut, sodass es alle Nachbarn hören konnten.

Roxane beobachtete ihn sehr achtsam. Immer noch war sie peinlich berührt von seinem Anblick, gleichzeitig spürte sie, wie die Wut in ihr hoch kochte.

Hoffentlich bleibt er auf der anderen Seite ... Aber wie sollen wir hier wegkommen und noch einigermaßen pünktlich sein? – Ah, warum nicht? Ich habe da eine Idee ...

Sie grinste Bianca verschwörerisch an und begann schnell, einen Schneeball nach dem anderen zu formen. Bianca tat es ihr nach und schaute sie dabei erwartungsvoll an.

»Auf los geht's los, also los!« rief Roxane und zugleich feuerten beide eine Salve Schneebälle auf Krätzner ab.

Der wich erschrocken zurück und wollte etwas schreien. Aber ein dicker Schneeball traf ihn mitten aufs geöffnete Maul.

Mit weit aufgerissenen Augen gurgelte er etwas Unverständliches und flüchtete rückwärts hinter die dicke Thujahecke, die seinen Garten einfriedete.

Das Grinsen hat sich jetzt voll in Roxanes Gesicht ausgebreitet und Bianca konnte sich hemmungsloses, lautes Lachen nicht verkneifen. Sie flüchteten ins Auto und fuhren trotz der wenigen Sicht und der Glätte schnell davon.

»Bevor er es sich wieder anders überlegt!«, sagte Roxane und wurde langsamer. Nach einer kleinen Weile fragte sie: »War das deiner oder meiner?«

Bianca prustete: »Ach Mama, du hast so cool getroffen! Das hätte ich mich nicht getraut!«

»Ja, das war cool. Wenn schon, denn schon! Ich habe ihn damit bestimmt ganz schön wütend gemacht. Aber ich konnte es einfach nicht lassen.« Sie wurde ernst. »Du musst jetzt auch cool sein und dran denken, die Post nicht mehr in den Papiermüll zu werfen. Außerdem kannst du beim Online Banking sehen, ob deine Visakarte noch gedeckt ist. Du bist doch sonst so fit am PC!«

»Ja «, kam es etwas kleinlaut zurück. Aber dann lachte Bianca schon wieder: »Aber trotzdem, du warst echt so krass, Mama!«

Roxane hatte auch noch das verblüffte, entsetzte Gesicht von Krätzner vor Augen und lachte mit. *Passiert ist passiert, das musste mal aus mir raus!* Sie drückte während der Fahrt kurz Biancas Hand.

»Alles gut! Geh diesem Idioten aber aus dem Weg, hörst du! Der ist und bleibt gefährlich, auch wenn er jetzt gekniffen hat, wie ein geprügelter Hund.«

*

Am Nachmittag richtete Roxane ein Postfach ein und veranlasste, dass keine Post mehr an den Briefkasten in der Leningasse 7 geliefert wurde. Zufrieden kam sie nachhause und entnahm die restlichen Briefe dem Hausbriefkasten. Darunter ein Brief von Krätzner.

Schon wieder! Lässt mich dieser Idiot denn gar nicht mehr zur Ruhe kommen!

Als Erstes las sie: Räumungsklage / fristlose Kündigung:

So ein Scheiß, aber das habe ich geahnt ...

Die Beklagte Roxane Teichert wird verurteilt, die Mietwohnung im Parterre, in der Leninstraße711, 52466 Lautertal, umgehend zu räumen.

Begründung: Am 1. August 2005 schlossen die Eheleute Sabine und Eugen Krätzner mit Frau Roxane Teichert einen Mitvertrag. Beweis: Anlage1

Am 28. 10. 2006 starb meine Frau. Ich bin laut Testament der Erbe. Beweis: Anlage 2.

Frau Teichert wurde im Juni/Juli 2005 geschieden. Beweis: Ehescheidungsakten, Familiengericht Lautertal.

Was hat das mit meiner Mietwohnung zu tun?

Frau Teichert ist durch schwere psychische Probleme, aus ihrer Jugendzeit, als ihr Vater, Lehrer am Gymnasium, sie jahrelang sexuell missbrauchte und 2004 durch Erhängen Selbstmord beging, heute noch stark belastet und in psychiatrischer Behandlung. Beweis: Einvernahme: Frau Dr. med. Sauer, Psychiatrieärztin, Hauptstraße 8, 16078 Lautertal.

Spinnt der jetzt völlig. Er will sogar die Schweigepflicht aufheben lassen, da lachen ja die Hühner!

Im letzten Jahr kam die Scheidung und deswegen finanzielle Probleme hinzu. Ebenso hat sie Probleme mit ihrem neuen Lebensgefährten, einem alten Freund aus Berliner WG Zeiten. Beweis: Einvernahme Exgatte Lenhard Teichert, Neustadt Straße 3, Lautertal. Oliver Kern, Krohnstraße 3, 13595 Berlin.

Was bitte schön haben diese Männer mit seiner verdammten Räumungsklage zu tun, und er gibt indirekt zu, meinen Briefkasten zu überwachen, wenn er die Adressen kennt.

Bedingt durch diese psychischen Probleme sucht Frau Teichert ein Ventil, um sich abzureagieren und um ihr Selbstwertgefühl unter Beweis zu stellen. Sie terrorisiert meine Tochter, meine schwerkranke Frau und mich seit langem mit beleidigenden, ruf- und geschäftsschädigenden verbalen Angriffen, auch vor dritten Personen. Beweis: Einvernahme Sylvana Krätzner und sämtliche Handwerker der Firma Kellermann.

Aber genau das macht er doch mit mir und nicht anders herum! Glaubt der wirklich, das Gericht lädt jetzt alle Handwerker, die mal für ihn gearbeitet haben, wegen solcher vollkommen an den Haaren herbei gezogenen Behauptungen zur Vernehmung vor?

Da ich selbst unter einer schweren Krankheit leide, fühle ich mich dem Unfrieden, den Frau Teichert im Haus schafft nicht mehr gewachsen. Besonders, da ich nun in dem zwei Familienhaus alleine mit dieser Familie wohnen muss. Infolge des Unfriedens kündigte ich bereits am 15.12. 2006 zum 01.03.2007. Am 17.12. widersprach Frau Teichert der Kündigung schriftlich und erklärte die Kündigung als unwirksam. Sie verlangte das Fortsetzen des Mietverhältnisses.

Ja weil seine kranke Wahrnehmung und sein Abreagieren an uns kein Kündigungsgrund sind.

Die Kündigung ist nicht unwirksam. Es handelt sich bei meinem Anwesen um ein Zweifamilienhaus. Meine Wohnung erstreckt sich über das Obergeschoss und das Dachgeschoss und bildet eine Einheit. Da meine Tochter sich um mich kümmern muss, benötige ich für sie die Parterrewohnung darunter. Dies steht mir nach § 573 BGB zu. Da Frau Teichert die Fortsetzung des Mietverhältnisses fordert, verlange ich eine fristlose Räumung der Wohnung.

Lautertal, 04.01.2007, gez. Eugen Krätzner

Roxane rief die Kanzlei an und vereinbarte einen Termin mit ihrem Anwalt. Danach saß sie in der fast dunklen Küche und dachte nach.

So, dann hat er mich also vor den Richtern verleumdet, na toll! Es ist so peinlich und ekelhaft, das alles! Werden die Richter so etwas einfach hinnehmen? All das ist doch eine unglaubliche, verbotene Einmischung in meine Privatsphäre und dazu schlimmste Beleidigung. Zudem hat es gar nichts mit einer gewünschten Räumung der Wohnung zu tun. Aber nun können die Richter hoffentlich verstehen, dass meine Unterlassungsklage wegen Beleidigung und Verleumdung sehr gerechtfertigt ist. Und das mit dem Eigenbedarf stimmt doch hinten und vorne nicht. Oben wohnt seit Jahren seine Tochter. Sie hat eine dritte Klingel, einen dritten Briefkasten und einen separaten Eingang. Die muss doch da gemeldet sein! Will er uns für blöd verkaufen? Zurzeit baut er allerdings das Treppenhaus nach oben neu aus. Das muss ich mir mal ansehen, wenn er nicht zuhause ist...

»Mama? Mach doch mal das Licht an, was ist denn los mit dir?« Erst jetzt nahm sie die Geräusche und Stimmen im Flur wahr. Tom, Bianca und Sally, die wedelnd zur Küchentür kam.

»Nichts-, nichts Tom, ist schon alles in Ordnung mit mir … Ich habe nur die Räumungsklage von Krätzner gekriegt.«

Bianca drückte auf den Lichtschalter. »Ach, die Rechnung für heute Morgen, also!«

»Ich denke, nicht nur spontane Rache. Es hätte vielleicht nur ein paar Tage länger gedauert, aber ich habe mir schon gedacht, dass er mit sowas kommen wird.«

Tom griff nach dem Brief auf dem Tisch, aber Roxane nahm ihm das Papier schnell wieder aus der Hand. »Lass mal Tom, das macht dann mein Anwalt. Dich möchte ich nur bitten, mir mal deine Kamera auszuleihen. Ich muss ein paar Fotos machen wenn Krätzner nicht da ist.«

»Wieso denn das?«

»Er kommt jetzt mit Eigenbedarf. Behauptet, das Haus hätte nur zwei Wohnungen.«

»Eh, das ist doch gelogen, sieht man doch!« Bianca lachte unbekümmert.

»Das weiß der Richter aber nicht und irgendwas im Treppenhaus baut er um. Das will ich mir ansehen und fotografieren.«

»Wir werden Schmiere stehen, okay, Tom?«

Bianca war seit dem Morgen in bester Stimmung und schien alle Furcht vor Krätzner verloren zu haben. Tom machte ein nachdenkliches Gesicht, aber er stimmte zu.

»Lass mich das machen, Mama, und zwar am besten gleich! Wir haben gerade beobachtet, dass er im Einkaufszentrum in diesem Billigrestaurant sitzt und Eisbein mit Sauerkraut in sich reinstopft. Ich kann besser mit meiner Kamera umgehen. Du sagst einfach was du drauf haben willst und Bianca passt auf.«

»Ihr wisst ja gut Bescheid …«

»Ja, wir chillen da auch ab und zu mit ein paar Kumpels und Papa ist da auch öfters. Wegen dem Eisbein …« Tom grinste und schaute immer noch neugierig auf den Brief in ihrer Hand. *Ich will nicht, dass er diese Schweinereien liest. Er macht sich so schon genug Sorgen.* Sie steckte den Brief in ihre Arbeitstasche. Dann ging sie mit Tom in den Hausflur. Bianca hielt am Fenster Wache. Zuerst fotografierten sie die Klingeln, dann die Briefkästen und dann den Umbau. »Der macht das Treppenhaus breiter und baut einen Windfang beim Dachgeschoss. Sieht aus als plant er, die dritte Wohnung noch separater zu machen, als sie sowieso schon ist!« Sie musterte zufrieden die Arbeit.

»Sieh mal Mama, die Wohnung im Zweiten steht offen und ist anscheinend leer.« Tom machte Anstalten sich durch die Tür zu schleichen. »Nicht Tom! Wenn er jetzt kommt?« Roxane lauschte erschrocken auf Geräusche vor dem Haus. Aber Tom war schon verschwunden.

Von unten kam ein unterdrückter Ruf von Bianca.

»Er kommt!«

»Tooom«, stöhnte Roxane und ihr brach der Angstschweiß aus. Aber Tom tauchte schnell wieder auf und sie eilten zu ihrer Wohnung zurück. Krätzner stand schon im Hausflur, bevor sie die letzte Stufe von oben nach unten nehmen konnten und von Bianca eingelassen wurden. Tom versteckte die Kamera rasch hinter seinem Rücken und Krätzner warf ihm einen bitter bösen Blick zu. Sie schwiegen beide und gingen gespielt lässig in ihre Wohnung zurück.

»Okay, das war knapp. Meinst du er hat was gemerkt?« Tom atmete noch heftig.

»Sicher, der wird jetzt alles Mögliche vermuten«, erwiderte sie.

»Is doch egal! Also, es gibt keine Verbindung zur Dachwohnung ins Obergeschoss, außer ganz normal über das Treppenhaus. Außerdem renoviert er das Obergeschoss komplett. Ich denke, er will das jetzt auch vermieten und ganz nach oben ziehen, wo seine Tochter wohnt.« Tom legte zufrieden die Kamera auf den Küchentisch.

»Das klingt logisch. Aber will die wirklich mit ihm zusammen wohnen?«

»Die Ärmste«, bemerkte Bianca, »Ich würde das mit dem Idioten keinen Tag aushalten … Aber, sorry, geht mich nix an. Ich muss jetzt noch Hausaufgaben machen.«

»Ich auch«, sagte Tom. »Die Bilder drucke ich dir aus, sobald ich Zeit habe.« Die beiden verschwanden in ihre Zimmer und Roxane blieb allein in der Küche, um das Abendessen vorzubereiten. So recht kam keine Ruhe auf. *Ich kann nicht einfach alles hinschmeißen und zu Oliver nach Berlin flüchten. Ich kenne ihn ja kaum. Was wird denn aus Tom und Bianca, wenn das hier schief hier geht? Mir geht das alles einfach viel zu schnell. Kann er mich wirklich fristlos räumen lassen? Glaube ich nicht ... Aber wie gefährlich wird er noch werden?*

*

Mitte Januar waren Lautertal und die umgebenden Berge tagelang in dicken Nebel gehüllt. Tauwetter ließ den Schnee zu grauem Matsch werden. Das fehlende Tageslicht und das Grau in Grau schlug vielen Menschen aufs Gemüt. Sie fuhr durch die neblige Dämmerung nachhause und hörte mit voller Lautstärke Bob Marley. Der Arbeitsbesuch aus Jamaika passierte in ihren Gedanken nochmals Revue. Die sonnenverwöhnten Besucher hatten gute Laune in ihr Büro gebracht und ihre trübe Stimmung weggeblasen.

Es kann alles so viel freundlicher sein, auch wenn man nicht so reich ist wie wir Deutschen!

Beim Einparken erkannte sie Licht in ihrer Parterrewohnung. Tom und Bianca waren schon zuhause. *Sicherlich haben die beiden auch großen Appetit auf ein gutes Abendessen. Die Küche wird warm und gemütlich werden, voller Geplauder und Gelächter ...*

Sie stieg aus dem Auto und eilte durch die Nässe in Richtung Hauseingang. Als sie um die Hausecke bog, hörte sie zuerst ein Rattern. Sie stoppte. Im schwefelgelben Licht der Eingangsbeleuchtung versperrte ihr ein riesiger Holzpanelhaufen unter dem Vordach den Weg. Mittendrin stand ihr Vermieter. Leicht gebückt sägte er mit einer elektrischen Stichsäge Kleinholz.

Mitten im Weg. Als ob er gewartet hat! Angesichts der Vorfälle in letzter Zeit war sie auf der Hut. Sie grüßte mit fester Stimme: »Guten Abend, lassen Sie mich bitte mal hier durch.«

Seit Wochen trägt er nun schon diese zerzauste, braunfleckige Cordhose. Kann er mal sein Hemd ordentlich in die Hose stopfen? Er sieht mit seinem verschwitzten Haar und seinem verkniffenen Gesicht schon wieder völlig neben sich aus. Wie nur soll ich an ihm vorbei kommen? Puh, wie er stinkt! Sie hielt die Luft an und drückte sich an der Hauswand entlang, doch sie kam nicht weit.

»Mietschuldnerin, dir werde ich's zeigen!« Wie ein Teufel aus der Schachtel war der Alte auf sie zugesprungen und fuchtelte nur wenige Zentimeter vor ihrem Gesicht mit der Stichsäge herum. Sie sah das Sägeblatt dicht vor ihren Augen rattern. Wäre sie nicht automatisch zurück gewichen, hätte er sie ernstlich im Gesicht verletzen können.

Ängstlich behielt sie ihn im Blick und suchte aus den Augenwinkeln nach einer Möglichkeit, die Haustür zu erreichen. Aber er kam wieder näher und schrie mit seiner hohen Nörgelstimme:

»Zahl endlich die Miete, du unverschämte Schlampe! Ich werfe euch raus, ihr Zigeuner; verlasst sofort mein Haus!«

Völlig durchgedreht! Roxane stand einen Augenblick gebannt da. *Was mache ich jetzt denn nur? Dieser Angriff ist was Neues! Das geht weiter als nur Anschleichen, Schreien, Spionieren und Drohen.*

Alarmiert von dem Geschrei, hatte Bianca die Haustüre einen Spalt breit von innen geöffnet. Jetzt riss sie diese vollends auf und rief aufgeregt:

»Mama, komm schnell!«

Sie zögerte noch immer mit jeder Bewegung, bemerkte dann aber das Stichsägekabel, ganz in ihrer Nähe. Sie packte zu und zog mit einem kräftigen Ruck daran. Der Stecker rutschte aus der Steckdose und das Rattern der Maschine verstummte augenblicklich. Ihr Vermieter wurde durch den jähen Ruck in den Holzbretterhaufen gezerrt. Er stolperte in dem Bretterwirrwarr, torkelte und landete stöhnend auf allen Vieren. Die Säge schrappte über die Bodenfliesen.

Roxane nutzte den Augenblick und sprang, mit Armen und Beinen alles Holz beiseite rudernd, in Richtung Haustüre. Ein paar Mal spürte sie Schrammen und Stiche am Körper, dann fiel die Haustür hinter ihr ins Schloss. Sie hörte wie Bianca noch wütend nach draußen rief:

»Über die Mietminderung wegen der kaputten Heizung können sie mit unserem Rechtsanwalt streiten! Meine Mutter hat immer alles bezahlt!«

»Danke, gut, dass du da warst!« Sie sah Bianca dankbar an. »Das war jetzt wirklich gefährlich!«

»Aber der Anblick, wie er da in seinem Bretterhaufen kniete, war lustig, oder?« Bianca grinste.

»Ja schon …, aber seine Wut und Rachsucht machen mir Angst. Was soll das noch werden? So kann das doch nicht weiter gehen!«

»Tom hat für uns alle Pfefferspray besorgt. Nur so, für einen Notfall wie eben!« Bianca reichte ihr eine kleine Dose.

»Okay, damit muss man aber auch umgehen können. Lass mal die Gebrauchsanweisung lesen …«

Krätzner rappelte sich langsam in seinem Brettergewirr auf, schob einige Paneelen beiseite und steckte die Maschine wieder in die Steckdose. Als er seine Arbeit fortsetzte, schimpfte er wie ein Besessener immer wieder krächzend vor sich hin: »Mietschuldnerin, zahlt endlich eure Schulden! Euch werde ich es zeigen.«

*

Roxane bekam kaum Luft. Sie befand sich im völlig überheizten Büro des Sozialmedizinischen Dienstes, im vierten Stock der Stadtverwaltung von Lautertal. Der Aufzug war defekt gewesen. Sie hatte vier Stockwerke die Treppen hinaufsteigen müssen. Trotz dreimaligem Anklopfen an die Tür von Raum 44 war keine Reaktion gekommen. Jetzt stand sie im Zimmer, das sie schließlich ohne Aufforderung betreten hatte. Im dämmrigen Licht einer Schreibtischlampe, hinter einem überdimensionalen Bildschirm, nahm sie schattenhaft eine Person wahr. Es knallte, wummerte, klingelte, quietschte und ploppte. Kein Wunder, dass ihr Anklopfen unbemerkt geblieben war. Der Sozialarbeiter war eifrig mit seinem Computerspiel beschäftigt …

Na der hat ja ordentlich viel Arbeit …

»Störe ich!«

Sie musste sehr laut sprechen, damit er sie überhaupt bemerkte. Die heulenden, jaulenden Geräusche verrieten ihr, dass durch ihre Störung nun eine Figur einen ungeplanten Untergang erlitt.

Ein hochroter Kopf mit Vokuhila-Frisur tauchte neben dem Bildschirm auf und starrte sie verwirrt an. Der Mann war geschätzt Anfang dreißig und musste Krätzners Sozialberater sein.

Viel besser gekleidet als sein Klient Krätzner scheint er nicht zu sein. Aber er stinkt nicht, da liegt schon mal ein hoffnungsvoller Unterschied.

Sie machte eine leicht spöttische Miene.

»Verzeihen Sie, dass ich Sie in Ihrer Arbeit störe.- Ich hatte mich angemeldet, zumindest unten an der Rezeption. Hier ging niemand ans Telefon …«

Besser: es ging tagelang niemand ans Telefon, hätte ich lieber gesagt …

»Was wollen Sie denn hier?« Die Röte in dem Gesicht hatte nachgelassen und nun wirkte der Herr irgendwie genervt.

»Darf ich mich vorstellen, mein Name ist Roxane Teichert. Und wer sind Sie?«

»Äh, Klaus Tillich, Sozialmedizinischer Dienst.«

Ist ja zu freundlich, dass er sich mal vorstellt.

Immerhin schien er sie etwas mehr zu beachten, nachdem sie seinen Namen kannte. Trotzdem starrte er sie weiterhin genervt und anscheinend völlig überfordert an.

»Darf ich mich setzen?«

»Bitte«, langsam räumte er einen Stapel Aktenordner von einem harten Besucherstuhl.

»Ich komme wegen meinem Vermieter Eugen Krätzner. Mein Rechtsanwalt hat mir Ihre Adresse und Telefonnummer gegeben.«

»Wir geben über unsere Klienten grundsätzlich keine Auskunft.«

Auf Sitzhöhe, von Angesicht zu Angesicht, könnte ich es mal mit mehr Verbundenheit versuchen.

»Okay, das verstehe ich. Sie haben bestimmt eine Schweigepflicht. Daher möchte ich Ihnen auch zuerst über diese Person Auskunft geben.- Herr Krätzner vermietet seine Parterrewohnung an mich. Ich werde seit November fast täglich von diesem Menschen verbal und physisch attackiert. Er ist hoch aggressiv und seitdem seine Frau gestorben ist versucht er mich und meine beiden Kinder mit allen Mitteln aus meiner Wohnung zu vertreiben.«

Herr Tillich seufzte resigniert.

»Es gibt hier eine sehr dicke Akte über Herr Krätzner. Bisher konnten wir ihn nicht davon abbringen, sich mit allen möglichen Leuten anzulegen ...«

»Er hat mich vor ein paar Tagen mit einer laufenden Stichsäge fast ins Gesicht geschnitten. Ich möchte wissen wie gefährlich er ist und was Sie dagegen unternehmen können.«

»Nichts, solange kein Blut fließt.«

Verdammt, dieser Satz klingelt langsam in meinen Ohren. Roxane machte eine kleine Pause, um freundlich bleiben zu können.

»Das heißt, ich soll warten bis er mich oder eines meiner Kinder verletzt?«

Herr Tillich konterte mit einer Gegenfrage: »Warum sind Sie überhaupt da eingezogen, das weiß hier doch jeder, dass der psychisch krank ist.«

Sie beugte sich nach vorn und suchte Augenkontakt.

»Ich wusste das nicht. Wahrscheinlich weil ich zugezogen bin und die Kleinstadtgerüchte leider erst nach dem Umzug einen Weg in meine Ohren fanden. Eine Bemerkung mit »Vorsicht gefährlicher Vermieter« stand jedenfalls nicht an der Wohnung oder in der Anzeige.«

»Tut mir leid, ich kann da gar nichts machen.«

Ja ich tue mir auch langsam leid. Das ist der Ämtersatz, den ich so liebe

»Sie könnten ihn nicht mal besuchen und mit ihm reden? Ich dachte, so etwas wäre ein Teil Ihrer Arbeit?«

»Dazu habe ich leider kaum Zeit.«

Wer's glaubt wird selig. »Das sieht man!«

Herr Tillich merkte anscheinend, dass er seine Besucherin nicht so leicht loswurde. Er hob die Stimme.

»Hören Sie, es hat keinen Sinn mit ihm zu reden. Er ist absolut dicht und redet nur mit sich selbst oder mit seiner Frau. Was soll ich da also?«

Roxane blieb ruhig.

»Seine Frau ist tot, wie Sie vielleicht wissen … Daher könnten Sie mal schauen wie es ihm geht. Damit er für seine Mitmenschen keine Gefahr wird. Aufsicht und Betreuung könnte ihn vielleicht etwas davon abhalten seine Mitmenschen zu malträtieren.«

»Wenn Sie wüssten! Der ist doch nur nicht weggesperrt, weil die psychiatrische Klinik hoffnungslos überbelegt ist und er sich vor den Ärzten dort nicht offen gefährlich gezeigt hat.«

»Aber man merkt doch, dass er spinnt!«

»Ein bisschen spinnen tun viele Menschen. Wissen Sie, Krätzner war mal fast Physikprofessor an der Universität und später Lehrer am Gymnasium. Der ist hoch intelligent und weiß wann und wie er seinen Wahnsinn kaschieren muss.«

»Interessant!« *Das erklärt tatsächlich so manches …*

»Mehr darf ich aber wirklich nicht sagen.« Nervös schielte der Sozialarbeiter wieder zu seinem Bildschirm hinüber.

»Er hat die halbe Kleinstadt verklagt, wie ich höre …«

»Ja, das stimmt. Er ist hypernervös und pingelig bis zum geht nicht mehr. Irgendwas reizt ihn immer …«

Dich reizt es scheinbar auch, wenn man dich beim Spielen stört …

Roxane nahm einen Kugelschreiber von dem Tisch vor sich, klickte mit der Federspirale und zog damit seinen Blick wieder auf ihre Person:

»Dann wird er aggressiv und baut einen unglaublichen Hass auf. Und jetzt wo er alleine ist, ist das noch schlimmer geworden.«

Es entstand eine Pause. Ihr Gesprächspartner schien nachzudenken.

Irgendwie muss er mich ja wieder loswerden. Vielleicht erinnert er sich mal an seine Ausbildung ...

»Na gut, ich kann ja mal vorbeigehen und versuchen, mit ihm in Kontakt zu kommen. Aber machen Sie sich lieber keine Hoffnung.«

Sehr gut, das wollte ich hören ...

»Wie soll ich Ihrer Meinung nach solange mit diesem Problem umgehen?«

»Ziehen Sie so schnell es geht dort aus.«

»Das ist mir auch schon eingefallen, aber ich muss erst eine Wohnung finden, alleinstehend mit zwei Kindern und Hund. Morgen habe ich da sicherlich noch nichts. Aber morgen kann er auch schon wieder einen neuen Angriff versuchen...«

»Das Beste ist, Sie rufen sofort die Polizei.«

»Oh was denken Sie denn! Das habe ich tatsächlich auch schon gemacht! Und was glauben Sie, was die gesagt haben?«

»Keine Ahnung?« Herr Tillich schielte wieder auf seinen Bildschirm.

»Das Gleiche wie Sie, total identisch! Das Beste ist immer dieser Satz: Da muss erst Blut fließen. Dann sehe ich immer mein Blut oder das meiner Kinder vor mir. Ich sehe sie verletzt oder vielleicht sogar tot ... Gut schlafen tut man so jedenfalls nicht!«

Herr Tillich schien völlig resistent gegen jede Empathie.

»Ich kann Ihnen jetzt gerade leider nicht weiter helfen. Hier haben Sie aber meine Karte, falls Sie nochmal mit mir sprechen müssen.«

Zwecklos.

Sie stand auf und nahm die Karte entgegen obgleich sie ja seine Daten längst hatte.

»Sehr freundlich. Vielleicht sehen wir uns ja mal vor seinem Haus.«

Sie schenkte ihm ein resigniertes Lächeln. »Haben sie vielen Dank.«

*

Tom und Bianca hatte sie am Freitagnachmittag für das Wochenende zu ihrem Vater gefahren. Aber Sally begleitete sie, als ihre Augen angestrengt Bahnsteig 11 im Hauptbahnhof Berlin absuchten. Oliver stand plötzlich vor ihr. Die Menschenmassen hatten ihn lange verdeckt. Sie umarmte ihn überrascht und stürmisch und der kleine Hund hopste an seinen Hosenbeinen hoch. Oliver gab ihr einen liebevollen Kuss und hockte sich kurz zu Sally, um sie zu begrüßen. Dann nahm er ihr den Rollkoffer aus der Hand.

»Wir müssen mit den Öffentlichen fahren, mein Auto kann ich erst morgen aus der Werkstatt holen, es braucht TÜV.«

»Okay, das macht nichts. Sally geh bei Fuß! Neben mir bist du sicher vor den vielen Füßen!«

In der S-Bahn sprang Sally auf ihren Schoß.

»Das geht nicht. Wie sieht das denn aus!« Oliver war sichtlich irritiert.

»Aber sie ist doch so klein, so fühlt sie sich sicher.«

Roxane lächelte ihn bittend an. Es war ihm peinlich, sie merkte es genau, aber er sagte nichts mehr.

Diese Menschen sieht man einmal und nie wieder. Was ist daran peinlich einen kleinen Hund auf dem Schoß zu haben?

»Was macht deine Arbeit?«, lenkte sie ihn ab.

»Ich bin jetzt Betriebsratsvorsitzender. Mich haben 421 Stimmen direkt gewählt.« Die Ablenkung klappte perfekt. Oliver war jetzt stolz und zufrieden und erzählte sofort von der Wahl.

So viele Menschen vertrauen ihm, da hat er allen Grund stolz zu sein...

»Wie schön für dich. Jetzt hast du wahrscheinlich eine Menge Extraaufgaben.«

»Ja, ich habe ein zweites Büro und eine eigene Sekretärin. Nächste Woche muss ich dann gleich den Betriebsausflug für das gesamte Haus durchplanen.«

»Na, dann lass uns jetzt das Wochenende genießen.«

»Ich habe eine Überraschung für dich ...« Olivers Gesicht leuchtete erwartungsvoll.

»Da bin ich gespannt!« Sie stiegen aus und liefen das letzte Stück Hand in Hand zu seiner Wohnung.

Nachdem sie gemeinsam den erschöpften Hund auf eine kuschlige Decke in der Küche verfrachtet und ihn mit Wasser und Futter versorgt hatten, schenkte Oliver Champagner ein. »Gleich kommt die Überraschung! Aber vorher machst du dich noch ein bisschen frisch.«

»Okay«, Roxane trank ihr Glas aus und ging ins Bad.

Was hat er nur vor? Er macht's echt spannend.

Dann stand Oliver mit einer Augenbinde in der Hand vor ihr.

»Dreh dich um.«

Er verband ihr die Augen und küsste sie. Er zog sie vorsichtig in sein

Schlafzimmer und entkleidete sie. Seine Hände begrüßten ihre Haut überall. Er zog ihr an den Brustwarzen und griff ihr fest in den Po. Roxane fühlte die Erregung in sich aufsteigen. Dann nahm er ihr plötzlich die Augenbinde ab und sie sah vor sich sein Bett mit dicken Kissen und einem großen Handtuch bedeckt und daneben, ordentlich aufgereiht, fünf verschieden große Dildos aller Art, Handschellen, eine Ledergerte, verschiedene Klemmen und Ketten. Der Anblick ließ sie etwas zusammenzucken.

Ganz schön massiv, was er da sofort von mir will.

Dennoch ließ ihre Lust nicht nach. Im Gegenteil, die Direktheit und die Spannung steigerte ihr Verlangen.

»Gefällt es dir?« Er sah sie erwartungsvoll an. »Ich werde nichts machen, was du nicht willst. Du darfst dir aussuchen, was du ausprobieren möchtest.«

»Du magst es, mir weh zu tun …«

Eigentlich dachte ich zuerst mal an Zärtlichkeit und Geborgenheit, für den Anfang. Wir haben uns lange nicht gesehen …

»Nur ein bisschen, soweit wie es dir auch gefällt! Siehst du, das mach ich dir an den Brustwarzen fest und damit binde ich dich ans Bett.«

Er nahm zwei Klammern hoch, die mit einer Kette verbunden waren. Er verband die Kette mit der Kette der Handschellen.

»Aber vorher musst du dir die Dildos aussuchen, die du magst. Magst du das?«

»Ja, es macht mich schon an, aber ich habe auch ein bisschen Angst.«

»Fein, so soll es sein. Du kannst jederzeit sagen ‚aufhören‘, ich passe auf dich auf.«

»Willst du mich auch schlagen?« Sie nahm die Gerte in die Hand.

»Nur wenn du deinem Meister nicht gehorchst und nur so viel wie es dir gut tut.«

»Okay«, flüsterte Roxane und ließ sich die Augen wieder verbinden.

Ausgesucht habe ich nichts. Das entscheidet er sowieso für mich.

Die Nacht wurde sehr lang und Oliver machte es sehr gut. Er achtete auf alles und nahm sich immer wieder zurück, damit sie voll ihre Orgasmen ausschöpfen konnte.

Leichter Schmerz erregt mich, stellte sie verwundert fest und sie versuchte sich seinen Wünschen völlig unterzuordnen. Nach Stunden flehte sie ihn an: »Bitte komm du auch endlich, bitte, ich will dich jetzt!«

Er löste alle Ketten, nahm die Augenbinde ab und nahm sie von hinten. Es fühlte sich gut an als er explosiv und laut kam, aber für einen eigenen Orgasmus hatte sie nun keine Kraft mehr. Danach lagen sie fest umschlungen nebeneinander.

»Du gehörst ganz mir«, flüsterte Oliver in ihr Ohr.

»Ja, ganz dir, alles ist gut.«

Es macht ihn an wenn er mich ein bisschen quälen kann. Dann hat er die ganze Macht über mich. Er fühlt sich geborgen und sicher wenn er alles kontrollieren und bestimmen kann. Solange es ein aufregendes Sex Spiel bleibt, macht es mir auch Spaß … Aber eigentlich finde ich das, was wir jetzt machen am schönsten. Ich bin so müde und sehne mich nur noch nach »Wir und Geborgenheit« …

Sie genoss es von ihm ein Frühstück zubereitet zu bekommen und lümmelte gemütlich am Tisch, als er plötzlich seltsam wurde.

»Du musst das Frühstücksei auf den Teller stellen. Überhaupt, ein Ei pellt man und schlägt es nicht mit dem Messer auf, damit es nicht kleckert.«

Er beobachtete sie kritisch über den Frühstückstisch hinweg.

Sie lächelte ihn freundlich aber bestimmt an. *Spinnt er gerade ein bisschen? Jetzt beobachtet er kritisch meine Tischmanieren. Ich bin doch kein Kind mehr!*

»Spielen wir noch oder meinst du das jetzt ernst? Ich glaube, ich bin alt genug um mein Frühstücksei selbstständig zu essen.«

»Ich meins ja nur gut … Siehst du, da hast du schon gekleckert.« Er sah verärgert auf einen Marmeladenkleks auf ihrem Teller. »Bitte benutze für die Marmelade immer einen Extralöffel. Sonst schimmelt sie so schnell.«

»Okay, es ist ja deine Marmelade. Hast du nicht Lust, eine neue Musik aufzulegen?«

Irgendwie nervt er gerade ein bisschen, aber ich will jetzt mal nicht die Stimmung verderben. Es war so gemütlich, gerade.

Oliver legte Abba auf.

Oh weia, das ist nicht gerade mein Geschmack …

»Ich liebe Abba seit meiner Jugend, du doch auch nicht wahr?«

»Ich bin eher mit Rockmusik groß geworden.« Sie versuchte nicht genervt zu klingen.

Ist ja keine Sünde Abba zu mögen.

»Soll ich es leiser machen?«

»Ist schon gut, lass mal.«

Wir werden sicher früher oder später eine Musik finden die uns beiden gefällt.

Es wurde noch ein schönes Wochenende. Sie besuchten die Pfaueninsel, gingen essen und immer wieder musste Sally in der Küche ein Schläfchen halten, damit sie ihre Leidenschaft ausleben konnten.

*

»Die da unten sind nicht da, schon seit gestern nicht ...« Krätzner stand tatenlos am Fenster und starrte in den klumpigen, kalten Schneeregen, der in grauen Bächen vom Bürgersteig auf die Straße lief.
Der Dämon ließ ihn nicht lange sinnieren.
»Du kannst doch wieder Briefe schreiben. Die braucht dringend richtig Ärger und Angst, also los!«
Die Stimme in seinem Kopf klang drängend und verlangte Gehorsam. Er öffnete ein Bier, setzte sich an den Computer und schrieb einen Briefkopf:

Kanzlei Bahr
Kurfürstengasse 2
52466 Lautertal   Lautertal, 25.01.2007

»Was schreibe ich als Betreff?«
Der Dämon kommandierte:
»Für Bahr schreibst du etwas Nettes, für sie etwas Gemeines. Wie wäre es mit: Betreff: Unser gemeinsames Sorgenkind, Frau Roxane Teichert?«
»Das ist gut!« Krätzner grinste in sich hinein und schrieb weiter:

Sehr geehrter Herr Bahr,
wie ich in unserem letzten nachbarschaftlichen Gespräch angekündigt habe, konnte die Reparatur des Briefkastens durchgeführt werden. Somit übersende ich Ihnen zu treuen Händen den Briefkastenschlüssel, damit unser Sorgenkind nicht wieder neue Vorwürfe erheben kann, dass sie ihn nicht bekommen hat und neue Mietzinsminderungsforderungen erhebt.
Eine Mietminderung ist im Übrigen nicht gerechtfertigt. Die Klägerin hat am 25. Dezember selbst bestätigt, dass die Heizung einwandfrei funktioniert. Eine Überholung der Heizanlage kann warten, bis die Klägerin ausgezogen ist.
Da die Mieterin ihren Auszug angekündigt hat, werde ich mein Recht

wahrnehmen und einen Makler damit beauftragen, die Wohnung neuen Interessenten vorzustellen.

Der Dämon war noch ungeduldiger geworden. »Das ist ja alles schön und gut, aber du rechtfertigst dich zu viel. »Du muss viel härter werden. Richtig Angst muss sie bekommen! Nachts soll sie wach liegen und grübeln und tags über soll sie schwarze Ringe davon unter den Augen haben. Jetzt lass mich mal ran. Du schreibst jetzt mal genau das, was ich dir diktiere.«

Er schrieb ziemlich flott herunter was der Dämon ihm mit strenger Stimme eingab:

»Vor dem Amtsgericht Lautertal habe ich beantragt, die Klage Ihres Juniorpartners, Herr Wolfert, wegen Beleidigung abzuweisen. Ich begründe dies wie folgend: Die Klage wegen der Unterlassung von Beleidigungen ist unschlüssig und unbegründet, es fehlt in allen Fällen die Rechtswidrigkeit. Ebenso hat die Klägerin nicht die Unwahrheit der von mir vorgetragenen Tatsachen bewiesen. Das Meinungsfreiheitsgesetz Grundgesetz § 51 berechtigt zu wertenden Meinungsäußerungen. Zudem wird die Klägerin ausziehen, wie neutrale Zeugen aus der Polizei mir berichteten. Daher ist die Klage zu relativieren. Grundsätzlich ist zu sagen, dass beide Parteien sich im Räumungsklageverfahren befinden. Da die Begründung hauptsächlich in der Persönlichkeitsstruktur der Klägerin zu finden ist, muss der Beklagte eine logisch begründete Tatsachenkette vortragen, die auch Fakten beinhaltet, welche die Klägerin nicht gerne hört.

Das Verhältnis zwischen Vermieter und Mieterin war schon nach wenigen Wochen ihres Einzugs tiefgreifend gestört. Nur der schlechte Gesundheitszustand meiner Frau ließ die Probleme, die hauptsächlich durch das böse Mundwerk der Klägerin entstanden, in den Hintergrund treten. Wir wollten sogar, wegen der bösen Wesensart der Klägerin, das Haus verkaufen, mussten aber noch warten, da unsere Tochter ihre Ausbildung noch beenden musste. Ab August 2006 steigerte sich die Bösartigkeit der Klägerin stetig. Sie verunglimpfte mich vor allen Leuten und lachte über den Gesundheitszustand meiner Frau. Der endgültige Entschluss ihr zu kündigen fiel im November 2006, als sie wiederholt vor Dritten mein Eigentum schlecht machte, als ob ich ihr eine heruntergekommene Wohnung vermieten würde. An gleichen Tag randalierte die Klägerin im Treppenhaus, trat gegen Türen, trommelte an die Wohnungstür, klingelte Sturm und brabbelte unverständliches Zug.

Alle die Klägerin betreffenden Fakten zu ihrem Gesundheitszustand sind von ihr, ihren Verwandten und Bekannten bestätigt worden, darunter auch extrem Widerliches, unter dem meine Frau und ich gelitten haben. Ängste wurden erzeugt und führten zu Diskussionen wie es zu solch einer widerlichen Persönlichkeitsstruktur gekommen sein mag und wie man im Umgang mit der Frau am besten vorgehen könne, bis zum Zeitpunkt des Verkaufs unseres Hauses.

Die Klägerin ist ein mittleres Kind, sie hat ältere und jüngere Geschwister, dies ist für Psychiater eine Typisierung, die zu bestimmten Persönlichkeitsstörungen führt und als ein Grundtrauma der betreffenden Person zu werten ist. In dem tragischen Fall der Klägerin kam hinzu, dass ihre Schwester behindert ist. Das stellt eine große Belastung für die Familie dar und für die anderen Kinder entstand ein extremes Kindheitstrauma. Hinzu kam, dass die Klägerin von ihrem Vater jahrelang sexuell missbraucht wurde.

Es kann sein, dass sie im Laufe der Zeit diese negativen Komplexe verdrängte und ein einigermaßen normales, wenn auch scharfzüngiges Leben führte. Aber dann traten tiefgreifende Ereignisse ein. Ihr geliebter Vater beging Selbstmord durch Erhängen. Sie beendete abrupt ihre Ehe und lebt heute auf die Entfernung mit ihren Geliebten zusammen. Eine Scheidung wollte sie nicht, denn sie brauchte den Noch-Ehemann für die Kinder und zum Herumkommandieren.

Aber es ging nicht nur nach ihrem Willen. Der Mann lernte eine neue Frau kennen und begehrte die Scheidung. Dies führte zu heftigen Eifersuchtsszenen, zum Beispiel an dem Tag, als sich die Tochter im Bad einschloss und umbringen wollte, weil die Klägerin in ihrer Eifersucht raste. Da der Ehemann arbeitslos war, verlangte er von der Klägerin Unterhalt, worauf diese ihre Arbeit soweit reduziert hat, dass sie nun klamm bei Kasse ist. Das Sparen verbittert die Klägerin zusehends und führt zur Verschärfung ihrer Persönlichkeitsstörung. Die Scheidung, die Probleme mit dem neuen Lebensgefährten, der sie bedrängt, nach Berlin zu ziehen, die schwachen Schulleistungen ihrer Kinder, Geldprobleme, psychiatrische Arztprobleme, ließen die negativen Seiten ihrer Persönlichkeit immer schlechter werden und gipfelten seit August zunehmend in Ausfällen gegen uns, die Vermieterfamilie. Die Klage wird mit diesen Begründungen abgewiesen.«

Er betrachtete zufrieden sein Diktat.»Aber nun muss ich noch einiges für meinen befreundeten Nachbarn schreiben:«

Dieser Text wird an Richter Bauer, Amtsgericht Lautertal übersendet und wird dort sowohl die gegen mich erhobene Klage wegen Beleidigung abschmettern, als auch meine Räumungsklage untermauern.

Die Klägerin irrt, wenn sie meint, Sie, Herr Bahr, wären nur ein Nachbar. Sie übernahmen hier, nach dem Tode von Notar Freitag und Notar Gerat die Kanzlei für die gesamte Nachbarschaft in Lautertal. Es entstand eine mehr als gute Kooperation unserer Familien, wie es sich in Lautertal unter den alt eingesessenen Hausbesitzern gebührt. Somit werden sie als Seniorpartner informiert, dass die Klägerin und Ihr unleidlicher Juniorpartner durch einen reitenden Boten eine Klageschrift gegen mich von Kanzlei bei mir abgeben ließen.

Meine für das Gericht und Sie, Herrn Bahr, geäußerten Klarstellungen sind legitime Mittel der Angriffs-und Verteidigungsargumentation und gehen nicht unter die Gürtellinie, wie Herr Wolfert behauptet. Mit Ihrem Juniorpartner werde ich im Übrigen nicht nochmal verhandeln.

Mit besten Grüßen
Eugen Krätzner

*

Als Roxane eine Kopie des Antwortschreibens gelesen hatte, fühlte sie sich mit den Nerven am Ende. Sie schloss sich in ihr Zimmer ein.

Ich will nicht, dass die Kinder mich so sehen, das macht ihnen nur noch zusätzlich Angst. Bin ich jetzt psychisch gestört weil ich die Mittlere in der Familie bin und weil ich eine behinderte Schwester habe? Was ist das denn für eine psychologische Scheiße, die er da zusammenquirlt?

Okay, Bianca hatte mal einen Nervenzusammenbruch, als sie von ihrem ersten Freund verlassen wurde. Sie hat damals ziemlich laut im Bad getobt, aber ich habe sie getröstet und ihr gut zugeredet. Was heißt denn, ich hätte vor Eifersucht getobt? Der spinnt ja!

Und Oliver kenne ich erst seit kurzem. Da scheint er sich irgendwie beim Lauschen vertan zu haben. Aber die Details über meine Familie? Ich habe jedenfalls nichts seiner Frau erzählt, und mit ihm habe ich niemals ein persönliches Wort ausgetauscht, seit ich hier wohne. Also, wie ist er an das Wissen über meine Familie gekommen? – Das wird mir keine Ruhe lassen, ich will jetzt das wissen. Also rufe ich jetzt an und frage.

Nachdem sie mit ihrer Mutter erst über ein paar belanglose Dinge geplaudert hatte, gab sie sich einen Ruck:

»Mama, du hast doch damals die zwei Wochen Tom und Bianca versorgt, als ich die Dienstreise nach Mexiko hatte. Hattest du da viel Kontakt zu meiner Vermieterin?«

»Oh ja, Sabine ist ja sehr nett zu mir gewesen. Du weißt ja, ich kann wegen meinem Knie nicht mehr gut laufen und da hat sie immer Sally abgeholt zum Spazierengehen. Der Hund liebt sie ja abgöttisch!«

»Sabine ist im November an Krebs gestorben, Mama.«

»Oh, das tut mir aber leid!« Nach einer Pause fuhr sie mit leiser Stimme fort. »Wir haben oft einen Kaffee getrunken, in deiner Küche.«

»Kannst du dich noch erinnern, worüber ihr so geredet habt?«

»Nein, nicht mehr so genau, warum?« Ihre Mutter klang verwundert.

»Weil ihr Mann mich jetzt aus meiner Wohnung drängen will. Ich habe angeblich eine sehr negative Persönlichkeitsstörung, wegen meiner schlimmen Kindheit.«

»Ich verstehe nicht …«

»Mama, er hat mir und den Kindern deswegen die Wohnung gekündigt, tobt hier rum, dass ich die Polizei holen musste und bedroht uns regelrecht.«

»Oh wie schrecklich, wie kommt er denn auf sowas?«

»Weil Sabine ihm erzählt hat, mein Vater habe sich erhängt, er hätte mich als Kind missbraucht, meine Schwester sei behindert und Ähnliches. Jetzt frage ich mich, wie er an dieses Wissen kommt. Ich habe Sabine jedenfalls nie solch persönlichen Sachen von mir erzählt …«

»Aber ich habe ihr auch nichts erzählt, mein Kind.« Die Stimme ihrer Mutter hatte einen verärgerten Unterton bekommen.

»Mama, vorhin hast du gesagt, du kannst dich nicht so genau erinnern, was du erzählt hast. Jetzt weißt du ganz genau, worüber du nicht geredet hast. Mich würde also echt mal interessieren, worüber ihr geredet habt.«

Roxane versuchte Ungeduld und Ärger im Zaum zu halten.

»Was weiß ich! Über alles Mögliche eben. Sie war ja immer sehr teilnahmsvoll. Aber ich habe bestimmt nicht …«

»Sie hat dich ausgehorcht, Mama!«

»Ach, was du immer denkst, Kindchen!«

»Ich bin erwachsen, Mama!«

»Ich weiß … Aber du kannst mir doch jetzt nicht die Schuld geben … Ich habe schließlich immer auf deine Kinder …«

Nicht diese Leier, ich finde Aufrechnen schrecklich. Außerdem hast du immer Recht, weil ich dein Kindchen bin. Ich habe noch nie erlebt, dass du mal irgendwas von dir mir gegenüber hinterfragst, du heilige Mutter.

»Schon gut Mama! Du allein bist bestimmt nicht daran schuld, was hier gerade passiert. Krätzner war heimlich in der Wohnung, hat den Briefkasten aufgebrochen und die Post gelesen. Er belauscht und beobachtet mich, wo es nur geht. Es ist hier einfach kaum noch auszuhalten!«

Roxane spürte wie ihre Stimme vibrierte und sie dem Weinen nahe war.

»Ach, wie schrecklich! Das macht einem ja richtig Angst. Was wirst du jetzt machen?« Die Stimme ihrer Mutter klang ratlos und ängstlich.

»Erstmal habe ich die Kündigung mit einem Anwalt angefochten und ihn wegen Verleumdung verklagt. Aber er gibt sich natürlich nicht zufrieden und verleumdet mich immer fleißig weiter, auch vor dritten Personen. Er will mich rausekeln!«

Nach einer Pause betroffenen Schweigens stöhnte es plötzlich tief und gequält ins Telefon. Das Stöhnen ging Roxane durch Mark und Bein, so als hätte sie ihrer Mutter gerade heftige Schmerzen zugefügt. Dann stöhnte die alte Frau: »Es geht mir gerade nicht gut, weißt du … Ich habe immer so schlimme Schmerzen!« Es folgte wieder Stöhnen und schweres Atmen.

»Was ist denn jetzt mit dir los?« *Es wird ihr zu kompliziert. Sie müsste jetzt über sich selber nachdenken oder echtes Mitgefühl für mich empfinden. Aber da zieht sie sich lieber schnell ganz auf ihr Leiden zurück.*

»Du weißt doch, mein Magen und dann die Knie. Die Tabletten vertrage ich auch nicht gut. Jetzt ist mir gerade so schlecht.«

»Tut mir leid, ich wollte dich nicht so heftig belasten. Dann hören wir besser auf zu telefonieren, damit du dich hinlegen kannst.

Es hat sowieso keinen Sinn und ist nicht mehr zu ändern.

»Ja, das ist vielleicht besser … Du schaffst dass schon, mein Kindchen. Du bist doch schon immer so stark«, tönte es kleinlaut und müde.

Scheiße, den letzten Satz habe ich mein Leben lang gehört …

Sie atmete tief durch. »Tschüss Mama, ich habe dich lieb!«

Resigniert legte sie das Handy zur Seite und fühlte sich noch ein bisschen schlechter als vor dem Gespräch. Auch das kam ihr bekannt vor.

Februar

Der Stress mit dem Vermieter wirkte sich zunehmend auf ihr gesamtes Leben aus. An ihrer Arbeitsstelle war volles Engagement und Flexibilität gefragt, auch über die normale Arbeitszeit hinaus. Ihre Kollegen zeigten zwar Verständnis für ihre Situation, aber sie bemerkte doch die scheelen Blicke, wenn sie schnell nachhause eilte und zwischendurch mit Tom und Bianca telefonierte, um zu erfahren, ob noch alles in Ordnung war.

Es fühlt sich an als würden sie denken, dass ich auch Schuld an der Misere mit meinem Vermieter habe. Ich kann ja nur von seinen Ausfällen erzählen. Die Briefe? Das geht auf keinen Fall!

Sie schaute grübelnd aus dem Fenster ihres Büros in den Park, der mit riesigen, uralten Buchen bestanden war, die jetzt silbern im Winterlicht glänzten.

Alle raten mir nur: Weg da! Ich soll ganz einfach schnell ausziehen. Ich bin hier die einzige Alleinerziehende. All die freundlichen Kollegen haben nie daran gedacht, was Vermieter antworten könnten, wenn ich ehrlich sage, dass meine Kinder Jugendliche sind und wir einen Hund haben ... Diese spießigen Moralapostel suchen immer gleich eine Mitschuld bei mir. Schlechte Ehefrau, schlechte Mutter ... Warum habe ich mich zum Beispiel von meinem Mann getrennt! Wer weiß, was ich mit dem Vermieter angestellt habe ... Bestimmt waren wir unhöflich, laut, unordentlich oder sonst was. Jugendlichen stellen ja die schlimmsten Sachen an ... Wäre jetzt Flucht nicht auch wie ein Zugeständnis von Schuld?

Je länger Roxane nachdachte, desto mehr verwandelte sich ihr Ärger in Verzweiflung.

Das Eindringen in die Wohnung, sein Angriff auf Tom und Bianca, die Stichsägenattacke und ständig neue Ekelbriefe. Es macht mir in Wahrheit fürchterliche Angst. Dieses Stalking, diese obszönen Verleumdungen und der tiefer sitzende Hass gegen mich. Warum nur? Was habe ich ihm denn nur angetan? Manchmal komme ich mir vor, als wäre ich wirklich psychisch gestört und schuld an der ganzen Katastrophe. Vielleicht verhalte ich mich ja wirklich total falsch. In der letzten Zeit bin ich ganz schön bissig und genervt.

Ein Eichhörnchen kam den Baumstamm herunter und hatte eine Ecker im Maul. Es schaute Roxane einen Augenblick aus seinen dunklen Knopfaugen direkt an.

»Hallo du. Hast du Hunger gekriegt, mitten im Winter?« Das Eichhörnchen kletterte eilig weiter den Baum hinauf, aber ihre Gedanken waren nach der freundlichen Begrüßung heller und leichter geworden. *Nein, das ist alles Blödsinn. Wir hatten sonst immer gute Verhältnisse mit unseren Vermietern. Auch in dieser Wohnung waren wir ordentliche Mieter, haben pünktlich gezahlt und uns sogar um das Haus gekümmert, als er Monate lang nicht da war. Ich habe diesem Menschen niemals etwas Persönliches von mir erzählt. Wie kann ich da an irgendetwas schuld sein? Und meine Psychologin hält mich auch für eine ziemlich normale Frau und auf jeden Fall für eine gute Mutter.*

Aber die Angst legte sich nicht so richtig. Sie fühlte sich zu müde und erschöpft um ihre Arbeit endlich anzupacken. *Immer diese Albträume in der letzten Zeit. Er will die Kinder verletzen, wir fliehen aber er holt uns immer wieder ein. Endlose Flucht, jede Nacht und ständiges Aufwachen, das macht mich am Tag alles fahrig und unkonzentriert. Wenn ich nicht gleich wieder einschlafen kann, grübele ich stundenlang über diese alten depressiven Gedanken über Wertlosigkeit und Schuld, aus meiner Kindheit. Es hat eigentlich gar nichts mit der Sache zu tun. Aber die ständigen fiesen Anspielungen und dann noch dieses Verhalten meiner Mutter. Von sowas kommt das alles wieder hoch. – Verflixt, ich muss arbeiten ...*

Sie öffnete ihre Mails, aber sie las nichts sondern starrte nur auf ihren überfüllten Bildschirm. *Es muss doch irgendwie wieder gut werden! Schon wegen Tom und Bianca, ich kann es mir nicht leisten den Überblick zu verlieren und Schwäche zu zeigen. Wer kann mir bloß helfen, dieses Gedankenchaos zu ordnen?*

Dann hatte sie eine Idee.

*

Fünf Tage später betrat Roxane das gemütliche Behandlungszimmer ihres langjährigen Heilpraktikers, Herbert van der Veen. Der große, hagere Mann Mitte Fünfzig begrüßte sie sehr freundlich. Danach wartete er schweigend hinter seinem massiven Schreibtisch, bis sie in einem bequemen Sessel etwas zur Ruhe gekommen war und anfing zu sprechen. *Wie gut, hier ich muss nicht von vorne anfangen. Ich kann ganz ich selbst sein. Es gibt nichts zu verbergen.*

Ihr Blick verharrte lange auf dem winzigen Porzellanengel, der auf der Tischkante saß und nachdenklich das Kinn auf einen Arm aufstützte. Eine Weile betrachtete sie die ihr schon bekannten Bilder mit Naturlandschaften und schließlich wanderte ihr Blick zu den rötlichen Haaren in der hohen Stirn ihres Gegenübers. Die Wanduhr tickte ohne Eile. Langsam begannen sich ihre Gedanken von selbst für einen Anfang zu sammeln und sie sah ihrem Arzt in die Augen.

»Mein Vermieter ist komplett verrückt geworden, seitdem seine Frau gestorben ist!«, begann sie und rückte ihre Sitzposition aufrechter.

Dann schilderte sie das sich steigernde Stalking und die tätlichen Vorfälle währen van der Veen ihr geduldig seine volle Aufmerksamkeit schenkte. Manchmal verzog er das Gesicht verärgert oder schaute sie mit viel Mitgefühl an und nickte.

Am Ende des Berichts kam sie zum Hauptgrund ihres Besuchs.

»Wenn es dann endlich mal ruhig im Haus ist, ohne Baulärm, Stalking oder Tobsuchtsanfälle, schreibt er Hassbriefe an mich. Die machen mir besonders Angst … Ich zitiere mal kurz eine Passage, dann verstehst du was ich meine.«

Sie zog eine eng bedruckte Din A 4 Seite mit gelb markierten Stellen aus ihrer Handtasche und las stockend vor.

»Wenn ihr Vater Sie jahrelang sexuell missbraucht hat und Selbstmord durch Erhängen begangen hat und Sie mit den erlittenen psychischen Belastungen Probleme haben, wozu die Scheidung von ihrem Mann Lenhardt sowie Probleme mit ihrem neuen und alten Freund aus Berliner WG Zeiten, Oliver Rothe, gehören, brauchen Sie Ihren Frust nicht an mir auslassen.«

Sie legte den Brief mit den gelb markierten Zeilen mit fahrigen Händen auf den Tisch und sah ihren Heilpraktiker verzweifelt an. »Er wird immer ausschweifender mit diesen obszönen und ekligen Anschuldigungen gegen mich und schreibt Briefe mit ähnlichem Inhalt auch an den Anwalt und das Amtsgericht. Er behauptet ich wäre psychisch krank und er könne deswegen nicht mehr mit mir in dem Haus wohnen. Es ist so peinlich!«

Van der Veen nahm den Brief auf und überflog mit gerunzelter Stirn die Zeilen. Dann erwiderte er ihren Blick mit Schärfe in den Augen, sagte aber noch nichts.

Sie wartete nicht auf eine Stellungnahme, sondern fuhr fort.

»Mein Anwalt hat ihn zurechtgewiesen und aufgefordert, seine Attacken einzustellen und sich zu entschuldigen. Das lehnt er ab. Ich habe ihn auf Unterlassung von Verleumdung und übler Nachrede verklagt. Aber er hört trotzdem nicht auf, mich immer wieder mit neuen Hassbriefen zu drangsalieren! Was bildet dieses Arschloch sich ein? Er behauptet, ich würde meine Tochter verkuppeln und ich hätte eine krankhafte Persönlichkeitsstruktur! Von wem spricht er da, von mir oder von sich selber?«

Ihr Heilpraktiker hatte die Augenbrauen immer mehr zusammen gezogen. Endlich begann er sehr bedacht zu sprechen.

»Woher weiß er das mit dem Missbrauch?«

Sie rutschte unruhig in ihrem Sessel nach hinten und senkte peinlich berührt den Kopf.

»Ich fürchte, ich hatte zu viel Vertrauen in seine Frau Sabine … Sie war ziemlich kontaktfreudig und kam oft mal runter zum Tee in meine Küche … Als sie mir im Vertrauen von einen Missbrauch durch ihren Onkel berichtete, habe ich wohl erwähnt, dass mir ähnliches widerfahren ist. Ich habe aber nur gesagt, dass ich auch einen sehr gewalttätigen Vater hatte. Eigentlich wollte ihr damit nur Verständnis und Mitgefühl zeigen. Sie hatte damals so einen heftigen Drang zu erzählen und als Opfer anerkannt zu werden. Einzelheiten von mir habe ich mit Sicherheit nicht erzählt und ich habe nie *sexueller Missbrauch* zu ihr gesagt. Das weiß ich genau!«

Der Heilpraktiker sah sie weiterhin abwartend an. Es entstand eine Pause in der Roxane immer mehr das Gefühl bekam mehr sagen zu müssen.

»Ich bin im Allgemeinen sehr vorsichtig mit dem Thema. Man sieht doch, wie leicht Opfer beschuldigt oder als psychisch krank abgestempelt werden!«

Van der Veen ging nicht auf ihre Erklärungen ein, sondern fragte: »Bist du traurig, dass diese Frau gestorben ist?«

»Zuerst ja, ich mochte Sabine. Fast hätte ich sie zu meinen Freundinnen gezählt. Leider klatschte sie mir aber aus Langeweile ein bisschen zu viel. Aber sie war immer zu allen Menschen herzlich und sehr hilfsbereit. Sie hatte sogar einen Wohnungsschlüssel von uns, weil sie so gern mit Sally spazieren ging.«

Sie machte eine Denkpause, bis sie spontan bekannte: »Durch diese Ekelbriefe mischt sich jetzt ein anderes Gefühl da rein. Ich fühle mich von ihr verraten. Ich habe den Verdacht, sie hat meine Freundschaft und mein Vertrauen missbraucht. Aber ich bin auch unsicher. Zuletzt bekam sie starke Drogen gegen die Schmerzen. Wer weiß schon, was sie sich da zusammenphantasiert hat. Und der Alte verdreht in seinem Wahnsinn alles nochmal so, wie er es gerade braucht ... «

Van der Veen beendete ihr Grübeln:»Wie dem auch sei, auf jeden Fall scheint dir das Ganze schrecklich peinlich zu sein und das verstehe ich gut. Wie ist es, kann ich dir einen Tee anbieten?«

»Ja danke«, sie nahm eine heiße Tasse in Empfang und wärmte zuerst nur die Hände an dem Porzellan, während sie redete.

»Es verletzt mich zutiefst in meiner Würde und ich habe fürchterlich Angst, dass er diesen obszönen Dreck weiter in die Öffentlichkeit trägt. Du weißt doch wie die Leute sind... Sie sind sensationsgeil, fühlen ihre eigene, schmutzige Phantasie angeregt und geben dem Opfer auch noch eine Mitschuld.«

Ihr Heilpraktiker nickte:»Viele sind leider so ... Deine Angst ist berechtigt.«

Nach einem ersten Schluck aus ihrer Tasse schob Roxane die Tasse von sich.

»Warum nur musste ich in meinem Leben nur auf so ein bösartiges Arschloch treffen? Ich habe Albträume davon und schlafe schlecht. Ich frage mich auch, was ich wohl aus dem ganzen Schlamassel lernen soll?«

Van der Veen lächelte amüsiert über ihre Kraftausdrücke, bevor er erwiderte:»Der Zeitpunkt für deine letzte Frage stimmt nicht. Du musst erst noch einige Erfahrungen machen und Erkenntnisse daraus gewinnen, bis du das verstehen kannst. Wenn du Lösungen für das Problem gefunden hast, beantwortet sich diese Frage dann mit Sicherheit ganz von selbst. Es wird allerdings noch einige Zusammenstöße geben, fürchte ich. Aber du musst kein Opfer sein. Alles ist ständig im Wandel und du kannst dein Schicksal selbst bestimmen.«

Die Wanduhr tickte ... Van der Veen blickte ruhig auf Roxane und ließ wieder eine Pause entstehen. Sie bemerkte ihren schweren Atem und dass ihr Blick wieder grübelnd auf dem Porzellanengel verharrte. Schließlich schlugen ihre Gedanken eine andere Richtung ein.

»Meine Gutgläubigkeit Sabine gegenüber war ein riesiger Fehler. So bin ich eben! Das kenne ich von mir. Ich fasse zu schnell Vertrauen und glaube immer zuerst nur an das Gute in den Menschen.«

Kritisch starrte sie auf ihre Hände, die auf der Sessellehne ruhten.

»Ich war zuletzt ziemlich grob zu ihm, weil mir sein Stalken und seine eklige Geilheit gewaltig auf die Nerven gehen. Ich war eben schon immer ein bisschen aufbrausend … Die Angriffe auf meine Kinder machen mich sogar richtig zur Furie! Ehrlich gesagt bin ich stinksauer, richtig wütend!« Sie hob den Kopf und sah ihren Heilpraktiker mit leicht provokantem Blick erwartungsvoll an: »Manchmal würde ich mich gerne so richtig fies an ihm rächen!«

Van der Veen wartete wieder ab. Aber in seinem Blick lag auch Verständnis. Nach einer Weile lenkte sie nachdenklich ein.

»Er ist so ekelhaft und pervers … Wenn ich alleine wäre, hätte ich vielleicht weniger ein Problem mit Rache, aber es geht ja auch um Tom und Bianca. Ich habe Angst um die beiden und es ist auch kein gutes Vorbild. Bianca ist gerade in einer sehr schwierigen Pubertätsphase und Tom fühlt sich in seiner Beschützerrolle schrecklich überfordert. Ihm fehlt sein Vater! Was mute ich meinen Kindern da bloß zu?«

»Das hast du dir ja nicht absichtlich so ausgesucht. Du bist eine liebevolle Mutter. Kinder wachsen auch an Schwierigkeiten … Aber du solltest jetzt auf keinen Fall deine Verantwortung vernachlässigen und sehr aufmerksam sein.«

Verantwortlich wäre es, wenn ich meine Kinder sofort ganz aus der Gefahrenzone bringe … »Sollen wir uns das alles einfach gefallen lassen und flüchten, so wie er das will? Ich habe Angst, dass sich dadurch neue Fehler entwickeln.«

Van der Veens Stimme behielt ihren besorgten Unterton: »Du weißt aber schon, dass du so bald wie möglich eine andere Wohnung brauchst?«

»Ja, das sehe ich ganz genauso. Aber es geht bei mir erst, wenn ich zu Oliver ziehe. Er wünscht sich so sehr, dass ich zu ihm nach Berlin ziehe. Ich habe nicht das Geld, zwei Mal umzuziehen und noch keine neue Stelle in Berlin. Jetzt wäre das einfach ein viel zu kurzfristiges und überstürztes Unterfangen. Ich habe noch zu viele Bedenken …«

Van der Veen nickte nachdenklich. »Du musst viel überlegen und abwägen. Aber solange es eben noch dauert: Flucht oder Kampf sind nicht die einzigen Lösungen und Mittel, die du hast.«

Sie sah ihn erstaunt an. »Wie meinst du das?«

»Du sagst, der Mann ist krank vor Trauer um seine Frau?«

»Ja, aber psychisch krank war er auch schon, als sie noch lebte. Er muss ein schreckliches Kindheitstrauma haben. Sie hat ihn gut unter Kontrolle gehabt und alles so gut es ging vertuscht.«

»Einige Menschen werden in einer solch extremen Situation von Dämonen besessen. Besonders wenn sie psychisch schon angeschlagen sind.«

»Wie soll ich das verstehen?« Sie musterte ihn aufmerksam und kritisch.

Ich habe noch nie so sehr viel von esoterischer Lebensdeutung gehalten und gerade jetzt ist mir meine Lage zu ernst dafür. Aber vielleicht ist da ja doch was dran ...

Van der Veen blieb gelassen und erklärte mit Überzeugung in der Stimme. »Es gibt sehr skurrile menschliche Vorstellungen von Dämonen. Richtig ist, sie sind keine richtigen Lebewesen, sondern eher starke Eigenschaften, wie Hass, Gier, Eifersucht und so weiter. Praktisch sind sie das Gegenteil von Engeln. Du kannst also genauso gut sagen Krätzner kompensiert seine Trauer mit Hass. Nur wäre das vielleicht zu harmlos ausgedrückt, weil er regelrecht besessen zu sein scheint. Ein Dämon aus Hass hat ihn besetzt und regiert ihn regelrecht. Er braucht einen menschlichen Körper für seine Energie und der Mann braucht den Dämon gegen seine Einsamkeit und Traurigkeit.«

»Ich verstehe, so was wie ein böser Geist also!« Roxane lächelte amüsiert, aber Van der Veen blieb ernst und nüchtern.

»Nein, Geister sind etwas anderes. Das sind Überbleibsel von Toten, die nicht begriffen haben, dass sie tot sind. Sie wollen oder können nicht den Weg ins Licht gehen. Sie können irgendetwas oder irgendjemand nicht loslassen und geistern deswegen noch in unserer Welt herum. Das ist auch eine Form von Energie, die lebendige Menschen beeinflussen kann. Geister klammern sich an eine Liebe, an Rache, an Häuser oder Ähnliches. Manchmal haben sie einfach nach einem plötzlichen Unfall nicht verstanden, dass sie tot sind. Das gibt sich oft von selbst. Solchen Geistern kann man auch relativ einfach den Weg ins Licht weisen. Sie sind dankbar für die Erlösung.«

Er sah Roxane fest in die Augen. »Dämonen sind keine toten Menschen. Sie übernehmen lebende Menschen und sind sehr mächtig. Schau dir diese Welt an, negative Mächte wie Neid, Gier und Hass stürzen ganze Völker in Elend und Tod. Dein Problem darf nicht unterschätzt werden, du brauchst dringend Hilfe!«

»Ja, das Gefühl habe ich auch.« Roxane sah ihren Heilpraktiker hoffnungsvoll an. »Kannst du dieses Desaster irgendwie für mich lösen?«

»Nein, Niemand kann dieses Problem für dich lösen. Du bist immer auch selbst ein Teil von deinen Problemen und must sie daher selber lösen. Allerdings kann ich dir helfen.«

Ihr Heilpraktiker entnahm seiner Schreibtischschublade einen Stoß Spielkarten, mischte sie und legte den Stapel vor Roxane hin, während er erklärte.

»Engel sind auch Eigenschaften, aber sie sind das Gegenteil von Dämonen!« Dann forderte er sie auf:»Zieh dir eine Engelkarte aus dem Stapel.«

Etwas überrascht von der Aktion, zog Roxane vorsichtig aus der Mitte des Stapels eine Karte, drehte sie um und legte sie offen auf den Tisch. Die Karte war himmelblau. Mit weißer Schrift war ein Siegel mit schwungvollem Schriftzug zu sehen. Darunter stand:»Aduachiel«.

»Aduachiel ist der Engel der Gerechtigkeit«, stellte Van der Veen fest. Roxanes Augen wanderten zwischen der Karte und ihm hin und her.
»Wow, das passt ziemlich gut! Ist das jetzt Zufall oder – ?«

»Naja, Eigenschaften sind selten richtig unpassend, aber das hier ist schon verblüffend zutreffend. Für dich genau der richtige Engel! Aduachiel wird dich gut beschützen!«

Van der Veens Gesicht wirkte zufrieden aber Roxane konnte ihm noch nicht recht folgen:

»Wie denn, das ist doch nur eine Spielkarte?«

»Engel zeigen sich so, wie du es dir vorstellst. Sie müssen keine Figuren oder gar lebendige Wesen sein. Aber sie können dich genauso beraten, wie der Dämon Krätzner mit seinem Hass beeinflusst, durch Gedanken, Gefühle und Intuition. Wie, meinst du, könnte die Eigenschaft der Gerechtigkeit in dir denn gerade aussehen?«

Roxanes Blick ruhte auf der Karte:»Ich bin zwar im Recht, aber ich könnte daran denken, dass er krank und besessen ist und darum etwas mehr Mitgefühl mit ihm haben.«

»Sehr schön – und weiter?«

»Ich könnte deswegen meine Wut und Rachsucht beherrschen und möglichst friedlich auf seine Angriffe reagieren. Das wäre auch ein gutes Vorbild für Tom und Bianca.«

»Gute Idee!« Ihr Arzt sah zufrieden aus.

»Aber ich will mich nicht nur zum Opfer machen!«

Das musst du auch gar nicht. Zieh die Klagen durch, damit ihm Einhalt geboten wird, aber bleibe dabei so gelassen wie möglich. Beschütze deine Kinder und im Notfall rufe sofort die Polizei. Aber, am Wichtigsten, suche baldmöglichst eine gerechte Lösung für deine Wohnverhältnisse.«

»Ich verstehe, Friede und Deeskalationstaktik so gut es geht, aber keine Opferhaltung.«

»Richtig, mit Wut und Rachsucht schürst du nur weiter die Kraft des Dämons. Du denkst jetzt immer, wenn etwas Neues passiert, an die Karte und überlegst die beste Umgangsform im Sinne der Gerechtigkeit. Deine Intuition wird dich leiten und natürlich achtetest du dabei auch auf deine Bedürfnisse. Du musst auch dir gerecht werden, verstehst du. Der Schutz wird kommen, ganz von selbst. Du wirst bald eine positive Veränderung bemerken.«

»Und wenn ich doch mal wieder richtig wütend werde? Manchmal ist es einfach zu viel …«

»Dann verzeihst du dir zu allererst mal selber. Jeder Mensch darf mit dem Guten immer wieder von vorne anfangen, wenn er einsichtig ist. Auch wenn es mal nicht geklappt hat, es gibt kein endgültiges Scheitern.«

»Danke!«

Roxane atmete tief durch und stand auf. Er kam um seinen Schreibtisch herum, übergab ihr die Karte und legte einen Augenblick fürsorglich den Arm um ihre Schultern.

»Dafür bin ich da.«

Mit der Karte auf dem Armaturenbrett und leichtem Herzen fuhr Roxane nach Hause.

Ich kann schon fühlen, wie der Schutz zu wirken beginnt.

*

Am nächsten Tag saß sie nach der Arbeit gut gelaunt in der Kanzlei Bahr und wartete auf Rechtsanwalt Wolfert.

Ich war heute richtig erfolgreich. Was schon eine Nacht gesunder Schlaf alles so bewirken kann … Toll, dass mir mein Philip das neue Projekt in Tansania überantwortet hat. Für meinen Chef ist er mir manchmal fast etwas zu sehr zugetan. Wenn ich nicht wüsste, dass er gerade wieder zum zweiten Mal geheiratet hat … Wo bleibt denn nun der Terrier?

Endlich erblickte sie die kleine, agile Gestalt ihres Anwalts, dem sie gedanklich wegen seines extremen Kurzhaarschnitts, seiner wichtigen, aufmerksamen Ausstrahlung diesen Spitznamen verpasst hatte. Er eilte durch die weißen Säulen des Eingangsportals, eine Aktenmappe unter dem Arm und schritt sofort auf sie zu: »Guten Tag, warten Sie schon lange? Ich wurde leider bei Gericht aufgehalten.«

Sie versuchte, nicht zu zeigen, dass sie leicht belustigt war. »Nein, es ist alles in Ordnung. Sie müssen ja Ihre Arbeit machen …«

»Bitte kommen Sie gleich mit. Frau Werner, bringen sie uns bitte einen Kaffee.« Herr Wolfert öffnete Roxane die Bürotür. »Ladys first!

Übrigens ich bin froh, dass Sie so gute Laune haben, bei all diesen Briefen. Wahrscheinlich haben sie das gar nicht gelesen …«

»Doch, ich bekomme von allen Briefen, die er schreibt, eine Kopie …«

Ihr Anwalt schaute ihr forschend in die Augen. »Und-?«

»Erst ging es mir richtig schlecht mit diesem ganzen ekelhaften Dreck, aber ich habe gestern einen guten Ratgeber getroffen und fühle mich deswegen heute unendlich besser.«

»So, was hat er Ihnen denn geraten?«

»Es war ein längeres und ein sehr vertrauliches Gespräch … Aber ich verrate Ihnen Folgendes: Ich denke, zusammen mit Ihnen wird es mir gelingen, Gerechtigkeit zu finden. Während dessen werde ich mich bemühen, das Ganze nicht zu persönlich nehmen.«

»Ich verstehe … Das war anscheinend ein guter Ratgeber. Dann können wir uns jetzt überlegen, wie wir weiter vorgehen. Diese Räumungsklage …«

Roxane unterbrach ihn. »Entschuldigen Sie, zuerst muss ich Ihnen noch über einen neuen Angriff berichten.«

Wolfert kniff überrascht die Augen zusammen.

»Okay, dann mal los!«

Sie schilderte die Attacke mit der Stichsäge und er hörte aufmerksam zu.

»Diese Gewalttätigkeit hat er auch schon in anderen Fällen gezeigt. Ich finde er gehört wegen sowas weggesperrt, aber diese Ärzte aus der Anstalt lassen ihn immer wieder einfach so rumlaufen. Der Sozialmedizinische Dienst macht auch nichts …«

»Ich habe Herrn Tillich kennengelernt. Da kann man nicht viel erwarten!«

»Stimmt.« Wolferts Stimme klang verärgert, als habe er mit dem Dienst auch keine guten Erfahrungen.

»Daher werden wir die Unterlassungsklage wegen Beleidigung nun auch noch auf Unterlassung von Bedrohung erweitern. Das Gericht kann ihn dann dazu verdonnern, einen Sicherheitsabstand von ein paar Metern einzuhalten.«

»Ist das machbar, wenn man in einem Haus wohnt?«

»Es ist nicht ganz einfach und wahrscheinlich wird er sich sowieso nicht daran halten. Aber wenn dann wieder sowas passiert wie mit der Stichsäge, wird er wegen Zuwiderhandlung zu einer Geldstrafe verurteilt. Das könnte abschreckende Wirkung haben.«

»Okay, versuchen wir es. Wir werden ja sehen.«

Warum kann ich nur nicht glauben, dass man ihn irgendwie abschrecken kann? Aber wichtiger ist momentan doch die Räumung.

»Was machen wir denn nun wegen der Räumungsklage?«

»Ich habe hier einen Entwurf für das Gericht.« Wolfert nahm ein Blatt aus einer Mappe und las vor:

»Der Wunsch des Räumungsklägers, geeignete Tatsachen für die Klagebegründung zu finden, kann unter keinen Umständen das ehrverletzende Verhalten des Beklagten rechtfertigen. Der Inhalt der Schriftstücke zeugt von erstaunlich geringem Unrechtsbewusstsein. Die Rechtfertigungsgründe sind konstruiert, erfunden und liegen neben der Sache. Sie geben dem Beklagten keinesfalls das Recht, die Klägerin fortlaufend zu diffamieren oder in ihre Wohnung einzudringen.«

»Hier möchte ich noch die Bedrohung hinzufügen«, warf Roxane ein.

»Okay«, Wolfert machte sich eine Notiz und fuhr fort:

Die Beklagte, Frau Teichert, ist in Anbetracht der Beklagtenschriftsätze entsetzt, von welchen Umständen aus ihrem höchst persönlichen Bereich der Kläger Kenntnis hat. Zumal sie mit ihm nie ein persönliches Wort gewechselt hat. Sie kann sich nur vorstellen, dass der Beklagte nichts anderes zu tun hat, als sie auf Schritt und Tritt zu belauschen und zu stalken. Darüber hinaus muss es möglich sein, dass der Beklagte Gespräche der Klägerin abgehört und sowie Post und persönliche Unterlagen der Klägerin eingesehen hat. Sonst hätte er keine Informationen zu Exmann, Finanzen, Lebensgefährten und Psychologin der Klägerin. Der defekte Hausbriefkasten bestätigt unsere Vermutungen.«

»Ich habe jetzt ein Postfach eingerichtet«, bemerkte Roxane und Wolfert nickte.

»Der Kläger legt im Übrigen, neben seinen ehrverletzenden Beleidigungen, nicht dar, wann und wie genau die Beklagte ihn und seine Familienmitglieder terrorisiert haben soll. Diese Behauptungen sind vollkommen unwahr und substanzlos aus der Luft gegriffen.

Er selbst betätigt sich jedoch solcher Angriffe so fleißig, dass unsere Klage wegen Ehrverletzung eng an diese, seine Klage angebunden ist. Die Vorfälle waren so gravierend und bedrohlich, dass die Beklagte gezwungen war die Polizei zu alarmieren und deswegen Unterlassungsklage gegen den Kläger erhoben hat, die unter dem Aktenzeichen 358A dem Amtsgericht vorliegen. Dem Polizisten gegenüber sagte meine Mandantin: Wenn dies so weiter ginge, bliebe ihr wohl nichts anderes übrig als auszuziehen. Hierdurch ist Frau Teichert aber beim besten Willen nicht rechtsgeschäftlich verpflichtet, die Wohnung zu räumen! Vielmehr hoffte sie, dass sich Herr Krätzner beruhigen wird, nachdem ihm gerichtlich ehrverletzenden Äußerungen und das widerrechtliche Eindringen in die Mietwohnung verboten worden sind.

»Hier bitte ich Sie auch hier um die Ergänzung wegen der tätlichen Bedrohung.«

»Richtig«, Wolfert machte sich wieder eine Notiz. »Zuletzt gehe ich noch auf die Wohnungen ein. Im Haus befinden sich nicht zwei Wohnungen, wie er glauben machen möchte, sondern drei Wohnungen. Im ersten Stock wohnt Frau Teichert, im zweiten Stock hatte Herr Krätzner eine über 100m2 große Wohnung, die er gerade umbaut und im dritten Stock wohnt die Tochter des Klägers in einer baulich abgeschlossenen Dachgeschosswohnung mit eigenständiger Küche, Bad und WC.. Da also alle Angehörigen ausreichend mit Wohnraum versorgt sind, kommt eine Kündigung wegen Eigenbedarf nicht in Frage. – Die Klage ist abzuweisen.«

Herr Wolfert legte das Blatt zur Seite und lehnte sich zufrieden zurück.

»Ich denke, das ist erstmal in Ihrem Sinne. Belege für die Wohnverhältnisse hole ich noch über Katasteramt, Melde- und Steuerbehörde ein. Bitte reichen Sie mir mal ihren Mietvertrag in die Kanzlei, wenn Sie hier vorbeifahren.

»Wird gemacht, vielen Dank. Kann ich davon ausgehen, dass ich jetzt erstmal nicht von heute auf morgen auf der Straße sitze?«

Wolfert lachte schallend: »Wie denn? Wir sind doch nicht im Mittelalter! Nein, machen Sie sich mal überhaupt keine Sorgen. Er kann Sie kränken so viel er will, das nutzt ihm gar nichts.«

»Wenn es nicht so peinlich wäre … Was sollen bloß die Leute denken.«

»Ja, das geht gar nicht und ich werde alles unternehmen, es zu unterbinden. Ihre persönlichen Umstände gehen niemand etwas an. Das verletzt ihre Menschenwürde und die ist auch im Grundgesetz festgeschrieben.«

Sie sah dem Anwalt in die Augen: »Es ist alles überhaupt nicht ...«

»Nein, sagen Sie nichts«, stoppte Wolfert sie.

»Beziehen sie mich in den Niemand mit ein. Sie müssen sich vor nichts und niemand mit so etwas Persönlichem rechtfertigen. Ob da was dran ist oder nicht will höchstens ihre Psychologin wissen!«

»Okay ...«, Roxane lehnte sich im Sessel zurück. *Er hat Recht, es ist am besten so.*

»Was haben Sie denn in die Unterlassungsklage geschrieben?«

»Zusammengefasst Folgendes: Der Beklagte wird bei 5000€ Strafe oder Ordnungshaft unterlassen, Dritten gegenüber zu behaupten: Die Klägerin sei von ihrem Vater jahrelang sexuell missbraucht worden und dass sie mit der hierdurch erlittenen psychischen Belastung Probleme habe, das Verhalten der Klägerin pathologische Züge trage, die Klägerin eine sichtbare Persönlichkeitsstörung bzw. eine krankhafte Persönlichkeitsstruktur habe, die Klägerin ein ichbezogener narzisstischer Mensch sei, der brutal und rücksichtslos die Interessen anderer mit Füßen tritt, die Klägerin finanzielle Probleme habe. Jetzt werden wir das noch um die Bedrohung erweitern. Ich sende Ihnen eine Durchschrift bevor es ans Gericht und an Krätzner geht und sie rufen mich an, wenn Sie noch Ergänzungen haben. In Ordnung?«

»Ja, vielen Dank. *Es ist vor allem viel Papier ...*

*

Auf dem Weg von der Kanzlei sprach sie ihre Nachbarin an: »Sie sind doch Frau Teichert, nicht wahr? Möchten Sie am Sonntag bei mir zu einem Kaffee vorbeikommen? Ich würde mich mit Ihnen gerne mal über Ihren Vermieter unterhalten.«

Sie stimmte freudig überrascht zu und zwei Tage später saß sie auf einem grünen Samtsofa ihrer Nachbarn mit einer Goldrandtasse in der Hand und schlürfte vorsichtig heißen Kaffee. Die schlanke Frau mittleren Alters, mit braunen Augen und dunklen Locken wirkte zart und verletzlich, während Herr Freitag eher rundlich und gemütlich war. Beide zeigten zunächst starkes Interesse an ihrem Beruf. »Ach, in der Entwicklungshilfe sind Sie tätig. Da haben Sie bestimmt viel Gutes für die armen Menschen in dieser Welt getan!«

»Ich gebe mein Bestes. Aber wir verwenden den Begriff »Hilfe« dabei nicht mehr so gern. Das klingt so nach Almosen und Abhängigkeiten. Wir sprechen heute von Entwicklungszusammenarbeit. Ich berate überwiegend im Bereich Finanzmanagement. Das Fachwissen und der überwiegende Teil der Planung liegen bei den Partnern selbst. Meistens muss ich bei jedem neuem Projekt selbst erstmal eine Menge lernen, um dann die Sponsoren für unsere Partner zu werben.«

»Wie spannend, so in der ganzen Welt herumzureisen! Aber wie vereinbaren Sie das mit Ihren Kindern?«

»Tom und Bianca sind bei ihrem Vater, wenn ich auf Reisen bin und die beiden Omas sind auch schon öfter mal eingesprungen. Ich bin ja nur noch auf Kurzzeiteinsätzen und die meiste Zeit arbeite ich von Deutschland aus.«

»Aber mit diesem Verrückten im Haus muss das doch jetzt erst recht kompliziert geworden sein. Haben Sie denn gar keine Angst?«

»Doch, schon …, Sie liegen völlig richtig. Es ist zurzeit für mich eine einzige Katastrophe! Er bringt das ganze, fein abgestimmte Gefüge unserer Familie durcheinander. Tom und Bianca sind zwar schon recht selbstständig, aber jetzt erlebe ich wieder Ängste, die ich als Mutter vor fünf oder sechs Jahren hatte. Ich mache schon wieder Kontrollanrufe, wenn ich nur im Nachbarort arbeite!«

Frau Freitag nickte: »Da haben sie völlig recht. Wenn mein Mann damals nicht dazwischen gegangen wäre …«

Sie spürte wie die Angst sich übertrug. Aber dennoch wollte sie nun wissen was die Nachbarin ihr mitzuteilen hatte. »Was genau ist denn damals vorgefallen?«

»Anton, unser Hirtenhund … Er war noch jung und wie junge Hunde eben nun mal sind … Er war so fröhlich, die pure Lebensfreude! Er war wie ein Kind für mich. Aber Krätzner hat den Hund gehasst. Sobald wir auf die Straße sind, hat er uns beschimpft. Der Hund hat die Aggression natürlich gespürt und noch wilder gebellt. Er wollte mich bestimmt nur beschützen. Das hat er schon verstanden!«

Herr Freitag unterbrach seine Frau und versuchte sachlicher zu werden: »Einmal ist meine Frau mit Anton unterwegs gewesen, da hat Krätzner ihr aufgelauert. Er stürzte mit hoch erhobenen Spaten hinter dieser verdammten Hecke vor und griff sie an. Anton ist dazwischen gesprungen und wurde von dem Spaten auf den Kopf getroffen. Ich bin hingerannt und habe meine Frau weggerissen.«

Erregt stand er auf und holte aus einem Schrank vier dicke Aktenordner hervor. »Das ist das Klageverfahren, das wir gegen ihn laufen hatten!«

Sie staunte: »Da bin ich ja noch ganz am Anfang, wie es scheint!«

»Anton hat den Schlag nicht überlebt … Er hat vor Gericht behauptet, er wäre von dem Hund angegriffen worden. Aber das stimmt ja nicht, er wollte mich doch nur beschützen. Leider hatten wir keine Zeugen. Da passt er genau auf … Auch mein Mann kam leider zu spät.«

Ihr lief ein kalter Schauer über den Rücken. »Wieso zieht denn hier niemand diesen Verrückten aus dem Verkehr?«

»Beweise … Die Gesetzeslage lässt viele Schlupflöcher und beachtet die Notlage der Opfer kaum.« Herr Freitag deutete auf den Papierstapel. »Er verteidigt sich selbst und das gar nicht mal schlecht. Ein normaler Anwalt würde die Richter jedenfalls nicht so lange nerven, bis sie am liebsten schreiend davon rennen würden, wenn sie nur den Namen Krätzner hören.«

Frau Freitag hatte sich wieder etwas gefasst und tischte eine neue Klagegeschichte auf: »Früher hat er seine Tochter an der Leine auf der Straße ausgeführt. Sie kennen doch diese Gurte … Seine Frau behauptete, er habe Probleme mit der Reaktion. Davon habe ich nichts gemerkt, als er mich angegriffen hat. Die Leute erzählen er käme aus einen Nest im Wandacher Forst, wo Fuchs und Hase sich gute Nacht sagen. Die ganze Familie war verrückt, seine Mutter wurde ermordet und seine ältere Schwester sitzt lebenslang in der Psychiatrie ein. Irgendwas muss da ganz schräg gelaufen zu sein. Der Vater ist Förster gewesen. Er hat sich angeblich wohl selbst erschossen …«

Sie nahm sich einen Marzipankuchen, den Frau Freitag vergessen hatte anzubieten. *Zucker ist gut für die Nerven … Irgendwie gehen diese lieben Nachbarn nicht sehr rücksichtsvoll mit meinen Ängsten um …*

Herr Freitag schaute sie mitleidig an, während er nun auch an einem Kuchen kaute. »Krätzner war im Heim und später hat er sogar studiert. Er soll hyperintelligent sein. Genie und Wahnsinn gehen Hand in Hand. Sagt man nicht so?«

Sie fühlte sich richtig benommen von den Erzählungen und der depressiven Stimmung, die vor allem von der Nachbarin ausging. *Vielleicht ist es besser ich erzähle und nicht sie:* »Er baut jetzt das ganze Haus um und will, dass wir ausziehen. Erst bekam ich eine normale Kündigung. Als ihm das nichts nutzte hat er die Räumungsklage eingereicht.

Aber mein Anwalt verteidigt mich ziemlich gut. Jetzt versucht er es mit Stalken, Drohen, Angriffen, Verleumdungen, alles was geht eben. Kennen Sie Herrn Wolfert, meinen Anwalt?« Sie spürte Unsicherheit angesichts des Papierstapels. *Hier muss sowohl mein Anwalt als auch mein Engel ganz schön ran, wenn das gut für mich ausgehen soll ...* Herr Freitag schien erfreut:»Ja, den kenne ich. Der hat schon zwei Verfahren für die Stadt Lautertal erfolgreich gegen Krätzner vertreten.« *Ah, mal was Positives ...* Aber sofort übernahm Frau Freitags Depression wieder das Gespräch: »Ohne seine Frau hat er wahrscheinlich jeden Halt verloren. Wir wollten Sie nur warnen, auf was Sie sich da eingelassen haben.« *Das ist euch gelungen ...* Frau Freitag wendete sich ihr zu:»Möchten sie noch Kaffee?« »Oh nein, vielen Dank, ich muss dann auch mal wieder nach drüben... Natürlich plane ich hier sobald wie möglich auszuziehen. Aber zu meinen Bedingungen und zu meiner Zeit. Man kann schließlich nicht willkürlich Leute auf die Straße setzen, wenn man eine Wohnung vermietet. Ein Umzug kostet ja auch Geld, nicht wahr.« Sie stand auf und verabschiedete sich freundlich. *Unterstützung kann ich hier wohl nicht erwarten, dafür sind die Leute viel zu paralysiert ...* »Vielen Dank für ihre Offenheit, Ihre Information hat mir viel zu denken gegeben«, verabschiedete sie sich.

*

Einige Tage später fand sie eine Ladung vor Gericht für den 28.02. 2007 in ihrem Postfach. Als sie darauf Herrn Wolfert anrief, erklärte der ihr, dass es sich zunächst nur um eine Anhörung beider Parteien handele.

»Die Richterin möchte sich ein Bild machen. Ihre Kinder sollen auch befragt werden. Dafür müssen Sie eine Einverständniserklärung unterschreiben.«

»Okay, das werde ich tun, wenn Tom und Bianca wirklich damit einverstanden sind. Wir besprechen das. Ich glaube aber, dass sie kein Problem damit haben werden.«

*

Es folgten einige graue Spätwintertage mit strengem Frost. Roxane taten die ersten Schneeglöckchen und Krokusse leid, die es gewagt hatten, schüchterne Vorfrühlingsfreude zu verbreiten. *Schade, dass es nicht schneit. Am liebsten würde ich euch zudecken, aber ihr seid so viele, wie soll das gehen.* Auch in ihrer Wohnung war es kalt und es änderte auch nichts, dass ihr Anwalt nochmals eine Mahnung an Krätzner schickte, mit der Aufforderung, die Heizanlage höher zu stellen. Tom und Bianca saßen in Winterjacken an ihren Hausaufgaben und Sally hatte ein dickes Fell in ihr Schlafkörbchen bekommen. *Von gemütlicher Wohnung kann keine Rede mehr sein,* dachte Roxane, während sie die Wohnung putzte. Als am folgenden Wochenende Olivers Auto vor dem Haus parkte, bereitete sich plötzlich wohlige Wärme aus.

»Ach, jetzt geht die Heizung«, sagte sie kopfschüttelnd. »Uns lässt er wochenlang frieren.«

»Nun bin ich ja erstmal hier!« Oliver stand in ihrem Zimmer und hielt sie fest umschlungen, während sie ihm ihr Leid klagte.

»Soll ich mal versuchen mit ihm zu reden?«

»Lass es besser. Er ist so verbohrt, ich glaube nicht, dass das irgendetwas nutzt. Vermutlich braut er sich aus dem was du sagst nur ein neues Hasssüppchen zusammen. Ich kriege das dann ab, wenn mir gerade niemand helfen kann.«

Sie saßen bei ihrem Lieblingsitaliener und der gute Rotwein sorgte für lockere Gespräche. Oliver erzählte von seiner Kindheit: »Wir lebten im dritten Hinterhof und heizten mit Kohle. Es war morgens ungefähr genauso kalt wie heute bei meiner Ankunft. Das Wischwasser fror manchmal am Fußboden fest. Mein Alter war meistens in der Kneipe und meine Mutter arbeiten. Ich musste auf meine kleine Schwester aufpassen, sie füttern, windeln und so. Wenn sie Dummheiten machte, bekam ich von meiner Mutter die Schläge dafür.«

»Das war aber nicht gerecht!« Roxane beobachtete ihn genau. Der schmale Mund hatte einen verbitterten Zug angenommen und Olivers Augen wirkten plötzlich unendlich traurig, während er fortfuhr.

»Ich bin nur ein Unfall, weißt du. Ein geplatztes Kondom. Dann musste man eben heiraten. Damals waren es noch andere Zeiten...« Oliver betrachtete nachdenklich den Inhalt seines Glases.

»Das kann ich mir gut vorstellen. Meine Mutter musste auch zu ihrem gewalttätigen Mann zurück. Ihre Eltern haben ihr kein Asyl gegeben, als sie mit uns geflohen ist, nachdem er sie mehrfach zusammengeschlagen hat. Du gehörst zu deinem Mann und damit basta! Ich denke die Kriegskinder hatten es ziemlich schwer …Man wollte eine heile Welt, auf Teufel komm raus.«

Roxane schenkte sich Wein nach und trank einen Schluck. Sie merkte, dass Oliver genau beobachtete, wieviel sie trank.

»Mein Vater ist kurz vor Kriegsende als Jugendlicher eingezogen worden. Er ist dann von der Waffen-SS zu den Amis übergelaufen. Er hat sich auf dem Schwarzmarkt mit Haferflocken eine goldene Nase verdient. Das meiste Geld hat er gleich wieder versoffen.«

Oliver sah bei diesen Worten auf ihr Glas, das sie noch in der Hand hielt. Sie stellte es rücksichtsvoll weit entfernt von sich auf den Tisch ab.

»Meine Mutter hat mich oft in die Kneipen geschickt, um ihn heimzuholen, aber er machte natürlich was er wollte. Meine Mutter trank zuhause und dann schlug sie mich. Manchmal mit dem Schürhaken … Sie hat mich gehasst, weil sie wegen mir bei diesem Mann sein musste. Irgendwann war sie dann weg. Einfach weg, ohne uns Kinder.«

»Hast du deswegen diese Narben auf dem Rücken?«

Oliver ging nicht auf ihre Frage ein, sondern erzählte weiter: »Wir kamen dann ins Heim, meine Schwester und ich. Ich habe weiter auf sie aufgepasst. Irgendwann hat mein Alter dann neu geheiratet und uns zu sich geholt. Aber gesoffen und geprügelt hat er immer noch. Es ist uns im Heim besser gegangen …«

»Hast du dich denn nie gewehrt?« Roxane betrachtete die dicken Muskelpakete von Olivers Armen und Oberkörper.

Du hast dir ja einen ganz schönen Panzer aufgebaut …

»Doch, irgendwann hat es gereicht. Ich habe die Möbel gerade gezogen und ihn grün und blau geprügelt. Dann bin ich weg, für immer.«

»Wie alt warst du da?«

»Siebzehn. Ich habe dann in der Wohnung meiner Tante gelebt, nachdem sie gestorben war.«

»Ich bin auch schon mit sechzehn von zuhause weg. Mein Vater hat mich misshandelt … Meine Mutter hat mich schnell in ein Praktikum als Erzieherin verfrachtet, damit er mich nicht mehr in die Finger kriegen konnte. Sie selbst ist bei ihm geblieben …«

Ihr Gesicht war gerötet und sie wusste: *Das kommt nicht nur vom Wein …*

Oliver nahm Roxanes Hand und hielt sie sehr fest, während er ihr in die Augen sah.

Ich muss nichts weiter erklären, er kann sich den Rest denken.
Mit beruhigender Stimme sagte er:»Wir kriegen das zusammen hin.
Wir haben jetzt uns. Alles wird gut.«
Er küsste ihre Hand und sie war den Tränen nahe vor Dankbarkeit.
So liebevoll war noch niemand auf ihre schreckliche Vergangenheit
eingegangen. Er war anscheinend überhaupt nicht peinlich berührt,
nur voller Mitgefühl.
Die meisten Menschen sagen einem, dass man so etwas Schlimmes
niemals verzeihen kann. Aber dann raten sie einem, am besten alles zu
vergessen.
Sie fragte:»Wäre es nicht schön, wenn du dich mit deiner Mutter
versöhnen könntest?«
Oliver fuhr zusammen.»Nein«, kam es sehr ihr sehr bestimmt ja fast
ärgerlich entgegen.
»Für mich ist das erledigt! Ich habe sehr lange Zeit eine Therapie
gemacht und damit ist es für mich für immer abgeschlossen.«
Roxanes Interesse war neu geweckt:»Was für eine Therapie denn?«
»Eine Männergruppe bei Wiek, einem der bekanntesten Therapeuten
in Berlin. Ich war da von 1980 bis 1983, drei Jahre.«
»Mutig von dir. Das war zu der Zeit bestimmt nicht üblich. Aber es hat
dir bestimmt gut getan. Hat der nicht sogar ein Buch heraus gebracht?«
»Ja, mehrere …«
Sie drang nicht tiefer mit Fragen in Oliver ein. *Irgendwie kann oder*
will er nicht darüber reden. Es ist sein gutes Recht und sein persönlicher
Weg damit umzugehen. Aber die Therapie ist auch schon ganz schön lange
her … Kann man seine Vergangenheit einfach wegwischen? Mich holt sie
jedenfalls immer mal wieder ein, gewollt oder ungewollt …
Das Wochenende war sehr harmonisch. Oliver verzichtete auf alle
Sexspiele und kümmerte sich sehr liebevoll um sie und die Kinder. Er
ließ sich sogar überreden, mit allen zusammen in den Wald zu gehen,
obgleich er nur seine eleganten Stadtschuhe dabei hatte. Tom borgte
ihm ein Paar Gummistiefel und dicke Socken. Es gefiel ihm richtig
gut, in der stillen, kalten Waldluft durch modrig duftendes Laub zu
stapfen.
»Ab und zu eine schöne Abwechslung zu Berlin«, stellte er fest.
»Ich brauche das regelmäßig, auch wenn ich bei dir in der Stadt lebe«,
entgegnete sie und ließ ihren Blick über die stillen, wolkenverhangenen
Hügel wandern. Die Sonne blitzte ein paarmal hervor und Tom und Bi-

anca stapften mit der eifrig umherschnüffelnden Sally auf dem Waldweg voran. Die Silhouette ihrer Rücken war ein vertrauter Anblick und ihre Hand wurde von Olivers starker Hand gewärmt. *Solche Augenblicke sind Glück, das man nicht festhalten kann. Ich gehöre eigentlich in die Natur, aber Berlin soll ja auch eine herrliche Umgebung haben.*

*

»Das ist doch eine Frechheit! Ich soll sie bedroht haben.« Krätzner las mit zittrigen Fingern die Vorladung des Amtsgerichts. »Die haben die Klage wegen Verleumdung und Beleidigung auf Bedrohung erweitert. Warum ging das so schnell und warum beschäftigen die sich bei Gericht nicht mit meiner Räumungsklage?«

»Du hast völlig Recht! Du kannst in deinem Haus machen was du willst. Soll sie doch ausziehen, wenn ihr es nicht passt, wo du dein Holz kleinsägst«, bekräftigte die Hassstimme.

»Ihre Gören sind auch als Zeugen geladen, sowas Verrücktes! Diese Jugendlichen lügen doch allesamt was das Zeug hält.«

»Du musst dich sofort mit ihrem Vater in Verbindung setzen und dafür sorgen, dass die Kinder nicht aussagen, hast du verstanden!«

Kurz darauf saß er gehorsam vor seinen Computer.

»Was soll ich schreiben?« Er wartete, bis sich die Stimme in seinem Kopf wieder meldete:

»Zuerst mal wirst du ihrem Mann erklären, dass diese Schlampe ihre Kinder in die Armut stürzt.« Er schrieb, während die Dämonenstimme in seinem Kopf diktierte:

Sehr geehrter Herr Teichert,

Ihre Exfrau hat sich seit November letzten Jahres in eine wahre Prozessorgie gestürzt, ohne sich der finanziellen Folgen bewusst zu sein. Weil sie sich mit meiner Kündigung nicht abfinden konnte, musste ich Räumungsklage gegen sie erheben. Das Prozessrisiko der von ihr erzwungenen Räumungsklage, die im krassen Gegensatz zu ihrer Aussagen bei ihrer polizeilichen Einvernehmung steht, beträgt 3020 € in der ersten Instanz und in einer eventuellen zweiten Instanz nochmals 5300 €. Das Gleiche gilt für den von ihr angestrengten Prozess gegen mich, dessen Risiko bei 2400 € liegt und mit dem notwendigen Sachverständigengutachten wegen ihres krankhaften Geisteszustands nochmals um ca. 4000 € ansteigen wird. Somit werden sehr wahrscheinlich Kosten von 14720 € auf Ihre Exfrau zukommen.

Wenn man sieht, wie knauserig Ihre Exfrau lebt, muss man befürchten, dass auf Ihre Kinder schlimme Zeiten zukommen. Sie heizt nicht mehr ordentlich, sodass Ihre Kinder frieren müssen. Ihr Auto wurde wegen Marderfraß repariert und nun scheinen ihre Reserven aufgezehrt zu sein und es sieht aus, als könnte sie die Miete nicht mehr zahlen.

Da jedem ordentlichen Rechtsvertreter ihre leichtfertige Art Prozesse zu führen sowie die dummen Ergüsse ihres Rechtsverdrehers Sorgen bereiten, wird jedem klar, dass Frau Teichert viel Geld verlieren wird. Bedenken Sie auch, dass alle Schriftsätze, die ein Anwalt verfasst, gerichtlicherseits und inhaltlich nicht ihm, sondern der Mandantin angelastet werden.

Wegen ihrer finanziellen Sorgen versucht sich Ihre Exfrau über Schadensersatzklagen zu sanieren. Da Frau Teichert keine Zeugen für ihre wenig glaubwürdigen Anschuldigungen hat, scheut sie sich nicht, ihre minderjährigen Kinder mit Falschaussagen ins Unglück zu stürzen.

Weitere Zeugen rekrutiert sie durch Hausbesuche bei den Nachbarn oder sie schnappt sich die Arbeiter und Firmeninhaber, die mein Haus renovieren.

Kein Mann ist vor ihr sicher, sie fängt alle ein, wie einst die Skylla und will sie als Zeugen verpflichten. Sie setzt schamlos alle Mittel ein, die einem Weib dafür zur Verfügung stehen und entsetzt damit auch ihre Kinder.

Ihre beiden Kinder haben mich bis Ende Dezember letzten Jahres immer freundlich gegrüßt. Sie waren freundlich und ich umgekehrt auch. Jetzt hat Ihre Exfrau den Kindern verboten mich zu grüßen. Nun stoffeln sie an mir vorbei und lachen hinter vorgehaltener Hand über mich. Das verschärft den Unfrieden im Haus erheblich. Bitte sprechen Sie als Vater mit den Kindern darüber.

Es bereitet mir Sorge, dass Frau Teichert ihre Kinder als Zeugen genannt hat, wobei jetzt schon abzusehen ist, dass sie Falschaussagen tätigen werden. Sollten sie Aussagen vor Gericht vorbringen, muss ich entsprechend Strafanzeige wegen Falschaussage gegen Ihre Kinder stellen. Dies täte mir leid, denn Ihre Kinder können nichts dafür, dass ihre Mutter sie missbraucht, um ihre dürftigen Klagepunkte zu untermauern. Ich möchte Sie deswegen bitten, mit Ihren Kindern eindringlich zu reden. Es ist nicht mein Wunsch, dass Ihre Kinder mit einer strafrechtlichen Verurteilung einen unbestimmten Lebensweg eingehen müssen. Bitte besprechen Sie die Lage mit Ihren Kindern, machen Sie sie auf die Folgen einer Falschaussage aufmerksam und weisen Sie sie darauf hin, dass sie ein Zeugnisverweigerungsrecht haben. Versuchen Sie Ihren guten Einfluss auf die Kinder auszuüben. Ich halte es übrigens für klug, wenn Sie sich bald um das Sorgerecht für ihre Kinder bemühen, da Ihre Exfrau wegen ihrer psychischen Störungen Gefahr läuft entmündigt zu werden.

Mit freundlichen Grüßen,
Eugen Krätzner

*

Am Abend rief Lenhardt prompt bei ihr an und fiel über sie her: »Roxane, was machst du denn da für ein Chaos und ziehst die Kinder mit rein?«

»Wieso ich?« Roxane blieb ruhig. *Typisch, deine hysterischen Anschuldigungen ohne im Geringsten zu wissen was wirklich los ist …*

»Dein Vermieter hat mir einen Brief geschrieben. Er behauptet du bist pleite, und du willst die Kinder zur Falschaussage zwingen.«

»Ich weiß, er schickt mir immer akribisch eine Kopie seiner Hassbriefe. Glaubst du wirklich den Humbug, den er da verzapft? Ich habe seit der ersten Kündigung im November eine Rechtsschutzversicherung abgeschlossen, die für alle folgenden Verfahren eine Kostenübernahme zugesagt hat. Zudem kennt mein Anwalt Krätzners Wahnsinn aus früheren Verfahren und kann bestens damit umgehen. Also mach dir mal nicht allzu viele Sorgen um mein Geld.«

»Aber Tom hat erzählt, dass die Heizung nicht funktioniert.«

»Lenhardt, glaubst du wirklich ich lasse meine Kinder freiwillig frieren? Ich habe dich für klüger gehalten. Es ist Krätzner, der den Vorlauf von der Zentralheizung soweit runter fährt, dass es bei uns nicht mehr warm wird. Wenn Besuch kommt, funktioniert die Heizung dann plötzlich wieder, damit wir keine Zeugen haben.«

Es entstand eine längere Pause am Telefon. Roxane wartete geduldig. *Jetzt rattert das Denkrädchen in deinem Kopf. Das ist gut!*

»Warum willst du, dass die Kinder vor Gericht verhört werden?«

»Erstens solltest du wissen, dass die Kinder bei mir nichts tun müssen, was sie nicht selber wollen. Zweitens ist es keine vereidigte Zeugenaussage sondern nur eine Anhörung vor Gericht, weil die Richterin sich ein

Bild wegen der Beleidigung und Bedrohung machen möchte. Erinnerst du dich nicht mehr an die Episode im Dezember? Jetzt hat er mich auch noch mit einer elektrischen Stichsäge bedroht.«

Es folgte eine kleine Pause, in der Roxane auf eine Stellungnahme hoffte, aber es kam nichts aus Lenhardts Richtung, kein Mitgefühl, kein Ausdruck der Sorge, nichts... Sie sprach einfach weiter:

»Drittens gilt die Rechtsschutzversicherung natürlich auch für die Kinder, solange sie noch nicht achtzehn sind und viertens haben wir vereinbart, dass die Kinder selbst entscheiden dürfen, sowohl bei wem sie wohnen wollen, als auch bei solchen wichtigen Angelegenheiten.«

»Aber beraten darf ich sie doch wohl noch!«

»Ja, aber ich hoffe, du wirst sie nicht zu Krätzners Vorteil beeinflussen!«

»Keine Sorge, ich werde mich nicht an dir rächen. Wollten wir die Kinder nicht immer zu mündigen Menschen erziehen?«

»Ja, das stimmt, ich bin beruhigt.«

»Scheinbar weiß dein Vermieter gar nicht, dass es heutzutage möglich ist, dass beide Eltern das Sorgerecht haben.«

»Keine Ahnung, ich weiß nur, er ist nicht zurechnungsfähig und sieht nur, was er sehen will. Ich habe mir vorgenommen, mich da gar nicht mehr so viel drüber aufzuregen.«

»Stimmt, der Brief klingt schon ganz schön verrückt... Aber wie kommt er denn darauf, dass du pleite bist?«

Du willst mich aushorchen. Du findest nur wieder einen Grund keinen Unterhalt für die Kinder zu zahlen ...

»Mach dir keine Sorgen. Er ist einfach sauer, weil ich wegen der Kälte die Miete gemindert habe. Wenn du den Unterhalt für deine Kinder regelmäßig zahlen würdest, ginge es uns allen sogar noch besser! Außerdem hat er damals in meiner Wohnung in meiner Abwesenheit geschnüffelt und bemerkt, dass ich das Schlafzimmer nicht heize. Er hat wohl über längeren Zeitraum meine Post aus dem Briefkasten geklaut und schon öfter die Wohnung und den Müll nach Information über mich durchforstet. Ich habe jetzt das Schloss gewechselt und ein Postfach eingerichtet, aber ich weiß nie, was er noch so alles anstellt, um mich zu stalken.«

»Roxane, du musst da ausziehen, unbedingt.« Lenhardts Stimme klang jetzt ehrlich besorgt und einen Augenblick spürte sie wieder etwas von der alten Verbundenheit.

»Schon klar, ich habe auch schon Wohnungsanzeigen studiert. Aber ich habe die Kinder und Sally zu versorgen, nicht du … Alleinstehende Mütter, Jugendliche und Hund, weißt du wie beliebt das ist?«

»Du hast es so gewollt, Roxane.«

Sie hatte augenblicklich keine Lust mehr zu telefonieren.

»Aha, seit der Trennung ist das dein Lieblingssatz. Der entbindet dich von jeder Verantwortung!«, rutschte es aus ihr heraus. *Wenn wir jetzt weiter reden, gibt es Streit. Ich muss das abkürzen.*

»Vorschlag, besprich du dass mit der Zeugenaussage mit den Kindern und ich schaue, dass ich hier eine Lösung finde, so schnell es geht.«

Lenhardt ließ nicht locker: »Bianca hat erzählt, du willst nach Berlin zu deinem Neuen ziehen?«

»Vielleicht … Aber frage dich, ich was du mit deiner neu Angeheirateten planst? Überhaupt, würdest du es eine Sekunde lang für nötig halten, mich in eure Pläne einzuweihen?«

Genervt blickte sie zur Zimmerdecke und verdrehte die Augen. *Ich wünschte, man würde mir nicht immer so von allen Seiten so viel Druck machen. Ich bekomme überhaupt keinen Kontakt mehr zu mir selbst …*

»Tom will zu mir ziehen, wenn du nach Berlin gehst. Also hat es doch auch mit mir zu tun.«

»Ja, das stimmt natürlich, aber bespreche das doch bitte einfach mit Tom. Ich habe mich hier noch nicht entschieden und brauche meine Zeit dafür. Gerade jetzt will ich nicht darüber reden.«

»Okay, du hast recht, es geht mich nichts mehr an, also tschüss, mach's gut!«, beendete Lenhardt das Gespräch.

Seine Stimme klang resigniert und traurig und sie spürte wieder die Schuld, ihm wehgetan zu haben. *Er wird mir bei meinem Problem nicht helfen, aber er fällt mir auch nicht in den Rücken. Das ist doch schon mal besser als nichts.*

∗

Sie waren etwas vorzeitig vor dem alten, angeschwärzten Sandsteinbau des Amtsgerichts eingetroffen. Innerlich aufgeregt, aber äußerlich ruhig ging sie für Tom und Bianca in den Gängen voran, schob die schwere Holztür auf und suchte für sich und die Kinder nach einem geeigneten Platz. Sie fröstelte. *Raum 144 muffelt nach altem Schweiß und Bohnerwachs. Richtig geheizt hat man auch nicht. Wer hält sich hier schon gern lange auf …*

Herrn Wolfert blätterte in einigen Unterlagen und grüßte freundlich. Die Richterin kam fast zeitgleich mit ihnen an. *Wie steif sie sich bewegt und dieser arrogante Blick mit hoch erhobener Nase ... Sie ist noch unheimlich jung für so einen Job. Wahrscheinlich will sie nur ihre Unsicherheit überspielen. Das kann ja lustig werden ...* Mit demonstrativem Blick auf ihre Armbanduhr eröffnete die Richterin die Sitzung.

»Wir treffen uns heute, um die mutmaßlichen Gewalttätigkeiten von Herrn Krätzner gegen Familie Teichert zu erörtern.« Das Diktiergerät wäre fast zu Boden gefallen, als sie es mit fahrigen Fingern einschaltete. *Eindeutig Unsicherheit, vielleicht eins ihrer ersten Verfahren?* »Anwesend sind Frau Roxane Teichert, ihr Sohn Tom, ihre Tochter Bianca und Herr Rechtsanwalt Wolfert. Der Beklagte, Herr Eugen Krätzner, ist bisher nicht angekommen. Wir beginnen dennoch pünktlich mit der Anhörung.«

Es folgte eine kurze Pause. Frau von Gandern sortierte ihre Unterlagen. *Lampenfieber! Ich möchte wetten, dass sie die schon auswendig kann.*

»Zunächst möchte ich gern hören, was vorgefallen ist, als Tom und Bianca allein zuhause waren und die Handwerker in der Wohnung gearbeitet haben. Tom, könntest du uns bitte einmal ganz genau berichten.«

Tom fuhr erschrocken hoch und sah unsicher zu seiner Mutter hinüber. *Nun ist da jemand, der noch unsicherer ist als sie selbst. Das wird ihr helfen.*

Wie erwartet beruhigte die Richterin Tom.

»Du darfst ruhig sitzen bleiben. Erzähl bitte ganz in Ruhe. Du bist nicht vereidigt, aber dennoch wäre es schön, wenn du bei der Wahrheit bleibst.«

Tom begann mit etwas stockender Stimme: »Äh ... ja ... meine Mutter war verreist und ich sollte morgens die Handwerker im Bad arbeiten lassen. Aber nur die Handwerker ...«

Während Tom immer flüssiger weiter erzählte, entspannten sich alle Anwesenden.

Jetzt ist es gut, dass sie noch so jung ist, Tom scheint sich ganz wohl mit ihr zu fühlen. In diesem Moment öffnete sich hinter ihr die Eingangstür. *Krätzner!* Sofort begann Tom wieder zu stocken, schaffte es aber, seine Aussage zu beenden und Roxane nickte ihm zu.

Gut gemacht!
Der Vermieter, heute in einem zerbeulten, braunen Cordanzug, schlurfte zu einem leeren Platz in der hintersten Reihe. Er setzte sich umständlich und begann aus dem Fenster zu starren. Seine Verspätung ließ ihn anscheinend völlig ungerührt.

Schließlich sprach die Richterin ihn an:»Sie haben eine gute halbe Stunde Verspätung, Herr Krätzner.«

»Ich bin ein alter, kranker Mann. Seien sie doch froh, dass ich überhaupt gekommen bin!«, blaffte er laut zurück.

Darauf füllte eine kurze Stille den Raum. Roxane spürte amüsiert das Entsetzen der Anwesenden über seine Respektlosigkeit.

Gut, dass er so authentisch ist ...

Nachdem Richterin von Gandern sich von der Antwort erholt hatte, fragte sie mit strenger Stimme:»Möchten Sie sich zu dem Vorfall äußern?«

»Welcher Vorfall? Meine Arbeit in der Wohnung war ausdrücklich besprochen. Das ist doch alles erstunken und erlogen von diesen Spinnern!«

»Das sieht die Familie anders«, bemerkte die Richterin.

Darauf erhob Krätzner sich plötzlich, zeigte mit ausgestrecktem Arm auf Roxane und lamentierte laut:»Die Mutter zwingt die Kinder zur Falschaussage. Die lügen alle, dass sich die Balken biegen. Die Frau redet doch nur Schwachsinn und dieser Anwalt ist ein Rechtsverdreher sondergleichen! Laden Sie gefälligst die Psychiaterin von Frau Teichert vor, wie ich es beantragt habe. Das ist so kein ordentliches Verfahren!«

»Äh, wie Sie meinen ...« Die Richterin zögerte kurz und wirkte ratlos. Doch dann sagte sie bestimmt:»Ich sehe allerdings bisher keinen Grund für ein psychiatrisches Gutachten.«

Sie wendete sich ab und versuchte in der Anhörung fortzufahren.

»Bianca, könntest du uns jetzt mal berichten, was vorgefallen ist, als deine Mutter am zweiten Februar abends nachhause gekommen ist? Hat Herr Krätzner damals deine Mutter bedroht?«

»Die lügt doch, das ist alles gelogen!«, fuhr er laut dazwischen, während er immer noch stand und sein Stuhl hinter ihm polternd nach hinten umfiel.

Seine krächzende Stimme überschlug sich ein bisschen.

Roxane war weiß geworden. Ich kann Biancas Angst richtig körperlich mitfühlen. Das reicht jetzt aber, Herr Wolfert. Wozu sind sie denn jetzt da? Wenn Sie nicht gleich etwas unternehmen, fange ich an zu reden und zwar deutlich!

Wie es aussah, hatte Herr Wolfert ihren scharfen Blick in seine Richtung verstanden:»Frau Richterin, ich bitte zu verhindern, dass die Zeugin eingeschüchtert wird. Sie ist noch minderjährig und steht das erste Mal vor einer gerichtlichen Anhörung.«

»Möchten Sie eine Einzelvernehmung?«, fragte Frau von Gandern.

»Das ist nicht unbedingt nötig, wenn der Beklagte sich mehr zurückhält.«

»Ich rede wie es mir passt, du aufgeblasener Pinkel«, keifte Krätzner durch den Saal.

»Und Sie«, er zeigte mit erhobenem Zeigefinger auf die Richterin.»Sie sind befangen, das sieht doch jeder Laie! Sie verhindern, dass sich ein alter, kranker Mann verteidigt, wie es sich gehört!«

Bei dem Wort befangen zuckte die Richterin zusammen und wurde blass. Mit bemüht sicherer Stimme wandte sie sich wieder an das hilflos in die Runde blickende Mädchen.

»Würdest du jetzt bitte berichten, Bianca.«

Jetzt verlor Roxane die Geduld.»Ich bitte um Entschuldigung, aber ich wünsche eine Einzelvernehmung meiner Tochter. Sie hat sichtbar Angst und Ekel vor diesem Mann und wenn ihr Herr Krätzner ständig ins Wort fällt, ist das hier eine Einschüchterung von Zeugen und unzumutbar.«

Die Richterin sah sie erstaunt an:»Ja, äh, da müssen wir sehen, ob die Gesetzeslage das zulässt.«

Sie verzichtete lieber darauf Frau von Gandern zu fragen, warum sie dann gerade selbst ein solches Angebot gemacht hatte. Es blieb auch keine Zeit weiter zu sprechen, denn Krätzner fuhr schon wieder dazwischen:

«Alles Lüge! Die verzögert die Verhandlung doch nur, damit die Kinder keinen Meineid begehen. Aber das hätten sie sich vorher überlegen müssen!«

»Nein, Herr Krätzner, das sage ich, weil Sie sich uns gegenüber in übelster Weise aufführen und wir um unsere Sicherheit fürchten!«, gab sie ihm Paroli.

Jetzt verhalf Herr Wolfert der Richterin wieder zu ihrer Verhandlungsführung.

»Frau von Gandern, es ist richtig, was Frau Teichert gesagt hat. Herr

Krätzner hat Bianca und ihrer Mutter erst kürzlich wieder aufgelauert, als sie morgens zur Arbeit aufgebrochen sind. Es passieren immer wieder neue Angriffe von seiner Seite.«

»Ständig neue Vorfälle gehören zwar nicht zu diesem Zivilprozess«, erkämpfte sich die Richterin ihr Feld zurück. »Aber angesichts des Gebarens des Beklagten hier vor Gericht verfüge ich einstweilig, dass Herr Krätzner sich der Familie Teichert künftig nicht mehr als auf zwanzig Meter nähern darf. Ich begründe das mit Gefahr in Verzug. Weiterhin verfüge ich eine Einzelvernehmung der Zeugin Bianca Teichert.« Wolfert lehnte sich zurück und blitzte Roxane mit Triumph in den Augen an.

Sehr gut gemacht! Sie erwiderte zufrieden nickend seinen Blick.

Aber jetzt hatte Krätzner endgültig genug. Er lief rot an und brüllte hemmungslos: »Sie greifen einen alten, kranken Mann an, der gerade seine Frau verloren hat! Diese Blagen sind böse, richtig böse! Sie werden schon sehen, was Sie davon haben, Sie werden schon sehen!« Er sprang auf, schlurfte so schnell er konnte durch die Stuhlreihen und stieß noch rumpelnd einige Stühle hin und her, bevor er aus dem Saal verschwand.

»Die Sitzung ist beendet!«, versuchte die Richterin noch schnell ihre Stellung zu retten, aber der Satz verhallte, für Krätzner nicht mehr hörbar, hinter der zugeknallten Tür. –

Sofort wirkten alle im Saal erleichtert. Roxane grinste Herrn Wolfert schuldbewusst an.

»Tut mir leid, aber Sie haben doch auch eine Tochter ...«

»Schon in Ordnung«, murmelte der Anwalt und wandte sich an Frau von Gandern. »Möchten Sie noch gleich hier mit Bianca sprechen?«

»Ach, eigentlich ist es nicht mehr nötig. Ich kann mir jetzt sehr gut ein Bild machen«. Sie sah dabei Bianca verständnisvoll und fast ein bisschen entschuldigend an. »Ich danke für Ihr Kommen und wünsche Ihnen noch einen schönen Tag.« Dann stöckelte sie hastig auf hohen Hacken unter ihrem Talar aus dem Gerichtssaal.

März

»Schon wieder so eine Unverschämtheit vom Gericht!«
Blass vor Zorn legte Eugen Krätzner den Brief beiseite und wühlte in seiner Küche zwischen schmutzigem Geschirr und offenen Dosen nach einem Öffner für seine Bierflasche.
»Jetzt kommt dieser Staatsanwalt und sein Gerichtsdiener auch noch her, um das Haus zu besichtigen! Da steckt bestimmt diese bornierte von Gandern dahinter!«
»Dieser Richterin musst du richtig die Hölle heiß machen. Die muss lernen, dass Weiber bei Gericht nichts zu suchen haben. Du musst sofort allen ein Betretungsverbot für deine Wohnung erteilen! Ab dem ersten Treppenabsatz hat niemand Zutritt zu deinem Haus. Am besten gilt das nicht nur für das Amtsgericht, sondern auch gleich für Notar Bahr, seinen geisteskranken Handlanger und natürlich für das Gesindel da unten.«
Krätzner setzte sich wieder an den Computer. Bald darauf hatte er viele Kopien eines entrüsteten Pamphlets auf die Reise geschickt, in dem er jeden seiner Feinde nochmals gründlich über die Besitzverhältnisse aufklärte und was passieren würde, wenn man sein Verbot übertreten würde. Danach fühlte er sich gleich viel weniger bedroht und ängstlich. Fremde Menschen auf meinem Grundstück, wie ich das hasse!

*

Dennoch klingelte es am 08. März wie angekündigt an Krätzners Tür. Trotz des angekündigten Besuchs zuckte er erschrocken zusammen und zog sich ins Badezimmer zurück, um sich zu verstecken. Er hielt sich die Ohren zu. Ich will mit niemand reden, ich kann das nicht. Was soll ich denn sagen? Aber es klingelte immer wieder, lange und eindringlich. Die Besucher schienen einfach nicht gehen zu wollen, ohne mit ihm gesprochen zu haben. Vorsichtig lugte er zwischen verblichenen Gardinen aus dem Fenster und versuchte etwas von dem zu hören, was gesagt wurde. Jetzt knirschten ihre Schritte auf dem Kiesweg, der sein Haus umgab.
»Eindeutig drei Klingeln und drei Briefkästen. Die Tochter ist ja auch auf das Haus angemeldet«, stellte eine unbekannte, strenge Stimme fest.

»Ich habe Angst vor Fremden. Silvana versucht schon lange mich deswegen zu entmündigen. Die wollen mir bestimmt mein Haus wegnehmen! Was soll ich denn sagen?«

»Du feiger Hund! Du musst sie abwimmeln«, donnerte die Dämonenstimme in seinem Kopf. »Sag, dass du krank bist! Sie sollen ein Andermal wiederkommen.«

Es klingelte wieder und diesmal drückte Krätzner auf den Knopf der Gegensprechanlage.

»Was wollen Sie? Ich bin krank und kann nicht aufmachen«, krächzte er.

»Wir sind angemeldet, das wissen Sie. Es dauert nicht lange.«

Die strenge Stimme hatte einen sehr ärgerlichen Unterton bekommen. Hier war es jemand gar nicht gewohnt, weggeschickt zu werden.

»Nein, es geht nicht, bleiben Sie weg!« Seine Stimme überschlug sich fast vor Angst. Er eilte wieder ins Badezimmer und hockte sich zitternd hinter die Türe. Es klingelte nochmals sehr lange, dann wurde es still. Angstvoll lauschte er. Nach einer endlos langen Zeit startete der Motor eines Autos. Sie sind endlich weg … Er atmete auf, ging in die Küche und starrte aus dem Fenster auf die leere Straße.

»Du verdammter Feigling! Was verkriechst du dich in deinem eigenen Haus. Du wirst sehen, das hat Folgen und zwar keine guten.«

Die Stimme des Dämons machte alle Erleichterung zunichte.

»Aber ich kann nicht mit denen reden. Es geht einfach nicht!«

»Dann musst du jetzt was anderes unternehmen, gegen diese von Gandern. Sonst macht die dir die ganze Räumungsklage zunichte!«

»Aber sie hätten doch sowieso gesehen, dass es drei Wohnungen sind. Was hätte ich denn sagen sollen?«

»Was weiß ich denn! Hättest du damals eben alles richtig angemeldet. Warst mal wieder zu geizig. Wolltest Steuern sparen, du Idiot. Nun müssen wir sehen, wie wir das zurechtbiegen.«

Eine Weile war es still in seinem Kopf. Er hatte Hunger und bestrich sich ein Brot mit Pflaumenmus und legte eine Scheibe Käse darüber. In einer Kanne war noch kalter Kaffee. Er suchte eine halbwegs saubere Tasse und goss das dunkle Gebräu hinein.

»Du setzt dich jetzt an den Computer und schreibst einen Brief ans Landesgericht. Die Richterin ist befangen und will dich fertig machen. Du bist schwer krank und bittest den Obersten Richter um Hilfe.«

Er folgte den Anweisungen seines Dämons. Der Brief wurde 12 Seiten lang und handelte zuerst von all den schrecklichen Dingen, die er mit der Mieterin unten erlebt hatte, von ihrem Wahnsinn und von ihren schrecklichen Kindern, die beim Verhör gelogen hatten, dass sich die Balken biegen.

Die Richterin hatte nicht gewusst, wem sie glauben sollte und nicht verstanden, dass er ein alter kranker Mann war. Er ergänzte den Brief mit endlos langen Gutachten, voll gespickt mit komplizierten Fachbegriffen seiner Ärzte und sparte nicht mit rührseligen Beschreibungen seiner Leiden. Schon immer hatte er mit dieser pränatalen Behinderung zu kämpfen. Wenn er sich aufregte sah er Doppelbilder, die Muskeln versagten und er konnte seinen Speichel nicht mehr kontrollieren. Wie schon seine Familie, seine Lehrer und Mitschüler, hatte auch Frau von Gandern kein Verständnis für ihn gezeigt. Unbeherrscht und ohne Gnade war sie auf ihn losgegangen. Am Schluss dankte er dem Obersten Richter im Voraus für seine Güte und sein Verständnis für behinderte Menschen und schlug vor, doch einen verständnisvolleren Richter für ihn einzusetzen.

Als er fertig war kommentierte sein Dämon zufrieden: »Der neue Richter muss sich dann nochmal durch das ganze Papier durcharbeiten. Damit gewinnst du auf alle Fälle Zeit und vielleicht wird er auch ungeduldig und kürzt das Verfahren ab. Weil die bei dem ganzen Ärger ja sowieso nicht wohnen bleiben können, macht er einfach einen Punkt unter das viele Papier und gibt dir recht.«

Es war tiefe Nacht, als er den Brief, dreimal sorgfältig korrigiert, in einen Umschlag steckte, mit der Anschrift versah und frankierte. Die Küchenuhr zeigte vier Uhr an. Todmüde fiel er mit samt seiner Kleidung aufs Bett und schlief sofort ein.

*

Gegen 8:30 Uhr weckte ihn seine innere Uhr. Er musste pinkeln und hatte schlecht geträumt. Durch das ganze Haus und den Garten war er geirrt und hatte nach jemandem gesucht. Mal war es seine Frau, dann seine Tochter, dann wurde diese plötzlich zur Richterin von Gandern. Sie lachte über ihn und ihm lief der Speichel aus dem Mund, wie bei einer sabbernden Dogge. Immer, wenn er hilfesuchend nach seiner Frau rief, fuhr der Dämon dazwischen.

»Sie ist tot, tot, tot! Sie kann dich nicht mehr retten! Du gehörst jetzt mir!« Um nicht länger von diesem Traum gepeinigt zu werden, quälte er sich aus dem Bett und schlurfte zum Fenster. Er dachte: Es ist so ungerecht, warum sind immer nur die Anderen glücklich? Dabei sind sie alle rücksichtslos und unverschämt. Aber sie werden nie bestraft. Nur ich habe so schlimme Träume!

Aus dem obersten Stock sah er auf Lautertals kleinen Bahnhof, dessen rote Dächer in der frühen Morgensonne nass glänzten. Er betrachtete die Fahrgäste, die in die gerade eingefahrene Regionalbahn ein- und ausstiegen. Dann wurde er plötzlich hellwach, weil eine kleine Person auf dem Bahnsteig seine ganze Aufmerksam geweckt hatte.

»Ist das nicht gerade das Fräulein Teichert, das da so außergewöhnlich früh nach Hause schleicht?«

Die Dämonstimme in ihm meldete sich sofort: »Die verlotterte Göre schwänzt! Da sieht man's mal wieder, nichts hat die Mutter im Griff. Vorne rum macht sie einen auf brav, lieb und nett und hinten rum hintergeht die freche Blage ihre Eltern, wo es nur geht.«

*

Bianca war in der ersten Schulstunde plötzlich sehr schlecht geworden. Nachdem sie sich übergeben hatte, riet die Lehrerin ihr, nach Hause zu fahren. Der Heimweg, allein in der Bahn, war schrecklich anstrengend. Sie fürchtete vor allen Leuten in dem voll besetzten Zug einen neuen Brechanfall zu bekommen. Gott sei Dank war das nicht passiert. Aber nun setzte sie mühsam einen schweren Fuß vor den anderen und hielt sich den krampfenden Magen. Ihre Umgebung beachtete sie kaum. Ich will nachhause, einfach nur schlafen, dann wird alles besser. Sie betrat die Wohnung. Nachher, wenn Mama von der Arbeit kommt, versorgt sie mich mit Tee und Medizin. Halb angezogen fiel sie in ihr Bett und schlief sofort erschöpft ein.

*

In der Zwischenzeit hatte Krätzner sich schnell seine schmuddeligen Klamotten übergezogen und war ohne sich zu waschen oder zu frühstücken in den Garten geschlurft. Sein Dämon leitete ihn wie ein träumendes Kind.

»Du könntest die Thujahecke stutzen, das ist jetzt ja die rechte Jahreszeit dafür ...«, flüsterte es in seinem Kopf.

Im Werkzeugschuppen suchte er nach der elektrischen Heckenschere. Während er das Kabel entrollte, kamen in ihm wieder die Bilder mit der Stichsäge hoch. Wie er so erniedrigend gestolpert war und wie diese Göre lachend ihrer Mutter zur Hilfe geeilt war.

»Ich habe doch nur meine Miete eingefordert und Kleinholz gesägt. Das war doch ganz normal ...«

»Und sie haben alles verdreht. Das Gör hat bestimmt vor Gericht gelogen bis sich die Balken biegen und sicher haben sie dich da alle nochmal ordentlich ausgelacht!«

Er griff sich einen Wetzstein, und während er die Klingen schärfte, befahl es plötzlich sehr laut in seinem Kopf:

»Du musst dich für deine Rache besser vorbereiten. Mach der Lügnerin mal so richtig Angst. Vielleicht bringst du sie auch wirklich um! Sei doch endlich mal ein Mann. So eine gute Schere kann sie in kleine Teile zerlegen, bis ihre Mutter sie nicht mehr wieder erkennt!«

Plötzlich sah er überall Blut im Schuppen, und seine Hände zitterten so stark, dass er die Heckenschere kaum noch halten konnte. Er spürte den brennenden Hass des Dämons tief in seinem eigenen Leib. Ihm war ganz schwindelig. Es war zu viel. Er versuchte sich zu sammeln. Die Wände des Schuppens sind grau, dachte er, grau, grau, grau. Er hielt sich am Türrahmen fest und wartete ab. Sobald die Wände ihre gespenstische Farbe verloren hatten, verließ er den düsteren Schuppen und schlich vorsichtig ums Haus.

»Ich will ihr erstmal einfach nur Angst machen, aber so richtig Angst!«

Der Dämon ließ ihn durchatmen und antwortete nichts. Unter Biancas angekippten Zimmerfenster blieb er stehen und lauschte. Drinnen und draußen war alles sehr still. Nur ab und zu fuhr ein Auto durch die Einbahnstraße. Er sah sich immer wieder um. Kein Nachbar ließ sich blicken.

Ein letzter forschender Blick an den Gardinen der Nachbarschaft entlang, tief Luft holen und dann sehr laut: »Ich weiß, dass du da bist, Rotkäppchen! Hast wohl mal wieder keine Lust auf die Schule? Willst dich wieder umbringen, wie damals im Badezimmer?«

Wieder taxierte er genau die Umgebung und lauschte. In der Wohnung schien es still zu sein und niemand von den Nachbarn bemerkte sein Tun. Erneut holte er Luft und zischte noch lauter:

»Dann tue es doch endlich, Rotkäppchen. Oder muss ich nachhelfen?«

Er konnte ihre Angst hinter dem Zimmerfenster spüren.

Immer noch sehr wachsam sagte er, gut hörbar für Bianca: »Ich habe hier die Heckenschere und kann auch noch die Kettensäge holen! Damit geht die Türe noch schneller auf! Wollen wir doch mal sehen, wie jetzt gleich Blut fließt. Darauf warten die Bullen doch schon so lange!«

*

Bianca war schon bei den ersten Sätzen aufgewacht. Nun setzte sie sich mit einem Ruck kerzengerade im Bett auf. Was ist das? Habe ich geträumt? Sie spürte, wie ihr die nackte Angst den Rücken hoch kroch und lauschte.

Da hörte sie es wieder unter ihrem Fenster: »Bring dich doch um, Rotkäppchen ... Ich kann gerne nachhelfen. Ich habe hier eine schöne scharfe Heckenschere!«

O Gott, Krätzner! Er will wirklich zu mir rein kommen! Geht das? Nein, er steht einfach nur unter meinem Fenster. Da kann er nicht rauf, hoffentlich – oder doch?

Die böse Stimme da draußen fuhr fort: »Bring dich endlich um oder muss ich nachhelfen? Soll dich in kleine, blutige Fetzen schneiden?«

Blitzschnell sprang sie auf und griff nach den Jalousienbändern neben ihrem Bett. Mit einem Rumsen fielen die schweren Außenjalousien herunter und versperrten so das Fenster. Dann knallte sie das angekippte Fenster zu und lauschte.

Was wird er jetzt machen? Wird er ein anderes Fenster suchen oder zur Tür kommen? Ich muss die anderen Fenster kontrollieren. Nein, besser erst Mama anrufen! Nein, besser gleich die Polizei. Aber wo ist mein verdammtes Handy? So hektisch finde ich das nie! Scheiße, Scheiße, Scheiße, ich hab's bestimmt in der Schule vergessen. Im Zug hatte ich es doch noch. Egal, dann nehme ich das Haustelefon in Mamas Zimmer.

Bianca ließ ihre ausgekippte Schultasche liegen und schlich geduckt durch den Flur der Wohnung.

Entsetzt zuckte sie zusammen, als sich jetzt Krätzners Umrisse hinter den Glasbausteinen neben der Wohnungstür abzeichneten. »Rotkäppchen!«, höhnte er laut und gehässig, »ich komme dir helfen. Lass mich rein! Ich bin der böse Wolf!« Dann trat er donnernd gegen die Wohnungstür, die heftig vibrierte.

Sie schrie panisch auf und rannte in das Zimmer von Roxane. Hastig wählte sie den Notruf der Polizei und dachte: Gleich mache ich mir vor Angst in die Hosen. Während sie dem Freizeichen vom Notruf lauschte, zischte er vor der Wohnungstür:

»Ich weiß, dass du da bist. Jetzt mache ich erstmal die Tür hier auf und dann bist du dran! Ich schnipple dich in kleine blutige Fetzen!« Er lachte irre und donnerte wieder mehrmals heftig mit den Füßen gegen die Tür. Das Holz ächzte unter den Schlägen, hielt aber noch stand.

»Bitte, bitte, nehmt doch endlich ab.« Mit weißen Knöcheln umklammerte sie den Hörer. Sie zitterte unkontrolliert am ganzen Körper.

»Du willst doch sterben. Ich werde mit der Heckenschere nachhelfen! Schnipp schnapp, alles ab! Lass mich doch einfach rein, Rotkäppchen«, höhnte es wieder.

Endlich meldete sich jetzt eine gelangweilte Frauenstimme am Telefon:

»Polizei Notdienst, was gibt es?«

Im Hintergrund konnte Bianca die Musik aus einer Fernsehserie erkennen, die am Vormittag lief.

»Hilfe«, stammelte sie in den Telefonhörer, »er will mich umbringen!«

Die Stimme schwieg einige Sekunden, dann fragte sie: »Wer? Und wer bist du denn überhaupt?«

»Bianca Teichert, Leninstraße 7111. Ich bin allein zuhause. Unserer Vermieter steht mit der Heckenschere vor der Türe und will mich umbringen. Er heißt Krätzner. Er ist total verrückt, schon lange! Aber jetzt bin ich alleine und er tritt hier die Wohnungstür ein!«

Die Angst in ihrer Stimme holte die Beamtin aus ihrer langweiligen Fernsehserie. »In ein paar Minuten ist jemand bei dir!« antwortete sie fest. »Leninstraße 7111, stimmt das?«

»Ja, bitte, bitte machen sie schnell. Die Tür hält das nicht mehr lange aus!« »Ruf deine Eltern an, wir sind sofort da!«

*

Roxane starrte entgeistert die Empfangsdame an, als diese in der Tür des Konferenzraumes aufgeregt verkündete: »Frau Teichert, ihre Tochter! Da ist zuhause was passiert! Ihr Vermieter … Sie hat schon die Polizei angerufen. Sie müssen sofort nach Hause fahren!«

Sie hatte gerade einen Vortrag für ihre afrikanischen Kollegen gehalten und moderierte jetzt die Fragen dazu. Zwanzig verständnislose Gesichter starrten sie an. Einen Augenblick war sie wie gelähmt. Ihr Chef Philip, der die Hintergründe ihres Problems wenigstens ein bisschen kannte, griff sofort ein.

»Fahr sofort nachhause, ich übernehme hier!«

»Sorry, I´ve an accident at home«, stammelte Roxane und dann war sie auch schon unterwegs.

Bianca! War der einzige Gedanke in ihrem Kopf. Alle Abläufe in Geist und Körper funktionierten völlig mechanisch. Sie jagte das Auto über die Landstraße, ohne auf den Tacho zu achten. Erst innerhalb von Lautertal, vor der Einkaufspassage, drosselte der Zebrastreifen mit den Fußgängern ihr Tempo. Ein Trupp Menschen überquerte den Überweg. Sie glaubte plötzlich Krätzner zu erkennen, wie er auf das Straßencafé Sauer zusteuerte.

Ist er das wirklich? Was macht er da? Versteckt er sich hier vor der Polizei? – Egal, erst mal muss ich zu Bianca! Was ist da passiert? Sie gab wieder Gas und erreichte Minuten später ihre Wohnung.

Ein Polizeiwagen parkte quer, mit eingeschaltetem Blaulicht, in der Einfahrt und ein Polizist mit gezogener Waffe schlich im Garten umher. Ein zweiter Polizist unterhielt sich mit der sehr blassen Bianca an der Haustüre.

Sie lebt! Gott sei Dank. Sie stürmte auf Bianca zu, riss das Mädchen an sich und umarmte sie fest.

»Was bin ich froh dich zu sehen! Bist du unverletzt? Was um Himmels Willen hat der Verrückte mit dir gemacht?«

Bianca schluchzte: »Er wollte mich umbringen! Er hat versucht, die Tür einzutreten, er wollte die Heckenschere nehmen …«

Während sie ihrer Tochter intensiv in die Augen sah, als könne sie dort ihre psychischen Verletzungen ablesen, dachte sie: *»Jetzt fängt er auch noch mit Morddrohungen an! Wir müssen endlich etwas unternehmen!*

Ein kurzer Blick in die Augen des älteren Beamten verriet ihr, dass dieser ziemlich ärgerlich war. »Gott sei Dank ist ihr nichts passiert, aber der Kleinen dermaßen Angst zu machen! Da hört ja wohl aller Spaß auf! Die wird ein Trauma für ihr Leben davon tragen!«, begrüßte er sie mit vorwurfsvollem Blick.

Ja, ich, die Mutter war nicht da. Sie umarmte Bianca und fühlte sich schlecht.

»Der Scheißkerl ist nirgends aufzufinden! Sonst hätte ich ihm schon mal gezeigt wie wir mit Monstern umgehen!«, meinte sein junger Kollege, der immer noch mit gezogener Waffe aus dem Garten kam. Er hatte alles gründlich abgesucht und kam nun, die hübsche Bianca heldenhaft anlächelnd, auf sie zu.

Bianca war ausnahmsweise viel zu fertig, um es zu bemerken und Roxane ließ sie nicht aus der Geborgenheit ihrer Umarmung.

»Ich glaub, ich hab ihn gesehen, beim Café Sauer. Wahrscheinlich versteckt er sich da ... er ist so hinterhältig. Schleicht sich an, taucht plötzlich auf, greift an und flüchtet wieder. Wie ein krankes Raubtier. Nirgends sind wir mehr vor ihm sicher!«

Der ältere Beamte pflichtete ihr bei. »Ja, er scheint völlig übergeschnappt zu sein. Aber leider ...«

»Leider was?«

»Leider hat Ihre Tochter keine Zeugen für den Vorfall!«

»Dann gehen Sie doch in das Café und holen Sie Ihn hierher! Soll er mal Stellung beziehen, zu dem, was er hier mit meinem Kind angestellt hat!«

Sie hielt Bianca immer fester, während sie sprach, und lockerte ihren Griff erst, als ihre Tochter ihre Hände zurückschob.

»Mama, du tust mir weh!«

»Es tut mir leid, wir können ihn dort leider nicht festnehmen. Es kann niemand bezeugen, was er getan hat«, bedauerte der ältere Polizist.

»Kann man denn gar nichts tun, um meine Kinder vor diesem Monster zu schützen?« stöhnte Roxane. »Ich muss doch arbeiten gehen und ich kann auch nicht von heute auf morgen ausziehen. Wo sollen wir denn so schnell hin?«

»Da muss erst Blut fließen, dann können wir ihn wegsperren!« bemerkte der junge Polizist wichtig.

Jetzt reichte ihr sein blödes Gehabe endgültig. »Wollen Sie wirklich, dass hier ein Mord passiert? Was ist denn das für ein Umgang mit dem Opfer? Sie wollen sich hier doch nur aufblasen. Abwarten bis Blut geflossen ist? Sichern sie endlich ihre Scheißwaffe und halten Sie die Klappe! Zu Roxanes Genugtuung sackte der Heldenhafte nun ein bisschen in sich zusammen.

Der ältere Beamte sah seinen jungen Kollegen ebenfalls ärgerlich an und wandte sich beruhigend an sie. »Dieser Junge hier muss noch vieles lernen ...

Sie haben vollkommen Recht. Ich würde an ihrer Stelle aber trotzdem, auch ohne Zeugen, eine Strafanzeige aufgeben. Man wird ihn zwar nicht belangen können, aber er muss dann eine Stellungnahme abgeben und er wird sich damit der Behörde ins Gedächtnis rufen. Bekannt ist er ja schon … Aber es wird dann nicht mehr bloß ein kleiner Nachbarschaftsstreit für uns sein. Vielleicht wird er auch ruhiger, weil er sich stärker beobachtet fühlt.«

Und wir werden auch ruhiger? Das wollt ihr doch auch damit erreichen.

»Ich glaube nicht, dass ihn das davon abhält, uns weiter zu drangsalieren! Aber wir werden Ihren Rat befolgen. Man soll ja nichts unversucht lassen, in so einer Lage«, antwortete sie.

Der Beamte verabschiedete sich: »Sehen Sie zu, dass Sie hier sobald es geht weg kommen und zögern Sie nicht, uns jederzeit anzurufen. Wir sind sofort für Sie da!«

»Danke, dass ihr mich gerettet habt.« Bianca war immer noch dicht an sie gekuschelt. Die Wohnungstüre hätte das nicht mehr lange ausgehalten!«

Ich war nicht da, als du mich gebraucht hast, das darf mir als Mutter nicht passieren. Auch wenn ich arbeiten gehen musste, das darf nicht passieren! Ich kann das hier nicht mehr weiterhin verantworten. Wir müssen der Gefahr weichen, da hilft nichts. Hilf mir, Engel der Gerechtigkeit, dass ich jetzt eine schnelle Lösung finde.

Während sie der Polizei nachsahen, dachte sie: *Die sind gut, ich möchte mal sehen, wie diese Männer reagieren, wenn man sie aus dem eigenen Zuhause so boshaft zu vertreiben versucht … Ach ja, das sind ja ganze Männer, da passiert sowas ja nicht!*

»Was machen wir jetzt? Fahren wir jetzt zur Polizei und stellen diese Anzeige?«, unterbrach Bianca ihre Gedanken, nach dem sie alleine waren.

»Schaffst du das denn jetzt, nach allem was passiert ist?«

»Ja, mir ist vor Aufregung gar nicht mehr so schlecht, wie vorhin, in der Schule.«

Auf der Fahrt kamen die Blicke ihrer Kollegen wie Bilder zurück.

Mitleidig und nachsichtig haben sie mir nachgesehen. Wahrscheinlich wird man mir so schnell keine wichtige Konferenz mehr übergeben … Die dicke Andrea ist schon länger scharf auf meinen Job. Die Schadenfreude in Ihrem Mitleid war unübersehbar. Alleinstehende Mütter sind unzuverlässig, das ist der Tenor, so familienfreundlich und christlich man sich auch nach außen zeigt, für eine Karriere kommt so eine wie ich nicht in Frage. Phillip weiß meine fachliche Arbeit zu schätzen und schützt mich. Er hat ja auch Kinder und eine berufstätige Frau. Aber dieser Pfaffe, der den großartigen Personalchef spielt, der kennt wenig Gnade mit Frauen, die das Ehegelöbnis gebrochen haben ... Seine Frau lebt doch auch glücklich hinter ihrem Herd.

Ach egal! Reiß dich zusammen, Roxane, kein Selbstmitleid, dann eben keine Karriere. Bianca braucht mich jetzt. Die Kinder zu schützen hat jetzt erstmal Vorrang! Alles andere kann man wieder reparieren, meine Kinder nicht!

*

»Ich werde auf jeden Fall zu Papa ziehen, wie ich es versprochen habe, als ihr euch getrennt habt.«

Tom wirkte zwar unglücklich, aber fest entschlossen. Sie saßen zu dritt am Küchentisch. Draußen ging ein verspäteter Schneeschauer herunter. Sie schaltete das Licht ein, weil es sehr dunkel wurde. *Dieser verdammte Winter will einfach nicht vergehen. Die arme Bianca sieht immer noch heftig blass und verunsichert aus. Die Krankheit hat sich auch zurückgemeldet, nachdem der Stress vorbei ist.*

»Tom, kannst du nicht versuchen zu verstehen, warum ich nun doch so schnell zu Oliver nach Berlin ziehen will?«

»Du denkst, du schaffst das hier nicht alleine. Aber ich bin doch auch noch da!«

»Aber du kannst nicht die Verantwortung übernehmen, die eigentlich Papa tragen müsste. Du musst doch auch mal deine Freiheit ausleben wie die anderen Jungs in deinem Alter. Willst du ab jetzt ständig hier zuhause hocken und auf Bianca und mich aufpassen?«

»Nö, eigentlich nicht ...«

Tom nahm ein Brot aus dem Toaster und packte sich dick Butter und Wurst darauf. »Gibt's heute nichts Vernünftiges zu essen?«

»Koch dir doch selber was! Mama und ich haben den ganzen Nachmittag bei den Bullen rumgehockt und mir ist sowieso dauernd übel.«

Bianca guckte schlecht gelaunt in ihre Tasse mit Kamillentee und betrachtete ihr gelbliches Spiegelbild, während sie fort fuhr: »Ich fände es schön nach Berlin zu ziehen, aber ohne dich bin ich auch traurig. Du wirst mir fehlen, Tom.«

Roxane pflichtete ihr bei:»Ich kann's auch verstehen, aber ich werde dich unendlich vermissen. Außerdem mag ich die neue Frau von Lenhardt nicht besonders und ich hoffe, es geht dir da wirklich gut!«
»Die haben mir zwei Zimmer in dem neuen Haus angeboten. Eins unterm Dach zum Schlafen und einen Hobbyraum im Keller. Ich freue mich da schon drauf. Party machen im Keller und so ... Wir können uns ja ganz oft gegenseitig besuchen«, tröstete Tom. Es klang etwas schwer verständlich, weil er gerade an seinem Brot kaute.

Bianca sah Tom nachdenklich an:»Wusstest du, dass Papas Neue Mama gedroht hat, in einer E-Mail?«
»Bianca! Musst du das jetzt ausplaudern? Tom muss doch nicht gleich mit einem schlechten Bild von ihr da einziehen.«
»Ich finde aber, Tom sollte gewarnt sein.«
»Also, jetzt will ich es aber auch wissen. Erzählt mal.« Tom steckte zwei neue Scheiben in den Toaster und sah Roxane scharf an.»Ich warte!«
»Bianca hat an meinem Computer was für die Schule ausgedruckt und hat die Mail zufällig gesehen: Papa hatte mal wieder keinen Unterhalt gezahlt. Ich habe ihm gedroht, zum Jugendamt zu gehen und mir das Geld dort als Vorschuss zu holen. Sollen die sich doch mit seinen ständigen Ausreden auseinander setzen. Darauf hat mir Pamela plötzlich eine Mail geschickt und gedroht, euch wie eine böse Stiefmutter zu behandeln, wenn ich das Jugendamt einschalte.«
»Hallo, spinnt die? Was hat denn Papa zu so einer beschissenen Einmischung gesagt?«
»Nix, wie immer ...« Bianca lächelte ihren Bruder mit einem ironischen Leuchten in den Augen an.»Du weißt doch, er verkriecht sich hinter dem Rücken seiner Frauen und macht es sich schön gemütlich ...
»Lasst man gut sein«, stoppte Roxane weitere Diskussionen.»Ich habe es mit Lenhardt geklärt und er hat dann gezahlt. Wie er mit seiner neuen Frau zurechtkommt, ist allein seine Sache. Tom, du bist natürlich immer und in jedem Fall herzlich bei mir willkommen, wenn sich irgendwelche Probleme für dich ergeben. Ich bin deine Mutter, sonst niemand!«
Sie sah ihren Sohn mit leichtem Stolz an. *Er sieht schon richtig männlich aus, mit seinem ersten Bartwuchs ... Aber er ist manchmal auch noch zart und bedürftig, oft mal krank und eigentlich immer hungrig ... Er muss unbedingt seinen Abschluss machen und es fällt ihm an einigen Stellen ganz schön schwer. Lenhardt wischt solche Sorgen immer viel zu*

leichtfertig vom Tisch und hilft zu wenig. Am liebsten würde ich alles so lassen, wie es ist, oder wenigstens in seiner Nähe sein ...

»Wir sehen uns natürlich mindestens zweimal im Monat, immer abwechselnd!« Bianca schien ganz ähnliche Gedanken zu haben wie sie selbst.

Tom grinste, »Kein Problem, wir machen zusammen Berlin unsicher. Das wird bestimmt total geil!«

Bianca hasst diese katholische Mädchenschule mit diesem ständigen Zickenkrieg. Sie hat dort nur wenige Freundinnen gefunden und ist meistens in Toms Clique unterwegs. Berlin wäre ein Neuanfang. Bestimmt wäre es gut, wenn sie mal nicht dauernd im Kielwasser ihres Bruders hängt, für beide.

»Ich werde also Oliver anrufen und grünes Licht für die Wohnungssuche geben. Er wünscht sich nichts mehr als nicht mehr alleine zu wohnen, aber ich denke, es wird trotzdem eine Weile dauern, eine geeignete Wohnung zu finden.«

»Was ist denn dann mit deiner Arbeit, Mama?«, fragte Tom

»Bisher habe ich noch nichts in Berlin gefunden, aber das wird schon. Vielleicht kann ich ja solange eine Weile von zuhause aus für die Firma hier weiter arbeiten. Ich muss erstmal sehen wie sich alles entwickelt. Bitte sagt erstmal noch niemand was von unseren Plänen. Versprecht mir das! Auch Lenhardt soll es bitte noch nicht herumerzählen.«

Bianca nickte: »Vor allem Krätzner darf es nicht erfahren. Der posaunt es doch sofort überall rum!«

»Ja, und die Mutter von deiner Freundin Janina ist zum Beispiel eine Kollegin von mir. Es gibt in der Firma so einige, die scharf auf meinen Posten sind.«

»Okay Mama, wir halten natürlich dicht. So lange bis alles ganz klar ist. Und du sagst, wann das ist!« Tom sah seine Schwester ernst und warnend an. Bianca nickte: »Pass eher auf, dass dir nichts rausrutscht! Ich warte bis Mama grünes Licht gibt.«

*

Roxane zog sich eine dicke Jacke an und startete mit Sally einen späten Abendspaziergang, um Oliver anzurufen.

Warum nur werde ich hier in meinem Zimmer das Gefühl nicht mehr los, dass dieser kranke Spinner mich unter dem Fenster belauscht? »Hey du, ich bin gerade im Park spazieren, damit wir ungestört reden können. Du kannst dir in deinen schlimmsten Phantasien nicht vorstellen was heute passiert ist!« Sie erzählte, immer noch heftig angefasst von den Geschehnissen, während sie die klaren Sterne am Himmel betrachtete. Oliver hörte die meiste Zeit sehr aufmerksam zu und stellte ein paar sachliche Zwischenfragen. Dann explodierte er.

»Dieser hinterlistige Scheißkerl! Das ist doch total krank, was macht der denn mit dem Mädchen! Die hat doch bestimmt ein ganz heftiges Trauma abbekommen. Und du hast bestimmt auch die schlimmsten Ängste ausgestanden!«

»Sicher, es war panisch für uns beide. Natürlich für Bianca viel schlimmer als für mich. Aber ich mache mir immer noch schreckliche Vorwürfe, weil ich sie nicht beschützen konnte. Es hätte weiß Gott schlechter ausgehen können. Stell dir vor, das kranke Monster hätte die Türe aufgekriegt, bevor die Polizei dagewesen ist. Niemand weiß, wie weit er wirklich gegangen wäre!«

»Du kannst doch nichts dafür. Schließlich müssen auch Frauen wie du arbeiten können, ohne dass ihre Familie angegriffen wird.«

»Es ist nicht rational. Und wenn es noch so unmöglich ist rechtzeitig da zu sein, machen sich alle Eltern in solchen Fällen Vorwürfe. Nenn es Schutzinstinkt oder sonst wie … Ich habe bei ihrer Geburt etwas übernommen, was ich nie mehr einfach ablegen kann.«

»Ich habe keine Kinder und kenne mich mit solch einer Logik nicht aus. Aber das ist jetzt auch egal. Eins ist jedenfalls klar, das muss aufhören. Du musst jetzt endlich einwilligen und zu mir ziehen, Roxane.«

»Ja, du hast Recht, hätte ich einen starken Mann an meiner Seite, wäre das hier wahrscheinlich alles nicht passiert. Aber es ist auch ein riesig großer Schritt, wenn man so die Bausteine eines ganzen Lebens durcheinander wirbelt. Ich weiß noch gar nicht, wie es für mich dann beruflich weiter geht. Mein Sohn zieht bei mir aus. Was ich geleistet habe, wird in Frage gestellt und ich bekomme zu spüren wie schwach ich bin …«

»So ist das aber von mir nicht gemeint. Wir wissen doch beide, dass du eine großartige Frau bist. Ich will dich nur beschützen und dir dein Leben leichter machen. Du wirst schon sehen, wenn du erst meinen Namen trägst, findet sich in Berlin sehr schnell ein neuer Job für dich. Ich habe hier sehr gute Kontakte …«

»Meinst du?« – *Ist das nicht ein bisschen dick aufgetragen? Nennt man sowas nicht Vorteilsnahme? Na gut, wo gibt es sowas nicht?*

»Ich bin mir hundertprozentig sicher! Außerdem kann ich dich viel besser in allem unterstützen, wenn du erst bei mir wohnst. Du weißt doch, geteiltes Leid ist halbes Leid und geteilte Freud ist doppelte Freud.« Sie lachte:»Dein Optimismus tut gut! Dennoch, eigentlich wollte ich nicht so schnell gleich wieder verheiratet sein, nach all den Jahren mit Lenhardt. Wir beide kennen uns doch noch so wenig. Hast du denn gar keine Angst?«

Du bist nie Vater gewesen, bist zweimal geschieden, hast zwei langjährige Beziehungen hinter dir und hast die letzte erst vor wenigen Monaten beendet …

»Ich finde die Gefahren beim Heiraten werden total überbewertet. Es ist doch nur eine kleine Feier und am Ende geht es um Gesellschaftliches und um Finanzen. Wenn wir gegenseitig gut aufeinander achten, wird das alles schon werden.«

»Und wenn nicht? Wenn du zum Beispiel mit deiner neuen Rolle als Ersatzvater nicht zurechtkommst? «

»Bianca mag mich, das wird schon werden!«

»Und was ist mit Tom?«

»Der mag mich auch. Außerdem will er ja bei seinem Vater bleiben, wie er sagte.«

»Ja das hat er nochmal bekräftigt. Aber er wird uns oft besuchen. Ich werde meinen Sohn sonst sehr vermissen …«

»Natürlich, das kann er ja auch immer machen. Das wird alles, glaube mir! Du musst einfach nur alle deine Ängste beiseite packen und positiv nach vorne sehen. Ich fange jetzt an eine Wohnung zu suchen, wenn dir das recht ist?«

»Ja, es ist mir recht, Oliver. Bitte plane aber ein Gästezimmer mit ein und achte darauf, dass Hunde erlaubt sind.« *Mir bleibt ja nicht viel anderes übrig, wenn ich mit dir zusammen leben möchte. Ich bin froh, dass du mir jetzt hilfst, aber ich habe trotzdem immer noch Angst. Solange ich mich von den Lebensumständen hier gezwungen und gedrängt fühle kann ich nicht fühlen, ob ich auf dem richtigen oder auf dem falschen Weg bin.*

»Das wird dann aber ein bisschen länger dauern, wegen dem Hund.«

»Das ist mir schon klar, aber ich denke bis zum Sommer werden wir bestimmt was gefunden haben, oder?«

»Kann Tom den Hund nicht mit zu seinem Vater nehmen? Er gehört doch deinen Kindern, oder nicht?«

»Eigentlich gehört Sally hauptsächlich den Kindern. Aber sie ist auch ein Familienmitglied. Ich habe immer für sie gesorgt und sie hat mir viel zurückgegeben. Bei Lenhardt wird sie nur notgedrungen geduldet sein. Wer weiß was aus ihr wird, wenn Tom dort mal wegzieht.«

»Na gut, Hauptsache du kommst so schnell wie möglich her.«

Eigentlich will ich sie nicht hergeben und damit basta! Du klingst gerade nach großem Bedarf an Erotik und Zärtlichkeit. Sie lächelte in die Sterne: »Eigentlich habe ich dir ja schon erklärt, wie ich das mit dem Lieben sehe, Oliver. Ich habe für das Tier irgendwann einmal die Verantwortung übernommen und liebe es sehr. Mit der Liebe zu dir ist das natürlich überhaupt nicht zu vergleichen. Aber wenn du mich lieb hast, verstehst du auch, dass ich mich nicht von allem lossagen kann …« *Ich kriege dein Herz schon weich.*

»Ich freue mich sehr auf unsere Zukunft. Du wirst sehen, dein Leben wird mit mir zusammen viel leichter werden. Ich werde dir in allem was du brauchst zur Seite stehen.«

»Das hast du lieb gesagt. Es ist jetzt also abgemacht?«

»Ja, ab morgen geht's los. Ich schicke dir mal die Angebote, die in Frage kommen. Einen Heiratstermin haben sie im Bezirk leider erst im August frei, aber es ist ja auch ein Vorteil, wenn der Umzugsstress dann hinter uns liegt.«

»Ja, das finde ich gut. Ich komme für Besichtigungen gerne nach Berlin. Ich liebe dich!«

»Ich lieb dich auch. Pass solange gut auf dich und deine Familie auf. Ich beeile mich, so gut es geht.«

Erleichtert und mit viel Hoffnung im Herzen ging sie mit Sally durch die Nacht nachhause.

*

Tom schlenderte betont lässig durch Lautertals Stadtpark, dem Treffpunkt seiner Antifa Gruppe entgegen. Seine taillenlangen, blonden Haare hatte er mit einem Gummi nach hinten gebunden. Das schwarze, abgetragene T-Shirt mit dem großen, kantigen Namenszug Iron Maiden und unzählige Festivalarmbänder an seinen sehnigen Unterarmen gaben ihm ein betont lässiges Aussehen. Die schwarze Jeans hing tief in der Kniebeuge und wurde durch einem schweren Nietengürtel vor dem endgültigen Abrutschen gerettet. Eine Kette am Gürtel sicherte seine Geldbörse in einer ausgebeulten Hosentasche.

Jetzt beschleunigte er seine Schritte, weil er seine Freunde Schubert und List entdeckte, die von der anderen Seite des Parks den Treffpunkt ansteuerten. Schubert teilte mit seiner von Aufnähern übersäten Kutte und seiner schwarzen Matte eindeutig Toms Heavy Metal Vorliebe. Die beiden gingen gemeinsam auf jedes Konzert, das angesagt war.

»Hi Tom, was geht?«, grüßte Schubert und Tom nickte freundlich: »Alles klar, soweit.« Er wandte sich zu List, der seiner anderen Musikrichtung durch einen blaugefärbten Irokesenschnitt und gewaltige Stachelarmbänder an Hals und Handgelenken Ausdruck verlieh. Auch wenn dieser Kumpel äußerlich zu den Punks gehörte, da war kaum etwas von »no future« zu bemerken. List war ein kluger, besonnener Kopf und unbedingt zuverlässig. »Na was geht, alter Kumpel?«

Tom fühlte sich heute innerlich nicht so richtig cool wie sonst. Wie seine Freunde wohl reagieren würden, wenn er sie um Hilfe bat? Ist ja ganz schön viel verlangt ... Aber so kann's einfach nicht weiter gehen. Wozu sind gute Freunde da? Und die beiden sind echte Kumpels, auf die ich mich verlassen kann!

List strahlte Tom gut gelaunt an. »Geht grad alles ziemlich easy! Naja hat es sich überlegt. Sie geht jetzt mit mir!«

»Echt, is ja geil! Kommt sie auch?«

»Ja, müsste gleich von der Schule kommen.«

Schubert begann sich eine Zigarette zu drehen, während er berichtete: »Karo und Karl können nicht. Haben irgendwas mit Karos Eltern, was sie nicht absagen können.«

»Haste mal eine für mich?« Tom nahm ein Tabakpäckchen entgegen und begann sich auch eine Zigarette zu drehen.

»Fehlt noch Zacko, was ist mit dem?«

Noch während Tom fragte, bemerkte er Zackos Schäferhundmischling und Sally, die als Vorhut ihren Begleitern durch den Park vorantobten. Die beiden Hunde sprangen bei ihrer Ankunft sofort begeistert an den Jungs hoch, die sie freundlich durchrubbelten und kraulten. Dann leuchtete der rote Irokesenschnitt von Zacko in der Sonne und die Spiegelgläser seiner Sonnenbrille reflektierten das erste Frühlingslicht als wäre es schon heißester Hochsommer. Bianca neben ihm war noch in Schulkleidung und wirkte für ihre Verhältnisse in Jeans und Pullover ziemlich brav angezogen.

»Deine kleine Schwester?« Schubert sah Tom verwundert an. »Dachte du wolltest wenigstens die Antifa-Treffen ohne ihre ständige Begleitung machen.«

»Ja stimmt, aber heute ist eine Ausnahme …« Tom zündete sich die Zigarette an und blies einen Rauchring, der seine leichte Verlegenheit überspielen sollte.

»Mir macht es nichts aus, finde Bianca echt appetitlich!« Schubert musterte grinsend ihre wohlgeformten Rundungen.

»Aber du hast doch was, rück mal langsam rüber, mit deinem Problem!« Die Jungs wurden jetzt aber von Najas Auftritt abgelenkt. Sie lief cool lächelnd in vollem Punkoutfit auf und war sich ihrer Wirkung voll bewusst. Schwarze Seidenstrumpfhosen mit Löchern, die, delikat bis tief unter dem knappen karierten Kilt, die Blicke der Jungs einfingen. Darüber ein übergroßer Sweater mit Kapuze, die ihren halb rasierten Kopf bedeckte. Von der anderen Kopfhälfte fielen lange, blaue Strähnen in ihr stark geschminktes Gesicht. Hals, Nase, Ohren, Lippen und Zunge waren mit unzähligen Ketten und Piercings behängt.

Sie steuerte strikt auf List zu, küsste ihn voll und lange auf den Mund und zog ihn dabei sehr besitzergreifend an sich. Die beiden verloren sich in einem tiefen Zungenkuss und List fasste ihr dabei zärtlich zwischen die Beine.

Nun hatten auch Zacko und Bianca die Gruppe erreicht.

»Wow, hier geht's ja ab!« Zacko gesellte sich zu den Zuschauern, die der ausgiebigen Begrüßung neugierige Aufmerksamkeit schenkten. »Geile Show, da bleibt nichts unklar!« Zackos Blicke folgten interessiert den Handgriffen von List.

Bianca hingegen beachtete die Show wenig. Das konnte sie auch, aber es musste nicht jeder dabei zusehen. Sie kraulte weiter die Hunde und beobachtete ihren Bruder. »Alles klar bei dir?«

Tom nickte unmerklich. »Habe gewartet bis du auch da bist …«

Die Begrüßung von Naja und List hätte heute das Gesprächsthema Nr.1 werden können, aber er wollte sein Problem loswerden. Als wäre die öffentliche Intimshow das normalste der Welt, wandte er sich an die Gruppe.

»Ey Leute, Bianca und ich müssen euch was Wichtiges erzählen. Ist echt ,ne heftige Story. Knutschen könnt ihr nachher noch!«

»Na, dann erzähl mal.« Schubert wandte sich als erster an seinen Freund und List schob Naja etwas weiter von sich weg, um sich konzentrieren zu können. Sie versuchte sofort spielerisch dagegen anzugehen.

»Unser Vermieter hat Bianca mit Mord gedroht …«, begann Tom.
»Hatte er mal wieder nen schlechten Tag erwischt«, machte Zacko sich über Toms etwas unbeholfenen Anfang lustig.

»Ey, das war echt nicht lustig!«, fuhr Bianca ihren Begleiter an.

»Stell dir mal vor, es geht dir scheiße weil du krank bist und du fährst aus der Schule früher heim und legst dich ins Bett. Dann stellt sich so ein perverses Schwein unter das Fenster und schreit: Bring dich doch endlich um, soll ich mit der Heckenschere nachhelfen!«

Für einen Augenblick war es still und alle schauten betroffen Bianca an. Die starrte immer noch sauer auf Zacko.

»Ich meine der hatte in echt die elektrische Heckenschere dabei, keine Plastikschere zum Basteln! Kapierst du das? Und wo mein Zimmerfenster ist weißt du ja wohl auch. Also, wie findest du das?«

»Was haste da gemacht?« Schubert sah Bianca mitfühlend an.

»Erst war ich vor Schreck wie gelähmt. Dann hab ich die Außenjalousien runtergeknallt. Aber das Arschloch ist zur Wohnungstür gekommen und hat voll dagegen getreten. Er hat immer wieder gebrüllt, dass er mich umbringen will. Er schrie immer wieder, dass er mich mit der Heckenschere in kleine rote Stücke schneiden will. Ich hatte voll die Panik, dass er die Tür eintritt!

»Das ist ja die absolute Härte …« Schubert verengte die Augen und es lag ein gefährliches Funkeln in seinem Blick. Auch Zacko tat es jetzt sichtbar leid, dass er Bianca nicht gleich ernst genommen hatte.

»So geht niemand mit dir um! Aber erzähl erstmal weiter. Was hast gemacht?«

»Was schon? Hab die 112 angerufen! Sind gerade noch rechtzeitig gekommen, ehe die Tür ganz nachgegeben hat. Hätte nie gedacht, dass mich der Anblick von Bullen mal so erleichtert!«

Tom drehte sich zufrieden eine zweite Zigarette und beobachtete Bianca, die gerade mit Händen und Füßen erzählte wie der junge Polizist mit der Pistole durch den Garten schlich. Er dachte: Muss man ihr lassen, sie erzählt erste Sahne, echt schauspielreif. Ahmt den alten Knacker und die Bullen nach und alle hängen an ihren Lippen, sogar die arrogante Naja.

»Verdammte Hacke, das ist echt 'n starkes Stück!« Zacko zog zum ersten Mal an diesem Nachmittag seine Spielglasbrille ab und sah Bianca nun in einem ganz neuen Licht. »War echt mutig von dir, so zu reagieren!«

»Weiß nicht was ich machen würde, wenn mir sowas passieren würde …« Naja verdrehte die Augen und schmiegte sich demonstrativ bedürftig in die starken Arme von List.

Tom ließ seine Freunde die Sache erstmal kurz verdauen. Die sind alle total angepisst. Da brauch ich nicht lange um Hilfe zu betteln. »Bianca muss dringend beschützt werden, wenn sie nach Hause geht«, fing er an. »Ich schaff das einfach nicht alleine. Hab ja auch noch `nen Job, Schule, Sport, Antifa und so.«

»Wie soll das gehen? Wir können doch nicht ewig auf sie aufpassen. Wir sind doch keine Bodyguards.« Najas patzige Bemerkung bestätigte Tom, dass er diese Frau wohl nie mögen würde.

Auch Bianca funkelte sie jetzt böse an und Tom ahnte, was sie dachte: Wenn du blöde Ziege mal nicht im Mittelpunkt stehst … Er war froh, dass Bianca jetzt so klug war und nichts sagte. Sie war für Naja zu viel weibliche Konkurrenz und sowieso eindeutig die hübschere. Aber ein Zickenkrieg war jetzt nicht das, was er gebrauchen konnte.

»Na, macht mal halblang«, beschwichtigte List, der Naja immer noch in seinen Armen hielt. Dann wandte er sich an Tom.

»Das soll ja nicht für ewig sein, oder? Wir sorgen jetzt erstmal in den nächsten Wochen dafür, dass sie sicher von der Schule nachhause kommt. Das wird ja wohl unter Freunden zu schaffen sein.«

Super, dachte Tom, das ist List, mein Kumpel, der behält seine Unabhängigkeit und voll den Durchblick. Er grinste List dankbar an.

Schubert war auch ganz bei der Sache. »Okay Tom, mir scheint auf diesen Bourgeois und Ausbeuter muss man mal ein besonders genaues Auge werfen. Sowas darf nicht noch mal passieren.«

Er legte kurz, versuchsweise, einen Arm um Bianca. »Außerdem besorge ich dir erstmal ein Antimännerspray …«

Tom nahm einen tiefen Zug Nikotin. Wie viele meiner Kumpels hat Bianca jetzt schon heiß gemacht? Kann man nicht mal einen Kumpel für sich allein haben?

»Wenn du Pfefferspray meinst, hab ich schon für sie erledigt.«

Er sah seinen Freund warnend an: Denke nicht mal dran! Sie ist erst fünfzehn!

»Außerdem«-; Zacko überlegte, »außerdem …«

»Was ist mit außerdem?« Tom war jetzt sehr misstrauisch. Was geht jetzt ab, in Zackos weicher Birne? Kommt jetzt die Frage, die ich befürchtet habe?

Zacko reagierte ähnlich wie Tom gedacht hatte, aber doch auch anders:»Damit das Ganze auch was mit der Antifa zu tun hat, sollten wir dem Arsch mal zeigen wo die Latte hängt! Ich mein wegen Mieterausbeutung und Kapitalistenschwein und so ...«
»Wie stellst du dir das vor?« Tom gab sich Mühe interessiert zu wirken. Besser nicht gleich `ne politische Aktion abblasen. Viel hatte der Personenschutz für Bianca mit der Antifa ja wirklich nicht zu tun.
»Wir könnten ihm alle seine Schlösser, mit Sekundenkleber füllen. Haustür, Gartentür, Autotüren, Briefkasten und so. Hab ich mal bei nem Nachbarn gemacht, der meinen Hund nicht mochte ... Ich sag dir, da kam Freude auf!« Zacko drehte verspielt an einem seiner Nietenarmbänder.
»Was haltet ihr von Farbeiern. Farbeier machen trübe Hausfassaden zu einem echten Erlebnis. Wir können von dem kleinen Park gegenüber ganz unbemerkt zielen.« Offensichtlich war Naja jetzt ganz in ihrem Element. Rache war echt viel lustiger, als Bianca so viel Aufmerksamkeit zu schenken.
»Sprayen find ich geiler!«, fiel Zacko begeistert ein.
»Wir könnten seine geliebte Gartenhecke, hinter der er sich immer versteckt, mit Streusalz gießen. Da wird er so schnell keine Deckung mehr haben, für sein ekliges Stalking!« Bianca war anzusehen, dass ihr solche Ideen wesentlich besser gefielen, als der Begleitschutz, der für sie organisiert wurde.
»Damit er noch gefährlicher wird, du spinnst doch!« Tom schaute ärgerlich auf seine Schwester. Ist schon beschissen genug, dass ich dich ständig auf der Pelle habe.
»Haste Panik?« Zacko schaute Tom kritisch an.
Auch das noch, das musste ja jetzt von dem kommen. Tom war jetzt voll sauer.»Du weißt genau, dass ich keinen Schiss habe, vor Niemand! Aber das hier ist doch keine politische Aktion! Du hast ja keinen Schimmer, was der Alte sich so alles einfallen lässt, um meine Mutter und uns aus der Wohnung zu kriegen. Man hat keinen Moment mehr richtig Zeit zum Chillen! Außerdem wird meine Mutter das auch nicht wollen.«
»Tom hat Recht!« Schubert sprach jetzt ein Machtwort.»Deine Mutter ist echt schwer in Ordnung. Voll gastfreundlich und so. Wenn ihr wirklich euren Spaß wollt, könnt ihr mit der Rache ja warten, bis sie ausgezogen sind. So lange werden wir uns nur blicken lassen und ihm klar machen, dass er unter Beobachtung steht. Er wird mit Sicherheit

keinen Bock auf eine Schlägerei mit mir haben. « Er betrachtete zufrieden seine großen Fäuste.

»Okay, danach habt ihr grünes Licht, egal was ihr machen wollt.«
Tom war erleichtert, als er sah, dass die Anderen zufriedene Gesichter machten. Erstmal werden sie mich unterstützen. Und was dann kommt, wird man sehen. Wahrscheinlich ist dann schon wieder was ganz anderes angesagt.

Zacko musste unbedingt seinen Vorschlägen nochmal das nötige Gewicht geben: »Ja, dann gehen wir zu ner Aktion über, die ihm mal beibiegt, wie man mit Mietern vernünftig umgeht. Aber das muss ganz im Geheimen passieren. Schließlich sieht er uns ab jetzt oft genug!«

Tom grinste. Jeder wusste, dass Zacko konspirative Treffen liebte, am liebsten nachts bei Neumond.

»Von mir aus könnt ihr Chaoten machen was ihr wollt, wenn ich da nicht mehr wohne.«

Er zog einen Zettel aus der Hosentasche und begann mit dem Zeitplan für den Begleitschutz.

»Bianca sagt an, wann sie von der Schule heimfährt, und wer sie dann begleiten kann, meldet sich einfach. Falls es nicht anders geht, muss sie bei einer Freundin oder bei meiner Mutter an der Arbeit warten.«

Die ersten zwei Wochen waren schnell durchgeplant und weitere Planungen verschob man auf das nächste Antifa-Treffen.

*

»Die da unten sind doch nur eingezogen, weil Sabine sich so schrecklich in den Köter verliebt hatte und du hast dieses scheußliche Vieh nur wegen ihr geduldet.«

Die Stimme des Dämons heizte seinen Arbeitseifer an, während er eine Mischung alter Tabletten von der Chemotherapie seiner Frau aus den Gelatinehüllen pulte und das Pulver in einen Topf mit Hackfleisch streute.

»In Wahrheit hasse ich Hunde. Sie machen mir Angst. Sabine hat mich deswegen immer nur ausgelacht …«

»Und vor diesem Miststück bist du in deinem eigenen Haus nicht sicher, es greift dich an und macht dich lächerlich. Das kannst du doch nicht zulassen!«

»Dabei haben wir das Vieh verwöhnt und verhätschelt, als wäre er

134

Sabines Kind. Nur die besten Sachen hat sie für den Köter gekauft und ständig hat sie ihn in die Wohnung geholt, weil die da unten sich nicht gekümmert haben.«

»Vielleicht mochte sie den Hund auch mehr als dich! Wie sagte sie immer? Komm zu Mama, Sally, sei ein liebes Kindchen.«

»Wie habe ich das gehasst! Aber ich musste ja froh sein, dass sie sich überhaupt noch um mich gekümmert hat. Nach allem was sie von mir wusste ...«

Er legte seinen ganzen Hass in die Rührbewegung und gab weiteres Tablettenpulver hinzu. »Ja das wird dir gut tun, du verdammter Köter«, flüsterte er böse vor sich hin.

Der Dämon machte weitere Vorschläge. »Noch besser wären Glasscherben, wie dein Alter es mit dem Hund deiner Mutter gemacht hat. Die würden dem Mistvieh den Darm zerreißen. Das würde viel schneller gehen!«

»Ist mir zu riskant. Meine Mutter konnte da hinten im Wald nicht zum Tierarzt rennen, aber hier kann so einer alles rausfinden. Ich mache das lieber langsam und schleichend. Jeden Tag ein bisschen, bis das Vieh wie von alleine umfällt.«

Er rollte aus dem Hackfleisch kleine Bällchen und legte sie ordentlich in Reihe auf ein Holzbrett. Die können ruhig ein bisschen gammlig werden, das schmeckt Hunden besonders gut. Er betrachtete zufrieden sein Werk. »Geschah Mutter damals ganz recht. Sie hat ihren blöden Köter damals auch mehr geliebt als mich.«

»Aber dein Alter, mit der eigenen Tochter ... Das war eine viel schlimmere Sünde!«

»Ach hör doch endlich auf mit den alte Geschichten! Die sind alle schon lange tot und schmoren in der Hölle. Da wo sie hingehören! Jetzt sorge ich dafür, dass ich noch ein paar schöne Jahre für mich habe und zahle es dem Hallunkenpack da unten heim!«

»Recht so!«

Er ging von einem Fenster zu anderen und beobachtete genau die Straße und die Nachbarhäuser. Alles schien an diesem Vormittag ruhig. Die Post war durch, keine Nachbarin lüftete ihren Busen an irgendeinem Fenster, nirgendwo neugierige Blicke hinter weißen Gardinen, niemand, der seine Wäsche im Garten aufhängte, Unkraut rupfte oder die Straße kehrte. Zufrieden steckte er seinen Wohnungsschlüssel ein, nahm das Tablett und verließ seine Wohnung. Gleich, wenn die Kinder heimkommen, lassen sie den Köter doch wieder in den Garten, obwohl ich's verboten habe. Wie immer zu faul, um mit dem Vieh spazieren zu gehen.

Bevor er die Treppe hinabsteigen wollte, hörte er plötzlich ein Klappern. Da war jetzt doch jemand! Er stellte das Tablett ab und ging hinunter. In den Briefkästen lagen neue Reklamezettel. Er stieg nochmals in seine Wohnung hinauf und beobachtete genau die Umgebung. Der Junge mit den Zetteln kam aus dem Hauseingang nebenan und ging zum nächsten Haus. Er sah auf die Uhr. Jetzt muss ich mich aber beeilen. Bald kommen diese frechen Blagen von der Schule.

Im Garten legte er nicht weit vom Hauseingang entfernt ein Hackfleischbällchen unter einen Blumenkübel.

»Ist das nicht zu nahe? Die Gören sollen doch nicht sehen wie das Vieh das frisst!«

Er legte den Köder unter einen anderen Blumenkübel, der etwas weiter weg stand. So ist es besser ...

Ein weiteres legte er zwischen die ersten beiden Mülltonnen unter Roxanes Schlafzimmerfenster und ein drittes zwischen die ersten Tulpen, die im Rasen blühten. Dann eilte er zum Haus zurück und brachte das Tablett hinauf in seine Wohnung. Das mache ich jetzt täglich, bis das Vieh verreckt ist! Zufrieden legte er ein Handtuch über die restlichen Fleischbällchen.

»Gut gemacht!«, lobte sein Dämon ihn.

Wenig später sah er vom obersten Stock aus zu wie Tom, Bianca und ein anderer, langhaariger Jugendlicher vom Bahnhof die Straße hinunterliefen. Sie unterhielten sich laut und lachten, während sie das Grundstück betraten. Als sie die Wohnungstüre öffneten, hörte er den Hund aufgeregt winseln und bellen. Der Köter rannte sofort in den Garten, um sich zu erleichtern.

»Das soll sie aber nicht!«, hörte er die ängstliche Stimme des Mädchens.

»Ach lass sie doch, euer Scheißvermieter soll sich mal nicht so haben.«

Der Langhaarige drückte seine Zigarette auf der frisch gefegten Haustreppe aus.

»Verdammtes Pack! Die Haustür lassen sie auch wieder offen. Das Vieh läuft da jetzt alleine rum. Na wartet, ihr werdet schon sehen was ihr davon habt!«

*

Sally kam herein und leckte sich genüsslich die Schnauze. Dann scharwenzelte sie um die Kids herum und legte sich schließlich, nachdem sie einige Streicheleinheiten bekommen hatte, zufrieden in ihr Körbchen. »Noch keinen Hunger?« Bianca stellte einen vollen Futternapf mit Trockenfutter und frisches Wasser auf den Boden und sah sie fragend an. Sie legte den Kopf auf ihre Pfoten und blickte treuherzig zu ihr auf. »Trockenfutter ist nicht so dein Ding, ich weiß. Du wirst sehen, Hunger treibt's irgendwann rein.« Bianca ging in Toms Zimmer und setzte sich zu den Jungs, um am Computer zu spielen.

*

Immer noch wütend und entrüstet trat Krätzner von seinem Lauschposten zurück und öffnete eine Dose Ravioli. Ohne die Dose zu erwärmen setzte er sich mit dem Essen vor seinen Computer.
»Du musst wegen der Strafanzeige eine Stellungnahme schreiben, haben die bei der Polizei gesagt. Das können sie haben! Aber wenn schon, dann richtig! Wir werden denen jetzt mal ganz brühwarm berichten was hier Sache ist, in dieser feinen Familie!«
Er begann zu schreiben:

Polizeipräsidium Wasserstadt
An den Herrn Polizeipräsident
Storchenstraße 213
62358 Wasserstadt   Lautertal, 27. März 2007

Betreff: Beschwerde über das Verhalten von Untergebenen der Polizeidirektion Lautertal, Vorfall am 24. 03. 2007.

Sehr geehrter Herr Polizeipräsident Nickel,

Am 24. 03. 2007 drehte Bianca Teichert, die Tochter der gekündigten Mieterin Teichert, wohnhaft im Erdgeschoss der Leninstraße 711, Lautertal, durch, weil ich mich mit mir selbst unterhielt.
Das tue ich öfters, denn ich bewohne nach dem Tod meiner Frau allein die zweite Wohnung des Hauses und es ist schließlich nicht verboten sich mit sich selbst zu unterhalten!
Weil die Mieterin mich seit Jahren ständig terrorisiert hat, habe ich

ihr gekündigt. Sie hat im Beisein Ihrer Beamten bereits zugestimmt das sie ausziehen will, dann aber wieder alles dementiert. Nun läuft eine Räumungsklage gegen sie. Leider verschärft sich der Terror durch drastische Mietkürzungen durch ihren geistesgestörten Anwalt und durch ihr ständiges Spionieren in meinem Haus. Mittlerweile laufen sechs Klagen, die sie alle verlieren wird und bezahlen muss. Weil das teuer wird und sie jetzt schon 14000€ Anwalts und Gerichtskosten zahlen muss, ist auch die Härte des Terrors der Mieterin zu verstehen. Sie zwingt ihre Kinder bewusst zu Falschaussagen, um zu gewinnen.

Gott sei Dank hat die Mieterin eingestanden, dass sie an schwersten Persönlichkeitsstörungen leidet, die seit Jahren auf eine endogen schwere Psychose in Form einer Paranoia oder klimakterisch bedingter Schizophrenie hinauslaufen. Sie leidet unter Verfolgungswahn, Halluzinationen, Sexualstörungen, Realitätsverlust, Verlust der Wahrnehmung von Recht und Unrecht, Tobsuchtsanfällen, Tierquälerei, Hysterieanfällen, das alles führte zur plötzlichen, grundlosen Aufgabe ihrer Ehe und vielem mehr. Ihre Mutter bestätigt, sie war schon als Kind schwierig.

Um die Symptome fachmännisch festzustellen, ist im Rechtsstreit Krätzner gegen Teichert für Frau Teichert ein psychiatrisches Gutachten beantragt worden, auf das wir gerade warten, um die Klagen weiter zu bearbeiten.

Die Tochter ist ebenfalls durch die abrupte Trennung der Eltern im Jahr 2004 psychisch gestört. Das liegt am Verhalten der Mutter, die ihren neuen Lebensgefährten anschleppte und sofort ins Bett nahm. Seitdem hört man die Tochter immer wieder mit Selbstmord drohen. Die Mutter unternimmt natürlich nichts dagegen und will ihre Tochter loswerden, indem sie versucht das noch nicht mal volljährige Kind an einen Mann zu verkuppeln.

Hinzuzufügen ist, dass Frau Teichert von ihrem Vater, Gymnasiallehrer, jahrelang sexuell missbraucht worden ist. Er beging 2004 Selbstmord durch Erhängen.

Aufgrund dieser Hintergründe wird deutlich, dass die psychisch kranke Tochter Bianca die Situation am 24. 03. 2007 vollkommen falsch einschätzte und unnötig und fälschlich den Notruf der Polizei tätigte.

Es kamen zwei Untergebene Ihrer Streife, die sofort frech wurden und mir mit einer Waffe drohten, als sie mir in die Innenstadt von Lautertal gefolgt waren. Dort ging ich einkaufen, wie immer um diese Zeit. Zeugin ist die Bäckerin, die mich täglich bedient.

Die Beschwerde, um die es aus meiner Sicht hauptsächlich geht, ist das rüpelhafte Verhalten Ihrer Untergebenen, die mir die Einfahrt zuparkten, sodass ich Termine, die später anstanden, nicht wahrnehmen konnte. Dies erfüllt den Strafbestand der Nötigung und war durch den völlig sinnlosen Einsatz nicht zu rechtfertigen.

Man muss heute vorsichtig sein, wenn man die Polizei im Hause hat. Die Ereignisse in Eichelhausen, wo Ihre Beamten unbescholtene Bürger verprügelten, stecken trotz der Persilwaschanlage der Staatsanwaltschaft noch in den Gliedern der Bürger. Ich habe sehr höflich darum gebeten, den Wagen aus der Einfahrt zu fahren und auf einen freien Parkplatz zu stellen und musste mir ungeheure Frechheiten und Aggressionen anhören. Als ich daraufhin auf der Wache anrief, drohte mir die Wachhabende mit an Hysterie grenzender Stimme mit Strafanzeige wegen Notrufmissbrauch. Ich verlangte den Dienstellenleiter der Polizeistation zu sprechen. Sie verband mich weiter, die Musik dudelte vom Band, statt einer menschlichen Stimme meldete sich plötzlich das Besetztzeichen. Das war die freundliche Reaktion auf mein Bürgerbegehren!

Weitere Beschwerde betrifft Herrn Knut, den älteren Beamten der Streife, die mich fälschlicherweise verdächtigt hat, dem Mädchen zu drohen. Er teilte mir später am Telefon mit, dass die Mieterin Teichert Strafanzeige gegen mich gestellt hat. Ich solle zurückrufen. Als ich es tat, war er natürlich schon weg. Als ich heute anrief, teilte er mir mit, dass die Mieterin Teichert mich angezeigt hätte. Als ich dies korrigierte, denn noch bin ich der Hausbesitzer, Frau Teichert bewohnt mit ihren unmöglichen Kindern nur eine Wohnung meines Zweifamilienhauses, tat er das als belanglos ab. Ich bin da anderer Meinung, denn es zeigt, dass die Anzeigerin eine hemmungslose Lügnerin ist, was auf die ganze Anzeige ein negatives Licht wirft. Daraufhin wollte Herr Knut mich telefonisch zur Aussage nötigen, was ich zurückwies. Er fragte: »Haben Sie ihr gedroht oder nicht?«

Ich bat ihn um eine schriftliche Vorladung, wie es sich gebührt. Daraufhin wurde er patzig und erklärte, ich solle mir besser schon mal einen Rechtsanwalt nehmen. Lächerlicher kann man nicht argumentieren. Ihre Beamten zeigen gering entwickelte intellektuelle Fähigkeiten, besonders Herr Knut. Wie soll ich am Telefon einen Anwalt hinzuziehen? Außerdem kann jeder Bürger eine rechtliche Prüfung auch ohne Anwalt vornehmen. Man erkennt bei den Beamten der Stadt Lautertal eingleisiges Schablonendenken und große Dummheit, die meinem sehr stark ausgeprägten Intellekt in keiner Weise gerecht werden. Immerhin bin ich höchstbegabt und verfüge über einen weit über dem Durchschnitt liegenden Intelligenzquotienten, was ein psychiatrisches Gutachten belegt.

Die Einfältigkeit Ihrer Beamten und die freche Unterstellung von Straftaten gegen ein Kind sind eine Beleidigung für meine Intelligenz.

Ich zeige diese Punkte auf, damit sich solche sinnlosen hässlichen Szenen in Zukunft nicht mehr ereignen und hoffe wenigstens auf Ihre Intelligenz.

Mit freundlichen Grüßen
Eugen Krätzner

April

Auf dem Heimweg von der Arbeit genoss Roxanne die letzten Sonnenstrahlen. Sie bereitete gerade für ein Krankenhaus in Tansania einen umfangreichen Finanzierungsantrag vor. Trotz der vielen Arbeit hatte sie die ersten zwei Wochen des neuen Monats als angenehm ruhig empfunden.

Die Tage werden wieder länger, der Frühling steht in voller Blüte und Krätzner ist fast unsichtbar. Nur morgens beobachtet er mich, das kann ich spüren. Anscheinend hat er Angst vor Toms Freunden, die es sich hier ganz schön gemütlich gemacht haben. Die wirken ja auch ganz schön einschüchternd in ihren schweren Heavy Metal-Kutten oder Punk-Aufzügen. Dabei sind sie ganz harmlos und richtig nett zu mir. Harte Schale, weicher Kern … Mehr Kosten und Unordnung sollen mir Recht sein, Hauptsache der alte Spinner traut sich nicht, uns Ärger zu machen.

Jetzt muss ich aber schnell zu dem Anwaltstermin. Hoffentlich muss ich nicht so lange warten. Mal sehen, was der mir zu den laufenden Verfahren berichtet. Sie parkte vor der Kanzlei und betrat die Eingangshalle. Frau Werner bat sie ins Wartezimmer. Als sie dort saß musste sie an Sally denken.

Sie frisst nichts, schläft fast nur noch und mag ganz oft noch nicht mal mit zum Joggen kommen. Was ist nur los mit ihr? Die Kids wissen es auch nicht. Bianca sagt, mittags geht sie kurz mit ihr raus und wenn sie ihr dann frisches Futter hinstellt nimmt sie es nicht an … Der Tierarzt hat gestern gesagt, sie sei nicht ungewöhnlich abgemagert und er kann nichts an ihr finden. Aber ich spüre doch, dass irgendwas mit ihr nicht stimmt!

Nun öffnete sich die Bürotür und Wolfert verabschiedete einen älteren Herrn. Er steckte den Kopf ins Wartezimmer.

»Schönen guten Tag, gehen Sie doch bitte gleich in mein Büro. Ich bin gleich bei Ihnen. Möchten sie auch einen Kaffee?« Wie immer wirkte er geschäftig und freundlich.

Roxane nahm vor dem schweren alten Schreibtisch Platz, der den ganzen Raum beherrschte und mit Papier überladen war. Sie lächelte. *Kreatives Chaos nennt man sowas. Sieht bei mir gerade ähnlich aus. Ich fühle mich hier schon richtig zuhause.*

»Was gibt es Neues?« Herr Wolfert trug zwei Kaffeetassen ins Büro und kickte mit dem Hacken gekonnt die Türe hinter sich zu.

»Krätzner hat meiner Tochter mit Mord gedroht.«

»Das ist jetzt Spaß, oder?« Der Kaffee in den Tassen drohte überzuschwappen und er balancierte das Tablett schnell auf den Schreibtisch.

»Nein, Sie haben völlig richtig verstanden.« Roxane berichtete ausführlich, was vorgefallen war.

»Jetzt werden sie mich sicher verstehen wenn ich Ihnen offiziell mitteile, ich räume das Feld und ziehe zu meinem Freund nach Berlin.«

»Sie wollen aufgeben?«

»Herr Wolfert, das hier ist kein sportlicher Wettkampf, es geht um meine Kinder! Dieser Mensch ist psychisch krank, gefährlich und voller Hass. Ich kann es nicht länger verantworten meine Kinder dieser Gefahr auszusetzen. Was soll denn noch alles passieren?«

Nach einer Pause, in der sie sah, wie es in seinem Kopf arbeitete, meinte er: »Völlig verständlich, Sie haben vollkommen Recht und ich respektiere Ihre Verantwortung als Mutter total. Nur sollten wir ihn nicht so einfach davon kommen lassen. Strafe muss sein. Sie haben doch schon bezahlt. Bleiben Sie jetzt doch wenigstens bei den Gerichtsverfahren die Sie angestoßen haben bei der Stange.«

»Ist das denn nötig? Sehen Sie, ich denke, jeder Mensch bekommt irgendwann die Quittung für das was er getan hat, das ist ein Naturprinzip. Es passiert zwar nicht immer sofort und eins zu eins, aber irgendwann dann doch.«

»Ja, ja das hat schon Buddha vor mehr als 2000 Jahren philosophiert. Aber ich finde das weltfremd. So läuft es im Leben nicht! Leute wie Krätzner erkennen den Zusammenhang von ihrem Verhalten als Arschloch auch gar nicht und geben nur wieder anderen die Schuld. Wenn wir jetzt alle Verfahren einstellen, verlieren Sie nur Geld.«

»Eigentlich verliert doch nur die Rechtsschutzversicherung, oder?«

»Die verliert auch nicht gerne Geld und ich weiß nicht, ob sie in einem solchen Fall alle restlichen Kosten übernimmt.«

Es entstand eine Pause, in der sie nachdachte.

Was ist jetzt Gerechtigkeit? Meine Kinder haben ein Recht auf Sicherheit und unbeschwerte Geborgenheit in ihrem Zuhause. Ich würde auch gerne das Ganze einfach loswerden. Besser heute als morgen! Aus, vorbei, Ende und ein unbeschwerter Neuanfang in Berlin. Aber ist das vielleicht nur eine vorübergehende Befindlichkeit? Sowas wie Harmoniesucht? Oder hat er es jetzt sogar geschafft, mich völlig einzuschüchtern und zu schwä-

chen? Wolfert hat ja Recht. Wenn ich jetzt flüchte und wegen ihm noch
Geld verliere, hat er mich komplett fertig gemacht.

Sie saß vor dem vollen Schreibtisch und dachte an den schweren alten
Tisch ihres Heilpraktikers, wo der kleine Engel, den Kopf nachdenklich
in die Hände gestützt, immer auf der Ecke saß. *Aduachiel, heißt so nicht*
mein Engel der Gerechtigkeit?
»Okay, sie haben Recht. Gerechtigkeit wäre es, wenn er die Prozesse
verliert, auch wenn ich da jetzt ganz schnell ausziehe. Machen Sie mir
Vorschläge!«
Wolfert reagierte sichtlich erfreut, indem er sie anstrahlte.
»Nun, da Sie sich entschieden haben wegzuziehen, kann ich schon
mal ganz anders verhandeln. Ich werde wegen der Räumungsklage gegen Sie alle Vorteile für einen Vergleich evaluieren. Soll er doch richtig
blechen, dafür dass sie dort flüchten müssen wie eine Kriegsvertriebene.
Die Prozesse wegen Beleidigung und Bedrohung können wir solange
weiter führen, wie es eben dauert. Das stehen wir durch bis Sie Recht
bekommen haben.
Im Moment habe ich da übrigens nicht so gute Nachrichten, aber es
ist alles noch im Bereich des Machbaren. Wir brauchen nur Geduld.«
»Was gibt es denn dabei Neues?« Sie war angespannt und hatte ein
unangenehmes Gefühl bei Wolferts Gesicht, das schon jetzt im Voraus
um Geduld zu bitten schien.
»Leider hat das Landgericht den Strafantrag, den Sie gestellt haben, abgelehnt. Es besteht kein öffentliches Interesse. Der Fall der Bedrohung wurde
wieder an das Amtsgericht Lautertal zurückgegeben. Wenn Sie es wünschen, können wir den Vorfall als Privatklage weiterverhandeln lassen.«
Sie war sofort sauer.
»Es besteht also beim Landesgericht kein öffentliches Interesse an
einem Irren, der ein junges Mädchen stalkt und mit Mord bedroht?
Sieht der Oberste Richter denn nicht, was da passiert? Können die sich
nicht an den Schmähbrief erinnern, den der Irre an dasselbe Gericht
geschickt hat? Da wiederholt er doch wieder alle peinlichen Beschuldigungen gegen mich und diffamiert mich aufs Schlimmste. Dieser zwölf
Seiten lange Brief reicht doch schon völlig aus, um zu bemerken wie
krank der Typ im Kopf ist!«
Es war Wolfert anzusehen, wie unangenehm ihm die Nachricht war.
»Ja, ich weiß schon, aber das Ganze war ja abzusehen. Bianca hat leider
keine Zeugen.«

»Aber, man könnte den Fall doch zumindest mal genauer untersuchen lassen! Vielleich einfach mal lesen was in den Briefen und in dem Protokoll steht. Kein öffentliches Interesse! Das ist schon ein starkes Stück!« Sie fühlte sich entrüstet, aber zugleich auch müde. *Darum wollte ich auch nicht mehr weiter machen. Diese Ignoranz, die man uns als Opfer entgegen bringt, ist wie eine zusätzliche Verletzung.* Über wen soll ich mich denn noch *alles ärgern und aufregen. Irgendwie verliert man das Interesse an diesem ganzen Theater und gibt resigniert auf.*

Wolfert erläuterte:»Die bei Gericht haben keine Lust auf komplizierte, psychologische Verfahren und wissen genau, wie schwer es ist, diesem vogelfreien Arschloch beizukommen. Da muss nur ein Psychiater sagen, der ist nicht gefährlich, und Schwups macht er weiter wie bisher!«

Er wirkte plötzlich noch ärgerlicher, als sich sie als Betroffene fühlte, und sie sollte auch gleich erfahren warum:

»Das Amtsgericht hat übrigens genau so wenig Lust auf unsere Klagen. Wahrscheinlich weil Krätzner die Richterin in seinem ausufernden Pamphlet ziemlich heftig wegen Befangenheit angegriffen hat. Und er hat nicht nur Unrecht ... Richtig dumm ist er ja nun nicht. Frau von Gandern hat einige Verfahrensfehler begangen, die das Ganze ziemlich ausufern lassen könnten. Ich vermute, das ist der Grund, warum sie die laufende Privatklage wegen Bedrohung an eine außergerichtliche Schiedsstelle der Stadt Lautertal weitergegeben haben. Sie sollen sich dort übrigens bei der Schiedsfrau melden. Hier ist die Vorladung.« Er reichte ein Schriftstück über den Schreibtisch.

Ihre Hände griffen widerwillig nach dem Papier.»Das ist doch die Höhe! Als wäre die Angriffe gegen mich und Bianca nur kleine nachbarschaftliche Bagatellen!«

In Wolferts Augen war volles Mitgefühl, während er fortfuhr:»Ich habe auch eine Tochter und verstehe ihren Ärger! Ich würde mich als Opfer auch von den öffentlichen Stellen verraten und verkauft fühlen. Darum habe ich bereits ohne Rücksprache mit Ihnen sofort dagegen Einspruch eingelegt. Diese Verzögerung ist nicht zumutbar für Sie und ihre Familie. Angesichts der wiederholt dokumentierten Verhaltensweisen kann hier doch nicht im Ernst von einer außergerichtlichen Einigungsmöglichkeit gesprochen werden. Aber es wurde leider abgelehnt. Ihre Notlage ist dem Gericht wohl weniger wichtig als der gute Ruf ihrer Richterin. Wie sonst kommt man auf die Idee, diese Bedrohungen ließen sich in einer Schiedsstelle schlichten!«

»Ja, und wir haben den Stress, die Angst und unglaublich viel Zeitaufwand. Vielen Dank auch!« *Am liebsten würde ich mein Okay zum Weitermachen jetzt ganz zurück nehmen. Ich hab's so satt …*

Anscheinend konnte Wolfert schon ein bisschen in ihren Gedanken lesen, als er erwiderte:»Frau Teichert, wenn Sie die Schlichtungstreffen bei der Schiedsstelle in Angriff nehmen, verspreche ich Ihnen, dass Sie mit den anderen Verfahren nicht mehr viel Arbeit haben. Sie müssen diese ekligen Pamphlete auch nicht mehr jedes Mal lesen. Das erledige ich alles für Sie!«

»Aber diese Schlichtung unter Nachbarn ist doch völliger Blödsinn. Das will Krätzner doch selber nicht, niemals!«

»Verstehen Sie doch, so eine Reaktion wäre doch nur gut für uns. Besser kann man doch gar nicht beweisen was für ein bösartiger Spinner er ist! Das Klageverfahren beim Amtsgericht läuft automatisch weiter, wenn das Schlichtungsverfahren scheitert. Wir brauchen nur Geduld!«

»Und meine Zeit? Meine Nerven, die Nerven meiner Kinder?« Sie schaute verärgert aus dem Fenster.

»Ich arbeite gerade an einem wichtigen Projekt und kann mir echt andere Zeitvertreibe vorstellen.« Dann gab sie sich einen Ruck und lenkte ein:»Na gut, ich werde mich bei der Schiedsstelle melden.«

Wolfert nickte zufrieden.»Ich verspreche Ihnen, Sie werden mir am Ende dankbar sein. Bitte kommen Sie in vier Wochen wieder vorbei. Bis dahin habe ich den Vergleichsvorschlag wegen der Räumungsklage fertig. Mein Rat, so lange: Bleiben Sie geduldig und rufen Sie mich zwischendurch an, falls es Neuigkeiten gibt. Ich bin jederzeit für Sie erreichbar.«

Sie zögerte kurz, dann ergriff sie seine über den Schreibtisch gereichte Hand. *Es ist alles ziemlich unbequem und nervig, aber tief in meinem Inneren sagt mir mein Engel, es ist richtig so, auch wenn von den Gerichten kaum wirklicher Schutz zu erwarten ist.*

*

Roxane gefiel das alte, Efeu überwachsene Forsthaus am Waldrand, weit entfernt von allem Lärm der Kleinstadt. Vor dem Eingang lag ein riesiger Deutscher Drahthaar im Moos und sonnte sich. Er wirkte schon etwas betagt mit seinen grau-weißen Schnauzhaaren. Sally fand ihn zu groß für eine Freundschaft und knurrte erstmal zur Sicherheit. Er erhob sich gelassen und schnüffelte interessiert an ihr herum. Während sie den Hunden etwas Zeit zum Annähern gab, öffnete sich die Haustür und die Schiedsfrau grüßte sie:»Herzlich willkommen, ich habe Sie schon erwartet. Nehmen Sie Ihren Hund besser mit rein. Bodo ist zu alt zum Spielen und wird unwirsch, wenn er sich zu sehr bedrängt fühlt.«

Sie betrachtete Sally lächelnd, die jetzt in kleinen, aufmunternden Hopsern den alten Hund aufforderte, mit ihr zu spielen. Ursula Schönefeld hatte dunkle Locken und ein freundliches, offenes Gesicht. Sie trug eine graue Trachtenjacke mit einem eleganten, grünen Lodenrock. *Ich mag sie ... Irgendwie fühle ich mich wohl in ihrer Gegenwart.* »Komm Sally!« Sie folgte der Forstfrau ins Haus. Im Wohnzimmer stand ein Tee auf einem Stövchen bereit. Sally legte sich brav an ihre Füße und die Frau schien erfreut, dass der Hund so gut gehorchte. »Kennen Sie meinen Auftrag?«

»Ja, mein Anwalt hat mich ins Bild gesetzt. Auch wenn ich nicht glaube, das dieses Schlichtungsverfahren irgendetwas bringen wird.«

»Warum nicht, wenn ich fragen darf?« Die Stimme von Frau Schönefeld klang jetzt etwas schärfer. Sie hatte noch keinen Tee angeboten und musterte sie kritisch.

Sie soll unparteiisch sein und ich liefere ihr hier gleich ein ziemlich pessimistisches Bild. Das ist ungeschickt von mir.

»Es tut mir leid, an mir soll es nicht liegen, wenn es um Frieden geht. Aber ich glaube einfach, Herr Krätzner wird in keinem Fall zustimmen. Er will mich unbedingt aus der Wohnung vertreiben und lässt sich voller Hass lauter böse Angriffe gegen uns einfallen. Wie kann er da eine Schlichtung wollen?«

Jetzt nahm Frau Schönefeld die Teekanne vom Stövchen.

»Warum will er Sie denn vertreiben? Was meinen Sie?«

Sie berichtete: Von Sabines Tod, von seinem Leid und seiner Einsamkeit, von seiner alten psychischen Krankheit, seinem Hass und seinem Stalken, von den Nachbarn, dem Sozialmedizinischen Dienst, von seinen Schmutzbriefen und seinen tätlichen Angriffen, von der Polizei, von der Anhörung bei Gericht ... Sorgfältig ging sie auf alle Zwischenfragen ein und lieferte ein umfassendes Bild. Die Stimmung im Raum hatte sich mit der Zeit immer mehr verändert. Am Ende ihres Berichts hätte sie am liebsten ihren Verzweiflungstränen freien Lauf gelassen.

Wie peinlich, jetzt habe ich hier richtig mein Herz ausgeschüttet, ich kenne sie doch kaum. Sie schaute auf ihre Uhr.

»Oh schon so spät, jetzt habe ich Ihre Zeit aber heftig in Anspruch genommen.« *Aber es hat auch gut getan mal alles los zu werden …*
Frau Schönefeld war im Gespräch immer freundlicher und warmherziger geworden.

»Das macht doch nichts, es ist ja meine Aufgabe, mir ein Bild zu machen. Ich habe auch Herrn Krätzner zu einem Vorgespräch eingeladen, aber er hat bisher nicht geantwortet.«

»Kennen Sie ihn eigentlich? Er lebt ja auch schon ewig in Lautertal.«

»Persönlich nicht, aber man hört so Einiges.«

Wahrscheinlich nichts Gutes. Aber ich spare mir erstmal alle Kommentare. Vielleicht kann sie ihm ja wirklich helfen. Zuhören kann sie auf alle Fälle ziemlich gut.

»Können Sie mir sagen wie es jetzt weiter geht? Verstehen Sie mich nicht falsch, aber meine Kinder und ich sind nicht sehr glücklich über die Verzögerung des Verfahrens. Er kann eigentlich jeden Tag wieder einen neuen Angriff auf uns starten. Wir müssen ständig auf der Hut sein …«

»Wenn Herr Krätzner sich bis nächsten Montag nicht für ein Vorgespräch gemeldet hat, lade ich Sie beide offiziell zu einem ersten Schlichtungsgespräch im Rathaus vor.«

»Was machen Sie, wenn er da auch nicht drauf reagiert?«

»Es gibt drei Versuche, wenn dann eine Schlichtung nicht möglich ist, geht der Fall zurück zum Amtsgericht.«

»Wie lange wird das dauern?«

»Zirka sechs Wochen, ich lade normaler Weise alle zwei Wochen vor.«

»Ich lasse Ihnen meine Mobilnummer da. Schriftliche Einladungen gehen bei uns zurzeit leicht verloren, weil Herr Krätzner gern meine Post untersucht. Ich habe deshalb ein Postfach eingerichtet, aber manchmal vergisst der Briefträger das und wirft trotzdem Post in unseren Briefkasten.«

»Das ist doch kein Zustand, so zu leben!«

»Genau, das meine ich. Ständig passiert etwas Neues. Er ist richtig besessen davon, sich neue Attentate einfallen zu lassen.«

»Sie müssen da unbedingt ausziehen! Es geht doch auch um Ihre Kinder!«

»Ich bin mir meiner Verantwortung als Mutter vollkommen bewusst. Aber wenn ich jetzt schon mit meinen Plänen rausrücke, könnten für mich Nachteile entstehen. Die Schlichtung und die Entscheidungen des

Amtsgerichts sollten davon nicht beeinflusst werden. Sollte es wirklich möglich sein, Frieden zu schließen, könnte es sein, dass ich an meinen Plänen noch etwas ändern möchte. Vieles entsteht ja ziemlich unter Druck ...«

»Ich verstehe, Sie können sich auf meine Diskretion verlassen. Sie hören in Kürze von mir.«

Als sie nachhause fuhr dachte sie: *Ich fühle mich nach dem Gespräch weniger allein gelassen, Es ist schön, dass Frau Schönefeld so intensiv Interesse für meine Probleme gezeigt hat. Somit hatte das hier wenigstens einen psychologischen Nutzen.*

Wenig später sah sie zu wie Tom und Bianca sich Nudeln und Bolognese auf den Teller luden. *Endlich treffen wir uns nach diesem anstrengenden Tag wenigstens alle mal wieder beim Essen. Ich werde die Gelegenheit wahrnehmen, um wichtige Neuigkeiten zu klären.*

»Ich habe da mal wieder so einen Vermieterbrief bekommen ....«

»Was will der denn jetzt schon wieder?« Tom klatschte einen dicken Löffel voll Soße auf seine Nudeln.

»Er will das Abwasserrohr in der Gästetoilette auswechseln.«

Bianca drehte sich mit der Gabel die erste Portion Spaghetti auf den Löffel und bemerkte: »Wirklich? Oder ist das wieder nur eine neue Finte?«

»Naja, ich kann nicht sagen, ob es wirklich nötig ist. Das Haus ist ja nicht mehr ganz neu und so... Instandsetzungsarbeiten sind rechtlich meistens okay, da kann man nichts gegen machen. Auf jeden Fall nehme ich mir einen Gleit-Tag und beaufsichtige die Wohnung. Diesmal werdet ihr da nicht mit reingezogen!«

»Wann kommen denn die Handwerker?« Tom schien trotz der beruhigenden Worte stark unter Strom zu stehen.

»Nächste Woche Mittwoch. Nachmittags habe ich noch einen Termin bei Frau Hahnstein, Gesprächstherapie. Aber bis dahin dürften die wohl fertig sein. Nun lasst euch aber von dem Thema nicht den Appetit verderben. Ich kriege das geregelt. Ihr habt da nichts weiter mit zu tun.«

»Geht auch nicht. Ich schreibe an dem Mittwoch Mathe!«

O ha! Es ist Tom anzusehen, dass er seine Ruhe braucht. Vor Matheprüfungen hat er immer viel Stress ...»Na, dann hast du ja noch ordentlich was vorzubereiten.«

Sie betrachtete ihre beiden Jugendlichen kritisch. *Sie rücken immer seltener mit Information über die Schule raus und hängen immer mehr mit ihrer Clique rum. Das ist zwar normal und weitaus besser als diese ständige Angst vor Krätzner, aber das Maß der Dinge ...*»Noch `ne Prüfung, die mir nicht bekannt ist?«

»Nee, nix im Augenblick ...« Bianca zog den Kopf ein. »Ab übernächste Woche geht's dann bei mir richtig los.«

Tom versuchte mit Lässigkeit zu beruhigen: »Was soll ich schon groß vorbereiten, man weiß ja eh nie was bei diesem Sack dran kommt ...«

Okay, jetzt werde ich unbequeme Mutter ... Sein jugendlicher Leichtsinn bringt ihm sonst folgenschwere Probleme: »Sicher wirst du dich vorbereiten. Da bestehe ich drauf! Du weißt ja hoffentlich was ihr durchgenommen habt. Da kannst du doch bestimmt ein paar Übungsaufgaben rechnen.«

»Ja, ja, bleib mal locker! Ich treffe mich nachher mit Schubert und List zum Lernen. List kann echt gut erklären.«

»Okay, dann lernt halt zusammen. Hauptsache es kommt auch was dabei rum!« *Ab einer bestimmten Stelle kann ich nur noch Vertrauen haben, auch wenn's manchmal schwer fällt. Wer weiß schon, was die drei dann wirklich so machen ...*

*

Der geplante Mittwoch kündigte sich mit Nieselregen an. Das Joggen mit Hund war kein Vergnügen gewesen, weil Sally ständig hinter ihr her schlich und nicht richtig laufen wollte. *Was hat sie bloß! Sie ist doch sonst so fit. Immer diese komischen Anfälle, ich muss nochmal zum Tierarzt mit ihr.*

Sie gab sich mit dem Frühstück besonders Mühe: Orangensaft, Rührei, Vollkornbrot, Marmelade, Kaffee. Aber Tom starrte nur angewidert auf sein Ei und Bianca kam nicht aus dem Bad. *Wofür mach ich das eigentlich alles?*

Es klingelte an der Wohnungstür. Sally fing an zu kläffen.

»Mann, sind die Handwerker aber früh dran. Es ist noch nicht mal halb acht!« Sie klopfte an die Badezimmertüre. »Bianca, du musst aus dem Bad kommen, die Handwerker sind schon da!«

Dann öffnete sie die Wohnungstür und erschrak. *Was will der denn jetzt hier?* Ohne Gruß oder irgendein Wort setzte Krätzner schnell einen Fuß in die Tür.

»Halt, stopp!« Schnell drückte sie gegen die Tür. *Der will mich doch wohl nicht meiner eigenen Wohnung überrumpeln!* »Was soll das denn jetzt?!« Sally war ihr zur Wohnungstür gefolgt und knurrte böse.

»Ich muss mir das jetzt ansehen!« faselte er vor sich hin und wich dabei geduckt jedem direkten Blick ihrer Augen aus.

»Wieso denn? Sie haben doch schon alle Arbeiten im Dezember mit den Handwerkern besichtigt und abgesprochen!«

»Na und, ich muss jetzt eben nochmal nachsehen!« Er drückte immer eindringlicher gegen die Tür.

»Nein, Sie kommen hier nicht mehr unangemeldet rein!« Standhaft hielt sie die Türe zu.

Tom kam ihr zur Hilfe und drückte auch gegen die Tür.

»So nicht! Sie haben ja gehört was meine Mutter gesagt hat.« Sie spürte dankbar, wie stark ihr Sohn war. *Wann nimmt der Spinner denn nun endlich den Fuß aus der Tür? Und ich habe den Kindern versprochen, dass sie nicht behelligt werden …*

Mittlerweile war Sally immer wütender geworden. Knurrend schnappte sie nach dem grauen, dreckigen Filzpantoffel im Türspalt und zerrte daran. Der Pantoffel rutschte vom Fuß und sie hielt ihre Trophäe stolz im Maul. Dann rannte sie mit hoch erhobenem Pantoffel und triumphierend knurrend im Kreis herum.

Krätzner zog den Fuß, der nur noch in einem zerlöcherten, stinkenden Socken steckte, zurück. Die Tür krachte zu. Sie sah Tom an und dann lachten die beiden schallend los. Nun kam endlich auch Bianca mal aus dem Bad. Ihre Haare waren zu einer wilden Punkfrisur toupiert und blau gesprayt.

»Was ist los, ich will auch lachen?« Sie sah den Pantoffel in Sallys Maul. »Brave Sally, gut gemacht! Nun gib mal Frauchen!« Sally übergab Bianca stolz den Pantoffel. »Igitt, igitt, der stinkt ja eklig und voller Hundesabber ist er auch noch!«

Mit spitzen Fingern reichte sie den Latschen an Roxane weiter.

»Und was soll ich jetzt damit?« *Okay, Engel der Gerechtigkeit, keine Eskalation und Rache, wie versprochen. Auch wenn es dafür vielleicht schon ein bisschen spät ist …*

Sie öffnete die Tür einen kleinen Spaltbreit und ließ den Pantoffel in den Hausflur fallen.

»Er soll ja nicht glauben wir wollen ihm seinen kostbaren Pantoffel entwenden!« Sie grinste Tom und Bianca an. Die Stimmung hatte sich deutlich gehoben, aber die Zeit drängte. »Oh verdammt Leute, jetzt geht hier schon wieder alles drunter und drüber! Willst du so in die Schule, Bianca?«

»Wieso nicht?!«

Typisch, sie geht mal wieder voll auf Kontra, wenn es um ihr Aussehen geht. Aber Schlimmer geht immer! Versuche ich jetzt durchzugreifen, macht sie es beim nächsten Mal vielleicht nicht mehr nur mit auswaschbarem Spray. Besser die Ruhe bewahren: »Okay, der Zug geht gleich. Tom darf heute nicht zu spät kommen. Dann fahrt jetzt mal am besten zusammen los.«

»Und der Vermieter? Der steht da doch bestimmt draußen und lauert.« Tom sah sie besorgt an.

»Na und! Ihr geht einfach zusammen an ihm vorbei und zeigt keine Angst. Das ist unsere Wohnung und er kann uns hier nicht einsperren! Ihr habt das Pfefferspray und wenn er euch irgendwie anfassen will, greife ich auch ein. Dann Gnade ihm Gott!«

»Bianca erkennt er vielleicht gar nicht.« Tom grinste seine Schwester an. Diese tat so, als habe sie gar nichts gehört und sah sie besorgt an:

»Aber Mama, wenn er auf dich losgeht, wenn wir weg sind?«

»Wir haben eine sehr mutige Sally und gleich kommen auch die Handwerker. Er wird wohl nicht in der Gegenwart der Leute durchdrehen.«

»Bist du sicher?« Tom war wieder mal voll männliches Familienoberhaupt.

»Jaaa, Tom ich bin sicher! Kümmere dich jetzt um deine Prüfung und sonst nichts.« Sie lächelte zuversichtlich. »Wenn du willst schicke ich dir noch vor dem Anfang eine SMS, das alles klar ist. Du kennst mich, ich habe doch keinen Schiss vor so einem alten Mann! Bitte konzentrier dich auf Mathe, sonst nichts!«

Es klingelte erneut. Sally kläffte wieder aufgeregt und Roxane sah durch den Spion. Sie erkannte einen Blaumann.

»Jetzt sind die Handwerker eh schon da. Alles paletti!« Sie öffnete die Türe.

»Sally, es reicht! Geh in die Küche auf deinen Platz!« Sally gehorchte zögernd. Aus der Küche klang ab und zu ein unterdrücktes Wuff, als die beiden Handwerker kurz grüßten und direkt ins Bad gingen.

Bianca und Tom verließen, gleichzeitig mit der Ankunft der Männer, die Wohnung. Roxane drückte Bianca, die nicht gefrühstückt hatte, einen Apfel in die Hand und beaufsichtigte den Weg ihrer Kinder bis zur Haustür. Auf dem nächst höherem Treppenabsatz stand Krätzner und beobachtete mit hasserfüllten Blicken, was vor sich ging. Er unternahm aber nichts …

Er ist wieder völlig gefangen, in seinem Hass. Das muss doch scheußlich wehtun, dauernd so drauf zu sein. Sie schloss schaudernd die Wohnungstür und folgte den beiden Handwerkern ins Gäste-WC.

»Benötigen Sie den Vermieter nochmal, um die Arbeiten durchzuführen?«

»Nein, wieso?« Der Ältere schaute sie erstaunt an. »Ist doch alles abgesprochen. Wir bauen das Rohr aus und setzten ein neues ein.«

»Gut, dann legen sie mal los. Wenn Sie etwas brauchen, kommen Sie bitte zu mir in die Küche.«

Es war eine gute Stunde vergangen. Sie hatte Tom benachrichtigt, dass alles in Ordnung war und dann endlich selbst gefrühstückt. Nun nutzte sie die Zeit, die Küche gründlich sauber zu machen. Das Radio lief leise. Sonst war alles ruhig. Selbst Sally war wieder in ihrem Körbchen eingeschlafen. Ab und zu hörte sie kratzende und klopfende Geräusche von den Arbeitern. Dann rauschte es und es rumpelte laut in der Wand. Kurz darauf klopfte es eindringlich an der Küchentür. Sie legte die Putzlappen beiseite und öffnete:

»Ja, was ist?« Sie sah direkt in das vor Ekel verzerrte, grünlich angelaufene Gesicht des jüngeren Handwerkers.

»Dieses Ferkel, dieses Schwein!« Das gibt's doch einfach nicht!

»Ja was ist denn los?«

»Kommen Sie mal mit!«

Als sie dem Mann folgte, schlug ihr sofort ein bestialischer Kotgestank entgegen. Sie hielt sich automatisch die Hand vor Mund und Nase.

»Was ist denn hier passiert?«

»Der hat in die Toilette geschissen und abgespült, während das Rohr ausgebaut ist!« Der ältere Kollege hielt seine braun besprenkelten Hände angeekelt weit von sich gestreckt und sah Roxane fassungslos an.

Ihr war schlecht. *Trotzdem, irgendwie muss ich ihm helfen.*

»Da im Bad können Sie sich waschen. Ich hole ihnen ein Handtuch, Eimer Putzzeug und Desinfektionsmittel!«

»Der ist doch nicht ganz dicht, oder?« Der Handwerker folgte ihr dankbar ins Bad. »Wir haben ihm ausdrücklich gesagt, dass die Toilette nicht benutzt werden darf! Ich ruf in der Firma an, den Auftrag machen wir nicht mehr weiter!«

»Und ich! Was ist mit mir?« Sie sah den Mann entrüstet an. »Ich mache das nicht weg! Das ist Ihre Arbeit und die bringen Sie bitte zu Ende! Sie können mich doch nicht einfach in der Scheiße sitzen lassen!« Der jüngere Handwerker telefonierte mit der Firma, während der Ältere sich die Fäkalien von den Fingern schrubbte. Sie hörte die Gesprächsbrocken am Telefon:»Ja, Chef, natürlich Chef! Aber Sie nehmen sich den vor. So geht das nicht! In Ordnung, klar Chef …« Er wandte sich an seinen Kollegen.»Der Chef sagt, wir müssen das beseitigen und die Arbeit fertig machen.«

Der alte Handwerker schimpfte:»Scheiße, aber vorher blase ich dem da oben mal den Marsch!« Wutentbrannt schmiss er das Handtuch auf den Boden und stapfte aus der Wohnung, die Treppe hinauf, zum zweiten Stock. Sein Kollege folgte in sicherem Abstand und sah etwas besorgt aus.

»Seien Sie vorsichtig! Er hat eine Vorliebe irgendwelches Handwerkzeug als Waffe einzusetzen, wenn er ausrastet.« Roxane sah den aufgebrachten Männern nach und schloss sicherheitshalber die Wohnungstür.

Hoffentlich kriegt er jetzt mal richtig Ärger. Und zwar nicht von mir, seiner Feindin, sondern von Leuten von denen er was will.

Sie hörte heftiges Gebrüll des alten Handwerkers:»Wir sind doch nicht im Schweinestall! So eine Sauerei, und so tun, als ob nichts wäre! Wir sind doch nicht bescheuert. Wer sonst hat denn da reingeschissen und abgespült.« Irgendwie rumpelte es dort oben, als ob sich die Beteiligten gegenseitig am Kragen packten und schubsten. Dann die krächzende Stimme:»Das ist mein Haus. Sie können mir gar nichts sagen.«

Nun die etwas ruhigere Stimme des Jüngeren:»Dann suchen Sie sich neue Handwerker. Nicht mit uns, Sie Ferkel!« Der Wortwechsel wurde leiser und hielt noch einige Zeit an.

Roxane riss Bad- und WC-Fenster auf und schloss die Türen zu den Wohnräumen. Schadensbegrenzung …, *Es stinkt auf seltsame Weise nach Kalk und nach faulen Eiern. Diesen Geruch werde ich meinen Lebtag nicht mehr vergessen. Aber ich lass mich jetzt nicht provozieren. Hat er geglaubt, ich muss das wegmachen? Da hat er sich aber gewaltig getäuscht! Ich ziehe mich am besten in meine* Küche *zurück.*

Die beiden Handwerker kamen wieder in ihre Wohnung.

»Der ist doch krank im Kopf. Sowas ist mir meinen Lebtag noch nicht passiert. Naja, wenigstens weiß er jetzt Bescheid!« Der Alte fing angeekelt an die Fäkalien in der offenen Wand zu beseitigen und auch der Jüngere machte sich ans Reinigen.

Roxane zögerte plötzlich. *Sie tun mir leid, die beiden. Sollte ich da jetzt nicht unterstützen? Nein, ich demütige mich aus Mitleid jetzt nicht selber! Dadurch werde ich nur* wütend. *Standhaft bleiben ... Wie war das mit dem Engel? Lass der Sache jetzt einfach ihren Lauf. Alles wird gut!* Nach einiger Zeit klopfte es wieder, Sally bellte und rannte zur Küchentür, sie öffnete. Der Gestank war noch nicht ganz verschwunden, aber es roch mehr nach Putzmitteln als nach Fäkalien. Der alte Klempner bückte sich zu Sally und hielt ihr freundlich den Handrücken hin. Sie roch daran, befand die Person für in Ordnung und ließ sich dann von den starken Händen am Bauch kraulen.

»Guter Hund, du bist ja richtig wachsam! Das muss man hier auch sein, nicht wahr!« An Roxane gewandt, stellte er befriedigt fest: »So, unser Auftrag ist erledigt. Das Rohr ist wieder drin und die Schweinerei beseitigt. Aber das Abflusswasser hat aus der Mauer Steine und Schlamm in den Keller gespült. Das Zeug könnte über kurz oder lang das Rohr dort verstopfen. Sowas gehört allerdings nicht zu unserem Auftrag. Das soll er gefälligst selbst beseitigen!«

Er stand auf und lächelte freundlich. Sally sprang an ihm hoch und wollte mehr Zärtlichkeit. »Ja, du bist eine Gute! Was muss erst deine Nase darunter gelitten haben!«, wieder kraulte er den Hund.

»Haben Sie ihm gesagt, dass es da verstopfen kann?« *Es stinkt nach neuen Komplikationen ...*

»Das werden wir gleich tun, wenn er den Auftrag unterschreibt. Wir müssen ja nochmal nach oben. Machen wir aber besser zu zweit. Der hat ja nicht alle Tassen im Schrank ...«

»Gut, dann wäre das hier in meiner Wohnung erstmal abgeschlossen?«

»Ja, sieht so aus. Für weitere Arbeiten muss er sich ne andere Firma suchen. Ich rühr hier nie wieder einen Finger. Und wenn ich mir auf meine alten Tage `nen neuen Job suchen muss!«

*

Bald darauf kamen Tom und Bianca aus der Schule. Aller Gestank war beseitigt und ein Gemüseeintopf stand dampfend auf dem Tisch. Zufrieden sah sie zu, wie beide Kinder tüchtig zulangten. Sie wartete bis sie fertig gegessen hatten und erzählte dann die Story vom Vormittag.

»Nicht sehr appetitlich das Ganze, du Arme!« Mitfühlend sah Bianca sie an.

»Na und die Handwerker erst! Was ein Idiot!«, regte sich Tom auf.
»Der muss doch wissen, dass er sich damit ins eigene Fleisch schneidet!«
»Glaube ich nicht. Der ist doch so was von balla balla, der denkt doch gar nicht weiter als bis drei!« Bianca schüttelte sich angeekelt.

Wahrscheinlich erinnert sie sich gerade an die Morddrohung ... Sie hat sich aber in der Schule die blaue Farbe aus den Haaren gewaschen und einen Pferdeschwanz gekämmt. Ist ihre Frisur also nicht so gut bei ihren Freundinnen angekommen ... So erledigt sich manches ganz ohne Mutters leidigen Rat. Gelassen stellte sie das Geschirr zusammen. *Wartet sie auf noch eine Bemerkung wegen ihren Haaren? Den Gefallen tue ich ihr jetzt nicht.*

»Tom, wie ist die Prüfung gelaufen?«
»Kann ich noch nicht sagen, aber ich habe alle Aufgaben geschafft.«
»Na, das klingt doch schon mal nicht verkehrt. Ein paar Punkte solltest du so schon zusammenbekommen haben.«

Erleichtert streckte sie die Beine unter dem Tisch aus und legte die Hände um den vollen Bauch. »Ich muss um 17:00 Uhr zur Gesprächstherapie. Seid ihr zuhause? Geht ihr dann bitte noch mal zusammen mit dem Hund raus?«

»Ja, machen wir. Aber erstmal chillen!« Bianca gähnte und beide Kids standen auf und verzogen sich in ihre Zimmer.

*

Um 17:30 Uhr saß Roxane bei Frau Hahnstein, ihrer Gesprächstherapeutin und erzählte vom Vormittag. Ihr Handy klingelte, und auf dem Display erkannte sie Tom. *Eigentlich soll es jetzt ausgestellt sein ...*

»Tut mir leid, ich muss leider mal wieder auf Abruf sein. Das ist mein Sohn. Der ruft mich nur an, wenn's brennt!« Sie nahm den Anruf an.

»Tom, was ist los?«
»Mama, seit ich auf Klo war und abgespült habe, kommt aus dem Waschbecken und dem Duschabfluss im Bad braune Brühe. Es stinkt zum Himmel! Das Waschbecken droht schon überzulaufen!«

»Auweia! Das ist doch ... Du, ich komme sofort! Macht die Türen überall zu und die Fenster auf.«

Ihre Psychologin sah sie fragend an. *Keine Zeit, das kann ich ihr jetzt nicht noch alles lang und breit erklären!*

»Sorry, Ich habe Ihnen den Vorfall von heute Vormittag ja erzählt. Es geht scheinbar weiter. Jetzt steigt die Scheiße vom verstopften Fallrohr im Keller hoch in unsere Wohnung. Ich muss nach Hause, tut mir leid!«

»Was wollen Sie denn jetzt machen?« Die Frau sah sie ratlos an.

»Na, ich hole den Rohrreinigungsdienst. Die haben doch eine Notfallnummer!«

»Auf die Idee wäre ich gar nicht gekommen.«

»Ich hatte mal einen Schulfreund, dessen Vater hatte so eine Firma ... Das gibt's bestimmt auch hier irgendwo.« Roxane war schon in der Tür und suchte in ihrem Smartphone nach dem Notdienst.

Dabei murmelte sie vor sich hin: »Der ist bockig und unberechenbar wie ein Kleinkind und kostet mich ungefähr die gleiche Zeit.«

»Und boshaft und gefährlich ist er dazu! Seien Sie vorsichtig!«

Die Psychologin sah ihr besorgt nach. Während sie ins Auto stieg nahm die Firma schon ihren Anruf an und sie erklärte das Problem.

»Wir sind in einer viertel Stunde bei Ihnen!«

Wieder einmal kam sie fast gleichzeitig mit den Rettern zuhause an.

»Bianca, halte uns mal Sally vom Hals!« rief sie, während sie die Tür öffnete. Bianca schnappte sich den aufgeregt bellenden Hund und sperrte ihn in ihr Zimmer.

Die zwei Klempner vom Notdienst grüßten und Roxane erzählte ihnen von dem Vorfall am Morgen. Beide schüttelten entgeistert die Köpfe.

»Der ist doch nicht ganz dicht!«, stellte der Chef fest. »Wir brauchen sofort den Kellerschlüssel und müssen an das Fallrohr ran.«

»Ja, dann sagen Sie ihm das mal! Gehen Sie aber besser nicht allein zu ihm rauf.«

Die Männer stiegen in den zweiten Stock und klingelten bei Krätzner. Sie lauschte dem aufgeregten Gezeter ihres Vermieters.

»Ich hab Sie nicht gerufen! Von mir kriegen Sie keinen Schlüssel! In meinem Keller haben Sie nichts zu suchen! Wer bezahlt denn diese Arbeit! Bei mir ist alles in Ordnung! Ich brauche Sie nicht!«

Unverrichteter Dinge kamen die Klempner zurück. Sie sahen ratlos aus. »Und nun?« der Chef sah sie an. »Soll ich die Polizei holen?«

»Ach, das nutzt doch auch nichts. Da muss erst Blut fließen, bis die was machen. Wir kennen Sprüche doch schon!« Sie fühlte, wie ihre Stimme resigniert schwankte und sie plötzlich gern losgeheult hätte.

Ich kann jetzt vor den Kindern nicht zeigen wie erschöpft und genervt ich bin. Ich muss mich zusammenreißen. Wo ist denn jetzt bloß der Engel, der mir hilft?

Der blonde, schlaksige Helfer kratzte sich nachdenklich am Kopf. »Ich habe da eine Idee.« Er sah seinen Chef an.

»Wir machen hier auf der Etage alles dicht und lassen die Brühe einen Stock höher steigen. Mal sehen, ob er uns dann in den Keller lässt!« Sein Chef dachte kurz nach, nickte dann und grinste: »Ja, was anderes bleibt uns wohl nicht übrig. Wir sind schließlich um Hilfe gebeten worden! Wollen doch mal sehen, ob er nicht vernünftig wird!« Roxane, Tom und Bianca beobachteten gespannt, wie die beiden Männer sorgfältig in alle Abläufe dicke Lappen und Abdichtungswolle stopften.« Dann sagte der Chef voller Vorfreude: »So und damit wir nicht ewig warten müssen, lasst mal von der Küche aus ordentlich Wasser laufen. Voll aufdrehen, damit ordentlich Druck entsteht!«

»Gern«, Tom eilte zur Küche und öffnete den Wasserhahn.

Nach ungefähr zwanzig Minuten hörte sie Schritte auf der Haustreppe. Kurz darauf klingelte es kurz und widerwillig. Sie ließ den Klempnerchef die Türe öffnen und lugte über seine breiten Schultern. Mit wütendem Blick stand Krätzner vor der Tür und reichte dem Mann schweigend den Kellerschlüssel. Dann drehte er sich um und wollte wieder zu seiner Wohnung hinauf steigen.

»Halt«, der Chef eilte mit einem blauen Auftragsblatt und Kugelschreiber hinter ihm her.

»Wenn Sie das hier bitte unterschreiben würden!«

Süffisant lächelte er den Alten an. Krätzner nahm zögernd den Stift und kritzelte schweigend seinen Namen auf das Blatt. Dann schlurfte er ärgerlich brummelnd und leise drohend davon.

»Geht doch!«, lachte der Chef und Roxane spürte bei sich und allen anderen Erleichterung.

»Jetzt soll er mal sehen, wie er den Gestank aus seiner Bude kriegt!« setzte Tom lachend nach und Bianca ergänzte: »Wenn er das überhaupt noch riecht, wo er doch selber so stinkt!«

Die Handwerker eilten in den Keller. Bald darauf hatten sie das Fallrohr geöffnet und Fäkalien, Stein und Schlamm wurden von dem Reinigungswagen abgesaugt. Als sie damit fertig waren, kamen sie nochmals in die Wohnung und begannen Bad und WC zu reinigen.

»Schließlich müssen Sie das nicht zweimal am Tag machen. Wir werden die Reinigungskosten mit auf seine Rechnung setzten.« Der junge Handwerker lächelte mitfühlend.

Roxane strahlte ihn an. »Vielen Dank, sie können sich gar nicht vorstellen, wie dankbar ich Ihnen bin.« Als sie schließlich ihre Sachen zusammengepackt hatten, wollte sie den Männern noch Trinkgeld geben. Sie lehnten aber kategorisch ab.

»Nein Danke, nich' dafür! Wir lassen uns das fürstlich von ihm bezahlen!« der Chef grinste.

»Es war uns eine Freude einer schönen Frau wie Ihnen zu helfen!« ergänzte der Jüngere, als sie sich verabschiedeten.

Gar nicht schlecht, anscheinend stand mein guter Engel viel näher bei mir, als ich dachte ... »Vielen Dank!«

*

Auch in der nächsten Woche arbeitete Roxane oft bis spät in die Nacht für das neue Projekt in Tansania. So störte es sie nicht als das Telefon noch spät klingelte und Frau Schönfeld berichtete, dass Krätzner nicht zum Vorstellungstermin erschienen war. Sie fragte auch, ob Roxane die Einladung zum Schlichtungstermin im Rathaus erhalten habe. Sie versprach pünktlich zu kommen. *Die arme Frau müht sich wirklich für nichts ab. Dazu klingt sie heute so verunsichert ...*

»Frau Teichert, eigentlich wollte ich sie nicht noch mehr erschrecken aber darf ich sie um Ihre Meinung fragen?«

»Ja bitte, was ist denn passiert?«

»Heute steckte ein anonymer Drohbrief in meinem Briefkasten: Ich wüsste nicht auf was ich mich einlasse. Als alleinstehende Frau sollte ich vorsichtiger sein die Leute gegen mich aufzubringen. Es können schreckliche Dinge passieren, wenn man so abgelegen am Waldrand wohnt. Die Leute würden mich eh schon für eine Hexe halten und einsame Fotzen würden schnell auf dem Scheiterhaufen landen. Könnte es sein, dass Herr Krätzner so etwas geschrieben hat?«

»Sicher, solche perverse Drohungen kommen mir leider bekannt vor.«

»Das dachte ich mir, wem sonst sollte ich das zutrauen. Was, wenn er wirklich gefährlich wird?«

Wen fragt sie das? Wir machen das hier seit Monaten durch! »Ich kann Sie verstehen, aber haben Sie in der Position als Schiedsfrau nicht schon öfter solche Menschen kennengelernt?«

»Ich mach das noch nicht lange und habe nicht gedacht, dass jemand so dreist werden kann. Ich meine, er weiß doch, dass ich hier ein offizielles Amt ausübe …«

»Ihr sozialmedizinischer Dienst und das Amtsgericht wissen, dass Krätzner einen schweren psychischen Schaden hat. Trotzdem halsen die Ihnen so eine komplizierte Aufgabe auf. Ich würde an Ihrer Stelle zur Polizei gehen und Anzeige erstatten. Bei mir kommen die Beamten jetzt sofort vorbei, wenn ich mich melde.«

»Wenn ich gewusst hätte was da auf mich zukommt, hätte ich mich niemals bereit erklärt …«

»Wollen sie den Fall jetzt abgeben?« *Reicht ihre Anteilnahme nur bis zu den ersten Schwierigkeiten? Schade, wer nicht hofft wird auch nicht enttäuscht …*

»Nein, nein wir ziehen das jetzt schon zusammen durch. Ich wollte nur, dass Sie Bescheid wissen.«

»Ich bin ihnen sehr dankbar!« *Gott sei Dank, bitte nicht noch mehr Verzögerung!* »Wir sind hier ja nicht im Mittelalter, nehmen Sie sich das mit der Hexe nicht so zu Herzen. Ich glaube nicht, dass er Ihnen etwas antut. Dann eher schon mir oder meinen Kindern.«

Roxane brauchte einige Zeit, um wieder die nötige Konzentration für die umfangreichen englischen Texte aufzubringen und holte sich Schokoladenkekse und ein Glas Milch aus der Küche. Das Telefon klingelte schon wieder.

Olivers Stimme klang fröhlich: »Gute Nachrichten. Ich habe eine Wohnung gefunden!«

»Oh wirklich! Das ist ja wunderbar. Das ist aber schnell gegangen!«

»Wann kannst du kommen, um dir alles anzusehen?«

»Lass mich kurz nachdenken. Hier ist gerade ziemlich viel los, wie du ja weißt. Eigentlich kann ich erst weg, wenn ich die Vorbereitung für meine Dienstreise meinem Chef vorgelegt habe. Dazu habe ich noch diesen überflüssigen Schiedstermin. Also erst am Monatsende, der Monat ist ja schon fast rum …«

»Ist das jetzt alles wichtiger als unsere Wohnung?«

»Nein, überhaupt nicht, ich freue mich riesig! Die Dinge hier sind niemals wichtiger aber eben auch wichtig, mein Schatz. Erzähl doch mal, ich bin so neugierig!«

»Also, sie hat 120 Quadratmeter, 5 Zimmer, Küche, Bad, Gästetoilette und einen Wintergarten. Sie liegt in meiner Lieblingsstraße im

Westend. Es wird dir gefallen, da wohnt man, wenn man es in Berlin geschafft hat.«

»Ja, klingt ausgezeichnet, welcher Stock?«

»Hochparterre, Vorderhaus.«

»Klingt nobel. Ist es ruhig?«

»Naja, die Straße ist schon da, aber die Fenster sind sehr gut isoliert.«

»Ich bin gespannt …«

»Wäre aber schön wenn du schneller kommen könntest.«

Immer dieser Druck. Merkt er das denn gar nicht?

»Oliver, stell dir mal vor, mein Job wäre dein Job. Du würdest auch erst liefern, bevor du frei nimmst. Besonders wenn es um eine Finanzierung in siebenstelliger Höhe geht. Bitte verstehe mich doch!«

»Ja, ist schon gut mein Schatz. Dann muss ich eben …« Oliver gähnte hörbar.

»Gehst du gleich schlafen?«

»Nö, ich guck noch Fußball.« Seine Stimme klang immer noch schmollend und sie wollte ihn wieder aufmuntern:

»Nimmst du mich mit aufs Sofa, per Telefon meine ich?«

»Ja, wenn du dazu jetzt noch Lust hast.« Der Ton klang sofort friedlicher.

»Ich habe immer Lust auf dich. Was darf ich dir Gutes tun?« Sie ließ ihre Stimme brav und gleichzeitig aufreizend klingen.

»Du kannst ihn rausnehmen und ihn lutschen.« Seine Stimme klang streng und fordernd.

»Oh ja, das macht mich jetzt ganz heftig an …«

Nach einer Viertelstunde heißem Telefonsex ging sie zufrieden ins Bett.

Er wird es schon noch ein paar Tage aushalten können, bis wir das gemeinsam entscheiden. Klingt ja schon mal alles ziemlich stimmig.
Glücklich schlief sie ein.

*

12 Tage später. Oliver hatte sie am Berliner Hauptbahnhof abgeholt und nun fuhren sie spät nachts durch die hell beleuchtete Stadt. Sie fühlte sich glücklich und sehr verliebt. Aber bald wunderte sie sich ein bisschen.

»Diesen Weg kenne ich gar nicht.«

Sie sah von der Seite, wie er zufrieden in sich hinein lächelte, während er schwungvoll den Wagen durch den großen Kreisel am Tiergarten steuerte: »Das wird in Zukunft immer der Weg zu unserem neuen Zuhause sein.«

»Wie meinst du das? Fahren wir jetzt nicht zu deiner Wohnung?«

»Lass dich einfach überraschen ... Erzähl doch mal wie die Fahrt hierher verlaufen ist. Hast du dich auf unser Wiedersehen gefreut?« Oliver legte eine Hand in ihren Schoß und streichelte fest ihre Schenkel.

Sie spielte mit. »Ich konnte es kaum erwarten. Der Zug war viel zu langsam, trotz ICE!«

Bald darauf hielt Oliver in einer fremden Straße vor einem großen, gelben Sandsteingebäude an. In der Nähe lag ein kleiner Park, es war sehr ruhig in der Straße. *Für eine Wohnungsbesichtigung ist es schon ein bisschen spät, oder? Er sagte am Telefon auch die Besichtigung wäre morgen ...*

Gespannt schweigend, in stolzer Haltung und mit einem Gesichtsausdruck wie ein kleiner Junge, der gerade eine super Schulnote nachhause bringt, öffnete Oliver die Wohnungstür zu einer Wohnung im Hochparterre.

»Herein spaziert und voila! Schau dich nur gut um, ist es nicht wunderschön geworden?«

»Wie, du hast die Wohnung schon genommen?«

»Ja, sonst wäre sie doch weg gewesen. Die Maler sind auch schon fertig. Wie du siehst sind meine Möbel auch schon hier. Fehlst nur noch du!«

Sie war vollkommen sprachlos, als sie die hohen Wände und Stuckdecken, alles in gedecktem Weiß und cremefarbenen Tönen gestrichen, ansah. Ein großer Flur führte in eine Küche mit Einbauten. Nebenan ein kleines Zimmer, ein Bad und am Ende des Flurs ein großes einzelnes Zimmer. Die Räume hatten Fenster zu einem Hinterhof, in dem sie nur Rasen und ein paar Bäume in der Dunkelheit erkennen konnte. Gegenüber der Küche führte ein Esszimmer mit einer doppelflügeligen Tür in ein riesiges Wohnzimmer und von dort ging es durch eine große Doppeltür in einen großen Raum, in dem bereits Olivers Schlafzimmer eingerichtet war. Alle Zimmer hatten Dielenboden oder Laminat. Alle Türen waren frisch gestrichen und die Türklinken waren vergoldet, in altem Dekor, passend zu den Stuckdecken.

Ja, das ist ohne jeden Zweifel eine wunderschöne Wohnung!

Im Wohnzimmer stand auf Holzböcken ein appetitlich dekorierter Tisch mit Abendessen. Oliver zündete die Kerzen auf dem Kandelaber an und fragte dabei:»Hast du schon den Wintergarten gesehen?«

Er deutete auf eine kleine Tür im Wohnzimmer und Roxane betrat einen mit großen Fenstern bestückten Raum, der zur Straße hinaus lag.»Gefällt es dir?« Er tauchte hinter ihr auf, nahm sie zärtlich in die Arme und küsste sie innig.

Als sie nach seinem innigen Kuss wieder zu Atem kam, sagte sie:»Ja, kein Zweifel, es gefällt mir total gut. Es ist einfach traumhaft schön.«

Das ist einfach die Wahrheit. Auch wenn ich überhaupt nicht mehr gefragt worden bin ...

Sie hielt ihn noch weiter umarmt und küsste ihn, bis er sie leicht zum Tisch schob.

»Dann lass es uns jetzt unser Zusammensein genießen. Morgen überlegen wir zusammen, wie wir hier weiter machen.«

Oliver öffnete eine Flasche Champagner und goss ein. Aus einer Mikrowelle zauberte er eine warme Lachssuppe, knuspriges Baguette und kleine Dips aus Schafskäse und Kräutern. Sie aßen genüsslich und Roxane betrachtete dabei immer wieder die neue Umgebung.»Da waren richtig Profis am Werk, nicht wahr?«

»Ich habe da einen Kumpel, der kennt einen arbeitslosen Maler. Echt nette Leute, haben mir einen guten Preis gemacht. Sogar die Türen sind frisch gestrichen und alle Fenster von innen. Ein Wunder, dass er fertig geworden ist, bevor du gekommen bist.«

»Es ist wirklich eine tolle Überraschung, praktisch könnte ich morgen einziehen! Du rollst mir hier den roten Teppich aus wie einer Prinzessin!«

»So ist es, warum tust du es nicht einfach? Ich meine, ziehst morgen ein!«

»Ach Oliver, du weißt, dass das nicht so einfach geht. Erwachsene Verpflichtungen ...«

»Schon gut, schau mal ich habe ein Geschenk für dich.« Er reichte ihr einen mit Seidenpapier umwickelten Karton.

»Was ist das? Du verwöhnst mich ja immer weiter!« *Er macht mich richtig verlegen ...*

Vorsichtig öffnete Roxane das Geschenk und hielt ein paar knallrote High Heels aus glänzendem Lack in der Hand.»Wow, sind die geil! Passen die denn?«

»Ich denke schon, probiere sie mal an.«

Roxane schlüpfte in die Schuhe und ging probeweise ein paar Schritte durch den Raum. »Sieht geil aus, jetzt bin ich bestimmt zehn Zentimeter gewachsen, nicht wahr.«

»Eigentlich sind die nicht zum Laufen gedacht ... Ich möchte, dass du gleich nur diese Schuhe trägst, sonst nichts!« Olivers Stimme klang schmeichelnd, aber auch bestimmend.

Okay, er hat das Spiel eröffnet. Es bleibt mir jetzt wirklich keine Gelegenheit, darum zu bitten, in Zukunft gemeinschaftlich zu entscheiden. Irgendwann muss es aber sein. Vielleicht können wir morgen mal... Jetzt würde ich ihn mit jedem Einwand, sei er noch so klein, kränken. Sie nahm einen tiefen Schluck Champagner.

Bald darauf, als sie sich geduscht hatte und frisch duftend, nur in roten Lackschuhen bekleidet, das Schlafzimmer betrat, trank sie das Glas aus und ließ sich sofort nachschenken.

Nicht denken, jetzt. Genieße einfach nur was kommt.

Oliver nahm sanft ihre Hände und band sie auf dem Rücken zusammen und fesselte sie an die Kleiderschranktür. »Wir machen jetzt einen Geheimcode aus. Wenn du es nicht mehr aushalten kannst, sagst du Oliver zu mir, sonst nennst du mich nur noch Meister. Okay?«

»Okay, aber es ist wirklich nur ein Spiel! Morgen bin ich ganz normal deine gleichberechtigte Partnerin!« Sie betrachtete liebevoll seine starken Hände.

»Sicher doch, natürlich! You are my brand new toy.« Er legte die CD auf. »Mein Lieblingslied zur Zeit! Weißt du, ich finde es so schön, dass ich das mit dir spielen darf. Du machst mich so glücklich.« Er schob ihr langsam im Stehen einen Dildo hinein, während er sprach.

»Morgen zeige ich dir mal ein paar Filme, damit du lernst, was man alles so machen kann, meine kleine Sklavin ...«

Wozu denn das, brauchen wir das wirklich? Ich dachte auch, morgen reden wir mal ernsthaft übe unser künftiges Zusammenleben. Ach, was denke ich schon wieder dagegen an. Es ist jetzt echt nicht der richtige Zeitpunkt. Einfach loslassen und spüren was mir gefällt.

Am nächsten Morgen hatten sie beide noch nicht richtig ausgeschlafen, als Oliver den Fernseher am Bett einschaltete, um die Übertragung eines Autorennens zu gucken.

»Äh, muss das jetzt sein? Ich würde gern noch ein bisschen schlafen.«

»Es dauert nicht lange, ich will nur das Ergebnis wissen.«

»Oh Mann!«

Roxane zog sich die Bettdecke über den Kopf.

»Sehr rücksichtsvoll, ist ja wie hundert Jahre verheiratet!«
Eine halbe Stunde später machte Oliver Frühstück, aber Roxane war wieder eingeschlafen und erwachte erst mittags.

»Verdammt, ist das schon spät! Mein Zug geht in zwei Stunden.« Sie eilte ins Bad.

»Lass uns schnell noch was essen. Ich fahre dich dann zum Bahnhof.«

»Schade, ich hätte gerne noch mit dir über alles geredet.«

»Was meinst du? Worüber denn?«

»Über Partnerschaft und über unsere Zukunft in dieser Wohnung. Oder meinst du nicht, dass das jetzt mal die Zeit dafür wäre?«

»Roxane, entspanne dich, das ergibt sich doch alles. Was soll man denn da so viel reden?«

»Wir könnten zum Beispiel mal über die Zimmeraufteilung reden, wohin meine Möbel kommen und wie wir es am besten mit Bianca machen. Hast du überhaupt wegen Sally gefragt?«

»Noch nicht. Ich dachte, das hätten wir geklärt?«

»Ja, du hast dich einverstanden erklärt, dass ich sie behalte, Oliver.«

»Das hatte ich anders verstanden … Aber ich rede mit dem Vermieter, versprochen.«

»Gut, dann lass uns jetzt mal gucken, wer welches Zimmer bekommt.«
Zusammen gingen sie durch die Wohnung.

»Ich fände es gut, wenn Bianca das Zimmer vorne bekommt. Sie hat ja öfter mal Freunde zu Besuch und die müssen dann nicht durch die ganze Wohnung pilgern. Ich hätte gerne das Zimmer da hinten. Da scheint es schön ruhig zu sein.«

Nach dem sie alle Räume nochmal bei Tageslicht angesehen hatten und schon erste Ideen entwickelten, wo welche Möbel stehen könnten, sah sie durch die Fenster.

Ganz schön dunkel und laut und der Balkon ist auch kein Platz zum Entspannen, völlig abgeschlossen durch Fenster und die doppelspurige Straße direkt davor. Na gut, ein paar Abstriche muss ich wohl machen bei dem günstigen Preis. Außerdem ist es für Einwände jetzt wohl leider zu spät.

»Bist du nun zufrieden. Gefällt es dir?« Oliver sah schon wieder aus wie ein kleiner Junge, der endlich gelobt werden wollte.

»Es gefällt mir. Ich danke dir von Herzen für all die Mühe, die du dir gemacht hast.« *Hatte ich das nicht schon gestern gesagt? Er hat es anscheinend schon wieder vergessen... Wenn ich es zu oft wiederholen muss klingt es nicht mehr so richtig von Herzen. Dabei ist es das doch!*

Sie ging auf Oliver zu und nahm ihn fest in die Arme.

»Ich liebe dich ganz wahnsinnig doll, weißt du das! Was du hier für mich tust, hat noch nie jemand für mich getan. Ich bin ganz überwältigt. Aber ich brauche auch etwas Klarheit für die Zukunft, kleine Absprachen an die wir uns halten können, wenn wir zusammen leben, mit Respekt und auf Augenhöhe.«

»Hat das nicht noch Zeit?«

»Naja, gerade jetzt liegt halt viel Neues an, über das man gemeinsam entscheiden muss.

»Lass uns beim nächsten Mal reden, jetzt musst du doch los. Wir können ja auch telefonieren. Das Wichtigste haben wir erstmal geklärt.«

Unbeschwerter Neuanfang geht anders, dachte sie, als er sie am Bahnhof zum Abschied küsste, *aber ich liebe ihn.*

*

Auf dem Rückweg gingen ihr tausend Fragen durch den Kopf. *Wie wird das, wird er immer wieder alle Entscheidungen an sich reißen? Es ist so subtil, wie er das macht. Ich kann mich einfach nicht richtig dagegen wehren, ohne lieblos und hart zu erscheinen. Er sucht ständig nach Anerkennung und Belohnung, wie ein kleiner Junge. Kann er denn* überhaupt tolerant sein und Kompromisse schließen?

Oft habe ich das Gefühl, er sagt was und denkt im Hintergrund ganz was anderes. Eigentlich mauert er sich mit seinen Gefühlen ganz schön oft ein. So richtig Vertrauen zu mir hat er nur, wenn ich beim Sex ganz die Hilflose für ihn spiele. Dann kann er wirklich loslassen. Da liegt ein riesiger Haufen Beziehungsarbeit vor uns. Schaffe ich das?

Tief in Gedanken bemerkte sie kaum, wie die Fahrt verlief. Als sie in Lautertal aus dem Zug stieg hatte sie einen Entschluss gefasst: »*Ich liebe ihn und ich glaube, er liebt mich auch, ganz ehrlich. Ich werde Stück für Stück, ohne Druck eine gute Beziehung mit ihm aufbauen. Auch wenn es nicht immer einfach sein wird ...*

Mai

»Das ist jetzt einfach nicht wahr!« Roxane stand vor ihrem Hauseingang und starrte auf das Klingel- und Briefkastenschild. Ihr Namensschild war einfach verschwunden. Sie hatte eine Menge Reisevorbereitungen und war entsprechend aufgeregt.

»Na, vielen Dank auch! Jetzt tut er also mal so als wären wir schon ausgezogen!«

Sie stapfte in die Wohnung und klopfte an Toms Zimmertür.

»Tom, bitte hilf mir mal. Wir brauchen ein neues Namensschild an der Klingel und am Briefkasten.«

»Ja, hab schon gesehen. Unser Spinner hat mal wieder zugeschlagen. Aber du hast doch sowieso ein Postfach eingerichtet …«

»Schon richtig, aber wie sollen uns Besucher finden? Und der Gerichtsdiener wirft viele amtliche Schreiben auch direkt am Hauseingang ein.«

»Okay, aber ein Tesafilm Schildchen muss reichen, schließlich habe ich auch noch Arbeit für die Schule! Was glaubst du, gewinnst du die Prozesse denn auch?«

»Ich denke schon. Jetzt, wo ich sicher weiß, wohin wir ziehen, kann ich mich auf einen Vergleich ganz beruhigt einlassen.«

»Was ist denn so ein Vergleich?«

»Da wird bei Gericht ein Kompromiss zwischen den Parteien abgeschlossen. Meistens zahlt einer ordentlich Geld, um Recht zu bekommen oder um sich von seiner Schuld zu befreien.«

»Okay, das heißt Krätzner kriegt seinen Willen und muss dafür blechen?«

»Ja, so ähnlich läuft das wohl.«

Tom grinste: »Soll er sich seine blöde Wohnung doch in den Hintern schieben! Hat es sich also doch gelohnt, dass wir heimlich Fotos gemacht haben. War ja aufregend genug. Beinahe hätte er mich erwischt. Wann packst du eigentlich für deine Reise?«

»Wenn ich vom Anwalt komme. Bianca wollte mir helfen. Also tschüss, bis später. Ich hab dich lieb!«

*

Eine Viertelstunde später eilte Roxane wieder durch die herrschaftlichen Eingangssäulen der Kanzlei zum Empfang. Frau Werner war wie immer sehr freundlich, doch diesmal hatte ihr Verhalten auch etwas aufgeregt Geheimnisvolles:»Übrigens, haben Sie es schon bemerkt? Unsere Kanzleischilder?«

»Was ist mit denen? Sind die neu? Entschuldigen Sie, ich habe in der Eile nicht drauf geachtet …«

»Nein, sie sind weg! Wahrscheinlich gestohlen, heute Nacht! Heute Morgen waren sie jedenfalls plötzlich einfach nicht mehr da. Und die Briefkastenschilder und Klingelschilder waren auch abmontiert.«

»Tatsächlich?« *Na dann willkommen im Club!*

Sie amüsierte sich über das entrüstete Gesicht der älteren Dame.

»Seien sie nicht traurig, wenn's nur das ist … Bei mir fehlen übrigens auch seit heute Nacht alle Namenschilder … Da scheint ja jemand eine wunderliche Eingebung gehabt zu haben!«

»Was meinen Sie damit? Gibt's da etwa einen Zusammenhang? Wissen Sie vielleicht sogar wer das gewesen sein könnte?« Frau Werners Neugier war kaum noch zu bremsen. »Ich hab's, Sie meinen den Verrückten, der hier immer herkommt und alle Leute beschimpft!«

Jetzt hatte Frau Werner einen ängstlichen, unsicheren Gesichtsausdruck bekommen.

»Man kann es nicht beweisen, aber es ist doch schon ein seltsamer Zufall, oder? Ich dachte, der Spinner will jetzt so tun als wäre ich weggezogen. Aber vielleicht will er damit auch nur die Gerichtspost behindern.«

Während Frau Werner aufgeregt die Neuigkeit verdaute, hatte sich die Bürotür hinter ihr geöffnet.

»Ach, Herr Wolfert! Frau Teichert meint, sie weiß, wer das mit den Schildern war!«

Der Rechtsanwalt verabschiedete gerade noch einen Klienten und warf dabei seiner Empfangsdame einen warnenden Blick zu und schüttelte leicht den Kopf. Auch später in seinem Büro wirkte er besorgt, als sie ihm berichtete, was vorgefallen war.

»Er merkt, dass ihm mit der Räumungsklage die Felle davon schwimmen. Wird Zeit das wir das mit dem Auszug klären. Wo sind denn Ihre Kinder untergebracht, wenn Sie jetzt auf die Dienstreise gehen?«

»Alle beide, samt Hund, sind bei einer Freundin von mir, die dreißig Kilometer von Lautertal entfernt wohnt. Beim Vater kann ich die Kinder ja leider nicht lassen, weil Hunde verboten sind. Außerdem hat

Krätzner die Adresse von meinem Exmann erschnüffelt, als er versucht hat die Kinder von Zeugenaussagen abzuhalten. Wer weiß, ob er ihnen dort nicht doch auflauert. Die Kinder werden sich allerdings täglich bei ihrem Vater melden. Das haben wir zur Sicherheit so abgesprochen.«

»Was ist nach der Schule? Hat Ihre Tochter eine Begleitung?«

»Meine Freundin Claudia holt alle Kids mit dem Auto ab. Tom hat zusammen mit seinen Kumpels einen Begleitservice für Bianca arrangiert, der schon länger gut funktioniert. Er wird keine Zufälle geben, soweit das irgendwie bei Jugendlichen möglich ist. Festketten kann man sie nicht. Aber sie haben mir hoch und heilig versprochen auf alle Extratouren zu verzichten, bis ich wieder da bin.«

Wolfert nickte sichtlich zufrieden. »So ein Familienleben muss ganz schön anstrengend sein. Vielleicht wird er ja ruhiger, wenn er weiß, dass Sie ausziehen werden.«

»Ja, das hoffe ich auch …«

Roxane schaute sinnierend auf die mit Frühlingsblumen geschmückte Fensterbank. *Aber ich glaube es nicht. Er ist so in seinem Hass gefangen …*

Der sachliche Ton ihres Anwalts forderte schnell wieder ihre Konzentration.

»Sie sind vor Gericht am 16.04 entschuldigt. Ich habe das mit Ihrer Dienstreise begründet. Es wird insgesamt einfacher, unsere Bedingungen durchzusetzen, wenn Sie nicht anwesend sind. Nichts gegen Sie, aber wahrscheinlich kann Krätzner so besser seine Niederlage einstecken …«

»Und wie ich aus Ihrem Gerichtsbrief entnommen habe, wird diese Niederlage ziemlich kostspielig für Ihn. Wenn alles gut läuft …«

»Natürlich wird es das, denn er lügt ganz offensichtlich. Er begründet die gesamte Räumungsklage auf Eigenbedarf und gibt an, dass das Haus aus nur zwei Wohnungen besteht. Außerdem behauptet er die Wohnung für seine Tochter zu benötigen, die ihn im Alter pflegen soll.«

»Aber die wohnt doch schon ewig in der dritten Wohnung unterm Dach. Ich habe Fotos gemacht!« Eifrig legte Roxane ein paar Bilder auf den Tisch. »Es sind eindeutig drei Wohnungen, mit drei Klingelschildern. Sehen sie!«

Wolfert würdigte die Bilder kaum eines Blickes und lächelte sie stattdessen siegessicher und stolz an.

»Das wäre gar nicht nötig gewesen. Erstens waren der Staatsanwalt und eine Person vom Bauamt vor Ort. Mann, waren die sauer, als er sie nicht reingelassen hat. Aber sie haben die Klingelschilder gesehen und können bis Drei zählen. Zweitens, und das haben Sie wahrscheinlich auch noch gar nicht gemerkt, legt er im Mietvertrag die Nebenkosten auf drei Wohnungen um.«

»Tatsächlich? So genau habe ich den Mietvertrag gar nicht angesehen! Da sieht man mal wieder wie gut es ist, einen guten Anwalt zu haben!« *Hätte ich gar nicht panikartig Fotos machen müssen ...*

»Drittens gibt es beim Bauamt Unterlagen, die belegen, dass er 1981 einen Antrag für den Ausbau des Dachgeschosses gestellt und genehmigt bekommen hat. Er hat dann aber nach dem Ausbau die dritte Wohnung nicht angemeldet. Wahrscheinlich um Steuern zu sparen. Ich werde deswegen mit großem Vergnügen Anzeige wegen Steuerhinterziehung gegen ihn stellen, sobald dieser Vergleichstermin gewonnen ist. Das sind ein paar Jährchen, die er da kräftig nachzahlen darf.« Wolfert lehnte sich zurück und grinste triumphierend.

»Warum wollen denn Sie selbst jetzt auch noch gegen ihn vorgehen?«

»Einfach so ... Weil es mir eine große Freude ist, nach allem was ich mit diesem Spinner hier jahrelang durchgemacht habe. Er würde es anders herum ja genauso machen, wenn er könnte.«

»Ich verstehe, Rache ist süß.« Sie sah den Menschen vor sich kritisch an. *Wie war das mit dem Engel? Krätzner war schon immer psychisch krank und seit Sabines Tod noch kränker, vor Trauer wahrscheinlich ... Aber ist das ein Grund bösartig und geizig zu sein? Ich will Mitgefühl und keine Rache, aber was wenn es andere tun? Ich möchte diesen Anwalt lieber nicht zum Feind haben, aber ein gutes Wort für Krätzner muss ich jetzt auch nicht einlegen.*

»Tun Sie, was Sie nicht lassen können, aber mit meinen Verfahren hat das dann bitte nichts mehr zu tun!«

»Nein, diese Anzeige bleibt ganz mein privates Vergnügen.« Er setzte schnell wieder eine ganz sachliche Miene auf.

»Lassen Sie uns mal über die Bedingungen reden. Er zahlt 5000 € für Ihren Umzug nach Berlin, außerdem verzichtet er ab jetzt alle Monate vor ihrem Auszug auf Miete und Nebenkosten. Selbstverständlich gehen die gesamten Anwalts- und Gerichtskosten zu seinen Lasten.«

»Oh, das übertrifft meine Erwartungen um Einiges. Und Sie meinen, da lässt er sich drauf ein?« *Er sieht ja ziemlich selbstsicher aus, aber übertreibt er jetzt nicht ein bisschen?*

»Darunter machen wir es einfach nicht. Dann ziehen Sie zwar nach Berlin, behalten aber die Wohnung noch als Zweitwohnsitz. Sie müssen ja noch in der Gegend arbeiten, nicht wahr. Warum also nicht die Wohnung als Unterkunft behalten? Das können Sie so lange tun wie Sie wollen, denn er hätte bei einer sicher verlorenen Räumungsklage keinerlei rechtlichen Mittel mehr, Sie daraus zu bekommen.«

»Okay, wenn das so ist ... Das klingt verdammt gut für mich! Das sind dann also die Eckpunkte für die Verhandlung. Da bin ich ja mal gespannt. Schade, dass ich nicht das dumme Gesicht von ihm sehen kann. Aber ich reise auch gern ganz beruhigt nach Tansania.«

»Sie müssen mir unbedingt mal näher erklären, was sie da eigentlich machen.«

»Ja gern, aber jetzt bin ich etwas in Eile. Gibt es sonst noch Neuigkeiten in den anderen Verfahren?«

»Nein, für die Unterlassungsklage wegen Beleidigung und übler Nachrede habe ich noch nichts erhalten. Da sollte also in den vierzehn Tagen, die Sie nicht da sind, nichts verpasst werden. Wie ist denn mit der Schiedsstelle gelaufen?«

»Die Schiedsfrau und ich haben uns jetzt zwei Mal vor dem Rathaus die Beine in den Bauch gestanden. Krätzner ist natürlich nicht erschienen. Ich komme mir ehrlich gesagt ganz schön albern dabei vor! Außerdem tut mir die Frau auch leid. Ich frage mich was das Gericht sich dabei gedacht hat!«

»Wie, er ist da noch nicht ein einziges Mal aufgetaucht?«

»Nein, nicht ein einziges Mal und jedes Mal völlig unentschuldigt. Und außerdem erhält sie jetzt auch noch perverse Drohbriefe von ihm.«

»Wie, Hassbriefe für die Schiedsfrau?« Wolfert machte große Augen.

»Ja, Sie hören richtig! Am Anfang war sie noch richtig nett und cool drauf, aber jetzt hat sie auch schon Angst vor ihm! Die Frau lebt da im Forsthaus ja auch ziemlich abgeschieden ...«

Wolfert überlegte kurz, dann machte er ein zufriedenes Gesicht.

»Den Schmähbrief ans Landesgericht verwenden wir auf alle Fälle für unsere Unterlassungsklage wegen Beleidigung. Aber das mit dem Schiedsamt ist hoch interessant ... Wenn wir dann die Klage wegen Bedrohung nochmal vor dem Amtsgericht neu aufrollen, sollten wir den Drohbrief an die Schiedsfrau gleich mit einbeziehen.«

Roxane spürte wieder diese Müdigkeit wie bei ihrem letzten Besuch.

»Mir wird ganz schwindelig von den ganzen Verfahren!«

Wolfert lachte sie an. »Sie können aufhören, aber dann gehen auch die Kosten zu ihren Lasten.«

»Oh nein! Es steht jetzt 1:1, verlorene Kündigung gegen eingestellte Strafanzeige, aber die nächste Runde ist ja schon viel aussichtsreicher.«

»Stimmt, bisher haben Sie noch keinen Cent verloren und jetzt werden Sie einige Scheine dazu gewinnen. Sie fahren jetzt erstmal auf Ihre Dienstreise und verschwenden an diese Runde keine unnötigen negativen Gedanken. Ich regele das hier!«

*

Vier Tage später schaute Roxane bei Sonnenuntergang vom Balkon ihres Appartements den Fischern zu, die in ihren alten Daus in den alten Hafen von Dar Es Salam hinein segelten, während die Sonne blutrot im Meer versank. Einige wurden von ihren Familienangehörigen empfangen, die beim Vertäuen der Segler und beim Entladen des Fangs halfen. Andere verkauften ihren Fisch sofort an Händler weiter, die am Rand der Kais in klapprigen LKWs warteten. Es war ein geschäftiges Treiben mit Rufen und Lachen in einer wunderschönen Abendstimmung.

Ganz schön mutig mit den selbstgebastelten Nussschalen auf dem indischen Ozean raus zu segeln. Man fühlt sich in die wilde Zeit des Gewürz- und Sklavenhandels zurück versetzt … Da lobe ich mir den modernen Katamaran, den wir morgen benutzen werden.

Im Zimmer hinter ihr meldete sich ihr Smartphone. Gespannt schaute sie auf das Display. Eine SMS von ihrem Anwalt.

»Liebe Frau Teichert, Verhandlung gut gelaufen, Ergebnis wie besprochen, 2:1 für uns!«

Wow, hat er also alles durchgesetzt. Er nimmt den Mund wirklich nicht zu voll! Wie schön, das darf jetzt gefeiert werden! Darauf trinke ich jetzt mit meinem Chef im Irish Pub unten ein Guinness. Aber vorher checke ich noch schnell die Mails. Vielleicht haben sich die Kinder schon gemeldet.

Sie öffnete ihren Laptop, aber es gab noch keine neue Post. *Wir haben ja erst vor zwei Tagen miteinander gesprochen … Dennoch, mir fehlt irgendwie die gewohnte Ruhe. Sonst wusste ich Tom und Bianca immer bei ihrem Vater. Jetzt habe ich die ganze Zeit so eine unterschwellige Dauerangst, wegen diesem Irren. So kann mein Leben auf keinen Fall weiter gehen.*

Aber ich werde meinen Arbeitsplatz aufgeben müssen, wenn ich nach

Berlin ziehe. Ich werde solche Aufgaben wie hier ziemlich vermissen. Es macht so viel Freude zu sehen, wie das Krankenhaus und die Außenstellen wachsen … Hoffentlich finde ich in Berlin wieder eine ähnliche Stelle …

Es klopfte an ihrer Tür und Philip steckte den Kopf in ihr Zimmer.

»Du sitzt schon wieder vor dem Laptop? Hast du nicht den Sonnenuntergang bewundert?«

»Doch, klar, wie könnte ich mir das entgehen lassen. Aber mein Anwalt hat sich gemeldet …«

»Und?«

»Wir können es bei einem Guinness feiern. Es ist alles nach Plan verlaufen. Solltest du mal einen guten Anwalt brauchen, den kann ich empfehlen!« *Allerdings muss ich jetzt ausziehen.*

»Ja, schön, lass uns feiern. Ich habe da auch noch einen Vorschlag mit dir zu besprechen.«

Was will er von mir? Roxane sah Philip gespannt an, aber in seinem Gesicht war nichts zu erkennen. *Er macht es gern spannend und wichtig.* Erst nachdem sie an der Theke saßen und sich mit dem Bier zugeprostet hatten, lenkte er das Gespräch langsam in seine geplante Richtung.

»Du weißt doch, wo ich gerade wohne, oder, du kennst doch das alte Pfarrhaus? Fast gegenüber von unseren Büros, ein Katzensprung zur Arbeit also …«

»Ja, wieso?«

»Ich ziehe zu meiner Freundin. Du könntest das Haus übernehmen. Für mich allein war es viel zu groß. Die Miete ist nicht teuer und die Vermieter wären froh, wenn jemand ein bisschen was mit dem großen Garten anzufangen weiß. Du hast ja Ahnung von sowas, nicht wahr?«

Sie schaute ihn überrascht an. »Das klingt ziemlich interessant. Ich habe zwar schon etwas anderes, aber es ist noch nicht fest zugesagt …«

»Praktischer könntest du es doch gar nicht haben. Immer ein Auge auf deine Kinder, Platz für euren Hund …«

»Ja, stimmt, das ist ein Angebot, das man fast nicht ausschlagen kann, aber …«

»Es gibt da auch noch einen anderen Grund, Roxane.« Philip prostete ihr nochmal mit seinem dicken Humpen zu, rückte plötzlich näher und schaute sie an.

Was will er jetzt von mir?

»Ich hatte kürzlich ein Vorstellungsgespräch beim Ministerium. Das ist ganz gut verlaufen. Also ich könnte mir vorstellen, dich als Nachfolgerin vorzuschlagen, wenn alles klappt. Du machst das total gut hier und hast genau das Näschen für die richtigen Geber. Vertreten hast du mich ja schon öfter …«

Sie spürte wie ihr die Röte in die Wangen stieg. *Hallo, ich bin doch nicht mehr sechszehn und ein Keks. Immer schön cool bleiben, nix anmerken lassen!*

»So viel Lob tut jetzt erstmal sehr gut, danke Philip. Meinst du denn, unser Personalchef wäre damit einverstanden? Bisher hatte er immer einen männlichen Kandidaten im Hintergrund, dem er ein Pöstchen schuldig war …«

»Ja, weiß ich, Roxane. Herr Lothar ist schwierig und kungelt gerne. Aber wollen wir doch mal sehen! Ich stehe gut mit Jenning und Güntermann, die haben allemal mehr zu sagen als er. Wenn du mir also grünes Licht gibst, setze ich mich ein, wenn es bei mir geklappt hat. Sonst bleibt sowieso alles beim Alten.«

»Ich bin dir voll dankbar, Philip, aber ich muss da erstmal drüber schlafen.«

»Ja, natürlich Roxane, keine Eile, du gibst mir mit beidem Bescheid, wenn es soweit ist. Aber ich denke, du musst da auch erstmal einiges besprechen. Du hast da doch auch einen neuen Freund, wenn ich mich nicht irre?«

»Genau, deswegen brauche ich etwas Zeit … Deine beiden Angebote sind auf jeden Fall so gut, dass ich es mir sehr genau überlegen muss. Wir müssen einfach mal reden.«

Sowas bekommt man nicht täglich. Vielleicht auch nur einmal im Leben …

*

Sie waren am Freitagmorgen in Frankfurt gelandet. Roxane hatte das Auto aus der Parkgarage abgeholt und war schnell auf der Autobahn. Sie wollte bis mittags zuhause sein. *Tom und Bianca werden schon warten. Ich bin so froh, dass alles so gut gelaufen ist. Jetzt sind wir bald wieder eine Familie. Ich freue mich so …*

Claudias Auto parkte schon vor dem Haus in der Leninstraße. Sie stellte den Volvo dahinter ab. Im Fenster entdeckte sie Bianca und hörte sie rufen:

»Sie ist da!«

Darauf stürmte zuerst Sally, dann Bianca und dann Tom durch die Haustür auf sie zu.

»Hallo, oh, wen denn nun zuerst?« Sie nahm Tom und Bianca zusammen in die Arme und der Hund sprang dabei aufgeregt japsend an ihr hoch.

»Mama, da bist du wieder, wie schön.«
Biancas Haare waren flammend rot gefärbt und sie sah sie erwartungsvoll an.

»Gut siehst du aus!«
Sie ließ sich nichts anmerken. *Ich finde sie mit natürlichen Haaren schöner. Ganz schön knallig, aber was soll's ... Es ist eh zu spät ... und es ist ihre Sache.*

Tom sah unverändert aus, aber er schlüpfte einen Moment aus seiner coolen Rolle und küsste sie liebevoll auf die Wange.

»Hallo Mama, gut dich zu sehen, gib mir mal den Koffer!«
Er wirkt erleichtert. »Danke Tom, wo ist denn Claudia?«

»In der Küche, wir dachten, du hast Hunger! Es gibt Buletten und Kartoffelbrei.«

»Oh ja, danke! He Sally, ist ja gut nun mit deinem Hochhüpfen! Ja ich kraul dich jetzt auch mal durch.«

Sie hockte sich hin und Sally ließ sich auf den Rücken fallen und von ihr den Bauch kraulen.

Sie sieht richtig fit aus. Ganz anders als in der Zeit vor meiner Abreise. Damals, als sie auf dem Morgenspaziergang zusammengebrochen ist, hab ich mir noch große Sorgen gemacht. Bei Claudia ist es ihr anscheinend richtig gut gegangen.

Über ihnen, im Fenster, bewegte sich eine Gestalt von der Gardine weg. Roxane schaute kurz hoch. *Er spannt auch schon wieder! Ist mir gerade ziemlich egal, was geht ihn unser Leben an!*

*

Die Magnolienbäume in den Vorgärten glänzten in voller Farbenpracht in der aufgehenden Maisonne. Roxane hatte sich nach der Willkommensfeier gut ausgeschlafen. Sie sah aus dem Küchenfenster.
Bestimmt ist draußen herrliche Luft. Mich hält jetzt nichts auf!

Schnell hatte sie ihre Joggingschuhe angezogen und stieg kurz darauf mit Sally ins Auto.

Endlich Bewegung. Ich muss nach diesen vielen Stunden in engen Flugzeugsitzen mal alle Muskeln und Gelenke lockern. Hoffentlich lässt mich Sally heute nicht im Stich.

Der Hund stürmte ausgelassen los, als sie beim See angekommen waren.

Sie freut sich, mal wieder mit mir unterwegs zu sein.

Bald hatte sie das erste Kaninchen gesichtet und flitzte hinterher. Sie hörte ihr aufgeregtes Japsen. Das Kaninchen rannte ein Stück, ließ sich dann von einem Kumpel ablösen und verschwand in ein sicheres Loch. Das nächste macht das Gleiche und so ging das immer weiter, bis der Hund k.o. war und aufgab.

Eigentlich müsste sie das Spiel doch zur Genüge kennen, aber ihr Jagdtrieb lässt sie immer wieder drauf reinfallen.

Ohne Sally zu sehen, lief sie ein gutes Stück weiter, konzentrierte sich auf ihre Bewegungen und ließ den Gedanken freien Lauf.

Wie geht es jetzt weiter? Philip hat mir ein einmaliges Angebot gemacht, was ich fast nicht ausschlagen kann, aber Oliver will mich heiraten und mit mir zusammen leben ... Ich habe mir versprochen, dieser Liebe eine Chance zu geben. Ich bin einfach wahnsinnig verliebt ... Was soll ich also tun?

Plötzlich war kein Japsen oder Bellen mehr von Sally zu hören. Nur die Vögel sangen, sie hörte ihre eigenen Schritte, sonst war es sehr still im Wald und am See.

»Sally!«

Sie pfiff laut auf zwei Fingern und schaute sich dabei um. Weit und breit war nichts mehr von ihr zu sehen.

Oh weh, hat sie jetzt doch ein Häschen erwischt? Oder ist sie vielleicht wieder zusammengebrochen?

Sie lief jetzt ein Stück des Weges zurück und schaute aufmerksam nach rechts und links. Dann sah sie Sally. Sie kroch mit dem Bauch auf dem Waldboden auf sie zu und sah erbärmlich dabei aus. Die Beine waren seltsam zur Seite geknickt. *O Sally, mein Gott, was ist denn wieder mit dir los?* Sie nahm die Trinkflasche von ihrem Gürtel und drückte dem Tier Wasser ins Maul. Sally schluckte etwas, aber das meiste lief daneben. Dann nahm sie sie vorsichtig auf den Arm und trug sie in Richtung Auto.

»Was ist bloß los mit dir? Wir müssen doch nochmal zum Tierarzt. Das ist doch nicht normal!« *Gestern, bei meiner Ankunft, war sie noch völlig in Ordnung. Wieso das jetzt?* »Haben die Häschen dich so ange-strengt? Es tut mir so leid ...«

Der Hund war nach einer Viertelstunde schwer geworden und als er auf dem Rücksitz des Autos lag, fühlte sie sich erleichtert. Zuhause angekommen, als sie die hintere Tür öffnete, sprang Sally schon wieder alleine vom Sitz.

»Na, wieder besser, meine Süße!« Sie streichelte sanft Sallys braunes Köpfchen und die kleine Hündin sah sie dankbar an. *Es ist so schade, dass du nicht sagen kannst was dir fehlt ...*

In der offenen Garagentür stand Krätzner und beobachtete sie. Er hatte ein Beil in der Hand.

Sie hörte ihn in einem leisen zischenden Flüsterton sagen: »Du miese Fotze, bist du also wieder da!« Dabei streichelte er mit dem Zeigefinger über die scharfe Schneide der Axt.

»Komm Sally!«, sie eilten zum Haus und knallten die Tür hinter sich zu. *Willkommen zuhause!* Ein kalter Schauer lief ihr über den Rücken.

*

Es war der letzte Termin vor dem Schiedsgericht. Frau Schönfeld trug ein geschäftsmäßig wirkendes, blaues Kostüm. Sie schien schon länger vor dem Rathaus zu warten, denn sie hatte sich an das Treppengeländer gelehnt und ihre Handtasche darüber gehängt. In der Hand hielt sie einen Pappbecher und Roxane roch den Duft von Kaffee.

Beide Frauen genossen die Frühlingssonne auf dem Marktplatz, der jetzt zur Mittagszeit geradezu schwirrte vor fröhlichen Unterhaltungen und Gelächter.

Die Leute in den Cafés machten eine Arbeitspause oder erholten sich vorm Einkaufen. Kellner eilten hin und her. Es war ein ständiges Kommen und Gehen. Nur ein Herr Krätzner gehörte nicht dazu ...

»Da bin ich ja mal gespannt, wie unser letztes Treffen verläuft. Meinen Sie, er kommt wieder nicht?« Frau Schönfeld nahm einen Schluck aus ihrem Becher.

»Hat er sich denn inzwischen bei Ihnen gemeldet?«

»Nein, ich habe weder hier im Rathaus noch bei mir zuhause etwas erhalten. Keine Absage, keine Zusage, nichts ...«

»Es tut mir Leid für sie. Ich finde es ziemlich entwürdigend, dass es so gar keine Notiz von ihren Bemühungen nimmt. Schließlich machen Sie das hier ehrenamtlich für die Menschen dieser Kleinstadt.«

»Ach besser als wieder so ein ekliger Brief … Wir stehen hier ja nicht schlecht, warten wir also …«

Roxane erzählte ein bisschen von ihrer Dienstreise und von ihrer Heimkehr. Zum Schluss auch von Krätzners Begrüßung.

Frau Schönfeld war sauer: »Sie hatten recht, so ein Fall gehört nicht vor ein Schiedsgericht. Hier geht es schließlich nicht darum, ob jemand sich über den Löwenzahn im Rasen des Nachbarn aufregt. Ich habe mich inzwischen umfassend erkundigt! Der Mann ist ein gefährlicher psychisch Kranker. Ich bin für sowas gar nicht fachlich ausgebildet.«

Roxane schwieg. *Sie spricht mir aus dem Herzen, aber sie muss sich gegen dieses Weiterschieben von Verantwortung selbst wehren. Gott sei Dank ist es für mich gleich herum. Er kommt bestimmt nicht mehr!*

Nach einer etwas längeren Pause sagte Frau Schönefeld: »So jetzt ist die Wartezeit endgültig vorbei! Ich erkläre das Schiedsverfahren für gescheitert!«

»Okay, was passiert jetzt?«

»Kommen Sie, wir setzen uns jetzt erstmal in die Eisdiele, ich lade Sie ein.« *3:1 für mich also! Er wird schon noch sehen was er davon hat.*

»Vielen Dank, das ist sehr freundlich von Ihnen!«

Die Unterlagen gehen noch heute direkt ans Amtsgericht zurück und ich erstatte offiziell Bericht. Ich werde auf die Gefahr durch diese Person für Sie und mich hinweisen und darauf drängen, dass sofort etwas gegen diesen Menschen zu unternehmen ist. Außerdem werde ich mich über die Untätigkeit des sozialmedizinischen Dienstes beschweren.«

»Ich verstehe, Herr Tillich war für mich ja auch nicht sehr hilfreich, als ich ihn wegen Herrn Krätzner besucht habe.«

»Darf ich fragen, wie es jetzt für Sie weiter geht?«

»Wahrscheinlich ziehe ich sehr bald zu meinem neuen Lebensgefährten nach Berlin.«

»Oh wie schön für Sie. Einen starken Mann zur Seite zu haben ist sicherlich sehr erholsam für sie, nach dieser Zeit. Ich wünsche Ihnen alles Gute für ihre Zukunft!«

*

Unsicher lenkte Eugen Krätzner sein Auto in Richtung Innenstadt Lautertal. Die Stimme in seinem Kopf war heute sehr laut und machte ihm ständig Vorwürfe, dass er so viel Angst vor Menschen hatte. »Wenn du mit dem Staatsanwalt gesprochen hättest oder wenigstens mit dieser Schönfeld. Aber du verteidigst dich nicht richtig und kneifst nur den Schwanz ein! Kein Wunder, dass es dann für dich so schlecht läuft!« »Lass mich doch mal einen Augenblick in Ruhe! Ich kann mich nicht richtig aufs Fahren konzentrieren. Warum sehe ich heute nur so schlecht?«

Mit seinen Schlangenlinien erwischte er ein paarmal die Bordsteinkanten der Bürgersteige und schließlich überfuhr er auch noch die rote Ampel am Zebrastreifen zur Innenstadt. Glücklicherweise war um 10 Uhr morgens in der Stadt noch nicht viel los. Vor dem Amtsgericht parkte er auf dem Bürgersteig im absoluten Halteverbot, nachdem er schon gute zehn Meter auf dem Gehweg gefahren war. Eine ältere Dame quetschte sich an die gelbe Sandsteinwand des Amtsgerichtgebäudes und sah ihm mit offenem Mund nach.

»Weg, du alte Schlampe!«, knurrte er, als er umständlich aus dem Auto stieg.

»Sie müssen dir Einblick in die Unterlagen gewähren, das ist dein gutes Recht!«, donnerte die Stimme des Dämons wieder in seinem Kopf.

Er zog sich am Geländer mühevoll die Stufen zum Eingang hinauf.

»Immer noch nicht mal barrierefrei, die kriegen hier doch gar nichts zustande!«

Erschöpft stand er im Foyer des Gerichtsgebäudes vor der Glasscheibe des Empfangs und wartete.

»Mach dich mal bemerkbar, die Alte da quatscht stundenlang am Telefon und kümmert sich nicht um dich!«

Die Stimme des Dämons war ungeduldig und heizte ihn weiter an.

»Guten Tag, ich möchte ins Büro des Gerichtsdieners, wegen einer Akteneinsicht.«

Der unwirsche Blick und die lahmen Bewegungen der dicken Empfangsdame ließ noch mehr Hitze in ihm hoch steigen.

»Haben sie einen Termin?« Die Stimme der Dame klang wegen der Unterbrechung beleidigt und provozierte regelrecht Ärger.

»Einen Termin brauchst du nicht! Schließlich musst du mit der Beschwerde innerhalb von 14 Tagen antworten. Auch bei dir kann mal Gefahr in Verzug sein. Lass dich also nicht abwimmeln!«

Er ging einfach weiter, ohne der Empfangsdame zu antworten. Schließlich kannte er sich hier im Gebäude schon ziemlich gut aus. Vor dem Büro mit dem Schildchen Raum 24, Aktenablage / Einsicht für Besucher, stoppte er kurz, um anzuklopfen.

»Die machen nicht auf. Pennen die da drin?«

»Geh einfach rein! Alte, kranke Bürger dieser Stadt brauchen nicht stundenlang zu warten!«

Das erstaunte Gesicht des älteren Herrn blickte ihn von mehreren aufgeschlagenen Aktenordnern über den Schreibtisch hinweg an und fragte: »Wie kommen Sie denn jetzt hierher?«

»Uninteressant! Ich brauche Einsicht in den Fall Teichert gegen Krätzner.«

»Das ist doch erst vor drei Tagen hier eingegangen. Das habe ich noch nicht fertig. Holen Sie sich einen Termin und kommen sie dann wieder.«

Sein Gegenüber hatte einen sturen und genervten Tonfall, und die Hitze in ihm wurde zu Weißglut.

»Nein, machen Sie endlich Ihre Arbeit! Sofort, sage ich, sonst passiert hier ein Unglück! Ich komme kein zweites Mal!«

»Ich denke gar nicht daran, lassen Sie sich gefälligst am Eingang einen Termin geben. Eine Unverschämtheit, hier einfach so reinzuplatzen!«

Der Beamte nahm einen Aktenordner auf, ging zu einem großen, hohen Regal, kletterte drei Stufen auf der Stehleiter davor hinauf und schob den Ordner in eine Lücke.

Der Dämon spornte ihn an. »Zeig ihm, was passiert, wenn er nicht gleich dafür sorgt, dass du deine Unterlagen bekommst!«

So angeheizt rüttelte er an der Leiter und schimpfte: »Sie sollen endlich diese verdammte Akte herausgeben!«

»Verschwinden Sie, oder ich lasse Sie rauswerfen!« Der Mann wollte ein Bein wieder eine Leitersprosse tiefer setzen. Krätzner sah die Wade vor seinem Gesicht in der Luft baumeln und biss hinein.

»Aua, verdammt nochmal!« Der panische Aufschrei seines Opfers machte ihm bewusst, was er gerade getan hatte. Aber er fühlte sich trotzdem immer noch im Recht.

»Ich will meine Akte einsehen, du Arschloch, sonst …«

»Hilfe!«, schrie der Gerichtsbeamte und sprang die letzten Sprossen von der Leiter, um zur Tür zu eilen. »Ein Verrückter, ein Wahnsinniger, er hat mich gebissen!«

Zwei Polizeibeamte, die im ersten Stock vor einem Vernehmungsraum warteten, eilten ihm entgegen.
»Wo ist er?« Sie stürmten den Raum und bauten sich vor Krätzner auf.
»Was machen Sie hier? Wieso beißen Sie hier die Leute?«
Beim Anblick der kräftigen Polizisten sackte er in sich zusammen und ließ sich willenlos aus dem Büro begleiten. Dabei rannte der Beamte hinterher und beschwerte sich wütend und wehleidig. Er verstand etwas von »Anzeige erstatten«. Mehr konnte er nicht verstehen. Sie hatten ihn einfach vor die Tür gesetzt. Man würde sich schon noch bei ihm melden. An seinem Auto prangte ein Knöllchen. Er warf es in den Rinnstein und sah zu, dass er so schnell wie möglich davon kam.

*

Zuhause setzte er sich sofort an seinen Computer und hämmerte mit Unterstützung seines dämonischen Ratgebers einen Beschwerdebrief an das Amtsgericht in die Tasten:

An das Amtsgericht Lautertal
Rathausstraße 336
52466 Lautertal   Lautertal, 26.05.2007

Zensurbestimmung: Dieser Brief ist nicht für das Arschloch aus der Aktenablage bestimmt, da solcher juristischer Tobak zu schwer für ihn ist und er Gefahr läuft, wieder Amok gegen friedliche Bürger zu laufen.

• Sofortige Beschwerde gegen einstweilige Verfügung der Richterin von Gandern

Hiermit wird sofortiger Widerspruch gegen die einstweilige Verfügung des Amtsgerichts Lautertal eingelegt. Ich werde keine zehn Meter Abstand zu Familie Teichert einhalten, denn sie wohnen in meinem Haus, wo ich mich frei bewegen kann, wie ich will. Wenn Richterin von Gandern meint, mir als Hausbesitzer verbieten zu können, in meinem Haus zu gehen und zu kommen wie es mir beliebt, irrt sie sich gewaltig.
Es gibt keine rechtlichen Grundlagen für solch eine willkürliche Entscheidung, in keinem Gesetzestext, nirgendwo! Die dienstlichen Äuße-

rungen der Richterin, Frau von Gandern, wurden nicht an die Parteien versandt. Ich kann daher nicht in der Frist von 14 Tagen Stellung beziehen, weil das Arschloch aus der Aktenablage im Amtsgericht Lautertal mir keine Akteneinsicht gewährt. Die Richterin sollte sich Nachhilfestunden in rechtlichen Grundlagen geben lassen, wenn sie sich in solchen hirnrissigen Verfügungen verrennt und Verfahren nicht einhalten kann. Der Beschluss des Amtsgerichts ist aus rechtlichen Gründen somit nichtig.

• Antrag auf Vertagung des Verhandlungstermins

Die Neufassung der Klage wegen Unterlassung von Bedrohung, Teichert gegen Krätzner, liegt mir vor. Der Vorladung zur Verhandlung am 15. Juni 2007, des genannten Sachverhalts, kann nicht nachgekommen werden, da ich mich vom 10. Juni bis zum 17. Juni 2007 in einem Krankenhaus in Hamburg, wegen einer dringend notwendigen Behandlung, befinde. Ein Attest wird nachgereicht, sobald ich in Hamburg meinen Arzt treffe.

• Falschinterpretation der Beschwerde gegen Richterin von Gandern (Befangenheitsantrag)

Das Arschloch von der Aktenablage im Amtsgericht Lautertal hat mir weiterhin keine Akteneinsicht in die Dienstliche Stellungnahme zum Befangenheitsantrag der Richterin von Gandern gewährt. Die Ablehnung des Amtsgerichts zu meinem angeblichen Befangenheitsantrag ist somit ebenfalls aus formalen Gründen nichtig, da eine Stellungnahme behindert wurde.

Außerdem: Wenn der Leser den Schriftsatz des Beklagten unvoreingenommen und emotionsfrei liest, muss er zu dem Schluss kommen, dass es sich gar nicht um ein Ablehnungsgesuch wegen Befangenheit handelte, sondern nur um Rügen gegen die Richterin von Gandern. Falls das Amtsgericht nicht in der Lage ist, den Unterschied zwischen einer Rüge und einem Antrag wegen Befangenheit zu erkennen, kann es aus anderen Verfahren, von denen ich leider betroffen war, erschließen, wie ein Befangenheitsantrag gestellt wird.

Das Amtsgericht Lautertal ist emotional aufgewühlt und in großer Hektik, wenn es auf meinen Konjunktivvortrag so heftig reagiert, alle Vernunft fahren lässt, Gespenster sieht und Spinnweben nachjagt. Tatsache ist, dass der Beklagte absichtlich kein Ablehnungsgesuch gestellt hat, sondern das Landesgericht nur um Versetzung der Richterin bat, weil sie dem Fall nicht gewachsen ist.

- Abschließende Beurteilung des Falls Teichert.

Da die Teichert Familie die Räumungsklage verloren hat und in Kürze ausziehen muss, sind die Klagen der Klägerin Teichert, die unter einer schweren endogenen Psychose in Form von Paranoia und Schizophrenie leidet, der Verhandlung nicht mehr würdig und vom Amtsgericht abzulehnen. Der Ärger wird automatisch mit ihrem Auszug ein Ende haben. Das Amtsgericht kann sich die Arbeit ersparen und muss den Steuerzahler nicht weiter mit Verhandlungen solcher Art belasten.

Hochachtungsvoll
Eugen Krätzner

*

Nachdem sie die Durchschrift gelesen hatte und mit Herrn Wolfert telefoniert hatte, bekam Roxane einige Tage später das Antwortschreiben ihres Anwalts:

An das Amtsgericht Lautertal
Rathausstraße 336
52466 Lautertal   Lautertal, 29.05.2007

Sehr verehrtes Gericht
Nachdem meine Mandantin durch den Ihnen bekannten kürzlich abgeschlossenen Vergleich zugestimmt hat, aus der Wohnung des Vermieters Eugen Krätzner auszuziehen, beziehen wir hier Stellung zum Antrag des Beklagten, die anhängigen Klagen Unterlassung der Bedrohung und Unterlassung von ehrverletzenden Beleidigungen einzustellen.

Wie ihnen ebenfalls bekannt sein dürfte, bedroht der Beklagte auch Personen außerhalb seines Hauses, wie im Fall der Schiedsfrau Schönfeld und greift sogar tätlich Personen im Amtsgericht an. Frau Teichert wird zwar ausziehen, ist aber weiterhin beruflich in der Gegend tätig. Auch ihre Kinder werden aufgrund familiärer Verhältnisse nicht alle Zelte in Lautertal abbrechen. Somit kann nicht ausgeschlossen werden, dass der Beklagte in seinem Hass und in seiner Rachsucht der Familie weiterhin auflauert und versucht, ihnen Schaden zuzufügen. Die Verhandlung der Klage wegen Unterlassung von Bedrohung muss aus diesem Grund stattfinden.

Bezüglich der Vertagung des Verhandlungstermins weisen wir darauf hin, dass Frau Teichert bei der Verhandlung wegen der Räumung nicht anwesend war und es dem Beklagten genauso möglich ist, sich rechtlich vertreten zu lassen. Die Klage wegen Unterlassung von Bedrohung bedarf eines schnellen Verfahrens, da Gefahr im Verzuge ist.

Die Neufassung des Klageschreibens wegen Unterlassung ehrverletzender Äußerungen und Schmerzensgeld wird auf Wunsch des Amtsgerichts, wegen zwei Erweiterungen und der Abtrennung der Bedrohungsklage, nochmals zusammengefasst. Der Beklagte soll verurteilt werden, bei Zuwiderhandlung eines festzusetzenden Ordnungsgeldes bis zu 5000 € oder Ordnungshaft von 6 Monaten, es zu unterlassen, wörtlich oder sinngemäß zu behaupten, dass:

- Die Klägerin von ihrem Vater jahrelang sexuell missbraucht worden sei und dass sie mit der hierdurch erlittenen psychischen Belastung Probleme habe,
- Das Verhalten der Klägerin pathologische Züge trage,
- Die Klägerin eine sichtbare Persönlichkeitsstörung bzw. eine krankhafte Persönlichkeitsstruktur habe,
- Die Klägerin unter einer schweren endogenen Psychose in Form von Paranoia oder klimakterisch bedingter Schizophrenie leide,
- Die Klägerin ein ichbezogener narzisstischer Mensch sei, der brutal und rücksichtslos die Interessen anderer mit Füßen tritt, unter
- Verfolgungswahn, Halluzinationen, Sexualstörungen, Realitätsverlust, Verlust der Wahrnehmung von Recht und Unrecht, Tobsuchtsanfällen, Tierquälerei und Hysterieanfällen leide,
- Die Tochter der Klägerin psychisch krank sei,
- Die Klägerin eine hemmungslose Lügnerin sei,
- Die Klägerin finanzielle Probleme habe,
- Die Klägerin ihre Kinder zu Falschaussagen vor Gericht zwinge,

Die Klage wird wegen Umzug der Klägerin nicht zurückgezogen, denn diese ehrverletzenden Äußerungen des Beklagten sind kein legitimes und legales Mittel, Mieter aus ihrer Wohnung zu verdrängen. Sie dürfen nicht gegenüber der Klägerin, nicht gegenüber dritten Personen und schon gar nicht vor Personen des öffentlichen Rechts, geäußert werden. Zudem muss auf eine Unterlassung gedrängt werden, da eine Wiederholungsgefahr, wie vom Beklagten allseits bekannt und erfahren, jederzeit möglich ist.

Hochachtungsvoll
Rechtsanwalt Wolfert

*

Am letzten Samstagmorgen im Mai stand Bianca vor Roxanes Bett und versuchte mit ängstlicher, leiser Stimme, sie zu wecken:
»Mama? Sally geht es schon wieder so komisch … Ich hab so Angst! Sie kann nicht richtig laufen und rutscht die ganze Zeit mit der Nase über den Fußboden. Sie blutet schon ganz schlimm. Du musst wach werden, Mama!«

Sie sah stöhnend auf ihren Wecker. *Erst 8:00 Uhr, was macht Bianca hier, so früh? Das stimmt was wirklich nicht, wenn sie schon wach ist.*

»Ich war doch erst gestern zum dritten Mal beim Tierarzt. Sie wurde geröntgt und das Blut untersucht. Da war nichts festzustellen. Er meinte, vielleicht hat sie eine Allergie …«

»Das ist keine Allergie, Mama. Guck sie dir doch mal an! So wie heute Morgen war es noch nie!« Bianca sah sehr angstvoll aus und sie folgte ihr in die Küche.

Sallys zarte Hundenase war aufgerissen und Blut lief ihr die Schnauze hinab. Als sie Roxane sah, versuchte sie aus dem Körbchen hochzukommen, aber sie schwankte sehr stark und gab den Versuch wieder auf.

»Ach du liebe Zeit!« Roxane hockte sich vor sie hin und streichelte sie. Die Hundenase fühlte sich glühend heiß an und das Tier zitterte am ganzen Körper. »Du armer kleiner Hund, was ist bloß mit dir los?«

»Was sollen wir jetzt machen, Mama?« Bianca stand hinter ihr und sah käseweiß aus.

Eine Weile streichelte Roxane nachdenklich Sallys braunes Fell. Dann holte sie eine Schale mit frischem Wasser und stellte sie vor Sallys Korb. Die Hündin erhob sich wackelig und schlug dabei mit dem Kopf gegen ein Stuhlbein. Schwankend kroch sie auf das Wasser zu und versuchte zu trinken. Es gelang ihr kaum zu schlucken. Bianca half ihr weinend zurück in die Kissen.

»Bleib schön liegen, alles wird gut!«

Roxane dachte angestrengt nach. *Das geht jetzt so seit Wochen und wird immer schlimmer … Dieser Tierarzt ist doch irgendwie nicht der Richtige. Das ist keine normale Hundekrankheit, aber Gift konnte er auch nicht nachweisen. Er meinte nur, ihr Herz sei ziemlich groß für einen kleinen Hund, aber sie ist ja auch ziemlich agil …* Dann kam ihr eine Idee.

»Bianca, wecke mal Tom auf, wir fahren nochmal zu einer anderen Tierärztin. Die hat damals unseren alten Kater behandelt, als wir noch mit Papa zusammen gewohnt haben. Und sie hat ihn damals wieder gesund bekommen, obwohl niemand mehr so recht dran geglaubt hat. Sie ist ein bisschen weiter weg, aber das ist mir jetzt egal. Wir haben bei dem Tierarzt hier auch schon so viel Geld gelassen, ohne dass er Sally geholfen hätte … Ich guck mal, ob die Praxis am Samstagvormittag offen hat.«

Sie suchte die Adresse heraus, telefonierte und sagte kurz darauf: »Alles klar, wir fahren gleich los.«

Bianca sah sofort wieder etwas hoffnungsvoller aus.

Tom tauchte sehr verschlafen in der Küche auf, setzte sich vor Sallys Körbchen und streichelte sie.

»Puh, wie heiß sie ist! Die hat richtig hohes Fieber!«

»Tom, bitte zieh dich an. Wir müssen bald los, die Praxis hat samstags nur bis 12 Uhr offen.«

Während Roxane sich ankleidete, dachte sie: *Ich habe ein ganz schlimmes Gefühl bei der Sache. Wenn das für Sally nicht schon zu spät ist …*

Nachdem sich alle ein bisschen fertig gemacht hatten, rief Tom zum Aufbruch.

»Komm Sally!« Er nahm die Leine vom Haken.

Sally bewegte sich ruckartig aus ihrem Körbchen hoch, als sie sah, dass es nach draußen gehen sollte. Als sie auf Tom zulief, knickten ihre Vorderpfoten weg. Sie verfehlte die Küchentür und schlug mit dem Kopf gegen den Türrahmen. Tom erschrak.

»So schlimm? Was tut dir bloß so weh?« Er nahm sie auf den Arm und trug sie zum Auto.

Die Tierärztin untersuchte Sally lange und gründlich.

»Ihre Reflexe und Nervenbahnen funktionieren nicht mehr, deswegen kann sie die Vorderpfoten nicht mehr richtig aufsetzen. Sie muss schreckliche Kopfschmerzen haben und sehen kann sie scheinbar auch nicht mehr richtig. Vielleicht ist es ein Tumor.«

»Aber Ihr Kollege hat geröntgt und nichts gefunden …« Roxane sah die verzweifelten Gesichter ihrer Kinder, weil auch hier nur Rätsel geraten wurde.

»Das vergrößerte Herz kann eine Entzündung sein.« Die Tierärztin streichelte voller Mitgefühl über Sallys weiches Fell.

»Irgendetwas hat ihr gesamtes Nervensystem komplett außer Gefecht gesetzt. Sehen Sie, sie bekommt kaum noch Luft. Hat sie irgendetwas aus einer Mülltonne gefressen? Oder von der Straße aufgelesen?«

»Nicht dass ich wüsste. Sie ist eigentlich nicht so ein blöder Hund, der jeden Mist von der Straße in sich reinschlingt. Eher wählerisch …«

»Ich verstehe …«

Nachdenklich fuhr die Tierärztin fort Sallys Kopf zu streicheln.

»Sie hat höllische Schmerzen und ich weiß jetzt nicht, wie ich ihr helfen soll. Es könnte alles Mögliche gewesen sein. Wir können nur einzelne Gifte nachweisen, die normalerweise für Ratten oder ähnliches verwendet werden. Das hat mein Kollege ja bereits versucht. Das Blut aus der Nase zeigt, dass die Organe schon schwer angegriffen sind. Sie geben nach und nach ihre Funktion auf.«

»Kann sie wieder gesund werden? Bitte!« Bianca sah die Tierärztin verzweifelt an.

Die Frau machte ein trauriges Gesicht: »Das sieht sehr schlecht aus. Sie wird wahrscheinlich diesen Tag nicht mehr überleben …«

Tom legte einen Arm um Bianca und beide fingen an zu weinen.

Roxane sah der Frau in die Augen und ohne Worte wurde klar, was als nächstes kommen würde. *Wie werden Tom und Bianca das verkraften? Und ich selbst?*

Die Tierärztin nahm Sally vom Behandlungstisch auf den Arm. Sie sah Tom und Bianca an.

»Setzt euch bitte mal hier nebeneinander auf den Tisch hier.«

Nachdem die beiden dies befolgt hatten, legte sie Sally vorsichtig den Kindern auf den Schoß. Mit gesenkten Köpfen hielten sie Sally in ihren Armen und streichelten sie liebevoll.

»Halte ihren Kopf gut fest«, sagte sie zu Bianca. »Spürt ihr, wie sie zittert? Sie hat schreckliche Schmerzen. Erlaubt ihr mir, dass ich sie erlöse?«

Tom sah erschrocken auf. Roxane kam hinzu und legte von hinten die Arme um ihre Kinder.

»Bitte! Es ist das Beste für Sally!«

Tom nickte stumm und auch Bianca erhob keinen Einwand mehr. Die Tierärztin zog eine Spritze auf. Roxane ging um die Kinder herum und legte dem Hund nun auch ihre Arme um, während die Spritze gesetzt wurde.

Du warst mir eine so treue Begleitung, es tut mir so schrecklich leid. Tränen liefen ihr über das Gesicht und auch Tom und Bianca ließen jetzt ihrer Trauer vollen Lauf.

Nach und nach wurde das Zittern in Sallys Körper ruhiger. Sie sah ihre Familie unverwandt an, bis das Licht in ihren Augen erstarb. Lange Zeit war es ganz still im Raum, bis auf das gelegentliche Schluchzen. *Dieses schreckliche Ende hat sie nicht verdient. Sie war so treu und so mutig. Wenn ich nur wüsste, warum sie so krank geworden ist.*

Schließlich nahm die Tierärztin Sally vom Schoß der Kinder und legte sie auf einen anderen Tisch. Dort nahm sie ihr Halsband ab und gab es Bianca.

Roxane fand als erste wieder ein paar Worte.

»Sie war doch erst 8 Jahre alt. Das ist doch noch kein Alter für einen Hund!«

Die Tierärztin nickte. »Aber es ging nicht anders. Wir haben sie von ihrem Leiden erlöst.«

Mitleidig sah sie Bianca und Tom an.

»Wer oder was immer das verursacht hat, ich behalte sie hier und werde versuchen herauszufinden, was die Ursache war, unentgeltlich natürlich. Ich möchte selbst wissen, was hier los war. Ich rufe euch an!«

Die Heimfahrt kam allen endlos vor. Niemand sprach ein Wort. Bianca weinte immer noch leise vor sich hin. Tom hielt sie tröstend im Arm. *Besser jetzt nichts sagen als was Falsches. Trauer braucht ihre eigene Zeit.*

Zuhause gähnte ein leerer Hundekorb die Familie an. Bianca legte Sallys Halsband und ihre Leine darauf. Tom holte eine Kerze und stellte sie vor dem Korb auf. Still saßen sie zusammen und trauerten, bis Roxane anfing, ein Frühstück zuzubereiten.

»Ihr habt noch gar nichts im Magen. So geht das nicht! Ein bisschen passt bestimmt hinein!«

Noch viele Tage wurde Sallys Korb nicht angerührt. Es war sehr still und leer geworden um sie herum. Roxane konnte morgens nicht joggen gehen. Ständig lauschte sie nach den trippelnden Pfoten von Sally neben sich. Da war aber nichts. *Wo bist du jetzt, Sally? Du fehlst mir so!*

Juni

Es war eine schwere Zeit. Der Himmel hatte alle seine Schleusen geöffnet und untermalte die Trauer mit einem monsunartigen Regen, der tagelang anhielt. Bei jedem Kommen, Gehen und Zusammensein fehlte Sallys fröhliches Wesen, als ob man dem Sommer alles Licht gestohlen hätte. Dann brachte ein Brief vom Amtsgericht und ein Telefongespräch etwas Hoffnung in Roxanes nächste Tage.

Endlich, es geht weiter! Was ein Glück, der Verhandlungstermin wegen der Unterlassung von Bedrohung wird nicht verlegt. Sie haben einen neuen Richter eingesetzt! Wolfert kennt ihn. Der fackelt nicht lange, meint er. Ich glaube, ich gehe zur Verhandlung, auch wenn man mich freundlicherweise entbunden hat. Ich bin einfach neugierig, wie dieser Richter Clasen ist.

*

Am Tag des Gerichtstermins schüttete es wie aus Kübeln. Als sie den Verhandlungsraum betrat, entdeckte sie in der hintersten Reihe Frau Schönfeld im Gespräch mit einem älteren Herrn.

»Ich musste mit dem Biss im Bein zum Arzt!«, klagte der Herr gerade und die Schiedsfrau bedauerte ihn von ganzem Herzen.

»Guten Tag Frau Schönfeld, möchten Sie auch wissen, wie es ausgeht?«

»Ja, es interessiert mich und den Herren hier aus der dem Büro des Amtsgerichts auch … Ich habe viel an Sie denken müssen! «

»Das ist sehr freundlich von Ihnen. Herr Krätzner ist aber von dem Termin entbunden worden, das wissen Sie?«

»Nein, das wusste ich nicht. Schade, ich hätte ihn gerne mal gesehen.«

»Er hat sich krank gemeldet.«

»Na wenigstens etwas, bei mir hatte er noch nicht mal das nötig!«

Ihr Gespräch wurde unterbrochen. Richter Clasen betrat, gefolgt von Herrn Wolfert und einem zweiten Herrn, den Verhandlungsraum. Der alte, grauhaarige Richter stellte sich hinter das Stehpult, schaltete mechanisch sein Aufnahmegerät ein und fing ohne Umschweife an zu reden:

»Wir verhandeln hier die Klage von Frau Roxane Teichert gegen Eugen Krätzner, wegen mehrfacher tätlicher Bedrohung. Nachdem meine

Kollegin, Frau Richterin von Gandern, die Kinder der Klägerin bereits ausreichend zur Sache befragt hat, steht fest, dass die Klage gegen Herrn Krätzner berechtigt ist. Der Beklagte hat sich zudem auch gegen andere amtliche Personen aggressiv und bedrohlich gezeigt, was die Zeugenaussagen umso glaubwürdiger macht.

Der Beklagte ist wegen Krankheit bei diesem Prozess entschuldigt. Da er keinen Anwalt zur Vertretung bestimmt hat, hat das Amtsgericht einen Verteidiger gestellt. Herr Bergmann, haben Sie Einwände gegen die vorgebrachte Begründung?«

Der Angesprochene erhob sich kurz:»Nein, euer Ehren, ich habe keine Einwände.«

Der Richter nickte und fuhr mit vollkommen emotionsloser Stimme fort:»Der Beklagte wird schuldig gesprochen und dazu verurteilt, sich künftig Frau Teichert und ihren Kindern nicht mehr als auf 10 Meter zu nähern. Damit wird die einstweilige Verfügung meiner Kollegin Frau von Gandern in eine dauerhafte rechtliche Verurteilung erweitert.

Weiterhin wird verordnet, dass der Beklagte keine Drohungen mehr gegen die Familie Teichert verschriftet, verschickt und auch nicht mehr verbal vorbringt. Bei Missachtung muss der Beklagte gemäß § 890 ZPO eine Strafe von 2500 € an die Gerichtskasse zahlen. Wird die Zahlung nicht fristgerecht eingehalten, erhält der Beklagte eine Haftstrafe von 30 Tagen. Alle Kosten der Verhandlung gehen zu Lasten des Angeklagten. Die Sitzung ist geschlossen. Sie dürfen sich erheben.«

Die Anwesenden waren allesamt noch nicht mal aufgestanden, da war der alte Richter schon aus dem Saal verschwunden.

Roxane schaute auf die Uhr. *Sieben Minuten für so viele Umstände im Vorfeld!* Sie begrüßte Herrn Wolfert.

»Wie Sie schon sagten, der fackelt nicht lange. Anscheinend haben alle ordentlich Respekt vor ihm …«

»Er weiß was er tut. Es gibt kaum ein Verfahren wo sich ein Widerspruch lohnt.«

»Das glaube ich Ihnen gern, nur denke ich, das wird trotzdem nicht viel bringen. Krätzner greift die Leute im Affekt an. Ich glaube nicht, dass ihn eine Geldstrafe davon abhalten kann.«

»Das sehe ich ähnlich. Aber es muss endlich eine Lösung zwischen dieser Grauzone von vogelfreien Untaten und bürgerlicher Verantwortung gefunden werden. Entweder wird er weggesperrt und entmündigt oder er wird bestraft. Da bin ich mir mit Richter Clasen sehr einig.«

»Aha, gut zu wissen … Nun steht es 4:1 für mich. Vielen Dank für Ihre Unterstützung.«

»Wir können zufrieden sein. Eigentlich steht es sogar 5:0 für Sie, wenn man es nur auf finanzieller Ebene sieht. Das eingestellte Strafverfahren gegen ihn hat Sie ja nichts gekostet. Das 6:0 kriegen wir nun auch bald hin, Sie werden sehen!« Wolfert winkte fröhlich, als er durch den Regen zu seinem Auto rannte.

Ganz schön ehrgeizig, Herr Anwalt! Aber gut für mich, warum also nicht! Dennoch sehe ich in dem Verhalten des Landgerichts eher eine Niederlage für die Gerechtigkeit in unserer gesamten Gesellschaft.

*

»Ich will in einer Grillhütte feiern. Wir wollen ein oder zwei Bands einladen und klar machen wir selber auch Musik!«

Roxane hörte Tom und Bianca in der Küche reden, während sie ihren patschnassen Schirm in der Badewanne abstellte. Offensichtlich plante Tom seinen 18ten Geburtstag.

Der lässt sich von dem Dauerregen aber nicht großartig abschrecken. Naja, auf alle Fälle besser als diese ständige Trauer um Sally. So langsam scheinen sie auch mal wieder an was anderes denken zu können.

»Hast du schon überlegt, wer alles kommen soll?«, hörte sie Bianca fragen.

»Klar, habe hier diese Liste gemacht.«

Roxane spähte in die Küche. »Hallo ihr zwei!«

Tom schob seiner Schwester gerade ein Blatt über den Küchentisch und Bianca inspizierte es kritisch.

»Da fehlen noch Cathrin und Franzi.«

»Typisch, ist das mein Geburtstag oder deiner?«

»Hallo, du hast hier rund 50 Leute eingeladen, da kommt's doch auf zwei mehr oder weniger auch nicht an. Ich brauche auch etwas Verstärkung von meinen Freundinnen!«

»Hast ja Recht. Von mir aus, lade die beiden eben auch noch ein. Ein paar Mädels mehr können nie schaden!«

Jetzt wird mein Großer bald das Nest verlassen. Ich glaube, er freut sich drauf. Aber ich bleibe immer seine Mutter und Bianca braucht mich gerade umso mehr. Ihre Pubertät ist ein einziges Gefühlschaos. Dieser Zickenkrieg an ihrer Mädchenschule macht sie fertig. Ich hoffe, sie kann an einem ganz normalen Gymnasium in Berlin neue Freundschaften schließen. Das wäre gut für ihr Selbstbewusstsein. *Andererseits ist es auch schön, dass die beiden sich als Geschwister so lieb haben. Ich will sie eigentlich nicht entzweien... Ach, ich weiß manchmal nicht was richtig ist.* Berlin ist schon weit weg. *Niemand kann vorher sagen, ob ein Entschluss für so eine große Veränderung richtig ist ...*

Sie hörte den Kindern noch ein bisschen zu, bis sie merkte, dass die Planung ziemlich ausschweifend wurde.

Ich will ihnen zwar nicht die ganze Vorfreude vermiesen, aber angesichts der Umstände ist auch etwas Vernunft angesagt ... Sie unterbrach mit mütterlicher Ratio.

»Tom, wo hast du denn schon eine Grillhütte gebucht?«

»Öh, nee, hab noch keine gekriegt ... Die am Warteberg meinten, Jugendliche machen ihnen zu viel Dreck. Als ob Alte nicht auch Dreck machen! Aber ich habe ja erst angefangen zu suchen ...«

»Hast du mal den langfristigen Wetterbericht angesehen?«

»Nö, auch noch nicht ...«

»Und was machst du, wenn das Wetter die nächsten Tage so weiter geht wie jetzt?«

»Weiß noch nicht ...«

Bianca fuhr dazwischen: »Wir werden trotzdem feiern, was das Zeug hält! Irgendwann muss man doch mal wieder ein bisschen fröhlich sein!«

»Ja, ich gönne euch das auch, ganz bestimmt! Aber draußen?«

Tom schüttelte den Kopf und sah fröstelnd aus dem Fenster.

»Nö, da kommt dann wohl keiner! Kann man ja auch schlecht draußen pennen und so ...«

»Und was dann?«

»Kommen wir hierher, nachhause!« Tom sah Roxane halb provokant, halb scherzhaft an.

»Hierher? Über 50 Leute? Wie stellst du dir das vor, auf 70 Quadratmetern? Wo sollen die Bands spielen? Vielleicht im Hausflur auf dem Treppenabsatz?«

Tom lachte: »Na, da würde sich Krätzner aber freuen!«

»Ach, der ist übrigens nicht da. Das weiß ich zufällig, weil er beim letzten Amtsgerichtstermin abgesagt hat. Wir haben bis zum 17. Juni Ruhe vor ihm. Er ist in Hamburg.«

»Echt jetzt? Wir haben sturmfrei? Das ist ja geil!«

»Ja und daher mache ich dir jetzt einen Vorschlag, den du überdenken kannst. Du lädst vielleicht etwas selektiver ein und feierst wegen dem unsicheren Wetter direkt hier? Wir könnten hinten im Garten grillen, und wenn es regnet, verlegen wir alles in die Wohnung.«

Bianca warf Tom einen bedeutsamen Blick mit einem Ausrufungszeichen zu und Tom machte ein langes Gesicht.

Ich verstehe, auf keinen Fall von Mama betüteln lassen ... Das ist peinlich und nervt!

Mit vielsagendem Blick fragte Tom: »Und was willst du währenddessen machen?«

Sie lächelte. *Ich werde mich auf keinen Fall in dein Fest einmischen, glaube mir ...* »Ich bleibe bei meiner Freundin Marlene und komme ganz spät in der Nacht, eher gegen Morgen, heim. Mein Zimmer ist allerdings Sperrzone. Ihr stört die Nachbarn nicht und am nächsten Tag wird alles aufgeräumt und sauber gemacht.«

Tom wechselte wieder einen langen kritischen Blick mit seiner Schwester. Bianca nickte ihm langsam und vorsichtig zustimmend zu.

»Okay, Mama, ich beobachte jetzt noch ein paar Tage den Wetterbericht und suche nach einer Hütte. Lieber würde ich ja draußen feiern. Aber wenn es weiter so mies bleibt, komme ich auf dein Angebot zurück.«

Ein Danke wäre nett gewesen, ist aber im Moment wohl etwas viel verlangt. Es ist ja nur ein Plan B! Aber wie oft habe ich schon erlebt, dass er schnell zu A wurde, ihr süßen Grünschnäbel ...

*

Oliver holte sie vom Hauptbahnhof ab und begrüßte sie liebevoll, aber sie spürte, dass er in Eile war.

»Ich habe die Handwerker allein in der Wohnung gelassen.« Er ging schnell voraus zum Auto.

»Was sind das für Handwerker? Was machst du an der Wohnung?«

»Lass dich überraschen, du wirst schon sehen!« Vom Beifahrersitz aus sah sie sein selbstzufriedenes, siegesgewisses Lächeln.

»Oliver, ich meine es ernst. Ich bin diesmal hergekommen, um mit dir über Partnerschaft zu reden. Das hat auch was mit gemeinsamen Entscheidungen zu tun ...«

Olivers Gesicht veränderte sich schlagartig in harte Züge des Ärgers.

»Was willst du eigentlich von mir! Du bist nicht da, ich muss hier alles allein machen und dann ist dir nichts recht.«

Sie zuckte zusammen. *So aggressiv? Ich wollte keinen Streit, gleich bei der Ankunft. Was heißt denn, mir ist nichts recht? Hat er mein Danke schon wieder vergessen?*

Sie schwieg die restliche Fahrt über und Oliver unternahm auch nichts, um der Stille im Auto ein Ende zu setzen. Erst vor der Eingangstür legte er den Arm um sie und küsste sie fest auf den Mund. *Es fühlt sich an, als wolle er mir den Mund damit verschließen. Ich will das so nicht!* Aber sie ließ es über sich ergehen. *Ich will eine friedliche Atmosphäre für ein partnerschaftliches Gespräch. Das erreiche ich bei ihm nicht mit Ablehnung ...*

In der Wohnung schleppten die Handwerker gerade die herausgerissenen Schränke der alten Küche zu ihrem Lieferwagen. Es roch nach frischen Spänen. *Eine neue Küche also. Ohne mit mir irgendwas besprochen zu haben.*

»Gefällt es dir? Die alte war doch nichts mehr!« Oliver hatte wieder sein kleiner-Junge-will-Belohnung-Gesicht aufgesetzt.

Die neue Küche war aus hellem, mattem Eschenholz, mit großen Milchglasscheiben in den mittleren Fronttüren, leichtläufigen Auszügen, indirekter Beleuchtung und einer Arbeitsplatte aus Granit. *Sehr elegant, sowas Edles hatte ich noch nie.*

»Sie ist wunderschön! Nur was kostet das alles? Das wird doch bestimmt sehr teuer!«

»Ich bekomme sie günstiger von einem Kumpel, der hier ein großes Geschäft hat. Der kommt nachher auch noch vorbei.«

»Darf ich erfahren, was du bezahlst?«

»3500 €. Wenn wir uns das teilen, ist das doch kein großes Ding, oder?«

»Teuer ist das für eine solch edle Küche wahrlich nicht. Sie gefällt mir auch sehr gut, auch wenn ich vielleicht gerne mit dir zusammen etwas ausgesucht hätte ... Außerdem bekommst du auch noch die Kaution und Geld für die Malerarbeiten von mir und ich muss noch Geld für den Umzug bezahlen ...«

Olivers Miene wurde immer ungeduldiger und ärgerlicher.

»Aber es macht doch keinen Sinn, mit dem ganzen Dreck anzufangen, wenn du schon eingezogen bist. Du bekommst doch auch genug Geld von deiner Verhandlung!«

»Ja das stimmt alles, aber …« Es klingelte und Oliver ging zur Tür. *Aber seit wann bestimmst du über meinen Geldbeutel?* »Das ist bestimmt Fred, ah hallo Fred, schön, dass du vorbei schaust, darf ich dir meine zukünftige Frau vorstellen, das ist Roxane.« Oliver war plötzlich wieder die Freundlichkeit in Person, als er sie charmant ins Wohnzimmer bugsierte und ihnen beiden Bier und Chips anbot.

Fred ließ sich in einen Sessel plumpsen. Er war klein und dicklich, mit freundlichem, rundem Gesicht. Die geröteten Wangen ließen einen zu hohen Blutdruck oder viel Alkohol vermuten. »Na, wie läuft's?«, fragte er. »Machen meine Jungs gute Arbeit?«

»Bestens, heute Abend können wir bestimmt schon das erste Mal zusammen kochen.« Oliver prostete ihnen zu und zeigte sich fröhlich und sehr zufrieden.

Ich dachte, er kann gar nicht richtig kochen … Sie lehnte sich amüsiert zurück und wartete, was nun weiter in seinem Theaterstück geplant war. »Dann ist dein Hochzeitsgeschenk aber keine Überraschung mehr für sie!«

»Ach das freut sie auch so, nicht wahr Roxane!«

»Aber sicher, ich finde die Küche ganz toll! Da macht es uns sicher richtig Spaß zu kochen. Ich freue mich wirklich sehr, vielen Dank!« *Nur wieso Geschenk? Ich habe gerade eben mal so eine Ausgabe von 1750 € aufs Auge gedrückt bekommen. Ist ihm denn das gar nicht peinlich vor mir? Oder ist das meine neue Rolle als seine Ehefrau, seine Selbstdarstellung decken? Oliver, so geht das nicht, mit uns beiden.*

Es dauerte noch drei Stunden bis sie endlich allein waren. Oliver und Fred waren in ein unendliches Gespräch über ihre Arbeit vertieft und am Ende erhielten sie eine Einladung zu einer großen Messe und einem Abendessen bei Freds Familie.

»Sie sind mir so sympathisch, darf ich du sagen?« Fred war schon heftig angesäuselt, als er endlich aufbrach.

»Aber natürlich, ich bin Roxane!«

»Ich bin der Fred, für dich.«

Fred umarmte sie zum Abschied und schmatzte ihr einen nassen Kuss auf die Wange. Verstohlen wischte sie mit dem Handrücken darüber.

Hoffentlich kann er noch Auto fahren. Nun sind wir per Du und er weiß gar nichts von mir. Hat ja nur von sich erzählt und nicht einmal gefragt,

was ich beruflich mache. Wahrscheinlich glaubt er, dass ich nur noch in seiner schicken Küche stehe und den Kochlöffel schwinge.
Oliver nahm sie in die Arme.»Das hast du gut gemacht!«
Was? Dass ich mir nichts habe anmerken lassen? Wahrscheinlich hast du so diesen unsagbar günstigen Preis ergattert. Aber geht das jetzt immer so offen und ehrlich weiter, mit deinen Kumpels?
»Lass uns was essen gehen, Oliver. Sauber machen können wir die Küche morgen.«

*

Bald saßen sie bei einem Rotwein beim Italiener.
Während sie auf das Essen warteten, setzte Roxane von neuem, in sehr freundlichem Ton, mit ihrem Anliegen an:
»Oliver, in einer guten Partnerschaft bedarf es Fairness und Absprachen. Du kannst nicht einfach ständig über meinen Kopf hinweg entscheiden. Stell dir vor ich würde das mit dir machen ...«
Oliver ging sofort in die Verteidigung:»Aber wenn du mir hier alles alleine überlässt. Du könntest auch mal dankbar sein. Ich mache mir viel Arbeit wegen dir.«
»Ich bin dankbar, das weißt du, denn ich habe es mehr als einmal sehr deutlich und glücklich gesagt. Du weißt aber auch, dass ich auch noch andere Verantwortungen trage und dass ich bei Entscheidungen in unserer Beziehung eingebunden werden will. Es wäre doch ganz einfach gewesen mich anzurufen und mich zu fragen? Wahrscheinlich hätte ich sogar zugestimmt.«
»Dann ist doch alles gut!« Da war wieder dieses gefährliche Funkeln in Olivers Augen, das sie schon im Auto bemerkt hatte.
Jetzt lasse ich mich nicht einschüchtern.
»Nein, es ist eben nicht gut! Ich will nicht, dass du vor Freunden angibst mir etwas zu schenken, was ich zur Hälfte bezahlen soll. Du stellst mich vor vollendete Tatsachen und erzählst dabei nicht alles. Das hat mit gleichberechtigter Partnerschaft nichts zu tun! Ich bin kein dummes Hausfrauchen, was glücklich zu allem ja und amen sagt!«
»Ich dachte, du magst schöne Überraschungen. Dann eben nicht!« Er sah jetzt zutiefst beleidigt aus.
»Was denn für Überraschungen? Das sind hier doch nicht alles selbstlose Geschenke von dir! Du machst das doch auch für dich, nicht wahr.«

Oliver dachte einen Augenblick nach. »Na gut, in Zukunft wirst du in alles einbezogen. Ich dachte, du freust dich, wenn ich dir hier den roten Teppich ausrolle! Es ist ja auch ganz schön viel Arbeit, die da dran hängt.« *Du merkst nicht wie du dich ständig um dein Ego herum im Kreis bewegst. Aber immerhin habe ich dir ein* »Na gut« *abgerungen. Ich bin erstmal zufrieden, vielleicht klappt es ja ab jetzt …*

»Tut mir leid. Ich bin zurzeit nicht sehr romantisch und charmant drauf.« *Scheiße, ich sollte mich nicht entschuldigen, dann fühlt er sich sofort wieder im Recht.*

»Ich habe gerade eine verdammt harte Zeit. Habe ich dir das von Sally schon erzählt?«

»Nein, was denn?«

Sie erzählte von Sallys Tod und die Tränen liefen dabei wieder, ohne dass sie es aufhalten konnte. Oliver nahm ihre Hände ganz fest in seine und schaute ihr mitfühlend in die Augen. Er hielt sie nur fest und sagte nichts, aber es tat gut, so festgehalten zu werden. *Es muss so viel raus aus mir. Die ständige Angst und die Traurigkeit.* Sie erzählte auch von Tom und wie schwer es ihr fiel, ihn gehen zu lassen.

»Kinder werden erwachsen. Ihr könnt euch doch besuchen und Telefon gibt's ja auch noch! Alles wird gut, du wirst sehen.«

»Hast du eigentlich nun den Vermieter gefragt, ob wir einen Hund halten dürfen?«

»Das hat sich nun doch erledigt, oder?«

»Ja, hat es, aber hast du oder hast du nicht?«

Oliver antwortete nicht und nickte dem Kellner zu, um zu zahlen.

Roxane hatte etwas zu viel getrunken. *Nur nichts anmerken lassen, er mag keine betrunkenen Frauen … Aber so kann ich wenigstens heute Nacht die Willenlose für ihn geben, die er sich so sehr wünscht. Morgen reden wir dann weiter. Es ist noch lange nicht alles geklärt.*

Oliver hielt sich beim Sex nicht mit großen Raffinessen auf, sondern zeigte deutlich und ziemlich grob, was er wollte. Noch in der Parkgarage zog er sie aus und fickte sie heftig auf dem Rücksitz durch, während die geöffnete Autotür sie vor plötzlich auftauchenden Passanten den Blicken verbergen sollte.

Roxane spielte mit, aber ihre Gedanken eilten ganz woanders hin: *Was ist nur mit ihm los? Zeigt er jetzt sein wahres Gesicht oder ist er nur ausnahmsweise so geladen? Das Mitgefühl wegen Sally nehme ich ihm so nicht ehrlich ab.*

»Das war aufregend! Ich mag dich von hinten. Du musst schön brav sein und meine kleine Sklavin sein. In Zukunft kommst du mich so begrüßen, wenn ich von der Arbeit komme!«

Roxane fühlte Angst und Ekel in sich aufsteigen. *Irgendwie stimmt hier für mich was* überhaupt *nicht mehr und ich werde immer misstrauischer. Ist diese Rollenverteilung nun nur ein Spiel oder soll das unsere gesamte Partnerschaft sein? Je sicherer du dich fühlst ...* Sie wich ihm aus und hatte heute keine Lust mehr auf gespielte Unterwürfigkeit. Im Bett spielte sie später ganz bewusst die Schlappe und Müde und Oliver ließ sie in Ruhe. Er nahm sie aber in die Arme und bald waren sie friedlich und weinselig eingeschlafen.

Am nächsten Morgen reinigten sie nach einem kurzen Frühstück die Küche und Roxane räumte Olivers Geschirr in die neuen Schränke. Während sie nebeneinander arbeiteten, entwickelte sich ein Gespräch für die weitere Planung. Schnell hatten sie Übereinstimmungen gefunden, wie sie Roxanes schöne alte Bauernschränke in der Wohnung aufstellen würden. Alles war sehr friedlich, bis Roxane einen Vorschlag machte, bei dem Oliver ruckartig zusammenzuckte und zwei Töpfe laut auf die Arbeitsplatte knallen ließ:

»In dem kleinen Raum neben dem Bad hätte ich gerne ein bequemes Schlafsofa für Tom und unsere anderen Gäste.«

»Du weißt, ich habe nicht gern fremde Leute in meiner Wohnung.« Olivers Stimme blieb ruhig, wurde aber hart und klang genervt. Die Stimmung in der Küche verdunkelte sich zu einer düsteren Wolke.

Was denkt er jetzt wohl gerade über mich? »Du kannst gern alle meine Freunde kennen lernen, dann sind sie nicht mehr fremd für dich«, hielt sie bewusst fröhlich dagegen.

»Ich sag's nochmal: Du weißt, ich habe nicht gern fremde Leute in meiner Wohnung.« Sein Tonfall war bedrohlich geworden, als würde er ein ungezogenes Kind maßregeln.

»Mein Sohn hat immer und jederzeit einen Platz bei mir, so lange er ihn braucht! Bitte stelle dich da nicht dazwischen.«

»Okay, dein Sohn!«, Seine Stimme betonte das Dein ganz besonders.

»Das verstehe ich, aber da würde ich dann auch gerne vorher wissen wie lange er bleibt. Ich muss in dem Raum meine Kleidung aus dem Schrank holen und kann dann morgens nicht so einfach da dran.«

»Oliver, ich frage Tom nicht als erstes, wann er wieder fährt, wenn er mich besuchen will! Deine Kleidung kannst du dir auch abends zurechtlegen. Übrigens habe ich meine beste Freundin schon eingeladen, sobald ich den Umzug hinter mir habe.« *Was ist das für eine Art, hier über mein Leben zu bestimmen.*

»Schön, dass ich das noch rechtzeitig erfahre. Dann ziehe ich solange ins Hotel.«

»Ich dachte, wir sind jetzt eine Familie! Meine Mutter wird auch mal zu Besuch kommen und Bianca wird sowieso öfters Freunde da haben. Auch über Nacht. Das ist nun mal so, in einer Familie!«

»Ich habe keine Familie, wie du weißt.« Während er das sagte, ging eine eisige Ruhe von ihm aus, die sie nicht recht zu deuten wusste.

»Oliver, es ist auch meine Wohnung!« Sie betonte das »Meine« nun ähnlich, wie er es betonte.

»Mir ist es wichtig zu wissen, mit wem meine Kinder Umgang haben. Wir haben das mit Besuch immer so gehalten und es hat sich bewährt. Ich gedenke nicht, etwas daran zu ändern! Es ist ja nur für eine gewisse Zeit.«

Ich bin auch Mutter und davon hast du wie es aussieht leider keine Ahnung.

Olivers Gesicht bekam immer härtere Züge und wurde seltsam farblos.

»Ich sage es zum letzten Mal: Ich will keine fremden Leute in meiner Wohnung!« Jetzt lag seine Betonung ganz auf dem Will.

Roxane sah sein Gesicht mit den gefährlich funkelnden Augen, aber sie dachte sich nichts Bedrohliches dabei und legte mit gleicher Betonung nach: »Ich will es aber so!«

Da spürte sie einen heftigen Stoß und schlug einen Augenblick später mit der rechten Schulter gegen die Klinke der Küchentür. Sie hörte wie er brüllte: »So gehst du also mit mir um!«

Dann fand sie sich auf dem Boden wieder. Oliver hatte sich nach seinem Vorstoß wieder ganz ans andere Ende der Küche zurückgezogen und starrte sie wie ein Raubtier im Käfig an. Er zitterte vor Wut am ganzen Körper.

Das ist jetzt nicht real, oder? Wie ein Film aus meiner Kindheit … Der Dialog eben, das hätte sich genauso zwischen meinen Eltern abspielen können … Sie beobachtete ihn ängstlich. *Die rechte Schulter tut mir weh, also ist es passiert!* Wut kochte in ihr hoch, als sie sich mühsam erhob. *Ich bin kein Opfer, wie meine Mutter das immer war!* Entschlossen ging sie auf Oliver zu und ehe er erkennen konnte was kam, verpasste sie ihm mit der linken Hand, die nicht schmerzte, eine Ohrfeige. *Leider nicht fest genug, mit rechts hätte ich mehr Kraft gehabt. Aber es tut gut ...* Was sie nicht bedacht hatte, war, dass Oliver sich dadurch gänzlich vergessen könnte. Sie sah seine Fäuste wie in Zeitlupe auf ihren Körper einschlagen. Er tat das ganz gezielt. Nach drei Faustschlägen lag sie vor ihm auf dem Boden. Er schlug ihr noch zweimal ins Gesicht und auf die schon verletzte Schulter. *Das kann jetzt nicht wahr sein. Das ist doch nicht Oliver. Komisch, es tut kaum weh. Ich bekomme nur so wenig Luft ... Der Schmerz kommt wohl erst später ...* Er stieg über sie hinweg und verließ die Küche. Sie zog sich benommen am Tisch hoch, wankte zum Flur, nahm die Hausschlüssel und ihr Handy und verließ das Haus.

*

Seltsam, diese Leere in mir! Sie ging, immer noch schwankend, in den kleinen Park nebenan und setzte sich auf eine Bank. *Ich war so verliebt in sie ...,gestern haben mich diese* Hände noch getröstet. *Das kann doch einfach nicht sein!* Um sie herum tschilpten ein paar kleine Spatzen, die Sonne schien und etwas weiter entfernt hörte sie Kinder lachen. Sie saß auf der Bank und starrte vor sich hin. *Es ist alles so unwirklich. Als ob meine Gefühle eingefroren sind, wie in einem fremden Film. Ich muss wieder in die Realität zurück, aber wie?* Langsam reifte in ihrem Kopf ein Entschluss. Sie rief die private Nummer von ihrem Chef an.

»Philip? Hallo hier ist Roxane ...«

»Oh, ich bin überrascht, du hast doch heute frei ... Geht's dir gut?«

»Ja danke, alles in Ordnung. Sag mal kann ich das Haus noch haben?«

»Ich dachte du hast dich entschieden, zu deinem Freund zu ziehen. Da habe ich noch andere Interessenten gesucht ...«

»Hast du es denen schon versprochen?«

»Nein, bisher noch nicht. Die haben sich noch nicht gemeldet.«

»Nicht, na Gott sei Dank! Philip, es wäre mir sehr wichtig, wenn es noch klappt, mit dem Haus. Du weißt, mein Vermieter ...«

»Roxane, wir kennen uns gut. Das klingt jetzt, als ob du doch ein Problem hast. Willst du nicht sagen, was los ist?«

»Es ist zu Ende mit Oliver, das ist los!« *Und ich will nicht vor meinem Chef heulen.*

»So plötzlich? Man schmeißt doch in der Liebe nicht gleich die Flinte ins Korn. Wir haben hier gute Paartherapeuten, in der Gemeindearbeit. Ihr könntet …«

Der immer mit seiner Paartherapie …»Nein, Philip, danke, aber da hilft für mich keine Therapie mehr! Es ist endgültig vorbei. Ich habe da ganz klare Grenzen!«

»Das verstehe ich nicht, nun rede doch mal!«

»Ich sage nur ein Stichwort: Häusliche Gewalt! Der Rest geht dich nichts weiter an …«

»Okay, ich verstehe …« Philips Stimme klang peinlich überrascht, aber auch mitfühlend.

»Sicher bekommst du das Haus. Du kannst in vier Wochen einziehen. Wenn dir die Farbe gefällt, musst du noch nicht mal neu streichen.«

»Danke Philip, vielen Dank! *Es fehlt nicht viel und ich fange jetzt doch noch an zu heulen.*

»Gerne, kann ich dann auch mit dem anderen Thema wieder mit dir rechnen? Ich dachte, wenn du nach Berlin gehst, wird es sowieso nichts …«

»Woher du das alles schon wieder weißt …«

»Die Welt ist klein, Roxane …«

»Das andere Thema war die ganze letzte Zeit über ein einmaliges, großartiges Angebot für mich. Nur die Liebe war eben stärker. Ich habe es echt ehrlich mit ihm gemeint, weißt du … Aber du musst ja auch erstmal die neue Stelle haben, nicht wahr.«

»Sicher, da ist noch nichts entschieden, dennoch gut, dass du angerufen hast!«

*

Sie ging zurück in die Wohnung und packte ihre Tasche zusammen. Oliver war nicht zu sehen, aber sie roch den Rauch seiner Zigarette im Wintergarten. Wir hatten ausgemacht in der Wohnung nicht zu rauchen. Aber jetzt ist das alles egal. Sie zögerte, dann warf sie einen Blick in den Raum. Er saß da, fast nackt, in seiner schwarzen Boxershorts und starrte schweigend aus dem Fenster auf die Straße. Seine Wangen glänzten nass, er wirkte zusammengefallen, seine Haut sah Käsig aus. Ein Bild stieg in ihr hoch: So sieht das dann in ein paar Jahren aus. Fehlt nur noch der Bauch und steife Knochen vom auf dem Sofa hängen und in die Glotze starren ...

Zu Ende. Es gibt bei mir kein Zurück. Nicht nach dem, was du getan hast. Keine Chance!

»Tschüss Oliver, wir sehen uns nicht mehr wieder«, sagte sie leise. Sie wusste nicht, ob er sie gehört hatte, denn es kam keine Reaktion. Auch das war jetzt nicht mehr wichtig. Erst als sie endgültig aus dem Haus gegangen war, kamen die ersten Tränen.

*

Im Bus Richtung Hauptbahnhof wurde aus dem Rinnsal ein reißender Fluss. Einige Leute schauten sie mitfühlend an, andere schauten peinlich berührt zur Seite.

Egal, lasst mich doch einfach in Ruhe weinen. Ich will traurig sein. So ein verdammter Mist ... Warum musste Sally sterben? Warum stalkt mich dieser irre Krätzner? Warum muss mich mein Geliebter behandeln, als wäre ich ein unmündiges Kind? Warum hat er mich geschlagen? Warum alles das mir? Ich komme mir vor wie ein Ball, der von einer Ecke in die nächste getreten wird. Von wegen Schutz! Ausgenutzt und misshandelt bin ich worden! Wie konnte ich mich nur so selbst täuschen? Was habe ich mir nur vorgemacht? Ich dachte er wäre die ganz große Liebe. Scheiße, Scheiße, Scheiße ...

Die Leute gafften sie an. Neugierige und mitfühlende Blicke. Ihre Schminke war verschmiert, egal, sie weinte einfach die gesamte Reise über weiter. Niemand traute sich sie anzusprechen, aber es tat richtig gut der Welt mal ganz öffentlich zu zeigen wie beschissen sie war. Als der Zug in Lautertal in den kleinen Bahnhof einfuhr, hatte sie zwei Rollen Papier aus der Zugtoilette durchgeweicht, alle Schminke abgewaschen und ihre Fassung größtenteils wieder gefunden.

Es ist genug, ich hab's verstanden ... Ich bin erwachsen habe zwei tolle Kinder und einen guten Job. Prinzessin steh auf, richte dein Krönchen und gehe weiter. Auch diese Verletzung heilt irgendwann wieder. Ein Glück, dass wir noch nicht verheiratet waren. Das wäre ein Schrecken ohne Ende geworden, mit diesem besitzergreifenden Arschloch. Ich muss mich jetzt zusammen reißen und das Malheur Tom und vor allem Bi-

anca erklären. Sie hat sich schon so auf Berlin gefreut. Wir müssen jetzt unbedingt eine gute Alternative für sie finden.

*

Tom war gerade dabei, einige Bierkisten in der Küche zu stapeln, deswegen stand die Wohnungstür offen, als sie zuhause ankam.

»Hallo Tom, ich muss euch beide zusammen dringend sprechen. Hole bitte Bianca.«

»Ey Mama, schön dich zu sehen, aber wieso …? Du kommst zwei Tage früher als geplant und siehst ehrlich gesagt ziemlich Scheiße aus. Was ist denn los?« Tom umarmte sie besorgt.

»Ich will es nicht zwei Mal erzählen …« Roxane setzte sich erschöpft in die Küche und wartete, bis beide sich zu ihr gesellt hatten. Sie verstellte sich nicht sondern zeigte ihre Trauer und Wut.

»Also, es ist vorbei mit Oliver. Ich werde auf keinen Fall zu ihm nach Berlin ziehen!«

»Waaas?« Bianca war entsetzt. »Aber es war doch schon alles klar. Ich habe schon überall erzählt, dass ich nach Berlin ziehe …« Dann schlug sie sich erschrocken mit der Hand vor dem Mund.

Aha, ist ihr also wieder eingefallen, was sie mir versprochen hatte. Naja, irgendwie musste sie wohl bei ihren Feindinnen auftrumpfen. Lassen wir das jetzt einfach mal.

»Bianca, es tut mir leid. Wir werden eine gute Lösung für dich finden. Ich nehme dich trotzdem von dieser blöden Schule. In Lautertal und in Wasserstadt gibt's auch noch andere Gymnasien. Es findet …«

Tom unterbrach sie erschrocken: »Wohin willst du denn jetzt umziehen. Du musst doch raus hier!«

»Ich hab ein Haus in Wasserstadt, direkt an meiner Arbeitsstelle. Mein Chef hatte es mir schon mal angeboten, aber da war mit Oliver noch alles in Ordnung. Ich habe es heute Vormittag festgemacht. Ihr könnt euch ganz frei entscheiden, bei wem ihr wohnen wollt, wo ihr zur Schule gehen wollt und so weiter. Nur Berlin wird es nicht mehr sein!«

»Da hast du ja riesiges Glück gehabt. Aber ich verstehe nicht. Warum will Oliver dich denn nicht mehr in Berlin haben? Ich dachte, er liebt dich so sehr …«

»Du verstehst da etwas falsch, Tom. Ich bin es die nicht mehr will! Ich könnte mir sogar vorstellen, dass er hier anruft und versucht, nochmal alles in Ordnung zu bringen. Aber das kommt überhaupt nicht in Frage.«

Bianca wirkte ärgerlich: »Aber wieso denn, Mama? Klar, er ist schon manchmal ein bisschen komisch und so, aber wo ist deine Toleranz geblieben. Kannst du dich denn nicht wieder mit ihm vertragen?«

Irgendwie ist es mir peinlich zu sagen, dass er mich geschlagen hat, aber anders verstehen die beiden es wohl nicht. Vielleicht ist es sogar besser wenn ich ganz offen bin.

»Oliver ist gegen mich gewalttätig geworden ... Erst war es eher eine Kurzschlussreaktion, aber dann hat er mich ganz bewusst mit Fäusten zusammen geboxt. Hier, du kannst die blauen Stellen sehen.« Sie zeigte den Kindern ihre Verletzungen.

»Verdammt!« Tom wurde ganz blass. »Der hat doch Kickboxen gemacht. Das ist doch komplett unfair und dann noch gegen eine Frau!«

»Er wollte keinen Besuch in der Wohnung erlauben. Meine Freunde nicht, noch nicht mal meine Mutter und auch keine Freunde von dir, Bianca. Tom, auch wegen dir ist er zickig geworden. Er wollte wissen wie lange du bleibst, schon wenn du kommst. Du solltest nicht zu lange bleiben. Ich habe mit ihm wegen der Familie gestritten und da ist er dann ausgerastet.«

»Ich hab's geahnt. Dieser Großkotz, der hat doch deine Situation hier nur schamlos ausgenutzt, um dich in seine Fänge zu kriegen!« schimpfte Bianca los.

»Bianca, nein! Ich habe ihn geliebt und ich glaube, er hat mich auch ...« Roxane spürte, dass ihr bei diesen Worten schon wieder die Tränen hochstiegen. Aber Tom holte sie auf den Boden zurück.

»Mama, werde doch mal wach! Du bist total plemplem in deiner Ver-liebtheit. Hast du nicht gemerkt, wie er immer alles bestimmen wollte? Der liebt doch vor allem sich selbst. Aber zuschlagen, das geht gar nicht!«

»Ja, ihr habt natürlich Recht. Es war so unfair und so demütigend ... Weißt du in meiner Kindheit hat mein Vater meine Mutter auch oft geschlagen. Ich habe mir geschworen, dass ich niemals bei einem Mann bleiben werde, der sowas mit mir tut. Das rate ich euch auch. Anders kommt man aus so einem Elend nicht raus.«

»Papa hätte sowas niemals mit dir gemacht. Wärt ihr mal zusammen geblieben.« Tom sah sie vorwurfsvoll an.

»Ja, das stimmt, Tom. Papa ist ein durch und durch gewaltfreier

Mensch und das ist wirklich eine sehr gute Seite an ihm. Leider hat er 25 Jahre lang anderes nicht begriffen. Sei du erstmal so lange verheiratet...«
»Hört bitte auf!«, meinte Bianca eindringlich. »Gleich gibt es hier noch Streit.

Tom wurde ruhiger. »Also, eins ist erstmal klar. Ich habe es Papa versprochen und ich werde wie geplant ab Juli bei ihm wohnen.«
»Und ich wohne mit Mama in dem neuen Haus und suche mir eine neue Schule in Wasserstadt. Ist doch auch schön, wenn wir nicht so weit auseinander wohnen. Was meinst du, Tom?«
»Ja, ich finde das sehr gut für uns alle. Ein bisschen mehr Abstand ist gut, aber wir sehen uns regelmäßig. Erzähl mal, Mama, wie ist das Haus?«
»Groß und alt, fünf Zimmer, Küche, Bad, Keller und ein riesengroßer Garten mit alten Bäumen und so. Die zwei Dachbodenzimmer haben Erker und Türmchen wie in einem kleinen Schloss. Der Vermieter ist jedenfalls mein Arbeitgeber, öffentlich und nur ein Verwalter ohne Besitzansprüche. Solange wir pünktlich zahlen, redet uns niemand rein. Und natürlich hält er sich an die gesetzlichen Vorschriften. Tom, du, bekommst auch ein Zimmer. Wir haben so viel Platz! Ach, irgendwie bin ich erleichtert. Es war ein ganz blödes Gefühl, Tom hier allein zulassen.«
»Schade, dass Sally das nicht mehr miterleben kann ...«, meinte Bianca.
»Vielleicht können wir ja nach einer Weile mal über einen neuen Hund nachdenken. Aber im Moment bin ich einfach noch zu traurig ...«
»Ich auch«, kam es fast gleichzeitig von Tom und Bianca.
»Wisst ihr was, wir fahren da jetzt hin und schauen uns alles an.«

*

Zwei Tage später hatte das Wetter leider kein Einsehen mit Toms großen Geburtstagsplänen und daher wurde die Party auf zuhause verlegt. Roxane verkrümelte sich zu ihrer Freundin Marlene. Es war ein Doppelkopfabend geplant und sie sollte Marlenes Mann vertreten, der auf einer Dienstreise war.

Gut, dass ich Marlene bisher noch nicht so viel über Oliver erzählt habe. Auf Fragen und Kommentare habe ich grad gar keinen Bock. Die Wahrheit klingt so peinlich und primitiv. Wenn ich daran denke, werde ich immer noch traurig und wütend. Wie gerne säße ich jetzt hier mit einem Partner, der sich auch für meine Freunde interessiert. Aber Oliver wollte ja noch nicht mal, dass ich Besuch für mich bekomme. Was sollte das denn für eine Beziehung werden? Wollte er mich total isolieren?

Bald lenkten sie die Vorbereitungen in der Küche ab und sie erzählte ihrer Freundin, was bei ihr zuhause gerade los war.

»Seine ganze Heavy Metal Szene wird dort auflaufen und einige Punker gehören auch dazu. Hoffentlich bringen sie nicht zu viel Alkohol mit.«

Marlene sah alarmiert aus.

»Solche Partys werden immer viel größer als geplant. Das kennt man doch. Wenn hier in der Provinz mal was los ist, spricht sich das bei allen Jugendlichen rum wie ein Lauffeuer. Manchmal hat es deswegen schon Schlägereien und Randale gegeben. Du solltest mal anrufen, damit nicht alles außer Kontrolle läuft.« Sie reichte ihr die Pfeffermühle für das Salatdressing.

»Wenn ich jetzt schon von mir aus anrufe sieht es mir zu sehr nach Kontrolle aus. Tom und Bianca können mich ja jederzeit erreichen.«

Marlene nickte, machte aber weiterhin ein besorgtes Gesicht.

»Als Constanze ihren 18ten gefeiert hat, tauchen hier einige Flaschen Whisky auf und wusstest du, dass man Dildos und anderes Erwachsenspielzeug bekommt, als Präsent? Conny wurde knallrot beim Auspacken …«

»Echt, na da bin ich ja mal gespannt! Tom wird sicher nicht rot anlaufen, so cool wie der immer tut!«

»Max und ich sind damals übrigens zuhause geblieben, wegen der Nachbarn. Außerdem wollten wir verhindern, dass andere Drogen zum Zug kommen. Ich glaube, ein paar Joints sind dann aber doch heimlich draußen rumgegangen. Aber unsere Conny macht ja Gott sei Dank sowas nicht!«

»Hoffst du …«

Es klingelte, und Marlene machte sich auf, die Gäste zu begrüßen.

Deinen letzten Satz zum Thema Jugendliche habe ich jetzt lieber nicht gehört! Warum spüre ich bei Marlene und Max gerade so schmerzhaft, dass ich alleine bin? Weil hier alles immer im Team abläuft. Mit dem Team hat es bei Lenhardt nicht so gut geklappt. Da hatte immer ich alle Verantwortung …

*

Tom kam mit dem Begrüßen kaum noch nach. Etliche Flaschen mit Whisky und Wodka, an denen die spannendsten Beate Uhse Spielsachen baumelten, wurden ihm von seinen Kumpels in die Hand gedrückt. »O, wie funktioniert das denn?« Tom staunte das Geschenk von List und Naja an. »Führt ihr mir das mal vor?«

»Erst, wenn du die Flasche dazu allein ausgetrunken hast!«, sagte Naja spitz. »Verstanden, wenn ich also im Vollrausch eingeschlafen bin!«, lachte Tom.

Bisher hatte er nur an seinen Drinks genippt. Erstmal die Übersicht behalten, dachte er. Hab vorhin meine Allergietablette genommen. Vielleicht erstmal was Ordentliches essen, solange noch was da ist ...

Als er in die Küche kam, sah er, dass er sich ran halten musste. Seine Buletten und Salate kamen auf alle Fälle gut an. Auf dem Tisch stand ein Teller mit Plätzchen, die jemand mitgebracht hatte. Es klebte ein Zettel dran: Nur 1 für jeden! Er nahm sich eins. Es hatte einen seltsamen Nachgeschmack, wie Heu oder Gras ...

Überall standen seine Freunde und auch einige völlig Unbekannte mit Bierflaschen und Drinks in der Hand. Dicke Joints gingen rum. Die Musik dröhnte zusammen mit Lachen, Kreischen und Grölen aus seinem Zimmerfenster bis auf die Straße. Er musste immer wieder auf seinen 18ten anstoßen. Seine Laune stieg mit seinen Alkoholpegel und er drehte die Musik immer lauter auf. Es hatte aufgehört zu regnen. Sterne funkelten am Himmel. Einige Leute begannen, zusammen mit Tom, in der lauen, feuchten Sommerluft auf dem Bürgersteig zu tanzen. Schubert versuchte Tom ein bisschen zu bremsen.

»Du bist ja schon ganz schön zugedröhnt. Hast du keine Muffe, so laut aufzudrehen. Wenn dein Vermieter oder die Nachbarn die Bullen holen ...«

»Der Vermieter ist verreist und die Nachbarn haben doch eh Schiss vor uns. Können ja mitfeiern! Wir ziehen doch sowieso bald aus.«

Spät nach Mitternacht verschwanden die ersten Freunde, einige komplett abgefüllt. Tom war ein bisschen schlecht. Er setzte sich schwankend auf den Bordstein. Wieder ging ein Joint rum und jemand drückte ihm ein Glas mit Whisky-Cola in die Hand.

Wenn ich Bianca so wild tanzen sehe, wird mir ganz schwindelig ... Er stellte sein Glas ab und schlich sich langsam ins Haus zum Bad. »Abgeschlossen, verdammt!« Doch da ging die Tür auf und Schubert kam heraus.

Tom dachte: Irgendwie fühle ich meine Beine gar nicht mehr richtig und das Glas in der Hand auch nicht.

»Du siehst verdammt scheiße aus, Tom!«

»Geht mir auch so«, lallte Tom, drückte sich an ihm vorbei und erbrach sich würgend in die Dusche.

Als Roxane gegen 3:00 Uhr nachhause kam, hatten sich die Reihen schon ziemlich gelichtet.

Das habe ich mir gedacht. So trinkfest seid ihr eben doch noch nicht ... Einige Kids verabschiedeten sich gerade von Bianca vor dem Haus. Sie wirkten heftig alkoholisiert. Die Bierflaschen standen überall auf dem Bürgersteig verteilt und es lagen Massen an Müll und Kippen herum. Sie begrüßte alle freundlich und machte eine Runde ums Haus.

»Hallo Leute, schön, dass ihr dagewesen seid. Bevor ihr abhaut, stellt bitte jeder von euch noch ein paar Bierflaschen in die Kiste an der Treppe! Bianca, du gehst bitte rein und drehst die Musik auf halbe Lautstärke. Es ist ein Wunder, dass noch niemand die Polizei geholt hat!«

Einige Jugendliche stellten tatsächlich ein paar Bierflaschen zurück und gingen dann. Andere waren zu nichts mehr in der Lage und schlichen sich davon. Bianca folgte ihr ins Haus und sagte leise: »Übrigens, Tom geht's grad ziemlich schlecht ...«

Sie erschrak und ging sofort ins Bad. Sie fand Tom in der Dusche liegend. Er war kalkweiß im Gesicht und nicht ansprechbar. Sein Kumpel Schubert hatte warmes Wasser angestellt und versuchte, damit seinen Kreislauf zu stabilisieren.

»Er ist wie taub und total weg getreten«, erklärte er mit hilflosem Blick.

»Was hat er getrunken?«

»Eigentlich nicht so viel, aber er hat vorher seine Allergietabletten genommen! Passt wohl nicht wirklich gut zusammen.«

»Verdammt!« Sie bekam Angst und griff zum Handy. »Wir rufen besser den Notarzt!«

Doch da schlug Tom die Augen auf und stöhnte: »Mama nicht, es geht schon gleich wieder.«

Dann übergab er sich nochmal stöhnend in die Dusche, aber er blieb jetzt bei Bewusstsein. Schubert hatte ein Glas Wasser geholt und er trank es mit großen Schlucken aus. Langsam kehrte wieder Farbe in sein Gesicht zurück. Er stöhnte: »Verdammte Tabletten!«, rappelte sich langsam hoch und ging auf Roxane gestützt in sein Zimmer. Dort ließ er sich in einen Sessel fallen und bekam von ihr eine volle Flasche Wasser in die Hand gedrückt. Sie war jetzt streng, aber nicht unfreundlich. »Austrinken! Du musst die ganzen Drogen, die du intus hast, verdünnen und auspinkeln.« Dann drehte Sie die Musik ganz runter und verschaffte sich mit dem Überraschungseffekt Gehör:

»So, die Party hier geht zu Ende, ihr könnt noch in Ruhe austrinken aber kommt jetzt mal langsam wieder runter. Trinkt Orangensaft! Vitamin C neutralisiert das Zeug, was ihr geraucht habt. Für den Heimweg solltet ihr wenigstens noch ein bisschen gerade gehen können.«

Sie drehte die Musik wieder an, aber nur auf Zimmerlautstärke. Einige Jugendliche murrten ein bisschen und fragten sich, woher sie das mit dem Gras wüsste. Roxane ging gelassen darüber hinweg.

Komisch, dass viele Jugendliche immer so tun müssen, *als ob ihre Eltern nie jung gewesen sind ...*

»Bianca, kannst du mir helfen, draußen klar Schiff zu machen?«

»Ja, Mama, mach ich.« Bianca schien froh zu sein, dass jetzt etwas Ordnung einkehrte.

»Ich helfe euch!«, bot sich Schubert an. »Hab nichts getrunken, damit ich nachher noch Auto fahren kann.«

»Respekt, dass du so konsequent bist!« Roxane war beeindruckt und dankbar, dass wenigstens Bianca und er den Überblick bewahrt hatten.

Zusammen gingen sie zur Straße und sammelten Bierflaschen, Müll und Kippen ein.

In der Einfahrt stand plötzlich Krätzners Auto.

Scheiße, der fehlt mir hier noch, mitten in der Nacht! Roxanes Augen suchten die Umgebung ab. Etwas weiter entfernt, hinter einer Vordachsäule, wo die Mülltonnen untergestellt waren, gewahrte sie einen Schatten, der etwas Großes in der Hand zu halten schien. Schubert ging gerade genau darauf zu, um eine Tüte mit Müll wegzuwerfen. In einer Eingebung sprang sie hinter ihm her und riss den großen Jungen heftig zur Seite, sodass sie beide liegend auf dem Rasen landeten. Zeitgleich flog eine Axt in hohen Bogen heran und sauste auf die Eingangsplatten nieder. Sie verfehlte nur haarscharf Schuberts Körper und es krachte und knirschte auf den Gehwegplatten. Der Schatten flüchtete aus dem Garten, die dunkle Straße hinunter.

»Was war das?« Schubert schaute erschrocken von der Axt zu Roxane und dann wieder zu der Axt.

»Bestimmt kein Annäherungsversuch meinerseits!« Sie legte ihm beim Aufstehen den Arm um die Schultern.

Bianca kam angerannt. Ihr stand der Schock ins Gesicht geschrieben.
»Oh Gott Mama, Krätzner ist schon heute zurückgekommen!«
Liegt das am Alkohol? Wieso habe ich trotz des Schrecks nur alberne Gedanken an einen Winnetou- Film. »Wenn ich vorstellen darf, das war die neuste Begrüßung unseres Vermieters!« Bianca sah sich ängstlich im Dunkeln um. »Lasst uns besser ins Haus gehen!«

Roxane hob die Axt auf: »Die nehmen wir fein mit, die ist nichts für diesen Geisteskranken!«

»Willst du denn nicht die Polizei holen, Mama!« Bianca sah sie erstaunt an.

»Und die Drugs, der Lärm die ganze Nacht und lauter Jugendliche, die sich nicht ans Jugendschutzgesetz halten? Willst du, dass die Polizei hier jetzt eure Taschen und Ausweise kontrolliert?«

Jetzt nickte der bisher sprachlose Schubert zustimmend. »Bianca, deine Mutter hat Recht. Ist wohl gerade der falsche Zeitpunkt für die Polizei. Aber das mit dem Angriff auf mich, das merke ich mir. Das lasse ich so nicht auf mir sitzen!«

Zurück in der Wohnung verkündete Roxane für alle:

»Der Plan hat sich geändert. Bevor es nicht draußen wieder richtig hell ist, verlässt niemand diese Wohnung. Die Letzten hier machen jetzt Pyjamaparty. Schickt bitte euren Eltern eine Nachricht, falls sie sich wundern, dass ihr nicht heim kommt.«

An Tom gewandt sagte sie leise: »Unser Vermieter ist zurück. Er hat Schubert eben mit dieser Axt angegriffen.« Sie legte das Werkzeug auf Toms Schreibtisch.

»Echt krass! Ein neuer Mordversuch? Ich dachte, der kommt erst morgen zurück!« Tom nahm die Axt und drehte sie in der Hand. Seine Freunde fingen an zu fragen und bald darauf wurde wild debattiert.

Roxane und Bianca suchten ein paar Decken zum Schlafen zusammen. Es wurde langsam still in der Wohnung. Roxane kontrollierte alle Türen und Fenster. Angesicht des anbrechenden Tageslichts entspannte sie sich und versuchte auch etwas zu schlafen.

Spät am nächsten Morgen gab es Kaffee und frische Brötchen, die Schubert geholt hatte. »Die Luft ist rein«, verkündete er und bald waren auch die letzten Gäste gegangen.

*

Zwei Wochen später war der wochenlange Dauerregen endlich vergessen. Es war ein warmer, sonniger Nachmittag, als Tom seine Möbel in einen Transporter lud. Er war trotz Vorfreude auch etwas unsicher.

»Kann ich dich überhaupt mit Bianca alleine lassen?«

Roxane stellte zwei Blumentöpfe in den Mietwagen und sah Tom dankbar für seine Aufmerksamkeit an.

»Wir ziehen doch auch in wenigen Tagen aus. Ich sorge mich im Augenblick mehr um dich. Wenn es dir dort nicht gefällt, kannst du auch wieder bei mir wohnen, jederzeit!«

»Klar Mama, und ich komme auch immer regelmäßig vorbei. Papa hat schon gesagt, dass ich ab und zu sein Auto haben darf.«

Er schien genau zu spüren, wie nahe sein Auszug seiner Mutter ging und legte tröstend den Arm um Roxanes Schultern, während sie zurück zur Wohnung gingen.

Wie aus dem Nichts tauchte plötzlich Krätzner im Hauseingang auf und drückte sich schnell in eine Ecke auf dem untersten Treppenabsatz. Mit beiden Händen hielt er eine langstielige Gartenhacke. Sofort gingen sie langsamer, aber sie hielten nicht an. Da hob er die Hacke drohend über den Kopf. Wie immer wirkte er total verwahrlost und stank grässlich. Er zitterte am ganzen Körper, sein Gesicht war verzerrt und das Weiße in seinen Augen war blutrot unterlaufen.

Geht das schon wieder los? Seit seiner Rückkehr ist er ja nur noch völlig daneben! Hat der irgendwas eingenommen?

»Mama, Tom, bleibt, wo ihr seid!«, warnte Bianca laut von der Wohnungstür aus.

Sie wichen zurück.

»Bianca, mach die Türe zu und ruf die Polizei!« Roxane ging wieder einen Schritt auf Krätzner zu.

»Was schleichen Sie hier herum! Stellen sie die Hacke weg! Haben Sie den Gerichtsbeschluss nicht bekommen? Sie dürfen sich uns nicht mehr als auf 10 Meter nähern und schon gar nicht drohen.«

»Das ist mein Haus, ich kann gehen und stehen wo ich will«, krächzte er mit seiner hohen Fistelstimme.

Sie beobachteten seine irren Augen, die kein genaues Ziel fokussieren konnten. Aber er schien trotz allem bereit zuzuschlagen …

Mein Gott, er verliert immer mehr alle Hemmungen, da ist nur Hass und Wahnsinn. Ich muss versuchen ihn zu beruhigen.

»Ja, das ist ihr Haus! Bald haben Sie ihre Ruhe. Alles wird gut, Sie werden sehen. Aber Sie müssen uns schon unseren Umzug machen lassen. Nun nehmen Sie doch bitte die Hacke runter.«

»Nein, mach ich nicht! Ihr Dreckspack seid schuld, dass meine Frau tot ist!« Drohend kam er mit einigen Schritten aus der Ecke auf Tom und Roxane zu.

Tom zog sie erschrocken aus seiner Reichweite. »Lass ihn in Ruhe, das hilft nichts!«

»Du ungezogener Lümmel!«, keifte es aus der Ecke. »Ich hätte dich schon damals rausschmeißen sollen, als deine Mutter nicht da war. Aber da hatte ich noch Mitleid!«

»Du hast sie doch nicht mehr alle. Bisher hattest du noch Schiss vor unserem Hund. Scheinbar muss ich dir jetzt mal zeigen wo's lang geht!«

Tom machte Anstalten auf den Alten loszugehen. Nun hielt Roxane ihn zurück. Das war auch gut so, denn die Hacke sauste dicht vor ihnen auf den Boden.

Verdammt, er wird immer aktiver in seinen Wahnsinnsausbrüchen ...

Schnell nahm Krätzner seine Waffe wieder fester in beide Fäuste, drückte sich in seine Ecke zurück und wartete. Ein Vorbeikommen ohne verletzt zu werden schien unmöglich.

Es blieb ihnen nichts anderes übrig, als vor dem Eingang auf die Polizei zu warten. Auch Bianca gesellte sich zu ihnen. Sie war aus dem Fenster geklettert.

»Ich wollte jetzt nicht allein in der Wohnung sein. Das erinnert mich an den Vormittag damals ... Lass uns bitte auch bald von hier abhauen, Mama. Ohne Tom wird es hier jetzt ganz schrecklich!« Bianca sah ihre Mutter flehend an.

»Okay, in einer Woche gibt es Sommerferien. Bis dahin müsst ihr beide noch eure Prüfungen schreiben und wir packen alle Kisten. Dann fahren wir die restlichen Tage bis zum Umzug noch mal alle drei an die Küste und gönnen uns eine Pause! Was meint ihr?«

»Gebongt, das ist ein Plan!« Tom schlug mit seiner Schwester in ein high five ein.

Da bogen endlich zwei Polizisten mit Blaulicht in die Straße ein. Sie waren schon gut bekannt. »Na, was macht unser Vermieterschreck denn diesmal?«

»Er steht im Hauseingang in der Ecke und lässt die Gartenhacke auf uns niedersausen, wenn wir vorbei gehen wollen.« Roxane sah den jungen Polizisten ironisch lächelnd an.»Es ist immer noch kein Blut geflossen. Wir haben bis jetzt leider immer wieder Glück gehabt!«

Tom ergänzte:»Vor ein paar Tagen hat er einen Freund von uns übrigens mit einer Axt beworfen. So wie es die Indianer früher mit dem Tomahawk gemacht haben.«

»Bekommt er jetzt wieder seine Strafpredigt und darf dann weiter machen?« fragte Bianca.

»Lassen Sie uns mal sehen …« Die Beamten näherten sich vorsichtig dem Hausflur und Krätzner floh erstaunlich behände die Treppen hinauf in seine Wohnung.

Er konnte grade noch die Tür zuknallen, bevor er von den Beamten eingeholt wurde.

»Pst!« Roxane horchte im Treppenhaus,

»Machen Sie die Tür auf, oder wir treten sie ein!«

Sie hörten das Geräusch einer sich öffnenden Tür, ein wildes Poltern, Stolpern Rumpeln und Fluchen …

»Ruf in der Anstalt an, die sollen ihn abholen, der ist ja heute total durchgeknallt!«

»Sie haben ein Auto aus der Psychiatrie bestellt! Wenn man in die Psychiatrie will, muss man also die Staatsmacht angreifen. Normale Bürger reicht nicht. Gut zu wissen!«

Bald darauf fuhr ein weißer Transporter vor und Krätzner wurde in einer Zwangsjacke aus dem Haus geführt. Zusammen sahen sie ihm von der Haustüre aus nach. Seine Hände waren zusätzlich mit Handschellen auf den Rücken fixiert. Es war ein jämmerlicher Anblick.

Er ist völlig in sich zusammengesunken und sieht dabei hoffnungslos, unglücklich und erbärmlich durcheinander aus. Wo sind jetzt seine Wut und sein Hass auf einmal geblieben?

»Gut, dass er eingesperrt wird. Endlich Ruhe!« Zufrieden sah ihm Bianca hinterher.

»Irgendwie tut er mir auch leid. So abgeführt zu werden ist doch schrecklich!« Tom beobachtete die Aktion nachdenklich.

»Ja, mir geht es ähnlich wie dir aber ich bin auch genauso erleichtert wie Bianca!«

Roxane inspizierte aufmerksam die Nachbarhäuser.»Seht mal, wie sie alle hinter den Gardinen gaffen!«

Tom folgte ihren Blicken.»Geholfen hat uns hier niemand und jetzt weiden sie sich, feige versteckt, an dem Skandal.«

Auch Bianca blickte sich um: »Endlich mal was los hier, jetzt habt ihr was zum Tratschen!«, rief sie laut.

Sie packten die restlichen Sachen in Toms Lieferwagen. Dann wurde Roxane das Herz schwer. »Nun ist es so weit, hier endet unser Zusammenleben, Tom. Ich kann es noch gar nicht glauben! Es ist mir viel zu schnell gegangen, mit deinem Großwerden.«

»So ist das Leben, Mama! Ich bin jetzt erwachsen und es passt alles zusammen. Ich wohne noch ein bisschen bei Papa, bis ich das Abi fertig habe. Dann sehe ich weiter. Wir sehen uns regelmäßig. Ich werde dich immer lieb haben und auch weiter dein Sohn sein!«

Aber ich fühle mich plötzlich komisch. Das was ich zu Oliver sagte: Ich werde ohne Partner langsam alt, grau und einsam werden.

So ist es nun mal. Es ist anscheinend nicht mehr so einfach, den passenden Deckel für meinen Topf zu finden. Überall Ecken und Beulen ...

Tom umarmte sie und sie unterdrückte schluckend ihre Tränen. *Blödes Selbstmitleid!*

Natürlich bemerkte Tom es, aber er umarmte schnell Bianca und tat als wäre nichts.

»Schwesterherz ich bin nicht aus der Welt!« Lässig schwang er sich hinter das Steuer.

»Also, in einer Woche Kurzurlaub, wie abgemacht! Ich helfe danach natürlich auch bei eurem Umzug.« Er winkte nochmal und beeilte sich davonzukommen.

Bianca nahm Roxane bei der Hand. »Es wird immer leerer hier. Komm Mama, lass uns in die nette kleine Pizzeria am Markt essen gehen.«

Juli

Das Wetter war unangenehm heiß. Täglich stiegen die Temperaturen an die Vierziggradmarke und auch die Nächte waren noch sehr warm. Roxane hatte Olivers Versuche telefonisch mit ihr Kontakt aufzunehmen standhaft weggedrückt. Aber besonders beim Aufwachen, vor dem Start in den neuen Tag kamen die depressiven Gedanken. *Die Enttäuschung schmerzte immer noch tief, aber manchmal musste sie auch an die schönen Momente denken. Ich habe mich begehrt und beschützt gefühlt. Es hat so gut getan sich an diesen starken Mann anzulehnen. – Aber nein, es war ein Irrtum. Er war ein gefährlicher Sumpf ...*

Sieben Uhr, der Umzug geht los. Schön, also habe ich trotz der Hitze und der Aufregung nun doch noch 6 Stunden geschlafen. Roxane drückte den Wecker aus und betrachtete Bianca, die zusammengerollt neben ihr lag. Die letzten zwei Tage, nachdem sie von ihrem Kurzurlaub an der Nordsee zurückgekommen waren, hatte sie bei ihr im Bett geschlafen. Die Polizei hatte angerufen und berichtet, dass Krätzner wieder nachhause entlassen worden war. Vor allem nachts hatten sie beide Angst, aber bisher war er kaum sichtbar gewesen. Manchmal fuhr er mit dem Auto irgendwo hin, ab und zu rumpelte er an den Mülltonnen oder man hörte Geräusche von Bohren und Hämmern im Haus. Aber die Spannung, die über Haus und Garten lag, war fast greifbar. Man musste jeden Moment mit einem neuen Übergriff von ihm rechnen.

Ich verstehe nicht wie man solch einen Irren wieder laufen lassen kann, auch wenn er sich in der Klinik angeblich sehr kooperativ und friedlich verhalten hat. Es ist zwar nicht verkehrt, wenn der Freiheitsentzug für geistig gestörte Menschen sehr genau und streng geregelt ist, aber ich finde, der Arzt hat diesen Fall nicht richtig eingeschätzt. Woher weiß er denn, dass der Alte sich nicht verstellt? Er kennt doch die Umstände zuhause nicht und hat nicht mit uns gesprochen. – Ach was! Was mache ich mir so viele Gedanken! Gleich kommt die Umzugstruppe. Roxane sprang voller Elan aus dem Bett und Bianca neben ihr grummelte verschlafen: »Noch ein bisschen ...«

»Nee, mir ein bisschen helfen«, erwiderte Roxane sanft, während sie in ihre Kleider schlüpfte und nach draußen sah. Die frühe Julisonne lugte über die Hausdächer der Nachbarhäuser und ließ erste Strahlen in die Gasse fallen. Halb auf dem Bürgersteig geparkt, standen drei große VW-Sprinter. Es regte sich nichts an den Autos und niemand war zu sehen.

»Guck mal, ich glaube sie sind schon da!«

»Wie, schon da?« Bianca richtete sich verschlafen, aber neugierig im Bett auf und schaute hinaus.

»Na, dann mal los, Frühstück machen. Gehst du bitte Brötchen holen, wenn du angezogen bist?«

Eine Dreiviertelstunde später klingelte Bianca mit zwei großen Brötchentüten und freudig strahlendem Gesicht an der Wohnungstür. Hinter ihr standen vier ziemlich starke Typen, lässig in Jeans und T-Shirt gekleidet, Spiegelglassonnenbrillen auf der Nase und Zigaretten im Mundwinkel. »Guck mal, wen ich gleich mitgebracht habe!«

»Moin, die Dame!«, grüßte das riesige, glatzköpfige Muskelpaket, das ganz vorne stand. »Ick bin Mike und das hier sind meine Kumpels. Philip hat gesagt hier gibt's Arbeit? Er wollte nachher auch noch kommen, um ein bisschen zu helfen.«

Da hat er mir ja eine scharfe Truppe geschickt. Schön, so einen Chef zu haben. Sie trat mit einer einladenden Geste einen Schritt zurück. »Hallo, ich bin sehr froh euch zu sehen! Kommt doch schon mal rein. Ich habe Frühstück gemacht. Die anderen Helfer kommen auch gleich.« *So starke, coole Männer geben mir hier ein angenehmes Gefühl der Sicherheit...*

»Das klingt Spitze!« hörte sie eine Stimme aus der Gruppe und sie stellten sich mit, »Markus«, »Rüdiger«, »Steffen« vor, während sie sich breitbeinig in die Küche bewegten und ohne große Umstände anfingen sich selbst zu bedienen. Mike stellte sich mit seiner Kaffeetasse zu Roxane.

»Sag mal, warum sind denn alle Gartentore abgeschlossen? Stimmt det, was die Kleene mir erzählt hat? Det macht doch keener, der noch alle Tassen im Schrank hat.«

»Was meintest du mit abgeschlossen?«

»Na, beide Tore sind abgeschlossen, wir mussten über den Zaun steigen!«, erklärte Bianca. »Ich habe ihnen das mit Krätzner schon erzählt. Aber wieso behindert er jetzt den Auszug, wenn er uns doch loswerden will?«

»Tja, wenn dem Spinner mit Logik irgendwie beizukommen gewesen wäre, wäre es vielleicht nie so schlimm gekommen zwischen ihm und uns.«

Sie sah Mike bedauernd an. »Was machen wir denn jetzt?«

Mike kratzte sich nachdenklich an seinem glänzenden Schädel. »Erstmal locker bleiben und frühstücken. Dann fällt uns schon was ein.«

Innerhalb kürzester Zeit wurden Wohnung, Hof und der Garten von Kollegen, Freunden, Tom, Schubert, Zacko und auch Roxanes Chef Philip besetzt. Alle mussten über das Gartentor steigen und wunderten sich entsprechend. Dann saßen sie mit Kaffeebecher und Brötchen auf Stufen und Blumenkübeln und warteten schwatzend, wie es weitergehen sollte. Krätzner ließ sich natürlich nicht blicken.

Schließlich meinte Mike: »So, wir sollten mal anfangen, bevor det zu warm wird. Ick seh nich ein, dass wir det jetzt alles über den Zaun hieven.«

Er ging zur Einfahrt, wo Krätzners Mercedes stand. »Packt doch mal mit an!«, forderte er seine Kumpels auf. Dann schaukelte er wild an dem Wagen und die drei Kumpel, Schubert und Tom kamen ihm zur Hilfe und fingen lachend an, das Auto in Richtung des schmiedeeisernen Gartentors zu schieben. Dabei kommentierten sie laut ihr Tun.

»Oh, welch ein Jammer, der schöne Mercedes!« »Ersatzteile sind bei Benz so teuer.« »Nun mach doch mal, drück dich nicht vor der Arbeit!« »Was wohl ein neuer Kühler kosten wird?« »Wie konnte der nur ganz von allein gegen das Gartentor rollen?« »Habt ihr gesehen, wie das passiert ist?« »Nö, keener hat hier was gesehen!« Während sie so herumalberten, rollte das Auto dem Eisentörchen immer weiter entgegen.

Plötzlich wurde ein Fenster im obersten Stock aufgerissen und Krätzner brüllte hinunter: »Lasst die Finger von meinem Auto, oder ich hole die Polizei! Aber sofort!«

Mike lachte: »Zu spät, bis dahin hat das schöne Auto eine eingedrückte Schnauze! Soll ick den Stern lieber schon mal abmachen, bevor der auch zerbeult?«

Er ging um das Auto herum und drehte an dem Draht. Dann zog er kräftig, es krachte und er hatte das schicke Statussymbol in der Hand.

»Oh, det ging aber einfach. Der war ja schon ganz morsch. Is einfach abgefallen!« Er winkte mit dem Stern zum Fenster und seine Helfer um ihn herum johlten.

Krätzner verstummte entsetzt.

Er merkt wohl, dass es ernst gemeint ist, traut sich aber nicht runter zu kommen.

Die Männer warteten kurz. Dann packten sie wieder zu und der schöne Mercedes zuckelte langsam ein Stück weiter in die verhängnisvolle Richtung. Alle warteten angespannt, wie weit die Jungs nun wirklich gehen würden.

Da griff Roxane ein und rief nach oben:»Werfen sie den Schlüssel runter, Herr Krätzner, und wir hören auf damit!«

»Nichts werde ich machen!«, brüllte Krätzner bockig zurück und starrte voller Hass auf sie herunter.

»Okay, dann weiter!« Mike nickte seinen Kumpels zu, die erneut das schwere Auto ein Stück anschoben.

Kurz vor dem Aufprall klirrte plötzlich der Schlüssel neben Roxane auf die Eingangsplatten. Sie bückte sich danach und wurde fast im selben Augenblick von starken Händen zur Seite gerissen. Rrrumms! Genau dort, wo sie sich eben noch gebückt hatte, krachte ein großer Blumentopf auf den Boden und zersprang in tausend Stücke. Das Fenster knallte zu und Krätzner war verschwunden. Mike, der durch sein schnelles Eingreifen halb auf ihr gelandet war, brüllte:»Du heimtückisches Schwein!«, und machte Anstalten zum Haus zu laufen.

»Lass gut sein, ist ja nichts passiert«, brachte Roxane stockend hervor.

»Mama, der hätte dich fast erschlagen!« Bianca nahm sie entsetzt in die Arme. Alle verzogen sich erschrocken aus der Reichweite der Fenster.

Mike fragte:»Ein Gewehr hat er da oben aber nicht, oder?«

Tom wurde jetzt drängend:»Nein, aber er benutzt mit Vorliebe sein Heimwerkerarsenal als Waffen. Los Leute, machen wir, dass wir hier weg kommen! Wer weiß, was der sich noch einfallen lässt.«

Das Tor wurde aufgeschlossen, der Mercedes aus dem Weg gerollt und die Lieferwagen nacheinander in den Hof gefahren. Langsam legten sich die Aufregung und das Durcheinander und alle organisierten sich, um die Möbel und Kisten in die Transporter zu verfrachten.

Roxane nahm Bianca beiseite:»Du hast ab jetzt nur die einzige Aufgabe. Bewache wie ein Luchs alle Fenster und Türen! Warne uns rechtzeitig, falls er wieder was Neues auszubrüten scheint! Besser einmal zu viel als einmal zu wenig!«

»Mach ich!« Bianca brachte sich im Hof so in Position, dass sie das Haus gut überblicken konnte.

»Bianca is ab jetzt unser Schutzengel«, lachte Mike.

Die gute Laune hielt trotz des Angriffs bei allen an. Gegen Mittag war die Wohnung leer und sie machten sich auf den Weg nach Wasserstadt, um sich ein gutes Essen zu gönnen und mit dem Ausräumen zu beginnen.

»Nun ist es endlich vorbei mit der Angst und du wirst sehen, der Idiot wird sich noch sehr wundern ...« Schubert sah Roxane bedeutsam an.

»Musst du die alte Wohnung noch renovieren?« fragte Philip, während sie im Biergarten der Gaststätte »Unter der Burg« auf ihr Essen warteten.

»Ja, aber nur streichen. Wir haben ja noch bis Ende Juni Zeit. Dann ist der Mietvertrag abgelaufen.«

*

Die Lieferwagen und Autos der Helfer waren kaum abgefahren, da stand die Wohnungstüre der Parterrewohnung Leninstraße 711 schon weit offen und Krätzner baute ein neues Schloss ein.

»Dieses Pack wird hier keinen einzigen Schritt mehr reinsetzen. Das lässt du nie mehr zu!« befahl der Dämon.

»Ich mach ja schon. Ab jetzt kann hier niemand mehr rumlungern und machen was er will! Die Renovierungskosten ziehst ich ihnen von der Kaution ab.«

»Ja, zahlen sollen sie. Sie haben dich übers Ohr gehauen, jetzt bist du dran!«

In den nächsten Tagen frickelte und bastelte er emsig in der Wohnung unterhielt sich dabei laut mit seinem boshaften Berater im Kopf. Seine Selbstgespräche drehten sich meistens um Menschen, die ihm schon mal Unrecht angetan hatten, die ganz gemein und böse waren und denen ganz sicher etwas Schlimmes zustoßen sollte oder auch schon zugestoßen war.

Nachdem sie alle, angefangen von Vater, Mutter, Schwester, Bekannten, Nachbarn und natürlich Mietern stundenlang für hasserfüllte Unterhaltung hergehalten hatten, gab es immer weniger Neues und es wurde immer stiller. Dafür überkam ihn eine unerklärliche Unruhe. Immer wieder sah er aus dem Fenster und beobachtete die Bahnhofsstraße, den Bürgersteig, die Eingangstür. Sonst war ja immer irgendjemand aus dieser verhassten Bagage hier aufgetaucht. Er musste ihnen nachschleichen, sie genau im Auge behalten und bestrafen. Aber jetzt war da niemand mehr. Nichts geschah. Alles war nur still und leer und die Trauer um seine Frau holte ihn ein.

»Früher war hier immer Sabines Stimme. Sie hat mich gerufen, mir kleine Aufträge erteilt, gelacht und manchmal auch ein bisschen mit mir geschimpft.«

»Denke nicht an sie! Hör endlich auf damit!«, schrie sein Dämon ihn an. »Was soll dieses sentimentale Gehabe! Wir gehören jetzt zusammen, niemand anderes sonst!«

Aber der Dämon taugte nur für seinen Kampf gegen die ungerechte Welt. Für zu viel Stille, die die Trauer immer wieder hoch kommen ließ, hatte er keine Ratschläge.

*

Die Hitze und Trockenheit der ersten Julihälfte kannte kein Pardon. Hinzu kamen hohe Ozonwerte, die Kopfschmerzen verursachten. Mit knallrotem schmerzenden Kopf stand Krätzner in Schlafanzughosen und Filzlatschen vor dem Lieferanten in der Haustüre und lamentierte: »Schon wieder, was soll das, ich habe doch gar nichts bestellt!«

Der Bote schaute grinsend auf den Beate-Uhse-Absender mit dem rosa Logo, das dick auf dem Paket prangte. »Na, dann eben nicht ... Ist ihre Frau zuhause? Hat die vielleicht was bestellt?«

»Meine Frau ist tot! An Krebs gestorben!«

Nun wurde der Mann verlegen: »Das tut mir leid ... Dann mache ich einen Aufkleber mit Annahme verweigert drauf und nehme es wieder mit.«

Ohne Abschiedsworte hob Krätzner einen Stapel Kataloge auf, betrat den Hof und zog die Haustür hinter sich zu. Seine Papiermülltonne war überfüllt. Wütend starrte er auf den Berg aus Katalogen und Abonnementangeboten.

»Seit zwei Wochen kommen diese Berge von Porno-, Kleider-, Garten-, Auto-, Bücher-, Medizin-, Schuh-, Computer-, Urlaubs, Schöner Wohnen -, Besser Essen- Angeboten und immer mehr Pakete, ohne dass ich auch nur eine Kleinigkeit bestellt habe!«

Der Dämon bot ihm sofort eine passende Erklärung.

»Das hast du sicher dieser Hexe zu verdanken. Die hat deine Adresse verkauft und macht das alles um dich zu ärgern.«

»Die Polizistin hat gesagt, sie könnten nichts da dran machen. Ich hätte eben nichts im Internet bestellen sollen. Ich soll halt alles abbestellen. – Wie denn? Wenn ich gar nichts bestellt habe! «

»Die Polizei ist unfähig nachzuforschen, woher das kommt, oder zu faul … Überall das Gleiche: Arbeit geh weg, ich komme!«

Er stapfte in seinen ausgelatschten Filzpantoffeln zurück und wollte die Haustür aufschließen. Aber irgendwie bekam er den Schlüssel nicht ins Schloss.

»Verdammte Hitze, meine Augen machen das auch nicht mehr richtig mit!«

Er versuchte es nochmal ganz konzentriert und genau und dann immer wieder und mit immer mehr Druck. Er ruckelte, zog den Schlüssel zurück, untersuchte ihn auf Kratzer oder auf verbogene Stellen, spuckte auf den Schlüssel, nichts half. Gute zehn Minuten fummelte er wie besessen an dem Schloss.

»Das kann doch nicht sein, das ist doch ein völlig neues Schloss! Habe ich extra wegen dieser Scheiß-Teichert angeschafft. War verflucht teuer! Warum geht das jetzt nicht?«

Sein Dämon machte ihm Druck: »Versuchs nochmal, das kann doch jetzt nicht sein! Wegen diesem Mieterpack hast du das Beste und Einbruchsicherste gekauft, was du bekommen konntest. Du musst einfach nur die Nerven bewahren!«

»Du bist gut, mit Nerven bewahren! Ich versuch's doch! Das war doch gestern noch in Ordnung. Ich verstehe das nicht!« Er wischte sich mit dem Handrücken den Schweiß aus den Augen, der ihm von der Stirn ins Gesicht rann. Dann spuckte er auf den Schlüssel, rieb ihn an seiner Schmuddelhose trocken und versuchte ihn nochmal ins Schloss zu drücken. Aber das Ding blieb nach ein paar Millimetern im Zylinder stecken und verbog sich. In seiner Verzweiflung zog er jetzt den alten Schlüssel aus der Tasche und versuchte es mit diesem. Der steckte sofort ganz vorn im Schloss fest und ließ sich schon gar nicht mehr herausziehen. Der Schweiß auf seiner Stirn und auf seinen Rücken fühlte sich plötzlich kalt und klebrig an. Er riss an dem Schlüssel und landete mit dem Schwung fast auf den Gehwegplatten. Auf einem Blumenkübel machte er Pause, bis der aufkommende Schwindel nachließ.

»Du hast nicht geträumt, dass du ein neues Schloss eingebaut hast, du Idiot! Damit machst du nur es nur kaputt! Hast du nicht auch das Gefühl, dass da langsam was faul ist? Schließ doch mal das Gartentor auf!«

Er schlurfte zum Gartentor und fummelte den Gartentorschlüssel heraus. »Scheiße, der passt ja auch nicht mehr ins Schloss! Und hier habe ich nichts ausgetauscht!«

»Ich sag dir, da hat jemand manipuliert! Du bist gar nicht Schuld an dem Dilemma. Die Teichert rächt sich wieder! Probiere doch mal das andere Gartentor!«

»Aber die ist doch nicht mehr da, die kann doch nicht ….« Er öffnete das schwere Gartentor an der inneren Klinke und betrat den Bürgersteig. Das Tor schnappte ins Schloss. Nach außen hatte es, wie die Haustüre, nur einen Knauf zum Ziehen.

»Du Trottel! Wenn jetzt das andere Torschloss auch kaputt ist, kommst du nicht mehr auf deinen Hof.«

Er eilte um die Hausecke, probierte das andere Tor und tatsächlich: Auch hier passte kein Schlüssel mehr in den Zylinder. »Verdammt, so ein Mist, jetzt habe mich total ausgesperrt! Und ich bin noch nicht mal richtig angezogen …«

»Stimmt, so kannst du schlecht beim Nachbarn klingeln, um den Schlüsseldienst zu holen. Steig lieber über den Zaun und mach von innen das Gartentor auf. Du kannst ja mit dem Auto hinfahren und unterwegs ein paar neue Hosen und Schuhe kaufen.«

»Das wird aber ein teurer Spaß!«

Ist doch egal, es ist besser, die Nachbarn merken nichts von deiner Verfassung. Die gucken schon neugierig, seit das mit dem Abholen …«

»Ich weiß, ich weiß …« Krätzner kletterte mühevoll durch ein enges Loch in der dichten Eibenhecke, die seinen Garten umschloss. Mit zerkratzten Armen und wirren Haaren öffnete er das Gartentor von innen, schob es weit auf und ging zum Auto. – Auch hier passte der Schlüssel nur bis zur Hälfte ins Schloss. Er wurde blass und eilte zur Beifahrertür, zu allen Türen …, überall das Gleiche. »Wer war das? Wenn ich den erwische, den bringe ich um!«

Jetzt zitterte er am ganzen Körper, Schwindel erfasste ihn und erster Schaum bildete sich in seinen Mundwinkeln.

»Brüll leiser! Ich verstehe dich auch so, aber denk an die Nachbarn. Da musst du jetzt klingeln und telefonieren! Wenn die Angst vor dir bekommen, machen sie nicht auf.«

»Die Alte von drüben hat doch bestimmt schon die ganze Zeit hinter ihrer Gardine gestanden.«

»Sie macht sich über dich lustig! Aber egal, sie ist die Einzige, die dich hier noch grüßt. Die auf der anderen Seite haben noch immer die Klage mit dir am Laufen, und die von der Diskothek schmeißen dich wegen deiner Bürgerinitiative hochkant raus.«

»Dann gehe ich eben ins Café Sauer in die Innenstadt. Die sind immer nett zu mir. Die werden mir schon helfen.«

»Aber da hat die Polizei auch schon nachgefragt, als du das kleine Rotkäppchen damals in Panik versetzt hast. Weißt du noch, wie lustig die alle rumgesprungen sind ...«

»Und ich muss in Filzpantoffeln an der Kanzlei vorbei. Wenn mich da jemand sieht ...«

»Also kannst du dir nur noch aussuchen, bei wem du dich lieber lächerlich machen willst.«

»Na gut, gehe ich halt nach nebenan.«

Die Nachbarin öffnete ihm augenblicklich, mit einem süffisanten Lächeln im Gesicht. »Sie möchten telefonieren, nehme ich an. Die Nummer vom Schlüsseldienst habe ich schon rausgesucht. Ich helfe doch gern!«

»Ja, vielen Dank ...« Mit hochrotem und gesenktem Kopf stapfte er an ihr vorbei zum Telefon.

Nach seinem Anruf saß er in seiner Gartenhütte und wartete durstig und hungrig über eine Stunde auf den Schlüsseldienst. Endlich passierte etwas.

Der junge Techniker im Blaumann sah ihn an und konnte sich ein Grinsen kaum verkneifen.

»Da steckt Kleber im Schloss, wahrscheinlich Superkleber. Ein böser Streich! Haben Sie Feinde?«

»Ach halten Sie doch den Mund! Sagen Sie mir lieber was das kosten wird.«

»Neuwert plus Einbaukosten?«

»Einbauen kann ich selbst!«

»Haben Sie das richtige Werkzeug da?«

»Das ist im Keller, da komme ich jetzt nicht dran.«

»Also auch Einbau, zumindest für die Haustür. Mal sehen, plus Anfahrtskosten, naja alles zusammen so um die 850 € werden es schon werden.«

»Was, so viel! Das Schloss kriege ich im Baumarkt hinterher geschmissen!«

»Okay, dann fahren Sie hin und kaufen Sie eins.«

»Aber ...« Krätzner starrte auf sein Auto.

»Sehen Sie ..., übrigens das Auto, das darf ich nicht aufmachen. Das müssen Sie in eine Werkstatt schleppen lassen.«

»Dann fangen Sie schon an. Wie lange soll ich hier noch rumstehen. Die Gartentore repariere ich aber später selber!«

Er ging in den Garten und fing an am Rasenmäher herumzufummeln. Ihm war plötzlich trotz der Hitze kalt geworden und er fühlte sich sehr müde. »Haben Sie Feinde, fragt der Idiot! Natürlich habe ich Feinde, alle diese Egomanen und Narzissten, die nur an sich selbst denken und mich überall übers Ohr hauen wollen!«

»Ja du hast Recht, niemandem kann man noch trauen.«

»Weißt du, vielleicht war es ihr Sohn, der wohnt doch jetzt bei seinem Vater …«

»Dann schicke die Polizei hin! Du solltest sie Fingerabdrücke nehmen lassen.«

»Ja, ich werde die gleich anrufen, wenn ich wieder ins Haus kann. Die sollen die Spurensicherung schicken. Denen werde ich's zeigen! Ich lass mich doch nicht ausnehmen wie eine Weihnachtsgans.«

Nach einer Stunde griff er wieder zu seinem eigenen Telefon, rief die Polizei an und ließ sich sofort mit der obersten Stelle verbinden. Die aufgebrachte Stimme des Dienststellenleiters stoppte ihn in seiner Flut von Beschwerden, Anschuldigungen und Verdächtigungen.

»Spurensicherung? Sind Sie noch ganz sauber? Herr Krätzner, nur weil Sie ihren Schlüssel kaputt gemacht haben, liegt hier doch noch kein Kriminalfall vor. Wie oft wollen Sie uns denn noch mit ihren Beschwerden Arbeit machen. Glauben Sie die Polizei hat nichts Wichtigeres zu tun!«

»Ich werde ein Disziplinarverfahren gegen Sie …«

»Nun halten Sie mal die Luft an! Der Polizeipräsident bekommt ja auch nicht zum ersten Mal von Ihnen Post. Was meinen Sie, was der sich über ihre Beschwerdebriefe gefreut hat! Wir haben hier Anweisung, was Ihre Person anbelangt, für Ruhe zu sorgen. Deswegen bitte ich Sie, nur noch anzurufen, wenn es um Leben oder Tod geht! Haben Sie mich verstanden?«

»Aber Sie haben die Verpflichtung, die Bürger in dieser Stadt zu schützen!«

»Natürlich kommen wir unserer Pflicht nach. Aber wir sind nicht für harmlose Nachbarschaftsstreiche oder Hirngespinste zuständig. Dafür gibt es eine Schlichtungsstelle bei der Stadtverwaltung. Die Dame sollten Sie kennen. Vielleicht hilft die Ihnen ja, nachdem Sie so kooperativ waren …«

*

Roxane hatte für sich und Bianca in ihrem neuen Heim ein reichliches Frühstück zubereitet, aber sie hatte dann doch nicht den rechten Appetit. Bei einem Kaffee blätterte sie nochmals die Unterlagen für die Klage wegen Ehrverletzung und Beleidigung durch und blieb bei Krätzners Antrag auf Aufhebung und neue Terminierung des Verhandlungstermins hängen.

Diese ganze verdammte Papierflut, manchmal glaube ich das selbst nicht. Ein Glück, dass die Verhandlung überhaupt stattfindet. Das war anfangs ja eine ganz schöne Zitterpartie. Naja, er ist ja jetzt auch wieder vom Termin entbunden. Natürlich hat der Richter Schuld. Der hat ihm mit großem Stress gedroht.

Sie blätterte das ärztliche Attest um und trank einen Schluck Kaffee.

Wie widersprüchlich, auf seine Psychosen sollen alle Rücksicht nehmen und mich will er wegen angeblichen psychischen Störungen verurteilt sehen. Meint er eigentlich mit dem Arzt seinen Psychiater? Wie dem auch sei, gut behandelt ist er von dieser Person eher nicht!

Warum gehe ich eigentlich hin? Niemand zwingt mich. Neugier, ich will die letzte Verhandlung einfach selber mit anhören.

Sie trank den Kaffee aus, klappte den Ordner zu und bereitete sich für den Aufbruch vor. Auf dem Weg durch ihren verwilderten Vorgarten erwarteten sie duftende Rosen, strahlender Sonnenschein und ein tiefblauer, wolkenloser Himmel.

Das wird wieder ein heißer Tag. Gut dass ich diesen engen Hosenanzug nicht lange tragen muss. Sie warf den Aktenordner auf den Beifahrersitz.

Erschrocken hielt sie beim Starten des Wagens inne. *Was sage ich vor Gericht, wenn der Richter mich fragt, ob an den Vorwürfen, die da drin stehen, etwas Wahres dran ist?* Sie ließ den Motor energisch aufbrausen.

Ich mache mich nur verrückt. Es wird keiner fragen, denn es spielt überhaupt keine Rolle! Niemand darf jemand anderen mit solch übler Nachrede so tief in seiner Würde verletzen, vollkommen egal, ob etwas Wahres dran ist oder nicht.

Während der Wagen über altbekannte Straßen durch den strahlenden Tag glitt, betrachtete Roxane den blauen Himmel. *Du da oben, alter Wüterich, was meinst du, sollte ich die Wahrheit über dich erzählen, wenn mich jemand fragt? Du hast es immer abgestritten und verdrängt, indem du mich schlecht gemacht hast. So grausam vergewaltigt, wie der Irre sich das vorstellt, hast du mich zwar nicht, aber du hast mich schon tief in meiner Würde verletzt. Seit deinem Tod kann ich vergeben, weil sich nun eine höhere Macht mit dir beschäftigt. Ich glaube einfach, deine Seele muss noch vieles lernen. Für mich ist jetzt alles gut, denn du bist weg. Ich lasse dich einfach los!*

Beim Fahren mit offenen Fenstern genoss sie den Wind und den Sonnenschein auf ihrer Nase und lachte. *Weißt du was, alter Wüterich, ich werde einfach sagen: Mein Vater war ein ehrenhafter Mann, der sich in seinem Leben nie etwas zu Schulden hat kommen lassen. Damit rette ich nicht nur deine Ehre auf Erden, sondern auch meine! Du siehst ja, was die Leute von missbrauchten Frauen denken. Schluss damit! Ab heute bist du ein guter, ehrenhafter Vater gewesen. Suche deinen Frieden in der Zukunft und lass mich dabei aus dem Spiel.*

In Gedanken vertieft parkte sie das Auto vor dem alten Sandsteinbau des Gerichts. Der Park rund herum lag noch im kühlen Schatten. Wolferts blauer BMW stand schon auf dem Parkplatz. Wegen der Hitze war kein Mensch zu sehen. Sie trank noch schnell einen Schluck Wasser.

Bin ich bereit? Wie fühle ich mich? Gut? Ja, es fühlt sich gut an. Ich gehe da jetzt rein und höre einfach nur zu.

Vor dem Gerichtssaal standen Richter Clasen und Wolfert in der geöffneten Tür. Der breite, grauhaarige Richter füllte den gesamten Türrahmen aus wirkte in seiner Robe selbstbewusst und mächtig. Wolfert nahm ihre zur Begrüßung ausgestreckte Hand.

»Guten Morgen, schön, Sie zu sehen. Wie geht es Ihnen in Ihrem neuen Zuhause?«

»Ausgezeichnet! Es gibt zwar noch viel zu tun mit der Einrichtung und so, aber es fühlt sich friedlich und sicher an. Wir atmen richtig durch.«

Etwas erstaunt begrüßte sie nun auch der Richter.

»Sie hatte ich gar nicht hier erwartet! Ich hatte Sie doch freigestellt.«

»Ich möchte bei meiner letzten Verhandlung dabei sein, nur als Zuhörerin ... Zu Herrn Wolfert habe ich vollstes Vertrauen und ich denke, die Briefe von Herrn Krätzner sprechen für sich.«

Der Richter machte eine nun geschäftige Mine.

»Natürlich, ich denke, wir sind hier ziemlich schnell fertig.«

Er legte seinen schweren, dicken Ordner auf sein Pult und die Klageschrift obenauf, während ein dritter Herr in schwarzer Robe den Gerichtssaal erreichte. Nun klopfte er mit einem Hämmerchen kurz auf den Tisch.

Klingt richtig offiziell, als wäre das extra zu meinen Ehren!

»Ich werde die Klageschrift jetzt nicht noch einmal verlesen, da sie allen Anwesenden wohl bekannt ist. Auch die Beweise liegen hier vor und sind bekannt und eindeutig. Wie haben geprüft, ob die von Herrn Krätzner beantragte Aufhebung der Klage rechtmäßig wäre. Das ist sie sicher nicht, da auch eine Wiederholungsgefahr besteht, wenn Frau Teichert nicht mehr in der Leninstraße 7111, im Haus des Beklagten, wohnt. Die Rechtslage ist eindeutig. Die unverschämten Ehrverletzungen durch Herrn Krätzner muss sich die Klägerin nicht gefallen lassen. Herr Krätzner ist schuldig und wird gemäß § 890 ZPO zu 250 € Strafe, zahlbar an die Gerichtskasse, verurteilt. Er übernimmt die Gerichtskosten für das erste Klageverfahren, für das fehlgeschlagene Schiedsverfahren und für die Wiederaufnahme der Klage. Bei erneutem Verstoß gegen die hier verordnete Unterlassung von jeglicher beleidigenden Äußerung gegen die Klägerin wird ihm 5000 € Bußgeld oder drei Monate Haft angedroht. Gibt es irgendwelche Einwände von Seiten der Anwälte?«

Keiner der beiden Anwälte meldete sich zu Wort. Sie standen auf, der Richter kam hinter seinem Pult hervor und verabschiedete sich mit Handschlag von allen Anwesenden. Als er bei Roxane anlangte, schaute er sie sehr aufmerksam und überraschend interessiert an.

»Seit dem 31. März 2007 gibt es ein Gesetz zum strafrechtlichen Schutz von Stalking-Opfern. Stalking ist seitdem keine Privatsache mehr, sondern strafwürdiges Unrecht. In der Strafprozessordnung wird der Haftgrund der Wiederholungsgefahr des § 112a StPO insoweit ergänzt, als in schwerwiegenden Fällen auch gegen gefährliche Stalker Untersuchungshaft angeordnet werden kann, wenn schwere Straftaten gegen Leib und Leben zu befürchten sind. Leider ist das Gesetz auf Handlungen, die vor dem Inkrafttreten begangen worden sind, noch nicht anwendbar. Deswegen konnte ich in Ihrem Fall noch nicht anders entscheiden.«

Überrascht von der langen Rede und freundlichen Aufmerksamkeit des alten Herrn erwiderte sie ebenso freundlich:

»Dann gibt es jetzt also ein öffentliches Interesse an solchen Straftaten. Das ist gut. Aber ich bin auch so zufrieden und erleichtert mit dem Ausgang. Es war ein langer, beschwerlicher Weg bis hierher. Gott sei Dank, dass ich einen so guten Anwalt hatte. Und ein neues Gesetz ist nur so viel wert, wie ein Opfer gesellschaftlich akzeptiert und verstanden wird. Unsere Not spielte kaum eine Rolle! Bei der Polizei nicht, bei Gericht nicht, bei Krätzners Betreuern nicht und bei seinen Psychiatern auch nicht. Eigentlich war es für alle nur zu aufwendig und lästig, sich ernsthaft mit Krätzner abzugeben. Zuletzt, beim Umzug, hätte er mich fast mit einem Blumentopf erschlagen ... Erst da haben meine Kollegen und Freunde wirklich begriffen, dass ich an seinem Wahnsinn keine Mitschuld trage. Ich bin froh, dass das Ganze nun vorbei ist.«

»Ich verstehe.« Der dicke Richter wirkte nun ehrlich betroffen.

»Sollte Herr Krätzner es wagen, gegen eines der beiden Urteile erneut zu verstoßen, werden wir ihn zur Rechenschaft ziehen, da können Sie sich drauf verlassen. Ich wünsche Ihnen, dass Sie endlich in Frieden leben können. Sie haben das wahrlich verdient.«

»Hat irgendjemand diese Akten wirklich gründlich gelesen?«, fragte sie, während sie mit Wolfert etwas später zum Parkplatz ging.

Er grinste: »Na, Sie und ich, das reicht doch! Was meinen Sie, trinken wir noch einen Kaffee, nebenan am Kiosk?«

Als sie zusammen mit einem Pappbecher lauwarmen Kaffee auf das Ende der sechs Verhandlungen anstießen, meinte Wolfert:

»Das war ungewöhnlich freundlich und aufmerksam von Richter Clasen ...«

»Stimmt! Ich finde auch, dass so ein neues Gesetz mehr als notwendig ist. Krätzner ist ja noch mal ganz gut davongekommen, aber ... Ach, könnten Sie übrigens, solange Sie noch mit der Wohnungsübergabe betraut sind, ein Auge drauf haben, dass er nun wirklich diese Verleumdung unterlässt. Ich werde das Gefühl nicht los, dass dieser Verrückte sich immer noch nicht abschrecken lässt.«

Wolfert blickte auf seine Uhr, er war schon wieder im Aufbruch.

»Sicher, es wird mir ein Vergnügen sein, ihn sofort anzuzeigen. Alles Gute für Ihre Zukunft!«

*

Sie stieg ins Auto und schmiss mit Schwung den Ordner auf den Rücksitz. *Endlich frei und erlöst von diesem ewigen Schmutz und der Angst. Jetzt muss ich nur noch die Wohnung anständig übergeben. Ich könnte ja jetzt auf dem Rückweg mal nachsehen, was ich für die Renovierung alles einkaufen muss.*

So fuhr Roxane in der Leningasse 7111 vor und wollte die Wohnung betreten. *Wieso passt mein Schlüssel jetzt nicht mehr?* Sie versuchte es noch einmal, aber es war nichts zu machen. *Aha, hat er also das Schloss ausgetauscht. Auch gut, dann kann er aber auch nicht von mir erwarten, dass ich noch renoviere. Ich werde Wolfert informieren.*

Sie wollte gerade gehen, da sah sie das Wohnzimmerfenster zum Garten hin offen stehen. Sie erkannte Krätzner auf einer Leiter. Er fummelte an der Deckenlampe herum. Aus der Decke hingen feine Kabel und ein kleines, schwarzes Mikrophon.

Das ist doch keine einfache Lampenfassung! Aha, so hat er mich also abgehört? Wie peinlich! Richtige Stasimethoden!

Weil sie nicht von ihm angesprochen werden wollte, ging sie schnell zum Auto und fuhr los.

Das ist ja richtig ekelig. Ich habe da mit Oliver Sex gehabt und er hat alle Intimitäten mit angehört. Und alle Telefongespräche und Unterhaltungen auch. Er hat mich seziert wie ein Versuchskaninchen.

Ein kalter Schauer lief ihr über den Rücken. *Dieser Mensch ist so krank!* Dann atmete sie tief durch. *Egal, mit den Klagen ist eigentlich alles geklärt, ich sollte jetzt nach vorne sehen.*

Oliver hat auch wieder versucht anzurufen, was stellt er sich vor, dass ich darauf reagieren werde? Und warum hat er mir bei den Briefen und Verhandlungen eigentlich nie so richtig beigestanden. War das zu viel Arbeit oder hat er auch nicht so richtig an meine Unschuld geglaubt? Aber den starken Mann hat er gerne gespielt. Das steht ihm wirklich gut! Tom hatte wirklich nicht ganz Unrecht ... Ich habe mich so sehr nach Geborgenheit und Sicherheit gesehnt, dass ich nicht sehen wollte, wie er meine Schwäche ausnutzt, um mich für seine Wünsche einzuspannen. Ich behaupte gar nicht, dass er absichtlich und berechnend gehandelt hat, aber er nutzt seine Macht hauptsächlich, um sein Ego durchzusetzen. Er stellt sich als Gutmensch dar und beachtet gar nicht, was sein Gegenüber wirklich braucht. Jetzt reicht's! Meine Stärke besteht nicht nur aus Liebe und Toleranz für andere. Keine Übergriffigkeiten mehr. Ich muss jetzt besser auf mich selbst achtgeben, meinen Willen klar und deutlich kundtun und früh genug nein sagen.

Sie hielt vor ihrem neuen Zuhause. Bianca lag auf einer mit Margeriten übersäten kleinen Wiese auf einem Liegestuhl in der Sonne.

Ich will gar keine dunkle Wohnung in Berlin, wo mir alles abgenommen wird, was ich gern selbst tun möchte ... Hier habe ich meine Arbeit, die mich voll ausfüllt, und es ist gut, noch ein bisschen in Toms Nähe zu sein ...

»Hallo Mama, wie war's?«

»Alles gut, mein Schatz! Jetzt steht es 6:0 für uns. Alle Gerichtsver-handlungen sind entweder geschlichtet oder gewonnen.«

»Weist du was, Mama. Der Garten hier ist so groß und leer … Ich glaube Sally wäre uns nicht böse, wenn wir aus dem Tierheim einen Hund aus einem Käfig erlösen und ihn bei uns aufnehmen.«

»Okay, gute Idee, wir fahren morgen mal hin und gucken uns die Hunde an.«

Wie schön, dass sie so loslassen kann und so positiv in die Zukunft sieht.

August

Freitagmittag, volle Straßen und Staus. Er war froh, am Ende der Leningasse die ersten Umrisse seines Hauses zu sehen.
»Endlich, diese vielen Menschen und dieser verdammte Verkehr. Hamburg! Wie ich das hasse. Ich bin völlig erledigt. Nur wegen diesem dämlichen Psychologen. Hat sowieso nur Quatsch geredet. Aber Silvana war viel schlimmer. Diese Schimpferei wegen Geld, drei Tage lang. Die hat nur Angst, dass sie nichts mehr erbt. Hat sich nie um irgendwas gekümmert und jetzt will sie mir sagen was ich tun oder lassen soll! Niemand versteht mich mehr seit Sabine tot ist …«
Das Stichwort Sabine rief sofort den Dämon auf den Plan.
»Du hast doch mich, ich verstehe dich doch auch. Dein Psychologe hat gesagt, dass die Gespräche mit mir jetzt gut für dich sind. Es hilft dir über deine Trauer hinweg. Wenn du nur manchmal besser auf meinen Rat gehört hättest …«
»Ja, ja, vielleicht …«
Mit müdem, gesenktem Kopf stellte er das Auto vor dem Gartentor ab, um aufzuschließen.
»Irgendetwas stimmt nicht … Wieso sieht hier heute alles so anders aus? Was ist mit meinem Garten los? Es ist so hell. Warum ist die Hecke weg? Was …?« Entsetzt sah er sich um.
Das große Haus war plötzlich völlig frei und offen. Die mannshohe, dichte Eibenhecke, die viele lange Jahre alles vor fremden Einblicken geschützt hatte, lag abgeholzt auf seinem Rasen und in den Blumenbeeten. Es war sehr still. Alle Heckenbewohner waren geflohen. Weit und breit kein Vogel, kein Igel, keine Maus zu sehen. Auch alle Menschen hatten sich vor der Mittagshitze in ihre Häuser zurückgezogen. Er umrundete schwitzend sein Haus und wurde immer fassungsloser. Wer hatte die Hecke abgeholzt? Warum? Das kann doch nicht wahr sein!
Als er um die dritte Hausecke eilte, kam der nächste Schock. Die gesamte Fassade, die an den kleinen Park grenzte, war über und über mit Farbflecken in rot, grün und braun beschmiert und überall lagen leere, zerplatzte Farbbeutel und einige zerplatzte Bierflaschen herum.
»Das ist ein Anschlag!« Er musste sich an die Hauswand lehnen, weil ihm schwarz vor Augen wurde.

»Willst du dir das gefallen lassen? Unternimm doch was!« Der Dämon war wütend.

Krätzner ging so schnell er konnte in sein kühles Haus und wählte mit zittrigen Fingern die Nummer der Polizei. Der Rufton tutete lange vor sich hin ... Er stampfte mit einem Fuß auf und der Dämon unkte: »Spielen die Karten oder was? Da siehst du es mal wieder. Die Polizei kümmert sich nur um Dreckspack wie deine Mieter. Wenn du die brauchst ist niemand zu sprechen!«

Endlich meldete sich die gelangweilte Stimme der Polizistin, die für die Notrufe zuständig war.

»Notrufstelle Lautertal, was können wir für sie tun?«

»Krätzner, Leningasse 7111, schicken Sie sofort ein Kommando, es hat hier einen Anschlag gegeben!«

»Sie meinen wohl eine Streife! Was für einen Anschlag wollen Sie denn heute melden, Herr Krätzner?« Die Ironie in der Stimme war unüberhörbar.

»Sie nehmen mich nicht ernst! Mein Haus ist total verschandelt worden, während ich verreist war. Da sieht man mal wieder, wie gut Ihre Dienststelle die Bürger von Lautertal schützt!«

»Mal langsam, was bitte wollen Sie denn genau melden?«

»Meine mannshohe Hecke ist abgeschlagen worden am helllichten Tag! Meine Hausfassade ist völlig mit Farbe beschmiert. Überall liegt Müll auf dem Grundstück. Es sieht hier aus wie im Saustall!«

Es erfolgte eine kurze Denkpause bei der Polizistin.

»Okay, wir schicken eine Streife vorbei, wenn eine frei wird. Haben Sie denn mal bei den Nachbarn nachgefragt?«

»Nein, wieso? Das ist doch Ihre Aufgabe, nachzuforschen!«

»Ich dachte nur ... Ist doch nahe liegend, anscheinend haben Sie wenig Kontakt zu Ihren Nachbarn ...«

»Das geht Sie gar nichts an. Ich erwarte, dass Sie sofort jemand schicken!«

Krätzner knallte den Hörer auf. Dann ging er in den Garten und sah sich den Schaden lange und genau an. Wie soll ich das alles nur wieder in Ordnung bringen?

Jetzt lüftete die dicke Nachbarin am Fenster des Nachbarhauses ihren stattlichen Vorbau. Sie grüßte von oben herab.

»Tag auch ... Na, wieder zuhause? Das war ja gestern ein schlimmer Lärm hier!«

»Wieso Lärm? Äh, guten Tag …«

»Na, die Leute von der Gartenbaufirma, die hier alles abgeholzt haben. Abholen tun die das Grünzeug wohl hoffentlich auch noch. Sieht ja traurig aus!

»Was für eine Firma?«

»Das müssen Sie doch wissen!«

»Ich habe niemand beauftragt. Wer war das?« Er sah die Nachbarin so böse an, dass diese ein Stückchen von der Fensterbank abrückte.

»Keine Ahnung, da war so ein großer, grüner Lieferwagen ohne Firmenschild und zwei junge Männer. Hatten zwei ordentliche Motorsägen dabei und sie haben alles ganz fachmännisch abgesperrt. Ging alles ratz fatz, ganz professionell!«

»Verdammt noch mal! Ich hatte aber niemand bestellt!«

Die Nachbarin plapperte unbekümmert weiter.

»Keine Ahnung, Sie hatten in der letzten Zeit so viele Leute hier … Ich finde es ja schade um die alte Hecke, aber wenn Sie es so schöner finden … Was wollen Sie denn Neues pflanzen? Oder einen Zaun? Macht ja nicht so viel Arbeit.«

Als er sich vorstellte, wie in aller Öffentlichkeit und Seelenruhe sein Eigentum beschädigt worden war, fühlte er heftige Empörung aufsteigen. Alle Beherrschung vor der Nachbarin war dahin und er brüllte mit heiserer Stimme zum dritten Mal:»Ich habe überhaupt niemand bestellt. Das war ein Anschlag auf mein Haus. Haben Sie meine Fassade zum Park hin gesehen? Da ist alles mit Farbe versaut. Sie kriegen doch sonst immer jeden Scheiß mit, der hier läuft!«

Die Dicke machte ein beleidigtes Gesicht.»Wie soll ich denn in den Park sehen? Da steht doch ihr Haus dazwischen! Da ist ja öfter mal Party von den Jugendlichen. Sie haben ja oft genug die Polizei alarmiert und sich beschwert. Ich schlafe nachts eben und kümmre mich nicht um jeden Furz!«

»Was soll das heißen?«

»Ach Herr Krätzner, wir wissen hier doch alle … Und außerdem, ich muss auch gar nicht auf ihr Haus aufpassen!«

Die Nachbarin knallte das Fenster zu und verschwand im Haus.

Auch der Polizist, der zwei Stunden später vorbeikam, konnte nicht mehr in Erfahrung bringen als Krätzner selbst. Die Gesprächigkeit der Nachbarin, den Beamten gegenüber, war jetzt äußerst gedämpft. Sie hatte niemanden erkannt, konnte sich an keine wichtigen Details erin-

nern und hatte nachts sowieso einen festen Schlaf. Die Gärtner hatten
Mützen, Ohrenschützer auf und Staubmasken aufgehabt, das Auto war
grün gewesen, irgendein Lieferwagen, keine Ahnung …
    Als die Beamten abfuhren, stand er hilflos da und der Dämon arbei-
tete in seinem Kopf.
    »Sie wollen dir nicht helfen und sind alle gegen dich! Du kannst dich
nur auf mich verlassen. Du weißt doch, wie die Polizei ist. Die kriegen
doch sowieso nichts raus! Ich sag dir, das kann nur dieser Tom gewesen
sein! Der rächt seine Mutter und seine Schwester!«
    Sein Hass stieg ins Unermessliche. Er setzte sich in sein Auto und
brauste ins Nachbardorf. In der kleinen Gasse hielt er vor Lenhardt
Teicherts Wohnung an und starrte auf die Fenster.
    »Wieso ist da alles dunkel? Gardinen hängen auch keine mehr …«
    Er klingelte und eine freundlich aussehende, alte Dame öffnete.
    »Bitte, was möchten Sie?«
    »Ich wollte zu Herrn Teichert.« Er bemühte sich freundlich zu bleiben,
aber er nestelte nervös an seinem Hemdkragenknopf.
    Die kleine Dame betrachtete ihn eingehend.
    »Wissen Sie das denn nicht? Der ist doch vor zwei Wochen ausgezo-
gen.«
    »Nein, kann ich bitte die neue Adresse haben?«
    »Das geht leider nicht. Herr Teichert hat gesagt, ich soll die Adresse
nicht an fremde Personen weitergeben.«
    Unverhofft schnell schloss die Freundliche die Tür. Sein Versuch,
noch den Fuß dazwischen zu stecken, misslang.
    »Blöde Zicke! Dann schicke ich ihm eben die Polizei auf den Hals!«
    Er stapfte zurück zum Auto.

*

Drei Tage später hielt gegen Abend ein Polizeiwagen vor Lenhardts
neuem Haus. Toms Vater wässerte mit zufriedener Miene den frisch
gesäten Rasen. Zwei junge Beamte kamen auf ihn zu und begrüßten
ihn freundlich.
    »Lenhardt Teichert? Wir würden uns gerne mit Ihrem Sohn unter-
halten.«
    »Oh, das geht leider nicht so einfach. Tom ist seit zwei Wochen auf Sylt
und arbeitet dort im Naturschutzhaus. Um was geht es denn?«

»Ein Herr Krätzner behauptet, ihr Sohn habe vor drei Tagen sein Haus und seinen Garten demoliert.«

»Ach der verrückte Krätzner!« Lenhardt lachte.

»Das kann überhaupt nicht sein. Tom arbeitet wie gesagt seit zwei Wochen auf Sylt. Ich schreibe Ihnen gern die Telefonnummer seiner Arbeitsstelle auf. Erkundigen Sie sich dort einfach. Sie wissen doch, der Alte spinnt total! Mein Junge war heilfroh, dort weg zu kommen … «

»Na dann, wir werden es nachprüfen.«

»Sie werden sehen, Tom ist ein fleißiger, guter Junge. Ich finde es nicht richtig, wenn die Jugendlichen immer alles in die Schuhe geschoben bekommen. Sie sind doch selbst noch jung! Kennen Sie das nicht?

Die Beamten nickten zustimmend.

»Wir glauben Ihnen gern, aber wir müssen der Anzeige nachgehen. Es tut uns leid, wenn wir Sie gestört haben. Einen schönen Abend noch.«

Kurz darauf telefonierte Lenhardt mit Tom und der rief noch am selben Abend bei Schubert an.

»Okay, das klingt alles verdammt lustig, aber ich hatte doch gesagt: Lasst es!«

»Du weißt, das ist ganz allein mein Ding! Als er mir fast die Axt über den Schädel gezogen hat, habe ich gesagt: Rache. Dazu stehe ich!«

»Der Alte ist krank und ihr macht ihn noch völlig crazy!«

»Kann dir doch jetzt egal sein. Er war doch sowieso schon durchgeknallt bis zum geht nicht mehr. Außerdem ist er nicht nur krank, sondern auch bösartig. Denk mal dran, was er mit deiner Mutter und Bianca gemacht hat! Freut es dich denn kein bisschen, wenn er jetzt mal sieht, was Sache ist?«

»Gerecht ist es schon … Aber ihr hört jetzt auf, verstanden!«

»Okay, alles klar, versprochen! Sollen wir dir die Fotos schicken?«

»Nee, zeig sie mir, wenn wieder Schule ist und setz sie ja nicht ins Netz! Nach mir haben sich schon die Bullen erkundigt! Die kommen euch ratz fatz auf die Schliche!«

*

»Ich soll 2500 € Strafe zahlen, weil ich die Teichert mit einem Blumentopf beworfen habe? Ich muss noch 5000 € für den Umzug zahlen und 1580 € die Gerichtskosten. Die wollen mich wohl arm machen!«

»Du musst unbedingt in Berufung gehen. Dieser Richter will dich fertig machen, weil du damals die Stadt Lautertal verklagt hast. Das ist Rache. Sowas darf ein Richter gar nicht!«

»Die wollen den Gerichtsvollzieher schicken!«

»Lass ihn einfach nicht rein. Du hast sowieso nichts mehr!«

»Die Steuernachzahlung kommt auch noch. Die wollen ganze 30000 € Nachzahlung, wegen dem Umbau und der Miete von 12 Jahren! Mir steht das Wasser bis zum Hals!«

»Du musst dich eben wehren. Mach dem Landgericht klar, dass der Richter im Amtsgericht befangen ist, geh in Berufung!«

Er setzte sich an den Computer und legte los. Die ganze Ungerechtigkeit der Welt musste aus ihm heraus. Mal drückte er seitenlang auf die Tränendrüsen, mal echauffierte er sich bis hin zu wutschäumenden Beschuldigungen und Anklagen gegen Richter, Anwälte, Polizei, Nachbarn und nicht zuletzt gegen Roxane, Tom, Bianca und gegen alle ihre Freunde. Sein Dämon heizte die Stimmung an und seine boshafte Fantasie verstieg sich auf dreiundzwanzig Seiten Berufungsklage in ungeahnte Größen.

Zum Schluss schlug der Dämon ihm folgenden Satz vor:

»Zuletzt möchte ich Ihren gütigen Blick auf das Verfahren einer Veröffentlichung im Lauterbacher Echo lenken: Vergehen gemäß § 173 StGB: Blutschande oder Inzest zwischen Abkömmlingen im 1. Grad, wie bei Roxane Teichert, dürfen nicht als Kavaliersdelikt behandelt werden.«

»Soll ich das wirklich schreiben? Die haben mir eine hohe Strafe angedroht, wenn ich gegen die Teichert nochmal was sage.«

»Willst du dich einschüchtern lassen? Das sind doch Fakten, die rechtlich fundiert sind!«

»Vielleicht sollte ich ihren Namen weg lassen …«

»Das kann sich doch sowieso jeder denken!«

»Eben, deswegen könnte ich ja...«

»Du Feigling, willst du dich fertig machen lassen? Du kannst doch nicht in Berufung gehen und gleichzeitig das Urteil akzeptieren.«

»Ich wollte nur vorsichtiger sein …«

»Was du von deiner Angst hast, siehst du ja! Die ganze Misere wäre gar nicht passiert, wenn du nicht immer zögern würdest, wenn es ernst wird.«

»Na gut, dann lass ich es eben stehen und schicke es so ab.«

*

235

Der Monat August befand sich schon weit in der zweiten Hälfte. Er hatte schwitzend große Mengen Abfall entsorgt, den Garten pikobello aufgeräumt und versucht, die Hauswand so gut es ging zu säubern. Nun freute er sich auf die neuen Heckenpflanzen, die er im Baumarkt ausgesucht hatte.

»Wieso funktioniert meine IC Karte denn jetzt nicht mehr? Das muss ein Irrtum sein! Hab schon so viel Geld bei denen gelassen!«

Die Kassiererin war nicht zu erweichen und rief den Geschäftsführer. »Sie behandeln mich wie einen obdachlosen Armen. Bin ich ihr nicht schick genug angezogen? So eine Frechheit!«

Zuhause, als er ärgerlich bei seiner Bank anrief, erfuhr er, dass sein Konto nicht mehr gedeckt und der Dispositionskredit völlig ausgeschöpft war.

»Dieses verdammte Gericht hat die Zwangsvollstreckung durchgeführt. Aber das geht doch nicht! Soll ich jetzt verhungern?«, fragte er die Bankberaterin.

»Gehen Sie zum Sozialamt«, empfahl diese und legte kurzerhand auf.

»Ich bin pleite, total pleite! Was mach ich nur?«

Der Dämon in ihm blieb stur.

»Mach dir nichts draus. Sieh nur, in der Post ist endlich die Antwort vom Landgericht. Nun wird alles gut!«

Er riss ungeduldig den Umschlag auf und las gleich in der ersten Zeile des Antwortschreibens auf seine Berufung: »Abgelehnt!«

Er plumpste auf den nächsten Stuhl weil seine Füße keinen Kontakt mehr zum Boden fanden.

»Und ich soll auch noch 5000€ wegen der angeblich neuen ehrverletzenden Behauptung zahlen! Hab ich's dir nicht gesagt! Dieser Wolfert hat mich natürlich gleich wieder angezeigt.«

»Mach mal halb lang! Ich habe das schließlich nicht schwarz auf weiß geschrieben, sondern du. Ich habe dich nur an den Paragraphen erinnert.«

»Aber du hast ...«

»Rede jetzt kein dummes Zeug! Du musst Einspruch erheben. Schließlich geht es um mehr, als um diesen einen Satz! Die Strafe ist nur ein Bruchteil von den ganzen Kosten!«

»Aber das Geld ist doch schon weg und es wird immer teurer!«

»Da ist noch ein Brief, lies doch den erstmal ...«

Mit fahrigen Händen riss er den Umschlag auf und las.

»Das ist vom Amtsgericht, von diesem Richter Clasen ...«

Minutenlang starrte er auf das Schreiben und ihm wurde abwechselnd heiß und kalt vor Angst.

»Dieses gemeine Schwein von einem Richter! Habe ich ihm nicht genug Ungerechtigkeiten zu verdanken? Jetzt wollen sie mich für verrückt erklären! Mich, einen kranken, alten Mann, der nur seinen Besitz schützen will. Was brauche ich denn einen gesetzlichen Betreuer? Ich habe ich mich besser vor Gericht verteidigt als jeder Anwalt. Das sind doch alles faule Dilettanten! Weil sie sich keine Blöße geben wollen, versuchen sie mich jetzt zu entmündigen! Ich habe mich mit harten Mitteln gegen die Nachbarn und das Mieterpack gewehrt. Das ist mein gutes Recht! Schließlich ist es mein Haus!«

Der Dämon unterbrach die Schimpftiraden.

»Du alter Narr, da steckt doch bestimmt nicht nur der Richter dahinter! Deine Tochter, diese Schlange, bekommt Angst um ihr Erbe und die verrückte Mieterin hat sie heimlich aufgehetzt.«

Verzweifelt drehte er den Brief in den Händen. »Meinst du wirklich?«

»Du hast viel Geld verloren! Glaubst du wirklich, die haben nur Kochrezepte ausgetauscht? Silvana war schon immer hinterhältig und hat jetzt Angst, dass du ihr Erbe durchbringst. Ich wette meinen Kopf, dass sie damit zu tun hat ...«

»Hier steht, dass mich der Sozialarbeiter vom Sozialmedizinischen Dienst besuchen wird, um einen Vorschlag für die Vormundschaft zu besprechen. Er soll schon morgen Vormittag kommen.«

»Den lässt du nicht in die Wohnung!«

»Nein, natürlich nicht!«

*

Am nächsten Tag klingelte Klaus Tillich an Krätzners Tür. Hausbesuche waren nicht so seine Sache. Er hatte es weder nach dem Tod von Krätzners Frau für nötig befunden, nach seinem Schützling zu sehen, noch nach dem Bericht der Mieterin über die problematische Situation im Haus. Erst jetzt, nach der gerichtlichen Aufforderung, blieb ihm nichts anderes übrig. Der Mann, offensichtlich psychisch schwer krank, sollte eine offizielle Betreuungsperson bekommen. Also hatte er heute sein gemütliches Büro verlassen und auf sein Computerspiel verzichten müssen.

So ein unangenehmer Auftrag, der Alte wird sich doch niemals von dem Richter zwingen lassen!

Niemand öffnete auf sein Klingeln, und er wollte sich schon abwenden, als er sah, wie der Krätzner vor den Schuppen im Garten betrat. Er folgte ihm und klopfte gegen den Türrahmen des Holzhäuschens, um sich bemerkbar zu machen.

»Was steigen Sie mir hinterher?« Der Alte hatte sich blitzschnell umgedreht und sprach in scharfem, hasserfüllten Ton.

»Ich habe mich doch angekündigt.«

»Meinen Sie das Klopfen oder den Brief vom Gericht?«

»Ähm, beides ... Sie wissen doch warum ich gekommen bin, oder?«

Plötzlich fühlte Tillich sich ängstlich. Tief in diesem Menschen kochte ein schlimmer Hass, den er nur mühsam unter Kontrolle hielt. Er benahm sich wie ein gefährliches Raubtier und hier war eindeutig sein Revier. Tillich schluckte schwer und wollte etwas Beschwichtigendes sagen, aber schon kam Krätzner auf ihn zu und fing an zu brüllen:

»Meinst du meine Entmündigung, du Arschloch! Glaubt ihr denn ich weiß nicht, dass ihr schon seit Jahren versucht, genau das zu erreichen?«

Krätzner stand jetzt so dicht vor ihm, dass er, angewidert von dem Gestank nach Verwahrlosung, die Nase rümpfen musste. Schnell drehte er das Gesicht weg und beobachtete aus den Augenwinkeln, wie der Alte einen Brief aus der Tasche zog.

»Ich habe nichts damit zu schaffen«, sagte er leise. »Das Gericht hat mich nur beauftragt. Ist das der Brief?«

Krätzner zerknüllte das Papier in seinen Fäusten, stopfte es in seine zerbeulte Hose und wurde noch lauter.

»Ihr wollt mich für verrückt erklären lassen. Aber ich kann mich noch wehren, du wirst schon sehen. Nur über meine Leiche!«

»Ich habe das doch nicht beantragt!« Tillich wich zurück und versuchte, wieder einen sicheren Abstand einzunehmen.

»Außerdem will man ihnen nur helfen ... Wie es aussieht, wäre es besser, wenn Sie mal zur Ruhe kommen. Das geht doch nun schon lange so ...«

»Ihr habt euch doch alle abgesprochen! Silvana hofft noch auf eine Erbschaft. Wollt ihr hier alles verkaufen und mich wegsperren? «

Krätzners Blick irrte wild suchend durch den Schuppen, blieb an einem gusseisernen Schirmständer hängen. Tillich sah, wie er danach griff, ihn hob, seine Augen waren jetzt starr und glasig.

»Stellen Sie sofort das Ding wieder in die Ecke!«

»Du hast mir gar nichts zu sagen. Ich werde es dir schon zeigen!«
Der Sozialarbeiter spürte, dass der Mann die Kontrolle über sich verlor und suchte nach einem Fluchtweg. Aber Krätzner versperrte ihm jede Möglichkeit. Von einem großen, dunklen Schatten begleitet, bewegte er sich noch näher auf ihn zu.

»Du Teufel weißt doch genau, worum es geht!«
Mit erhobener Waffe baute er sich vor Tillich auf.

»Sie dürfen mir nichts tun! Ich soll Ihnen doch nur helfen. Sie wissen doch selbst, da wird nicht mehr viel zu erben sein. Die Kosten für die Privatklinik ihrer Frau, der Umbau des Hauses und all die Gerichtsverfahren und Strafen, die Sie bezahlen müssen. Seien Sie froh, dass Sie nicht eingesperrt werden, nach allem was passiert ist.«
Zu spät erkannte er, dass sein letzter Satz falsch war, ganz falsch!

Krätzner schlug zu. Der geduckte Rücken, die flüchtenden Bewegungen und der Geruch nach Angst beflügelten ihn. Mehrmals und mit Kraft schlug er das schwere Eisen auf den Hinterkopf und Rücken des jungen Mannes und brüllte:»Das war alles abgesprochen, ihr teuflischen Schlangen. Das hast du jetzt davon!«

Sein Opfer stürzte und verlor das Bewusstsein. Er sah Blut aus Tillichs Nase hervorquellen und beobachtete einige Minuten, wie es in die Bodenbretter des Schuppens sickerte.

»Wollte ich das wirklich?« Er ließ den schweren Ständer sinken. Der Mann regte sich nicht mehr.

Die ganze Zeit hatte ihn der Dämon angespornt, nur während der Tat war er verstummt. Als er sich jetzt wieder meldete, hallte seine Stimme wie ein
ein Echo aus der Hölle.

»Gut, gemacht, du hast ihn ausgeschaltet. Wahrscheinlich für immer!«

Krätzner trat zurück und ließ den Schirmständer fallen.

»Ist er tot? Ich wollte mich nur verteidigen. Warum hat dieser idiotische Richter ihn nur auf mich gehetzt.«

»Der faule Sack hat es nicht anders verdient«, kam die kaltschnäuzige Antwort.

Aber nun übernahm so etwas wie Menschlichkeit in Krätzner für kurze Zeit die Macht.

»Oh Gott, ich bin doch kein Mörder! Du hast mich aufgehetzt! Was mach ich denn jetzt? Wenn das rauskommt, bin ich geliefert!«

»War ich dir nicht immer ein treuer Ratgeber?«, trotzte der Dämon seinen Vorwürfen.

»Dann hilf mir jetzt!« Krätzner schaute ängstlich auf die Blutlache vor seinen Füßen.

»Niemand wird merken, was hier passiert ist, vertrau mir.« Die Stimme schmeichelte und tröstete jetzt. »Das hier kann warten bis es dunkel ist. Deck ihn zu und gehe solange an deine Arbeit. Wolltest du nicht deine Balkongeländer abschleifen?«

Ja, so war es gut! Wie mit Sabine … Die wusste auch immer, was zu tun war, wenn er etwas falsch gemacht hatte. Dankbar für die strenge Anordnung holte er eine Decke und bedeckte den Toten. Dabei war ihm, als fasste eine eiskalte Hand nach seinem Herzen. Er kämpfte gegen die Angst an, wendete sich ab und schlurfte mit der Schleifmaschine in der Hand aus dem Gartenschuppen zum Haus.

»Sie werden ihn suchen! Wenn das rauskommt, sperren sie mich wieder in die Anstalt oder sogar ins Gefängnis.«

»Lass das meine Sorge sein, sie werden ihn nicht finden. Ich werde dir helfen. Ich habe dir doch immer geholfen?«

Als er die Balkontür öffnete, schlug ihm grelles Licht und die gestaute Sommerhitze von den Bodenfliesen entgegen. Er musste die Augen zusammenkneifen, um in dem grellen Licht irgendetwas zu erkennen.

»Es ist viel zu heiß, um hier zu arbeiten!«

»Du musst aber arbeiten, sonst bist du zu auffällig!«

Mühsam begann er, die Balkonmöbel beiseite zu räumen.

*

Im Schuppen erwachte Herr Tillich aus seiner Ohnmacht. Nachdem sein Bewusstsein leidlich begriff, wo er war, spürte er einen stechenden Schmerz im Kopf. Er versuchte, in dem dunklen Schuppen etwas zu erkennen. Ich bin allein, dachte er. Er ist weg und ich muss hier auch weg. Bevor er wiederkommt, sonst … Als er sich bewegen wollte, wurde ihm schlecht und schwindelig. Mühsam quälte er sich auf alle Viere und kroch in Richtung der offenen Tür. Jede Bewegung schmerzte, aber der Überlebenswille und die Angst trieben ihn an. Er zog sich am Türrahmen hoch und schwankte ein paar Schritte durch den Garten in Richtung Straße. Dann stürzte er wieder. Nach ein paar Sekunden kroch er auf allen Vieren weiter. Die dicke Nachbarin bräunte ihr Dekolleté auf der Fensterbank und beobachtete gespannt die Vorgänge im Nachbargarten. Sie dachte: Der sieht aus wie sturzbesoffen. Was geht mich das an. Beim letzten Mal wurde ich nur angegiftet. Nie wieder kümmere ich mich um die Dinge zu, die da drüben vorgehen. Das schwöre ich! Der vermeintlich Betrunkene kroch weiter und blieb schließlich völlig erschöpft auf dem Bürgersteig liegen.

*

Krätzner kam durch den Garten und betrat den Schuppen, um eine Kiste mit Schleifpapier zu holen. Seinen Blick hielt er starr auf die Regale gerichtet.

»Am besten nicht hinsehen! Du hast gesagt, ich soll ihn umbringen und jetzt bin ich ein Mörder!«

»Jetzt bin ich also schuld? Habe ich wirklich gesagt, umbringen?« Die Stimme in seinem Kopf klang belustigt.

Als sich seine Augen an das Dämmerlicht gewöhnt hatten und er einen Blick zu der Decke auf dem Boden wagte, schrak er zusammen.

»Er ist weg! Der Tote ist weg! Wie kann das sein?«

»Habe ich nicht gesagt, ich helfe dir?«

»Aber wie kannst du? Wie soll das gehen ...«

»Frag nicht so viel. Nimm dein Schleifpapier und mach dich wieder an die Arbeit!«

Er folgte den Anweisungen und stieg wieder zum Balkon hinauf.

»Es ist so heiß und ich bin so müde. Vielleicht war alles nur ein böser Traum ...«

Aber von oben konnte er Herrn Tillich auf dem Bürgersteig liegen sehen und gleichzeitig hörte er ein Martinshorn, das immer lauter wurde und erkennbar auf die Leningasse zuhielt.

»Jetzt kommen sie mich holen und du bist schuld! Von wegen Helfen, nichts hast du getan!«

»Immer sind die Anderen schuld, nur nicht du selbst!« Der Dämon klang ironisch und belustigt.

»Wegen dir bin ich doch in diesem ganzen Schlamassel!« Während er sich aufrichtete, wurschtelten seine Füße das lange Kabel der Maschine

zur Seite. Sein Blick fiel kurz auf die Berge in der Ferne, die im Son-
nenlicht wie eine Fata Morgana gleißten. Schweiß lief ihm den Nacken
hinab und von der Stirn in die Augen.

»Du bist nur eine Stimme in meinem Kopf. Du konntest ihn doch gar
nicht verschwinden lassen!«

»Richtig, ich bin nur eine Stimme in dir, weil du alleine zu blöd bist, um
zu wissen, was du machen sollst. Aber wenn ich du bin, wie kann ich dann
schuld sein? Handeln musst du schon noch selbst! Du arbeitest jetzt einfach weiter, als ob nichts gewesen wäre. Der da unten kann doch gar nichts
sagen. Vielleicht stirbt er ja noch, bevor er wieder richtig zu Bewusstsein
kommt. Du tust jedenfalls erstmal so als würdest du von nichts wissen!«

»Na gut.« Er war jetzt doch froh, dass die Stimme ihm sagte, was er
tun sollte, auch wenn er nicht sicher war, wie die Geschichte ausgehen
sollte.

Unterdessen hielt ein Krankenwagen vor dem Haus und Sanitäter
kümmerten sich um Herrn Tillich. Die Nachbarin trat hinzu und redete
mit den Leuten. Aber er verstand nicht, was gesagt wurde. Sie blickten
kurz nach oben. Er duckte sich und hob dann mühsam die schwere
Schleifmaschine auf das Geländer und begann zu arbeiten. Schweiß
und Staub brannten in seinen Augen und er konnte kaum sehen was
er eigentlich tat. Laut brummte die Maschine und Staub rieselte nach
unten auf die Trage und die Leute. Die Helfer beeilten sich, den Ver-
letzten weg zu schaffen.

Emsig arbeitend beobachtete er von seinem Aussichtsposten was geschah. Bald sah er ein Polizeiauto in die Leninstraße einbiegen.

»Hat die Nachbarin also doch gepetzt! Was soll ich jetzt machen?«

»Weiter arbeiten und ruhig bleiben. Brave Bürger mit guten Gewissen
arbeiten fleißig!«

Aber er war gar nicht ruhig. Von Angst besessen schaute er nach
unten. Er beugte sich dabei noch weiter über den Balkon und hielt die
schwere Maschine auf die Außenseite des Holzgeländers. Das wirre
Kabel hatte sich zwischen den Balkonmöbeln und seinen Beinen ver-
heddert und wollte seinen fahrigen Bewegungen nicht richtig folgen.
Ungeduldig riss er daran.

Er sah die Nachbarin, die jetzt mit zwei Beamten redete. Diese blickten wiederholt nach oben. Er wurde immer panischer und schwitzte
abwechselnd heiß und kalt.

»Das nutzt doch alles nichts. Sie werden mich doch holen. Sabine hatte

Recht, du bist in Wahrheit teuflisch und böse und kein guter Ratgeber. Ich will, dass du mich für immer in Frieden lässt.«

»Weiter machen!« Der Befehl in seinem Kopf klang scharf, wie von einem Feldwebel.

Panisch und aufs Äußerste gereizt trat Krätzner kraftvoll einen Stuhl beiseite. Er balancierte schwankend, mit nur noch einem Fuß auf dem Boden und war dabei weit über das Geländer gebeugt.

»Lasst mich doch alle endlich in Frieden!«

Das Kabel gab ruckartig nach, als der Stecker aus der Steckdose rutschte.

Die schwere Maschine sackte mit einem heftigen Ruck nach vorn und zog ihn in die Tiefe. Er umklammerte den Griff noch fester.

»Halt!« schrie der Dämon. »Halt, du darfst nicht sterben! Ich bin doch du!«

Aber da war plötzlich kein Halt mehr …

Er fiel über drei Stockwerke. »Es fühlt sich gut an, so frei …«

»Verdammt, halt dich irgendwo fest!«

»Nein, ich will es so! Endlich Ruhe und Frieden …«

Sein Genick zerbrach auf der Bordsteinkante und er spürte den Aufprall kaum noch. Die Polizisten und die Nachbarin auf der Straße erschraken gewaltig von dem krachenden Aufschlag.

Für einen Moment zog ein dunkler Schatten über den Toten hinweg und verschwand in Richtung Fata Morgana der Berge. »Ist da eine Wolke vor der Sonne?«, fragte sich die dicke Nachbarin leise und blinzelte nach oben. Aber der Mittagshimmel war stahlblau und vollkommen heiter.

*

Wie immer lag das Lautertaler Echo in der Kantine aus, und im Vorübergehen griff Roxane danach.

»Verrückter Rentner stürzt von Balkon!«

Beim Weiterlesen fühlten ihre Füße sich seltsam leicht an. Sie setzte sich den einen Tisch zu ihrem Chef.

»Das kann doch nicht wahr sein! Oder doch … Das musste ja irgendwie schlecht enden!«

Ohne weitere Worte reichte sie das Blättchen über den Tisch an Philip.

Nachdem er gelesen hatte, sah er sie aufmerksam an. »Wie geht es dir jetzt?«

Sie dachte nach und sah sich dabei in der vollen Kantine um, in der man eifrig damit beschäftigt war, sich eine angenehme Pause zu schaffen. *Wir funktionieren wie die Ameisen. Aber was uns wirklich antreibt, jeden Einzelnen, tief im Inneren, das können wir nur ahnen.*

»Ich muss das erstmal einsortieren, Philip. Ein Mensch, den ich wider Willen ziemlich gut kennen gelernt habe, stirbt. Es geht mir sehr nahe, ich bin erschrocken und doch bin ich nicht so richtig überrascht.«

»Bist du nicht auch ein bisschen erleichtert oder zufrieden?«

»Nein, der arme Mensch war total besessen. Er hätte schon längst professionelle Hilfe gebraucht, aber niemand fühlte sich zuständig. Ich finde es einfach nur sehr traurig, wie damit unter Menschen umgegangen wird.«

Er hat dich so heftig verletzt. Ist dieser Tod keine Genugtuung für dich?

»Nein, ich bin irgendwie über die Sache hinausgewachsen – und über eine Menge innere Konflikte in mir gleich mit … Solche Erkenntnisse sind unschätzbar wertvoll. Ich habe Mitgefühl mit seiner Einsamkeit und war bereit zu vergeben.«

»Naja, vielleicht ist er jetzt endlich von seinem Hass befreit.«

»Ich bin mir sicher, dieser Dämon hat ihn losgelassen.«

Und ich habe die Opferrolle in meinem Leben losgelassen und jetzt beide Hände frei für mein Leben.

*

Als Roxane nach Hause kam hatten Tom und Bianca gekocht. Ein kleiner, weißer Terrier sah mit Herz erwärmendem Blick zu, wie Tom das lecker duftende Essen auf den Tellern anrichtete.

»Ganz schön gierig, das Vieh«, grinste Tom und ließ ein Stückchen Fleisch auf die Küchenfliesen fallen.

Bianca lachte und streichelte ihren neuen Zögling liebevoll.